通古斯记忆

王啸峰 著

作家出版社

图书在版编目（CIP）数据

通古斯记忆 / 王啸峰著 .—北京：作家出版社，2023.10
ISBN 978-7-5212-2452-8

Ⅰ.①通… Ⅱ.①王… Ⅲ.①短篇小说—小说集—中
国—当代 Ⅳ.①I247.7

中国国家版本馆 CIP 数据核字（2023）第 158007 号

通古斯记忆

作　　者：王啸峰
责任编辑：朱莲莲
封面设计：张子林
出版发行：作家出版社有限公司
社　　址：北京农展馆南里 10 号　　邮　　编：100125
电话传真：86-10-65067186（发行中心及邮购部）
　　　　　86-10-65004079（总编室）
E-mail:zuojia @ zuojia.net.cn
http://www.zuojiachubanshe.com
印　　刷：河北鹏润印刷有限公司
成品尺寸：145×210
字　　数：267 千
印　　张：12.875
版　　次：2023 年 10 月第 1 版
印　　次：2023 年 10 月第 1 次印刷
ISBN 978-7-5212-2452-8
定　　价：68.00 元

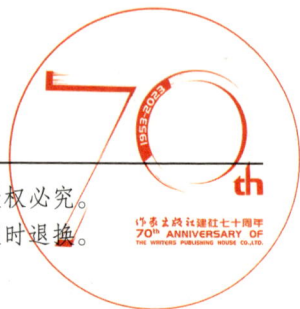

目 录

通古斯记忆

我曾是一个人见人爱的街头美少年。小学三年级时，就有女同学往我课桌里塞纸条。穿着长袖白衬衫的我，从座位上一跃而起，双手将纸条交到老师手里。老师笑眯眯地看着我。我愤怒地将手指向我的同桌。

到了初三，我各方面情况发生难以想象的变化。同时，我喜欢上了班长。别人再怎么吵闹，她总是静静地坐着。穿着黑裙子，扎一条长辫子。看人时，大眼睛里带了问号。我没跟她说过一句话，却似乎被她考问了无数遍。我决定表白。想来想去，也用了三年级时我那同桌女孩的方式。递完纸条后，我害怕她上课时突然站起来。那堂课，我主动站起来回答老师所有提问，全是答非所问。每次站起来，我的膝盖都会碰到课桌下沿，在老师、同学迷惑的目光中，我渐渐找到自信。

我已经一米七八。高高瘦瘦的，被风一鼓动，可以飘下一个楼层。等我从楼梯上转回来，课桌洞里多了一张纸条，是我折成三角形的那张粉色蜡纸。她的那句回答，像谜一样。

"我再也不能把你当弟弟看待了。"

失魂落魄地走在弹石路的小巷里，我有生以来独立完成第一次爱情思考。很不顺利，心里七上八下，各种可能在云上飘，伸手够到的都是虚的空的。那句话在我脑子里过了千百遍。

吃好晚饭，我抄起夹着粉色纸条的作业本奔出家门。母亲在身后喊："去哪里啊？还要去裁缝店量衣服！"我头都没回。

春风甜得发腻，我忍不住咳嗽几声，声音在小弄里回荡，惊动了几只金合欢树上的鸟。

高大围墙把四幢三层黄色小楼团团围住。我只见过她从大门进出。骗过门卫视线难度不大，里面毕竟只是国营大厂的宿舍楼。

我站在瑞香花丛边张望一扇扇窗户，浓香袭来，恍若仙境。白天平淡无奇的窗户，被橘黄色灯火点亮，显得每家都温馨动人。我徘徊着，模模糊糊浮起一些不愉快的事情，不由得心里发酸。

"小伙子，你找谁呢？"

循声回望，一个中年男人站在我身后。他语气柔和，面带笑容。

"我找黑牡丹，啊，不对。是马丽丽。"

"黑牡丹"是班长的绰号。

"这么巧啊？跟我来吧。"

他手里拎一只黑色人造革包，把包往上微微一举，指挥我爬楼。

他带着我一口气登上三楼，进到最东面的屋子。与其他人家不同，马丽丽家灯装在墙壁上，可能是灯罩的原因，微微发红。中年男人进门叫"丽丽"。没有回音。过了好久，马丽丽才出现。红光下，她瘦了一圈，有棱有角的地方全都隐入黑暗。她没说话，甚至没朝我们这里看一眼。

一位中年妇女快步走出来，一个小女孩紧跟着。

她解下围裙，取下门背后的蓝色布袋。

"我去上班。吃的在桌上。"

她绕过我时，似乎微微用手拨了拨我胳膊，与菜场、商场里两个陌生人挤在一条狭窄通道时做的动作几乎一样。

他们坐下来吃饭。中年男人很客气地请我也坐下。我赶紧摇手，表示早就吃了。吃饭时，小女孩回过头来望了我一眼。

马丽丽洗碗的时候。中年男人拉开黑包，用舞台上才有的声音说："我们来玩个魔术吧！"

小女孩已经转进里间。马丽丽正在擦干碗筷，甩了甩辫子，没有任何反应。

观众只有我一个。中年男人取出一副扑克牌，在小方桌上洗牌。他两个小拇指高高跷起，越洗越快。然后，他面带羞涩，腾空洗牌，失去支撑的扑克牌仍然有秩序地一张张交替插入。一分钟前，我注意力还在马丽丽那边，这时完全转到扑克牌上。洗好牌，他对牌吹口气，以类似女声的音调说声："走！"牌像风箱般拉伸、缩短。我看到 A、K、Q、J 那些大人物雄赳赳地迈开大步走在空中。"停！"随着他一声令下。牌被他拍到手中。慢慢地，他摊开手掌，牌却不知去向。他对我眨眨眼，向空中喝道："来！"一副扑克牌又整齐地回到他手心。

我惊讶得合不上嘴。不过只有我一个人拼命鼓掌。小女孩从里面出来，冲我做了个"嘘"的手势："不要吵闹！"

马丽丽晾起抹布："快去做作业！"

"我早就写好了。"小女孩钻进房间。

马丽丽拿起扫帚打扫卫生，扫帚从我脚边滑过，我变成矗立在房间里的一根柱子。

中年男人拍拍我的肩。我跟他坐在门口两只小竹交椅上，风有时送来瑞香花香，有时是公共卫生间的臭气。

马丽丽往外清垃圾的动作很大，仿佛我俩都在清理范围内。

远远地，街面上传来母亲喊我的声音。我看了看小方桌上的闹钟，到时候去裁缝店了。

我拿起本来打算做掩护的作业本。我暗自佩服自己，在粉色单面蜡纸背面，预先写下了明天约她见面的时间、地点。

她正在擦桌子。我犹豫着把粉色蜡纸先装进白衬衫口袋。

中年男人对我努努嘴，还用眯缝眼猛地眨了几下。

抹布在三角形粉色蜡纸前停了下来。中年男人把头转向门外。我像装炸药包的战士，拉了引线就要撤退。我快速跑向楼梯。不一会儿，陷入昏暗沼泽中，亢奋、惊奇两种情绪在我胸口对撞。楼道通向逃遁之路。我扶着墙在黑暗中试探着落脚。每走一步，都像踩在棉花上，我不由得怀疑这幢建筑的水泥是不是没干透。

母亲在沈裁缝店门口等我。她带了一块红布料。狭长店铺被多支白色荧光灯照得雪亮。沈裁缝老婆正在飞快地踩缝纫机，他妹妹在为一条裤子拷边。

"这面料真叫好呢！"沈裁缝细声细语的。

母亲看看沈裁缝裁剪台上堆成小山的面料问："比起这些面料来好在哪里？"

"除了中间几块重磅真丝料，其他都不如这个。你的是最新涤纶产品，做出来的衣服特别挺括，不起皱。"沈裁缝双手飞舞着皮尺，像《化蝶》里的梁山伯。

我敏捷地跳开来，他量了个空。

"我不做新衣服，更不做红衣服。"

母亲料到我的反应，柔声地说："沈裁缝都说了，这料子多好啊！"

"要做你自己做！"

我跑到街上，跟在店门口的母亲大声吵闹。

几个邻居开门走了过来。

母亲突然抱着红布料坐到小方凳上哭了起来。皮尺在沈裁缝手里卷了松，松了卷。他老婆停下缝纫机，蹲在母亲身边递上手绢。

母亲从不跟我明说任何事。

我游走在街头巷尾。那些喜欢我的街坊们传谣给我，我表露出惊讶与愤懑的神情，他们非常满足。沈裁缝是跟我说话最多的人。

他的街头新闻多，焦点在案件和侦破上："前面十六号大院子里住着一个单身老姑娘，姓冯的，你知道的吧？"

我点点头。

"她前阶段带回来一个男人，对邻居说是远房表哥。邻居们眼睛盯着、耳朵竖着，就盼着冯姑娘小屋子弄点火光、响声出来。但是，两个人进屋后，就像石子掉进井水里，除了关门声，死寂一片。昨天天还没亮透，一群警察撞开小屋，把那个男人带走了。据说是个杀人通缉犯。"

听得我心里毛毛糙糙的。

"最有意思的是冯姑娘。睡眼惺忪的邻居们惊讶地看见她穿戴得整整齐齐，头发梳得油光笔直，一点没有惊慌的神情，似乎她一直在等待这件事的发生。男人被扭着走出门时，对冯姑娘笑笑。冯姑娘把右手搭在门框上，像目送去上班的丈夫。有个邻居告诉我，冯姑娘那天清晨穿的那件网格浅灰色收腰上衣特别有气质，早这样的话，就不会拖成老姑娘了。其实，邻居们弄倒了。冯姑娘的气质是被某种东西'吊'了出来。"

我不太明白"某种东西"指什么，感觉既可怕又渴望。

最近一次，他跟我说，从女人穿着可以看出很多东西来。他一双小眼睛眨啊眨："比如一个女人正在谈恋爱，你说她会穿什么样的衣服？"

我按照电影上学来的回答他："时髦的款式、鲜艳的色彩。"

"错！迎合男人的口味。"

"该怎么迎合呢？"

"问我啊！我们这行从古至今都是最懂女人心。"他指指电视机，"那天晚会翁倩玉唱歌，她头插羽毛，身穿羽衣，唱到高潮时，双手挥舞，像飞上天空的鸟。男人对得不到的东西，特别喜欢、向往。"

我听得有点烦："你还没回答我的问题呢。"

"好比汽油浇在木头上，衣服是助燃剂。"

我追问了一句："冯姑娘表哥长什么样？"

他摇摇头，扔下我去裁剪。

我没离开裁缝店，母亲被几个妇女搀扶着劝回了家。我翻弄着棉布、麻布、的确良、丝绸等面料，延续上次的话题，只是具体到关于衣服款式和色调等。我俩聊到很晚。他对街巷里每家发生的事情，都能说出几句评语。我拐弯抹角地提到了马丽丽。他马上接嘴，那家三个女的衣服都出自他手。

"大女儿眼睛特别大，喜欢穿黑裙子。"他双指捏滑石，其他三指做了个放大的姿势，同时瞟了我一眼，"照我说，红衣服才好，既喜气又辟邪。"

我没问中年男人的事情。他也没提到。

突然，两台机器都停了下来。他大大地打个哈欠，眼里充满泪水。我还是不想回家。

寂寞空荡的小弄堂里，几个家庭的悲欢离合冲撞着我单薄的胸膛，冷风吹来，令我汗毛凛凛，心跳加快。

鬼使神差地，我又转回黄色小楼旁，百无聊赖地抚摸着瑞香花瓣。此刻，无数花粉正朝我鼻腔奔涌而来。突然，我看见中年男人靠在围墙上抽烟。见我过来，招手、掏烟，发我一根。

烟在我喉咙口转了一圈，又辣又冲。我试着喷出一个烟圈，却不成形。

厚厚云层挡住月亮，他用中指弹出手中烟蒂，一点亮光划出一道弧线："明天要下大雨。"

他虽是本地口音，尾音却拖着怪腔。

"你是马丽丽家里人吗？"我实在没什么好搭腔的。

"怎么说呢？这事情有点复杂。我姓顾。"他无奈地笑着，低头又点了根烟，"你以后想做什么？"

我体育各项成绩都很好，特别是中长跑，不过想做专业运动员年纪已经大了："跟体育相关的工作我都喜欢。"

顾叔好像一眼看穿我："你的虚荣心在作怪呢。比如你现在跑在队伍最前面，是为了吸引马丽丽目光。今后呢，你还想吸引王丽丽、张丽丽。"

"不是的！"好在他看不出我脸红，"其他科目和事情让我烦躁，不知所措，不会怎样去应对。我只喜欢体育，在场地上，在跑道上，身体和脑子都轻松自由。"

"你说得有点道理。不过，心里有了疙瘩，还是要主动去解决。"说完，他转过围墙，消失在大门里。

我琢磨着他的话，穿过小弄回家。

打开门，母亲坐在饭桌边。饭桌上摆着那块红料子。

我直接走向自己狭小的厢房，被母亲喊住：

"把今天的药吃了。"

我最讨厌那些药丸，伪装成漂亮的粉色糖丸样子。

母亲拉着我的手，让我坐下："没人害你。这药会让你改掉自言自语、胡思乱想的毛病。"

我看着母亲网格浅灰色外套，想起沈裁缝的分析。"冯姑娘也穿同样的衣服。"

母亲不解地看着我："什么冯姑娘？"

猛地，我看到母亲身后闪出一条黑影，高大得将我俩都罩在黑暗里。

看我惊恐的样子，母亲回过头，站起身，走到五斗橱前，摘下父亲的像，轻轻拉开第一个抽屉，摆放进去。

我快步走过去，拉开抽屉，把像重新挂起来。

母亲又开始啜泣："三年就可以不挂的。现在五年都过了。"

我抓住药丸，用力扔向窗外。没什么可以束缚我的思想。

跨进自己小房间前，我不由得转过头来看了母亲一眼。她鬓角花白，额头上皱纹又多又深。我心一软，差点说出一些安慰她的话。可我咬牙忍住了。

我洗脚躺下。小弄里老是传来窸窸窣窣的声响。我在小板床上翻来覆去睡不着。透过天窗，我看到月亮从云层里钻了出来。看来顾叔的预言大可不必当真。

早上起来时，母亲正用脸盆在接房顶漏下的水。小弄里雨声一片。我心中叹息，糟糕！与马丽丽的约会看来要泡汤。

母亲不动声色地端来粥、腐乳、酱瓜、白煮蛋，小心翼翼地跟我说："等雨小点，我把布料交回去做。"

我不声不响地吃完早饭，拎书包、撑伞扎进雨里。

教室里，我尽量在马丽丽眼前晃，做各种夸张动作，甚至发出奇怪的声音。可她没看我一眼，表情就像木偶娃娃，可爱却没感情。无声、无动静像巨石压迫我胸膛，心脏受不了，太阳穴也一鼓一息的。

中午雨小点，我翻墙出学校，漫无目的地在街头巷尾走着晃着。

下午快放学的时候，我从睡梦中醒来，抬头看看自说自话的老师，各做各小动作的同学们。突然，我发现马丽丽位置空了！

我坐在最后一排靠后门的地方，趁老师板书，一转身溜出教室，奔向马丽丽家。

雨还在下。瑞香花气被压得很低，甚至我眼里都流出那种怪异的气味。黄色小楼的楼道里还是昏暗难辨。我冲上顶楼，敲了好几次马丽丽家门。没人。用手一推。门竟然开了。我跨进右脚的时候，喊了声："有人吗？"没人回应。我不敢深入，就在门口小竹交椅上坐下。万一马丽丽回来，我能第一时间见到她。

眼神一晃，顾叔出现在我眼前。他对我耸耸肩，在另一只小竹交椅上坐下。风中雨腥味强烈，雨丝从楼道破损窗户里溅入。

"马丽丽一直跟我作对。还带着妹妹一起。"顾叔说话带着火气。

"她下午课上到一半，人去哪里啦？"

顾叔笑起来像古装戏里的奸臣："嘿嘿，你这么关心她啊！"

我把凳子往前移："你做了什么？"

"这么大的雨，淋在身上够受的。对吧？小伙子！"

我觉得他话里有话："别废话，马丽丽到底怎么回事？"

"从前，在一个寒冷的冬天，赶完集回家的农夫在路边发现了一条蛇，以为它冻僵了，于是就把它放在怀里，让它苏醒过来……"

我阻止了他拿腔拿调的讲述："你说恩将仇报的故事干什么？"

"原来你知道这个寓言啊？"顾叔转过头，脸上带着轻浮表情，"说得好，继续说下去！"顾叔甚至抬起了一只手，做了"请"的手势。

我警觉起来。可脑子似乎有点不够用。

"这里、那里！房子、家具、家电、锅碗瓢盆等，你所看到的全部，都是我的！没有我，她们只能蜷缩在棚户区的破房子里。给她们吃、住、学习，现在倒好，根本不把我当回事了。"他一手拿过黑皮包，空手伸进去，拿出来的是零钱、奶糖、饼干、蜜饯、金币巧克力，一把接一把扔出来，堆在我脚边。渐渐地，那些甜蜜的东西，有诱惑力的东西，离我的手、嘴和脑子越来越近，曾有一瞬间，我想抓起它们当中的任何一件，但是，一个声音在我脑海回荡："坚持住！再黑也要挺住。"

顾叔抓一大把往我手里塞，脸上带着神秘微笑。我想到了马丽丽。我应该向她学习。眼前这些东西分明就是陷阱！我不能分神，要保持脑子清醒。"你到底是什么人！"我大叫着。

"我一直在你身边，从来都是，今后也是！"顾叔又玩起纸牌，一张张花花绿绿的牌跳着舞登场，"五年前那个周日，你们一家三口，踏着春日晨曦，带着面包、水果和汽水，转了两趟车来到山里。啊！那时节梅花、桃花、樱花都开了，还有金边瑞香。你母亲把大塑料纸铺在梅林边的草地上。阳光下，你父亲脱下棕色细纹灯芯绒外套，跟你比登山速度。你们几乎同时到达山腰的迎客亭。远处湖面上的金色涟漪让他感慨万千。'大自然主宰着我们的一切！'他说了这句话，对吧？"

我的心脏像被什么东西击中似的，狂乱抖动起来。第一次，我主动想起那些粉色药丸。

"你跟着父亲回到草地，一家人开心地野餐，真是幸福啊！"顾叔叙述变得缓慢，"下午变天了。山里风大起来。你们赶到郊区公交站的时候，雨滴飘落下来。破旧公交车很挤。很多无座旅客。你父亲站起来，把位置让给一位白发老太太。你头靠车窗迷迷糊糊睡着了。"

我像听故事般认真，一些光影透过密林浓荫投射到我脑子里。

"咔嚓！"顾叔右手从头顶往下斜劈，"一个惊雷打在公交车附近。狂风暴雨中，车大灯只能照出前面十多米。车子发出呻吟，在蜿蜒山路上缓慢行进。突然，车前方迎面驶来一辆农用三轮摩托车，驾驶员发现时，几乎马上撞上车头。正在此刻，又一个雷落在附近。驾驶员往外急打方向盘。车子哀号着翻入山谷。"顾叔用"嘘"结尾，手从上到下画了一条抛物线。

我心脏猛地停摆，眼前闪现出三四个顾叔，我不知道去打哪个。我平时打架那么出色，同学们都让我冲在第一个。可今天，我只能颤颤巍巍伸出手，像个软蛋、脓包。

远远地，从寂静的深处，爆裂出光与火，吞噬着原野、森林，甚至岩石，惊人魂魄的震荡让我浑身战栗。冲击波将我每根汗毛竖起，灼热与极寒同时抵达五脏六腑，震碎了每根血管，麻痹了每根神经。

我把双手紧紧捂住双耳，坐在小竹交椅上，闷着头，只听到自己急促的呼吸和心跳。

好不容易，我把注意力拉回到马丽丽身上。

她该不会跑去我昨天与她约定的地方吧？昨晚，顾叔朝我使个眼色，我才放的粉色蜡纸，难道被他做了手脚？

我焦急万分，站起身，膝盖、大腿上的零钱和零食哗啦啦地掉落一地。我踩碎了金币巧克力，踩烂了陈皮和橄榄，拼足全身力气将顾叔拱翻在地，楼梯上充满了食物的气味，扑克牌飘满每个台阶。

那是一个刚修葺一新的古典园林。圆洞门还用几块旧门板挡着。我清晨长跑时，看着这个废园一天天变新。我认为马丽丽会喜欢。

我轻轻移开旧门板，钻进园子。我沿回廊朝里走。雨水打在水池里，红鲤鱼张嘴浮到水面呼吸。约会地点我选在后院六角亭。那天我晃到后面，工人们正在挂亭名牌和对联。不知怎么的，记性很差的我，牢牢记住了"长守亭"的名字和"笔墨今宵光更艳，梨花带雨晚尤香"的对联。粉色蜡纸上，我生怕奇怪的书法一时蒙蔽马丽丽眼睛，故意把"长"字写成"長"。

后院传来说话声，我暗中使劲，悄悄地加快步伐。天空暗了下来，预示着一场暴雨即将来袭。

"長守亭"里空无一人。我身体紧贴后厅墙壁，透过七彩玻璃窗往里张望。长窗前，班主任和马丽丽并肩站着，紧盯长守亭。

班主任白白胖胖的手上拿着一张纸，粉色蜡纸！此时完全摊开着。我的秘密完全暴露在她眼前。不由得一阵愤怒涌到胸口。她是物理老师，常拿我的试卷做"示范"。

"现实世界只有三个维度，加上时间轴，也就四个维度。这位同学倒好，说远远不止三个维度，那我要请问你，你说四维、五维、六维呢？"

我一本正经地把手指向脑袋："很简单啊，我睡着了就全看见啦。"

我刚说完，大家都拍桌子、凳子大笑。我觉得他们才可笑。同时也发现，只有马丽丽严肃地盯着我看，没笑。

我盯着马丽丽的背影看，惊奇地发现，长辫子里藏着一张脸。有点像我，有点像她。盯的时间久了，那脸上的嘴开口跟我说话。我怕其他同学听见，左瞧右看，同学们在看小报、手抄本、明星照，没人听老师讲课，更没人注意我们。那张嘴跟我说了好长时间，好多东西我都忘了，到后来我"哦哦哦"的声音惊动了老师，老师让我站到走廊里。令我惊讶的是，我还是能够听到那张嘴滔滔不绝说出来的话。下课后，我迎面碰到马丽丽，她还是以独有的空洞眼神看着我。我想告诉她一些真相，从她背后那张嘴得来的信息，可我不敢。我花了几天时间找了包括沈裁缝在内的街坊、同学，我的"感应"得到基本印证：她的遭遇和境况与我竟然如此相似。这也是我敢递给她粉色蜡纸的原因。

我不知道粉色纸条是怎么落入班主任之手的。从马丽丽镇定地望着长守亭，不时与班主任交谈几句看，主要原因看来在马丽丽身上。我低估了她，还是她与长辫子里的那张脸闹了矛盾？

就像刚才推倒顾叔，奔逃出马丽丽家一样，此刻，我选择绝不逃遁！

我从墙角转出的角度，斜对着长窗。马丽丽眼角扫到我，惊呼起来。班主任把胖胖的身子挡在她前面。

这是干吗？难道班主任认为我要伤害马丽丽？马丽丽也是的，很正常的事情，非得搞成这么难堪。我不由得想起顾叔的那句话："根本不把我当回事！"

我把手伸出来。班主任护着马丽丽往后倒退一大步："你要干什么？"

其实我只想拿回属于我的粉色纸条。在这个大雨即将落下的黄昏，我想亲手终结一段走入歧途的情感。

然而，我的手还在不自觉地往前伸。班主任大喊一声："来人呐！"

后厅里高大的刺绣屏风后，转出四五个高大男同学，猛地向我扑来。一股气憋得我眼前漆黑。

我醒来时，几个女声叽叽喳喳吵个不停。

"你看看！小小年纪写出这么露骨的话来。"

"不可能，这不是他写的。我了解我儿子！"

"您不要不信了，这真是他今天早上放在我课桌里的。"

"反正我就是不信。"

粉色纸片在她们手里迅速传来传去，像击鼓传花，三个人都怕粘在手上。

我从床上直起身。她们传来传去的那些信息与我脑子里的记忆半点都匹配不上。我伸手抢过粉色纸片。脑袋"轰"的一下差点爆炸。熟悉的纸片，陌生的话。我使劲揉眼睛，再睁开。"我再也不能把你当弟弟看待了"无端消失了。取而代之的是大大小小的几行字，我一个体育生，根本没有水平写出这样的诗句献给心爱的女孩。可这些话看上去有点眼熟，我拍脑门想着。

突然，我跳下床。"是他！一定是他。"

天早就黑了，雨还在下。我往弄堂深处奔去。三个女人在后面喊着追赶我。我好像一直在等这个时刻。浑身的热量在大雨里散发殆尽，脑子的热度也在下降。如果铺一条笔直的跑道在我脚下，我会一直奔跑，直到我倒在地上。雨水和着泪水，湿透了我破旧的衣服。

我熟门熟路地冲进黄色小楼院子。门卫根本拦不住疯了似的四个人。我们像一列火车，驶进高高的隧道。隧道里空无一物。

我愣住了。那是一套空房子！

"呼哧！呼哧！"后面三个女人上来了。

"你跟妈妈、妹妹一起住？"我转头问马丽丽。

"是的。"

"她们人呢？"我自觉问得很奇怪。

"她们当然在家呢。"

"为什么不在这里？"

"为什么要在这里？神经病！"她的回答充满戒心。

母亲拉住马丽丽，在她耳边低语一声。马丽丽眼睛斜向一边，不再看我。

我却还不罢休，冲她嚷嚷："那顾叔呢？"

马丽丽刚要回答，母亲对她使了个眼色，她不响了。

"我不会记错，我已经来了两次。顾叔都在！下午他还给我零钱、糖果、零食、金币巧克力，堆得这么高！"我用手在膝盖上画了一条线，对着母亲，一字一句地说，"顾叔还说到五年前我家的郊游和那辆破旧公交车。"

母亲按住我的双手："别急别急，深呼吸！"她一只手已经伸进口袋，似乎犹豫着要不要给我加一粒药。

班主任将一下刘海："我到丽丽家去家访过。她们家在边上一幢一楼最西面。"

我茫然地望着班主任："那顾叔呢？"

班主任耐心好："你说说那位顾叔是什么样一个人？"

我注意到，经过刚才一阵喧闹，门卫和一帮闲人围在了房门口。

"顾叔四五十岁，瘦小头发少，头顶几乎全秃了。眼睛小，皱纹多。说话像女人，跟唱越剧的差不多。他抽烟，还会变戏法。他把一副扑克牌在空中拉来拉去，一副牌像在跳舞。"

门卫和围观的人互相看看，露出惊奇表情。

母亲走上前，轻声打着招呼。门卫他们几个嘀嘀咕咕与母亲交流着。

"肯定是他！顾叔改了我写的内容。这不是我写的。我只写了第一句话！后面的都是他模仿的。"

"哪有模仿得这么像的？明明是一个人的笔迹。"粉色纸条在他们手里传的时间就长多了。

"等等！这内容好眼熟啊！"门卫突然喊叫起来。

狭小的门卫室挤满人。门卫解开旧报纸上的细麻绳，一张张翻找。白炽灯下，各种形状脑袋的影子映在报纸上，分食着一条条新闻。

"有了！在这里。"门卫指向法制版上的头条通讯。通栏标题威严醒目："严厉打击刑事犯罪，净化我市安居环境"。他把手指移到左下方，大声读了起来："我市刑满释放人员顾某，借居表妹家。表妹是一纺织女工，离异，育两女。顾某以零钱、小零食、演小魔术等为诱饵，多次猥亵两名未成年女孩。顾某擅长写字、写诗，经常给大女孩写露骨的情诗。"

他深深吸口气，准备冲刺般，吸入浑浊空气，然后以刺耳高音朗读起通讯里转借的几句。

与粉色纸条上写的一模一样！

大家鼓噪起来。

"这个小朋友见的原来是个犯人啊！"

"犯人文学水平倒还不差呢！"

"我说什么来，你看，报纸上说了，那几句情诗是引用外国人的！"门卫大声朗读起来，"我喜欢你是寂静的，仿佛你消失了一样。好像你的双眼已经飞离远去，如同一个吻，封缄了你的嘴。"

人群里响起口哨声。"哎！怪不得报纸上说那个大女孩还迷上罪犯呢。"

"喂！你再找找有没有更多细节？"

门卫耸耸肩，把脸转向我，语速慢得像电影转速出了问题："上个星期，他被枪毙了。"

几乎所有人都从我身边退了一步。母亲上来紧紧抱住我双肩。

"请原谅他！不过他跟'枪毙鬼'没有任何关系，我保证！"母亲跟大家解释，用了一个在太阳穴转圈的手势。

大家喋喋不休时，从雨里冲进一个人。

"我找到了！"马丽丽浑身湿透，手里拿了一张破烂布告。摊在报纸上，是顾某的布告。

"每天下课，他都跟着我。他以为我不知道。不过每次我进院子后，他也就不跟了。他就在弄堂里走来走去，我通过我家西窗看得很清楚。这张布告是上周贴出来的，他站在布告下看了好多次。"马丽丽的声音变得柔和细腻。

母亲眼泪出来了："请大家不要怪他。要怪就怪我吧。"

天空中有了闪电和惊雷。门卫室的灯泡忽明忽暗。

我眼前出现破旧公交车里的灯泡，忽闪了几下全灭了。我在滚动，大家都在滚动，玻璃碎了，大小不明的各种东西掉下来、砸过来，惨叫、尖叫、哭号充斥黑暗空间。突然，车子静止了，声音隐遁，我保持腾空的姿态。安静得让我害怕。"啪"的一声，车子撞在硬物上，再次弹起。就在我将要被甩出车窗撞向岩石的时候，一个闪电亮起，把车厢照得像雪夜。猛然间，一个身体斜插过来。我重重地撞在这个身体上，而以身体作为车窗的他接连被岩石撞、拖、拉。一片黑暗。似乎我又见了光，有光束在晃。我趴在山坡上一处柔软草窝里。我被抬上担架，鼻子里充满烟草味，这是父亲的气息。啊！我的父亲。

班主任长叹口气，打散我眼前的场景："没事了，大家散了吧！"

门卫借了两把伞给我们。母亲跟我撑一把。班主任临走时对马丽丽挥挥手，马丽丽犹豫了一小会儿，像只小猫似的跳到班主任伞底下。

走到弄堂里。马丽丽对母亲说："您不要怪他，我都明白了。他都是为我好，替我防备着呢。"

母亲也安慰她："是呢。事实上，他很简单，爱憎分明，不是好就是坏。"

我看看母亲，猜不出这是表扬我，还是埋怨我。

班主任把粉色纸条还给我，回手将白色布告纸撕得粉碎："一切都被安排好了，没什么可改变的。"

母亲跟班主任和马丽丽道别，带着我向沈裁缝店走去。拐过街角的时候，我瞥见大黑伞下一胖一瘦两个女人，正默默注视着我。我心里一酸，赶紧别过头。

大雨天的晚上，裁缝店没有客人。沈裁缝跟着收音机哼唱："我本真心托明月，谁知明月照沟渠。泪似湘江水，滔滔不断流。愁似秋夜雨，一点一声愁。"

我们收伞跨进店门，沈裁缝一激灵。

"红布料还给我吧。不做了。"母亲收起伞，有点抱歉。

"哎呀。"沈裁缝把收音机关了，说话声音更细更尖，"我都开好片了啊！"

"刚才我想通了，真的不做了。你看，现在他穿这件衣服不再显大，合身了呢。"母亲边说边用手帕擦眼泪。

沈裁缝跟着叹了口气："这也是我做的呢。好多年前，我刚在街上把店开出来，他爸把当时流行的棕色细纹灯芯绒面料交给我。手一摸，顺毛一片亮，逆毛一片暗。可你看现在！"他抓住我胳膊，抬到灯光下，"绒条都磨没了！"

绒条被磨平的地方，已经薄得像一层纱。透过薄薄的纱，我看到了一片白色光亮。

光亮中，父亲正向我走来。我等得眼睛酸了，眼泪出来了。他却还在走过来的路上。我可以望见他的眼眉，叼在嘴边的香烟还在冒烟。渐渐地，那片光亮越来越强，白得耀眼。

父亲在光亮中微笑。那微笑使光更加暖和。父亲与光融为一体。他真的走了。

母亲回头对沈裁缝说:"麻烦你跟他说一声,那事就算了。以后我们还是不要再见面了。"

我脱下棕色细纹灯芯绒外套,拉住母亲的手:"给我做一件红色外套吧。"

暗夜公路

　　我背个大包，拐杖点地，垂头朝前走。今天就到台湾老板的限期了。我想了很多办法，感觉背包要把背压塌。

　　许大宝跟在我后面。前晚，气血上攻倒地后，他一刻钟才缓过来，后遗症就是左脚崴了。台湾老板没找成。一天一夜，他基本没睡觉，我把吃喝端给他，他都只是草草应付几口，眼睛又转向大门。明知盼望的事不可能发生，可他还是直勾勾地注视着门。昨晚，他突然把头转向我，问我借一根拐杖。他接过拐杖走出门时，我似乎看到他眼睛里闪过一丝光亮。

　　他出去很久。我探出头，俯瞰热闹的城中村夜景。路边摊桌边斜放着一根拐杖。许大宝身边围着一群赤膊穿短裤的人，他们正指指点点说着什么。拐杖被遗弃，我发现自己更担心拐杖时，有点不好意思。回过头来，我继续思考还债办法。

　　"几点的车啊？"许大宝拖着箱子问我。他已经不用拐杖了。

"快到车站了。"我加快了脚步。

零点过后，许大宝进屋。一声不吭，铺席躺下。一整夜，我没怎么睡着。他翻身、伸腿的声音没停过。天一亮，他把我叫起来说："我要回去，今天就走。"说完，独自整理行李。

"你送我去火车站吧。"许大宝拿到火车票仔细端详。而我在购票服务站没买到两张汽车票。

"汽车直接到火车站广场，你拿好火车票和身份证，在检票口进去就行。"我没松口，反复关照他怎么进站乘火车。

刚走到站台，汽车就来了。许大宝犹豫着接过背包，张望汽车车厢，见空了不少位置。"补张票，你送我过去吧，我身体不好，恶心、头晕。"

我有点火了，过不过得了今天这关还很难说呢。许大宝还想浪费我时间。"火车上吃的干粮和四罐啤酒我放到背包最外层了，你拉开拉链就看得见。"

他见我坚决不上车，磨蹭到最后一个上车。刚坐下，汽车就启动了，他模糊的脸一晃而过，我似乎看见他举起右手摆了摆。

不过，我一回身就忘了这个动作。我急着赶回厂里，跟台湾老板讨价还价。其实，我脑子里只是形成一个新营销计划，不知道筹码分量够不够。

"你一分钱都还不了，居然还敢来跟我谈？今天必须把钱还清，不然让你也去吃牢饭。"台湾老板让秘书把我赶出办公楼。

我垂头走在工厂围墙的阴影里。一辆接一辆厢式货车从我身边驶过，带起一阵风和尘土。明天起再也看不到这样火热的场景了。我索性瘫在地上，灼热的柏油路面烤着我残疾的腿。

啊！残疾，我是残疾人啊！我迅速在脑子里过了一遍事件经过。许小银如果把货款还上，就不构成犯罪，而是销售方式创新。如果回笼不了货款，可以视作许小银贪污企业公款，也比盗窃罪来得轻。至于我，我有什么问题？只是给了许小银仓库钥匙，而这更加证明我们是在为工厂开展营销工作。

我一跃而起，单腿站立，向一辆黄色出租车使劲招手。

"知道残联在哪里吧？快开快开！"

那年，我算职校毕业，听多了港台歌曲，头发烫成刺猬。连街道办的剪刀厂都不要我。我想很有可能是厂长们接受不了爆炸头。

我把没人要的事实告诉许大宝。他正在补渔网。黑洞洞的房间里吹出来一股腥味。他看了一眼天。

"乌云来了，我去野塘。"

我拖着皮鞋进屋，鞋帮上掉下两块烂泥。同时，许小银撞上了我。

"我把他们全切了！"他捡起掉在砖地上的菜刀，拨开我往外冲。

我伸出右手把他拦腰死死抱住："你有这个本事吗？来！往我手臂上砍一刀。"

张水香一瘸一拐走出来，一声不吭地夺过许小银手里的菜刀。掀开腌菜缸盖子，抽出一条咸菜，走到屋角煤炉边。

"爸爸打鱼回来，妈，我们吃咸菜烧鲫鱼啊！"许小银很快忘了街头纷争。

张水香没说话。我知道即使有鱼，许大宝也要赶在暴雨之前卖掉。卖不掉才拿回来的都是些小毛鱼。

那天晚上，出乎意料地，我们吃到了咸菜烧粉皮。许大宝用两条小鲫鱼换了豆制品摊主的几张粉皮。张水香把最后两条小鱼干一起扔进锅里烧。

许大宝密①着许小银打来的散装黄酒。他不怎么吃菜，一颗颗地嚼张水香做的盐水花生。

扒完几口饭，张水香拿起钩针，凑到白炽灯下织补衣物。饭桌上空一道道黑影晃动。许小银扫光所有饭菜。

许大宝仍是一口酒，一粒花生米。我想跟他说些什么。可他的呼吸沉重起来，一口痰在他喉咙口上上下下，空气里散发着催眠的酒气。

许小银打来的是最差的黄酒。许大宝不管这些，只要满一斤。这是他每天的定量。如果中午想起来要喝，还会加半斤。我从有记忆起，许大宝一直在喝酒，张水香一直在织补。

趁他眼珠还没僵之前，我把自己的想法说了出来。饭桌上空的黑影停顿一会儿，接着又飞舞起来。许大宝咽下一口酒，那滋味似乎堪比琼浆玉液。

"跟谁一起去？"

"好几个人。"

"他们怎么会要你？"

---

① 方言，偷藏

"我们都是同一类人。厂里要免税。"

许大宝从不正眼看张水香，那天晚上，他郑重其事地转过头，盯着张水香看了好一会儿。张水香始终低头干活，不说一句话。

绿皮火车一直往南开。我对面坐的三个人和身边的两个人，都是一起的。介绍人睡了卧铺，隔一段时间走过来看看我们。他特别照顾我对面的女孩，拍拍她的肩，然后飞快地打手语。女孩却粗暴地用几个简单手势回答他。有几个手语，我都猜得出什么意思。见我盯着看，女孩狠狠瞪了我一眼。我把目光投向窗外风景。

这是我第一次坐长途火车。短途的有两次到邻市，一次喝喜酒，一次奔丧。奔丧那次，我知道了自己不是许大宝、张水香的亲生儿子。当时我极其疑惑，对告诉我秘密的远房表姐说出心里话。

"我一瘸一拐的样子，跟我妈走路一模一样，怎么不是亲生的？"

"张水香那是天生的。你这是小儿麻痹症。跟遗传没关系。"表姐根本没遮掩，看来这事在亲戚中不是秘密。当事人总是最后知道真相。

"许小银不会跟我也一样吧？"当时许小银刚学会走路，到处横行。

"他们认为不能生育。领养你最主要的原因是个男孩。许大宝总想着香火不能断。哪知道你倒是个'引子'，把许小银牵出来了。"

"他们不该领我的。"正常情况下，我撑一支拐杖。不过，我可以短时间抛掉拐杖。当时，我把拐杖往外一推，拐杖倒在水泥地上的声音，惊动了许大宝、张水香。表姐从我身边溜走了。

深夜，大家歪头睡觉。我还是紧盯窗外，黑暗中闪过的每一处亮光，我都要研究光的来处。有一座大桥很长，火车通过花了好几分钟，桥梁上的灯光一闪一闪，我只在心里微微用劲，就算出整座桥梁有一百个灯。

很晚，许大宝才送我进小学读书。我坐在教室最角落里。老师们从不把我当回事，不提问、不查作业、不发考卷。我用一把小刀，在课桌上刻了一群鱼。有个监考老师闲着没事，逛到我身边，发现了这些鱼。问班主任为什么不给我考试。班主任轻声回答这个学生编制在特殊教育学校。监考老师也就不管我了，坐在我身边做数学题目。我实在无聊，也侧过脸去看那些高年级的题目。

一天下午，许大宝去野塘撒网，我跟了去。到黄昏收了三次网，居然收了十几条野鲫鱼。许大宝心情很好，他大中小分了三个塑料袋，还把几条小杂鱼装到另一个袋子。到鱼摊称重的时候，他又犹豫着要不要留两条小鲫鱼带回家。跟鱼贩子论分量、质量，讨价还价。鱼贩子给他十块两毛，还了两条最小的鲫鱼。许大宝嘀嘀咕咕转身走出几步。我没走。

"哎！你算得不对。"我用拐杖点点地上的鱼，对鱼贩子说，"大鲫鱼每斤 3 元，2 条共 2 斤；中鲫鱼每斤 2 元，4 条共 2.4 斤；小鲫鱼每斤 1 元，6 条共 1.2 斤；小杂鱼每斤 0.8 元，3 条共 0.6 斤，应付给我们 12.48 元，扣除我们拿回的 2 条小鲫鱼的 4 角，应该是 12.08 元。"

许大宝快步走回来，鱼贩子瞪着空洞的双眼望着半空。

"你是怎么算出来的？"许大宝捏着票子，寻着沿街的酱园店。

"跟在你后面，看都看懂了。"那次丧事过后，我就没再喊过许大宝、张水香爸妈。我爸妈在触不可及的地方。

监考老师一道题做错了，我想了半天，伸出手点点那个地方。她看了一眼，又惊讶地瞧瞧我。

我在南方燠热大城市里的第一份工作，简单到让人不可思议。流水线送来线路板，用电烙铁焊线路板上固定的两个点，每个点给一秒钟，两秒钟后，流水线把线路板带到下一道程序。我通常一秒钟不到就点好。那些空着的一秒钟集中起来，我每天可以歇上四五个小时。

不过，每到有人来检查，线路板停留在我面前的时间就翻倍，要求我做完下两道工序的活。那时的车间，工人少了一大半。留下的，有残疾证。有一个活必须一只手固定元件，同时另一只手点焊，我有点手忙脚乱。检查结束，那些生龙活虎的人回到工位上，照常讥笑我们。我又回到一秒动作、一秒发呆的老样子。

表姐没跟我聊天之前，我想法很单纯，每天设法讨好爸爸妈妈，用健康的右手管住许小银。

一天傍晚，许大宝铁板着脸招呼我跟出去捕鱼。等了好几辆公交车，都不许带渔网上车。许大宝又拦了几辆卡车，发了几根香烟。有个司机愿意让我们爬进车斗，把我们带到河谷。车进山路，我被山路两旁的野花吸引，忘记了风中的寒冷。

山谷里水很浅，许大宝踩着一块块突出河床的大石头摸到水流湍急处。我连爬带撑跟着。

"为什么来这里？"面对完全陌生的环境，我敏感的天性冒了下头。

许大宝用力撒开网，把绳子交到我手上。"水越急，鱼越好。"他示意让我坐到大石头上，"这个季节，很可能网到鳜鱼。手不要松，听我命令。"他在我边上待了几分钟。摸摸口袋，香烟和火柴放在岸边了。他嘱咐我几句，走回去。我回头看时，他已经靠在一棵大树上抽烟。我安静地看着流淌的河水，想着班主任对我说的话。学校对我进行了关于数学方面的严格考核，结果，成绩比毕业班的优秀学生还好。校长亲自问了我的情况，令她惊讶的是我来自许大宝、张水香那样的家庭。她不准备把我送去特殊教育学校，而是让我参加区里、市里组织的数学竞赛。我听了班主任的话，有种说不出的滋味，像感冒时，有人端了热气腾腾的鱼汤让你闻。这件事，我没有告诉许大宝、张水香。

水的颜色逐渐变深，光线一点点暗下去。我回头再看许大宝，想得到他拉网的指令。他不见了。我高声叫了几声，山谷传来连绵回音，就是没有回应。

似乎只在滴答之间，河水漫了上来，踩过的岩石，有些已经没入水中。渔网吃住了力，使劲往下游漂。我用拐杖撑住岩石，顽强抵抗着。渔网是全家的饭碗，绝不能放弃。远处传来轰隆隆的声音，水流更急了，每次冲向岩石，水位都在上涨。谷底黑透了，天空中还透着一点深蓝色。我用已经哑了的嗓子连续喊："爸？爸爸！许大宝！"很快，激流的声音压制住我的喊声。我的橡胶鞋里进了水，寒气通过软绵绵的左脚往上冒。危急关头，我想到了插在裤腰带上的三节电筒。我撒开拐杖，拐杖漂到河中央，转着圈滑向下游。我解开左手腕上的绳索，任渔网沉入水底。我用电筒光探索可以落脚的岩石，可是，来路水汪汪一大片。裤脚湿了，我随时随地都有被水冲走的危险。我此时产生一个可怕的念头，很快，又拼命摇头否定。挥舞手电筒，嘶哑地喊救命。光越来越暗，声音越来越弱，我的身体快冻僵了，随时都能被水托起来、漂走，再沉溺。我望见了夜空里的星星，地球上所有生命，包括动物，都一一对应天上星。我呼吸开始困难，无法喊话，脑子里只有一个指令：摇电筒，不能停。

我被救了。水文观察员看到了河中央微弱的光亮。

他把我身子擦干，许大宝出现了。

"这几天上游接连降水，河水涨得猛。其他人都被吓跑了，就你胆子大！"

"是是是！不敢了不敢了！"

许大宝脱下外套，紧紧裹在我身上，我在抗拒中品尝到从没有过的滋味。

看守所的通道建在牢房上。我跟在警察后面，拐杖点在厚玻璃上发出"咚咚"声。嫌疑人仰起脸，通过玻璃顶注视我。有凶狠、麻木、疑惑等各类表情。我尽量快步走，跟上警察步伐。他是车间主任的表弟。主任跟他打了招呼，我才得以进去看许小银。

在意识深处，我似乎早就来过这样的地方，因为我总觉得许小银会出事。倒不是我掌握他多少闯祸证据，我就是觉得一个"蛮"到极点的人，到最后收拾他的必定是国家机器。

跟许小银见面，并不是影视剧里拍的那样隔着铁栅栏说话。我在一间会见室门口做了登记。警察开门让我进去。许小银坐在一张方桌后面，没有手铐脚镣什么的。另一个警察站在他身后。我把衣服、食品从背包里拿出，给警察看。警察没说什么。

许小银回头看看警察，警察对他点点头，他才回答我的问题。不过他用了家乡方言。警察没有制止。

"我没有去打你那些同事。对了，这个事情千万不要对许大宝说啊。"

"你已经三天没影子了。他问了我好多次。我说你出去卖货了。"

听到"卖货"两个字，许小银低下了头："我也是被逼得没办法了。"

"本来，我还有钱替你还债。现在，我要先借钱还台湾老板。"

"我控制不住他们。原想把我们以旧换新的那些货卖出去，谁料他们把仓库全搬空了。"

看到许小银凌乱的红头发、苍白的面孔、浮肿的眼睛，原来想责备的几句话，被我咽下了肚子。

台湾老板面对面跟我说话，一共两次，上一次表扬我的营销策略，这一次是今天早上，把我开了。他在台历上写了一个数字，撕下后，塞到我手里。三天之内，不还清这个数字，我也将被送进许小银这里。

看守所出来的那条路笔直通向公路，两边没有任何建筑，一排整齐的水杉树像卫兵在列队。

天很热，即使背包轻了不少，可还是走不快。没有人行道，我沿柏油路边走，拐杖时不时地碰到树根。碰得多了，我索性站住，擦擦头上的汗，仰望高插入云的树梢，以及被分割成若干小块的蓝天白云。

岁月静好的景色，逼迫我内心更焦灼。

我走进出租屋，许大宝的头从啤酒瓶丛中伸出。他舌头打了结，声音又粗又急："你跟我说实话。小银子到底怎么啦？"

我把背包卸下来，疲惫得很："我跟你说了，他去卖货了。"

"工友之间都传遍了，他把厂里的货偷出去卖，还他欠地下赌场的钱。"

"哎，他们就是乱传，你可千万不要信。货是我让他去卖的，仓库钥匙也是我给他的。"

许大宝举起啤酒瓶，喝完最后一口啤酒："我……我去找台湾老板！"

他扯下汗衫，换上衬衫，晃着身子走出房门时，犹豫了一下，踅回，把拖鞋踢掉，换球鞋。然而，在蹲下系鞋带的时候，他突然歪倒下去。我正在喝水，拐杖靠在桌子边。我赶紧放下水杯，想站起来。可手伸向拐杖的一瞬间，啤酒沫突然喷进我脑子，呼吸变得缓慢而沉重，然后，手脚也冰凉。不由自主地伸长头颈，探吸新鲜空气。身子快浮起来了，手牢牢抓住凸起的岩石，才不会被激流冲走。回过神来，我发现健康的右手正紧紧抓着桌子的一个角，大口喘着粗气，冷汗湿透后背。就这样，我默默地看着许大宝，一动没动。

我在南方大城市一直跳槽。我想总不至于一直做操作工吧。在第五家单位的时候，机会终于来了。

许大宝打给我电话，说许小银初中毕业了，想来投奔我。我接电话的地方，靠近销售科。销售科长正大声训斥科员们。我听不清许大宝的话，大致意思明白了。我让许小银不要盲目过来，这里活不好干，钱不好挣。等我找到机会再说。

"产量和销量总是对不起来。老板刚才发火了，再不对上号，就要把我炒鱿鱼。我保证，在我失业之前，你们先滚蛋。"

有人顶了一句："两个都是动态的，不一致很正常。"

科长骂道："你比我懂？现在是做得多，销量少，老板才急。仓库里积压这么多货，你们倒是动脑筋销出去啊！"

科长见大家都低下头，用力拍了拍身后的样品："提成增加！老板说了，电饭煲提8%，电蒸锅9%，电炖锅10%！"

销售人员集体"哦"了一声，转身散去，科长再喊都没用。

"科长好！"我在门口拦住科长。

"什么事？"科长盯着拐杖看。我已经把木头的换成铝的了。

"我想做销售。"

"你现在哪里？"

"装配车间。"

"行了，好好干活去。"

"我把电饭煲、电蒸锅什么的销出去，是不是真给提成？"

"台湾老板虽说抠门，说话还是算数的。"

"他们为什么兴趣不大？"我指指销售人员。

"他们是老油子，嫌油水不足。"

"您就看我的吧，肯定做出好业绩。"

第一个来咨询的是一个老头。他看了好一会儿我想出来的广告语。

"这上头说这里卖的电器都节能，电饭煲怎么节电？"

"您想买电饭煲啊？我可是干过车间的。给您一说就明白。您以前的多少瓦？"

"五百瓦吧。"

"您看这款，也是五百瓦，却比您以前的更省电。"我把样品拆开给老头看，"以前电饭煲内胆都是单层，现在是精钢五层复合结构内胆，聚能锁热，米粒受热均匀，特别香甜。"这话说得仿佛饭香已经飘荡在简易蓝色凉棚里了。

老头戴上老花镜，仔细翻阅说明书，过一会儿又放下："好我也知道是好的。可价钱比老太婆给我的钱高多了。"

我悄悄告诉他："我全市最便宜价给您！"

这是我卖出去的第一件产品。

每个市民广场都有人跑来管。我只能打游击。蓝色凉棚拆了搭，搭了拆。开头一个阶段最艰苦。利几乎全让给顾客，自己还出各种费用。累得加一根拐杖。两根拐杖一撑，围过来的人多了起来。这个现象提醒我，卖惨销售或许是个好办法。

忙不过来的时候，我突然想到许小银。

我没有想到许大宝一起来了。许大宝背着大包，左手拖行李箱，右手提蓝白条纹编织袋。许小银背一个棕色旅行包，双手向我挥舞。

许小银出生在半夜。外面下着雨。许大宝自从那天天黑之后，进进出出很多次。我问他生了没有。他让我赶紧睡觉。以往，下雨天我特别容易睡着。那夜，只觉得雨声烦心。就在朦朦胧胧的时候，大门猛地被打开。许大宝喘着粗气，自言自语道："啊！儿子，儿子啊！"

我翻身下床，跑出小房间。许大宝正往大碗里倒黄酒。"儿子，儿子呀！"突然，他瞥见我，顿时收了声。低头"咕嘟……咕嘟"喝完一大碗。倒第二碗的时候，以责备带轻松的语气问我："怎么还不睡啊？"

"我有小弟弟了？"每次看到街上小伙伴屁股后面跟着弟弟妹妹时，我心里盼望自己也有这样的跟屁虫。不过，我还是从许大宝眼里看出一些异样来。

许小银从小鼻梁高挺，鼻孔相对窄小。他不听我话时，一捏鼻子他就服帖。张水香每天晚上把许小银哄睡后，放到我边上睡。她攀上高凳子，凑在昏暗灯下赶活。夜里许小银哭闹、吃喝、拉撒，都是我弄。白天他更是跟东跟西缠着我。说许小银是我带大的，并不为过。

许小银懂事后不久，知道了我的真实出身。那天临睡时，他悄悄塞进我嘴里一块黑乎乎的东西。

"听隔壁弄堂里的上海强强说，这是最好吃的糖，叫巧克力。"

我脑子里又出现山谷里浸在水中的情形。说实话，我没有觉得巧克力有什么特别之处，没糖甜，还带苦味。长期缺乏油水，正在长身体的我，最盼望的是一块红烧肉。就像眼前突然出现巧克力一样，我清楚得很，许大宝、张水香经常"藏菜"。我从不点穿。不过一天傍晚，许小银闹了起来。

"我不吃豇豆，也不要吃青菜，我要吃排骨！"

许大宝嚼一粒兰花豆，再喝一口酒："哪来排骨？快吃饭。啰唆！"

我明白"啰唆"是什么意思。吞完饭，正要走出去。许小银不依不饶："拿出来！我看到了，在碗橱最上面的青边碗里有红烧排骨！"

半碗排骨，许小银和我，你一块我一块，两三分钟啃个精光。许大宝、张水香表情很不自然。我也觉察出来，许小银拿排骨、啃骨头的速度慢了许多。

火车站出来，我带许小银去吃了重庆火锅。许小银特别能吃辣，根本不像他爸妈。许大宝像个小媳妇坐在一边，在白汤里涮点鱼丸、午餐肉、蔬菜吃。红汤里溅出一点在菜上，他就大口喝冰镇啤酒，吐舌哈气。从那天起，他改喝啤酒，每晚起码三瓶。

出租屋灯光昏暗。许大宝默默地往饭桌下摊席打地铺。许小银坐在单人床边抱怨："你现在好坏也是个管理人员，怎么还不换换地方？"

我没有接他话。窗式空调频繁震动，已经让我心烦。我在笔记本上画着表格，填充好数据。

"明天台湾老板真的找你谈话？"许小银嘴和脚都闲不住，一来就结交了不少朋友。

我点点头，继续往本子上写。

许大宝插话："方便跟老板说说呢。"

我知道他想进厂干活。我正费力地抬左手压住塑料尺，右手画一根长长的直线。许大宝跟我俩出去三天，许小银就不让他去了，不会干事，反会搞砸。不过，许大宝不是来出租屋打扫卫生、烧水煮饭的，他想要赚钱。

"你妈病了。家里留了最后的五百块，我们就赶来了。"第一天晚上，许大宝放下行李对我说。

张水香的病很奇怪。一瘸一拐地走着，突然就倒下。那种失去重心地倒下，看到的人都惊出一身冷汗。据许大宝说，他只见过一次。过了两三分钟，张水香睁开眼，若无其事地拍拍身上的灰，站起来接着干活。这两三分钟里，张水香就像死了一样。许大宝把她送进医院，检查下来，说是一种心脏病。随时随地，心脏会停下歇歇。要动心脏手术，把心脏里的血管接通。手术基本要自费。术前保持不发病的办法是不动。

我很早的记忆里，只要我一睁眼，张水香总是在盯着我看。我喊声妈妈，她也不回答，还是盯着我看。她只抱过我一次，就是那次山谷里我被救上岸回家后。她把一条棉被裹在我身上，只露出一个头。她用三四块干毛巾擦干我头发后，紧紧搂住我不放。我听到她不均匀的呼吸声和喉咙里的哽咽声。这是我们之间唯一的亲昵动作。她也没骂过我，我也没顶撞过她。直到南下列车驶离站台，我预判今后跟她连客套的机会都很少了。

要不是许大宝把张水香抬出来，我隔天就买张票让他回老家。灯光下，许大宝抱着啤酒瓶蜷缩在饭桌的阴影里。他似乎变得又瘦又小了。

许小银兴奋地跟我提建议，怎么扩大销售地盘。自从他帮助我打理杂务后，我的销售量已经跃居销售部前茅。不过，我这种销售方式也受到质疑。明天台湾老板找我，前途命运不可预知。

开单子的时候，我往装卸车间方向望去。长长队伍里，许大宝瘦小身影走得很慢。后面的工人骂骂咧咧催许大宝。会计催我签字。签好字，拿到销售单，我抬头又看了一眼装卸队伍。许大宝落在最后，落下前面的工人十几米距离。这个距离还在拉大。

许小银在楼下等我。见我手扬销售单，开心地蹦了起来。我心里突然难受起来。许小银不知从什么地方叫来一辆厢式摩托。一个穿花衬衣的黄头发男孩载着许小银和另一个穿白色汗衫长发披肩的男孩，油门突然加大，车子发出恐怖的"突突"声。装卸队伍停下来，大家歪头往这边看，肩上的货物随时都会滑落。许大宝没看，仍是低头奋力向前挣扎。

我走进仓库。一间间慢慢数过来，到自己那间停下来，掏出钥匙，开门进去。突然，我的头被一只布袋子套住。紧接着，我被人踹翻在地。从踢向我肚子、后背、手脚的频率来看，起码三个人以上。他们一声不吭，憋着气踢打我。我也没叫一声。有时，成为被人发泄的对象，对自己是一种解脱。不约而同地，他们停了手脚。接着，我耳边传来齐刷刷的跑步声，越来越远。

摩托车声由远到近。停住后，我听到许小银的惊叫。他摘下布袋子，捧着我的头骂人。

"别看了，他们没打头。"

"兄弟们，跟我走！"许小银对车上两个人挥手。

"不许去。"我板起脸，"把东西搬进来。"

"那你去台湾老板那里告他们。"许小银一边搬东西，一边还在出主意，"老油子就是见不得你好。"

许大宝出现在门口，没问我为什么坐在地上。连声叹气地说："你再去说说吧，这个工作我真干不了。"说完，一阵咳嗽，一阵喘息。

还没等我回答。许小银就冲过来，对他父亲恶狠狠地吼道："什么事情都干不了，你在这里有什么用？赶快回去！听见没有。"

许大宝佝偻着身子，一步一拖地朝仓库门口走去。外面下起了雷阵雨。我舒展身子，觉得浑身都痛。

许小银让我回去休息，伤膏药什么的，他去买了拿回来。我犹豫一会儿，解下钥匙。钥匙发出"激灵灵"的声音，在灯光下闪过一道光，落到许小银手里。

两天时间里，我填了无数表格，残联、劳动、税务等好多部门工作人员轮番询问。所有询问都要记录，最后让我按手指印。让他们深感惊讶的是，我随口就能背出工厂近两年来每个月的生产、销售数据，每个型号产品的成本价和销售价，应交税金额以及利用政策优惠的逃税数据等。

台湾老板派来的律师也跟我谈。我没答应。事情到这个地步，已经失去私下和解的基础，只能让政府部门做裁决。

一大早，我又走上看守所前那条水杉路。我走得很快，关键是，我走在了路当中。

许小银看到我，跑过来，紧紧抱住我。我双脚离地。刚才心里算着扣除台湾老板赔偿我的违规用工款，我还得还他多少钱。现在，一股力量把我托举起来，我变得高大无比。我仰头又望见被水杉枝叶分割成若干小块的蓝色天空。天空始终没变过，地上早就物是人非。

许小银骂骂咧咧说着看守所。我让他振作精神，卖力干活，还有一个月还钱期限。他认真地点着头，恨不得现在就去扛货物。突然，他环顾四周。

"咦，许大宝呢？"

"哦，他前天回去了。"

"那应该到家了。给家里打过电话了吧？"

我这才觉得不对劲："没有打过电话。"

走到公路上，许小银指指不远处的杂货店。我俩加快了步伐。

云层厚了起来。我买了两个夹心面包、两盒牛奶。我们坐在店门槛上，慢慢吃。

"妈说还没到家。可火车昨晚就到站了。"许小银把纸盒吸得"咔咔咔"响。

"或许火车晚点呢。"我拍拍屁股站起来。

许小银没再说什么，刚才满脸喜悦丢了。背上包，跟我上了公交车。

进城有一段很长的上坡路。老旧公交车被挂了低挡，轰鸣声震耳，压得我心口发闷，刚才吞下去的牛奶、面包在胃里翻滚。

我在出租屋前吐得一塌糊涂，明明只有那么一丁点东西下肚，吐出来却好像有一个星期的。

许小银给我递过来一瓶矿泉水："我在小超市又打了电话回去。许大宝刚到家。"

几口凉凉的水喝下去，感觉五脏六腑的燥热降下去了。

"是火车晚点吧？"

许小银摇摇头："他看错站，提前下车，走了一夜公路。"

"哦，这样啊。"

"他头上磕破了，鞋子走丢一只，行李上满是泥土。妈说他就像逃难的灾民。我听到烟纸店老板在边上大声说是'逃兵'。"

"逃"这个字像一把刀划在窗玻璃上，在我脑子里留下战栗的声音。

"妈说，他听到我打电话回去时，瞪大了眼睛，随后瘫在床上立刻睡着了。"

这是一家不大的本地菜馆。我进去的时候，许大宝和许小银正坐在靠厨房的一张方桌前。许小银看见我，起身走过来接过行李箱。

"事情都办好了吧？几点的机票？"许大宝开了一瓶白酒。

我摆摆手，表示不喝酒："简单吃点就走。不是小银子叫，我直接去机场了。"

许大宝没等热菜上来，先干了两杯："好了！事情总算都办妥了。你妈应该觉得满意了。"

许小银陪着许大宝喝了一杯："说到底，妈还是有福的。说着话，头一歪，就走了。"

许小银打电话给我，说张水香去世。我早就想象到这一幕，那些对白，几乎与预设的一模一样。我马上买票从南方飞回来。

许大宝接着许小银的话说："虽然你妈没有什么遗言留下来，平时也基本没话，不过她一直惦记着你。烟纸店老板一喊，'许大宝家电话'，她就双手在围裙上擦擦，飞快跑出去。就算小银子从南方回来了，接烟纸店电话仍然是她的职责。"

我并没有往家里打过电话。听上去不可思议。其实通话还是有的，只是他们打给我。许小银回去后，次数少点。

我劝许小银回去。经历那场风波后，许小银表面上跟我做事更加卖力，其实他在把产品销往家乡。与南方大城市比，家乡城市建设正在起步，居民消费观念正在更新。我告诉他，回家乡做产品一级代理，前途更加宽广。张水香的病也有钱治疗。

许小银给我端来一杯红茶："妈不说话，心里比谁都最清楚。"

离开家乡八年，我没有回去过。也许许小银跟我在一起，我们会一起在春节回来。我印象中，张水香的行为举止不足以说明她是如何想念我，牵挂我。不过，人不在了，我就当是真的吧。

中午，这个小饭店没什么人。我们的菜也都上齐了。我轻轻放下碗筷，端起茶杯喝了一口茶。按照吃饭常识，现在只要有人说声："今天就到这里吧。"大家便起身各奔东西。

但是，许大宝还在往酒杯里倒酒。许小银没有阻止。我看下时间，还有裕度。

"怎么说呢！"许大宝起了个长长的调，满面通红，"其实我早就该不在人世了。"

饭店外面驶过一辆救护车。许大宝在等警笛声过去的当口，又喝了一杯酒。

"是你救了我的命！"

我莫名其妙转头看许小银。他显然知道情况，以不眨一下的眼神盯着我。

"我问了好多工友，有人说意外死亡都能赔一笔钱。我想跟你确认，想拜托小银子，还有他妈妈的事情，可你就是不跟我上车，我没机会跟你说话。火车上，我一直胡思乱想，提前下车，从县道斜到乡镇公路。车祸应该是最容易造成的'意外'了。

"夜里很黑。公路只有在汽车开过的时候才看得清方向。不过，车灯发出的光亮，像在警告我，一切都在监控中。一辆车灯昏暗的卡车开过来。我想就是它了。听着声音越来越近，我慢慢朝路当中靠，车子响起刺耳喇叭声。我闭上眼，身子往外斜过去。突然，一个声音在脑子里出现，如果没有被撞死，弄个半身不遂怎么办？一瞬间，卡车从我身边呼啸而过，还夹杂着驾驶员的骂声。就这样，念头起起落落，身子歪了又正，断断续续地，我走了一夜，天亮起来后，车子撞不成了。我走到池塘边，想着什么方式溺水才算意外，一条看门大狗追过来，我慌忙逃走，鞋子掉了一只。"

许大宝眼泪、鼻涕全都流下来："我没死成的原因，直到你妈去世后，我才想通。到了那种地步，我还活着。我就是怕死啊！"

我突然间感到从未有过的轻松。我走出小饭店，坐上出租车。透过玻璃窗，我看到许大宝趴在方桌上，许小银在盯着我看。我朝他挥挥手，姿势像极了那个早晨，许大宝坐上汽车后的样子。

三方通话

　　他做了一杯双份美式，把手机插进木偶小猴怀抱里，插上电源。离九点还有十分钟，他抿一口咖啡，站起来，望着光带缠绕的城市，心里生出厌倦。办公楼里悄无声息，那些熟悉的楼道、走廊和电梯，突然变得冷清阴森。这似乎是一种迹象，就像一个喷嚏后喉咙有点毛，随后就感冒发烧。一切都是暗中进行，并不影响璀璨灯光。他在心里问自己，今天有什么不舒服吗？似乎也找不出特别的事情，他已经到了无所谓的年纪。

　　进到"花月群"，他再次看了一眼墙上时钟，可以发起通话了。勾选群里剩下的两人：女人花和水兵月。很快，女人花接了。视频里的她显然在一个咖啡馆，戴着耳机，轻声打招呼。

　　"小月还没来？"

　　"是的。对了，正好有个小事请你帮忙。"

　　"别客气。说吧。"

　　"当年奎湖街的那套房子附带的车库有没有登记在房产证

上啊？"

"哟，这我可不知道了，当初都是你办的。"

他看到镜头里的杜鹃低了一下头，用手整整胸前的毛衣链。杜鹃身材还是那么好，白色毛衣更显年轻。填表时，人事处干事提醒他，现在查得很严，连自行车车库都要填。还举出一个干部没填车库被处分的例子。他知道杜鹃不愿往回看，其实他也是没话找话。小月来了就好了。

水兵月镜头打开了。没人，声音从画外传来。

"你们先聊，我找个东西。"

镜头里是一间凌乱的房间。桌子、椅子、沙发上堆着衣服、杂物，两三个画架歪倒在窗前，画布上涂抹着大块颜色，看不清是不是成品画。他听见杜鹃在问："我上回让你画的，有没有完成啦？"

继续传来画外音。

"没有！现在哪有时间画啊？"

"我可都跟这里艺术馆长说好了呢。"

徐盈月出现在镜头前，头发里穿了一个大夹子，粉色睡衣皱巴巴的，还有污渍。

杜鹃笑了。

"看来宝宝搞得你很狼狈啊。"

"怎么不是！严格遵守新妈妈群里的规矩，我迟早要疯掉。"

他喝了口咖啡。新规矩之类的情况，他很想知道。杜鹃抢着替他问了。

"最重要的一条，不要老人掺和进来。"徐盈月说得既快又坚决。

他和杜鹃互望一眼，很快移开视线。

"其次，自己的事情自己做。所以你们看我身上，全是他的饭菜、零食印记！"

"作孽啊！亚历克斯才八个月大啊！"杜鹃的声音变得激动。

"还有呢！再过个把月就要入托。"徐盈月一边找东西一边强调。

杜鹃几乎叫了起来。他看到白毛衣上闪过一道红影。他心里暗暗叫声不好，赶紧接上话："入托早好啊，好啊！"一时间，他发现两个女人的目光聚焦过来："小月就可以创作更多精品啊。再说，人家既然敢接这么小的孩子，说明有独特方法。"

"我准备让亚历克斯上瑞士人办的幼儿园。"徐盈月找到一把剪刀，开始裁纱布。

他眼前突然闪现出一个场景——

他开着轻摩，在上班车流、人潮中左冲右突。时间很紧了。送徐盈月上幼儿园后，还得准时到市里参加重要会议。刚竣工的高架桥，路障开了一个小小豁口。他趁交警不注意，油门一转，车一条直线往前、往上走。那些车和人，不一会儿，都在他脚下。侧脸，他看见了太阳。风也从东面吹来。他大声问站在轻摩踏板上的徐盈月："过不过瘾？""太棒了！"徐盈月转过头，咧开嘴大笑，没有门牙的"太"，听上去像"菜"。风鼓起她两根细小辫子，像风筝的两条尾巴。

一个个小细节有机组合，凑成人生大拼图。有时，他惊讶，一些毫无价值的小事，竟然顽强地在他脑子里留存下来。

"法国人自己办的不行吗？"他顺着徐盈月的话问，也挡了挡杜鹃。

"你理解错了。只是投资方是瑞士人，管理人员里有法国人、中国人。我看中了这一点。"

杜鹃还是硬插进来："费用不便宜吧？"

"按性价比来说，还算合理。"徐盈月放下纱布，拿起一支油画笔扫扫指甲。

他听见杜鹃轻轻叹口气，连忙咳嗽几声。

"把亚历克斯抱来看看呢。我想他了。"

杜鹃接上来："我也是。"

"算了吧，他昨晚不知道怎么的，闹了半夜。刚午睡，让他多睡睡吧。不然醒来又闹得凶。"

一个夏天午后，杜鹃出门之前关照他陪女儿睡午觉要特别当心，他打着哈欠乱点头。睡着后，他接连做梦，一连串好事。他在梦里拔不出来了。"扑通"一声，也没有惊醒他。过几秒钟，徐盈月带号叫的哭声差点击穿他耳膜。巧的是，门正好打开，杜鹃走进来。这事，当时他反省好多次，得出了结论，自以为是的好事，会被突如其来的打击挫败。他理解徐盈月带儿子的辛苦，转了个话题。

"画最近的销路怎样？"

徐盈月把笔一扔，笔掉在地板上。可她只是低头看一眼，没去捡。

"巴黎画展挤不进去，国内不要我这样风格的作品。"

"你看，帮你联系吧，又不要。那你下一步打算？"杜鹃突然又想起什么，"有个朋友最近聊起，在巴黎办了培训机构，缺老师，你要不去试试？"

"我才不去！"徐盈月站起身，离开镜头。他对杜鹃做了个"嘘"的手势。可得到的却是杜鹃对他无声的指指戳戳。他只好又做了个暂停手势。

他和杜鹃没话可聊。画面里传来"嗞嗞"的电子噪声。不一会儿，杜鹃画面静止了。他知道这是她刷朋友圈或者跟其他人聊天。他索性起身，又站到窗口。跟刚才不同的是，一些灯光暗了。城市正准备进入梦乡。一段航天员拍摄的视频里，晨昏分割线永不停歇地在地球上移动，那些伟大的事、卑微的事，被那根线扫着扫着，不知到哪个角落里去了。说不定有一天，地球会像月亮一样，光面永远充满阳光，暗面永远陷入黑夜。那么，他会选择在哪一面生存？他耸耸肩，想把答案抛弃，把目光抬高，想象此时正在阳光下的巴黎，一个忙乱的年轻妈妈，诅咒着眼前的生活。与其这样，还不如生活在黑暗里，心里存有对光明的期盼。

徐盈月从什么时候变得这样的？没有可追溯的源头，就像他父亲，说话突然变得大声又蛮横，母亲说老头耳朵不好才这样，他觉得不是。

远远地，天空划过几道闪电，接着传来几声雷响，他心里更闷了。

徐盈月回到画面里，手里拿了小刷子涂指甲油，涂几下，吹一下。就是不说话。他抬头看了一下时钟，马上十点钟了。

"我们就看着你涂指甲？有意思吗？这里天很晚了。"他又听到几次雷声。

"咦，奇怪了呢。是你们要求隔周三方通话一次，还固定了视频时间。定在你们空闲的晚上。而我，每次为了通话，几乎都要调课、换活动。你们各有各家，回去吧，不早了。"徐盈月伸手想关视频开关。

"你什么态度？"他的声音伴随着一个炸雷同时响起。徐盈月的手被震回去。

"喂喂喂，你好好说话！"杜鹃尖厉地针对他说，"这么多年来，你在单位里，在社会上，唯唯诺诺，畏首畏尾，就会在家蛮横、粗暴。"

他刚想否认，却听到徐盈月的抽泣声。他和杜鹃同时沉默了。哭声从低到高，从平直到跌宕，仿佛她把有生以来所有的委屈、痛苦都交给了简单的"嗯嗯""啊啊"。他想，如果真能把心里的不舒服哭掉，那样岂不太方便了？

果然过了几分钟，徐盈月情绪稳定下来，开口就向他进攻。

"徐军！不要以为寄点钱，或者弄一个伪善的'三方通话'，就算关心我了。"

他声音低了不少，先劝徐盈月不要吵醒宝宝。

"我提醒你！我就你一个女儿，任何关心都不是伪善的。"

杜鹃在边上插话："我们哪能不关心自己亲生女儿呢？"

杜鹃重复了他要表达的意思，可他听了，似乎觉得什么地方有问题，而刚才自己说话的时候，却没有意识到。

除了寄钱、"三方通话"，他的确想不出其他什么好途径。单位同事经常找他签字，夫妻一起休假去国外看望留学的孩子。他也想过单独去巴黎，可老顾忌一些事情。欧洲本来是单位重点贸易区，可重新战略定位后，单位把拉美地区作为新增长点。这几年，他去过里约、布宜诺斯艾利斯，甚至利马，只在巴黎转过一次机。坐在戴高乐机场星巴克里打牌度过极度困乏的六小时。他把行程告诉了徐盈月，她只是"哦"了一声。她什么都不跟他说。虽然在家里，他坚持留了一个空房间给徐盈月，她却根本不领情。每次回来，她都住宾馆，没有进过他家门。当然，到 M 市，她也没有住进杜鹃家。杜鹃为她准备了一个大套房也没用。

职业生涯教会他，凡事先观察。他想听听杜鹃能讲出什么来。

"我的关心可能有点过时，不管你领不领情，都是我的真情实意。你一直认为我和徐军策划好，突然把你送到巴黎，是为了抛掉包袱。你错了！徐军虽然没做过什么好事，但在这事上，我赞同他的。"

"好了好了，说到底还是要把我扔掉。要知道那一年，我才初中毕业啊！然后你们各自寻找幸福生活去了。第一家我寄宿的犹太人家，每顿都是法棍加干酪，几乎没饱的时候。想要多喝一杯牛奶，加钱；多吃一个蛋，加钱；多喝一罐可乐，加钱！巴黎下暴雨，我住的阁楼小房间下小雨。雷电交加时，我紧紧抱着枕头，我多想抱抱你们！可你们抱的是别人！"

窗外一个闪电放出强光，他的形象在屏幕上暗了一会儿，随即震耳的雷声让三方沉默下来。

他和杜鹃都要徐盈月。协商的结果，徐盈月跟他。杜鹃和他共同出钱让徐盈月去艺术之都学习。浦东机场，他和杜鹃都去了。他望着徐盈月瘦小的背影消失在国际出发门里，心里难受得想哭，但是杜鹃在一旁聒噪，影响了情绪。他俩在机场分道扬镳。看着一架架飞机起降，他觉得痛苦总是属于自己，幸福在他眼前起伏不定，总是抓不住。

"这个事情上，我道歉，是我做得不对。"他想站起来，郑重地鞠躬，可没有这个氛围，嘴上打个滚，他又咄咄逼人："可你件件事情都做对了吗？"

徐盈月展开十指，鼓起腮帮子吹气："我没说自己全对！"

他本来想岔开话题了，不料杜鹃插了句话："保罗的事情你就做得不对！"他在心里骂杜鹃，怎么想起来提这个话题！

果然，徐盈月发作了。她鲜红的手指戳向屏幕。声音尖厉到极致，喊破了音。

"都是你们，你——杜鹃，还有你——徐军，把我逼到这个境地！"

突然间，火腾地起来。他一拍桌子。

"我们催你成家难道错了吗？而你谈恋爱不告诉我们也就罢了，就算谈了个老外，我们也不计较。但是结婚总要通知我们一声吧？现在倒好，同居、未婚生子、分开，全都当我们是白板啊！我们是谁？我们是你的亲、生、父、母！我们再世故，再卑劣，也不会害你啊！我们多希望你学习好、生活好、工作好。你连最起码的沟通机会都不给我们，你那么不尊重我们，我们又怎么关心你？"

歇口气的时候，他注意到杜鹃正在用餐巾纸擦眼泪，窗外一束车灯光照进来，杜鹃闭上了眼睛。她从小就这样！悲伤、激动、兴奋，都用眼泪表示。他母亲从白色围裙里拿出一块糖给杜鹃，她吃着吃着也会流泪。但是，从浦东机场出来后，她却异常平静，平静得让他觉得她换了个人似的。

徐盈月冷笑了几声，这样的声调，完全遗传了他的风格。

"我倒要请问你们。在我困在悭吝人家里的时候,你们各自开始了人生的第二春,当时你们告诉我了没有?要知道,我是你们的亲、生、女、儿!我有知情权,但是,你们硬生生地把这基本权利给剥夺了。"

他想了想与杜鹃分开的原因,其实并没有什么原因。他母亲临终前还问他,是他的问题还是杜鹃的问题。他说都没问题。他妈妈合上眼睛的同时,叹口气,说他到头来都不肯讲实话。真话,有时完全像假话。也许,大家都听惯了真实的谎言。他和杜鹃在一起的时间太长了。从他懂事起,杜鹃就在他眼前晃。两家合用一个厨房间,谁在房间里说话声音大点,所有人都听得一清二楚。两家秘密全装在各人肚子里。你对我笑,我对你点头。你不知轻重,我指桑骂槐。到后来,两家达成一致,成为亲家最合适。他和杜鹃新婚之夜睡的床,就是小时候打闹嬉戏的那张箱式榉木老床。母亲一定要他们在这上面过夜,说这是多子多福的象征。在她看来,徐军是儿子,杜鹃是女儿,儿子和女儿怎么能够分离呢?

想到这点,他突然来了劲。

"就拿我和你妈举例。我们从小在一起,一直感觉像一家人。突然有一天,我们成了夫妻,变成另一种关系。我们都觉得别扭,却不能违抗父母意愿。我们都没有追求过真正属于自己的感情。现在说开了,你可能接受得了,但当时你这么小,任凭我们怎么解释,你恐怕都不会理解、原谅。"

杜鹃静静地在听,这些年,她似乎正在变得更加动人。而他从心底为她感到高兴。

"那你们也得跟我说,不是吗?"徐盈月的声音正在降低。

"你有你的路，我和你妈也有自己的选择。"他低下头，设法把语调调得柔和。

他只见过保罗一次，也是隔着屏幕。那是一个黑发蓝眼睛的英俊青年。闪出画面的一瞬间，他还以为保罗有中国血统。保罗显得很紧张，开口的第一句，就是中文："你好！爸爸！"一瞬间，他被滑稽的语调逗笑了。他说了好多客气话，可保罗很茫然，老是侧头听徐盈月的翻译。然后恭恭敬敬地点头，时不时说，是、是，好、好，谢谢！也是在那次通话中得知，徐盈月已经怀孕。他心里咯噔一下，脸上的笑容虽然僵硬了点，但还是保持宽容。他问他们下一步打算。徐盈月说已经辞掉助教的工作，待在出租房里，一心一意把孩子生下来。保罗还要继续完成学业。他心里不是滋味。按常理，应该问他们要不要正式结婚？生活来源怎么解决？孩子出生后怎么抚养？可他咽下了所有话。后来他吞吞吐吐告诉了杜鹃，杜鹃对他的一无所知十分恼火。她打算问个清楚，但被他阻止了。"他们有自己的生活方式，也会照顾好自己。"这句话既安慰杜鹃，也说给自己听。

杜鹃问徐盈月："你带亚历克斯多当心点！"

徐盈月捋了捋袖子："我很注意的。群里的妈妈们都说我能干呢。给你们看看。"

"嗞、嗞"振动几声，"花月群"里出现几段视频。他打开看，有些前几天徐盈月单独发给他过，有些是第一次看到。亚历克斯从碗里抓一把吃的糊糊，塞进嘴里，嚼嚼，又吐出来，弄得嘴唇上一圈浓胡子。亚历克斯和另一个孩子坐在毯子上，抢人家手里的饼干，还不满足，再抓纸袋里的食物。

杜鹃发出清脆笑声。

"哎呀，你怎么不帮他，不喂他吃饭啊？"

"群里说的，一定要让孩子从小自己动手吃饭。"

"群里群里，又是群里。想当初，你奶奶、外婆，哪个不是端着饭碗追着喂你？你不是也长得很好吗？"

"所以啊，我再吃苦也不能回到以前的生活！"

他心里不是滋味，但是必须控制冲动。继续看那些小视频，看着亚历克斯滚圆的蓝眼睛，他又想起了保罗。

杜鹃试探的口气，让他觉得三方都在变得小心翼翼。

"亚历克斯爸爸呢？他不管吗？"

徐盈月眼都没抬一下："跟他没关系了。再说我也不会再去找他。"

虽然徐盈月从来没说，但他早已料到，她与保罗只是同居关系，分手后，保罗可以不承担义务。他和杜鹃当前可以做的，就是多给徐盈月一点经济上的支持。但这也不是长久之计。

"我刚才跟你说了，这里有位艺术馆长，很欣赏你的画。如果你感兴趣的话，可以跟他联系，国内市场再不景气，也总有销路的。"

徐盈月眼睛瞪得大大的："今天，我郑重地跟你们说，我不想再画画了。哪怕从最底层的便利店营业员、咖啡店服务员做起，我也不想再碰画笔和画布了。"

杜鹃大惊失色，几乎叫起来："这是为什么？"

徐盈月没有回答。

保罗是艺术评论博士生，他在杂志上连续刊登了几篇关于徐盈月油画里东方元素的文章。徐盈月当初告诉他，有个西班牙留学生喜欢她的画作时，他就隐隐感觉那小子另有企图。后来，徐盈月没再提起那个话题，他也就忘了。直到保罗羞羞答答告诉他还在念艺术评论博士生时，他立刻反应过来，越是重要的事情，越是需要回避、躲闪。

杜鹃又开始唠叨，说当初风里雨里送徐盈月去老师家学画，自己在小超市逛一个半小时，到后来每瓶酸奶、每款方便面的单价都背得出来了。

徐盈月反击了："你喜欢喝酸奶、吃方便面，所以记得那些物品的价格。而我喜欢的薯片、话梅呢？同样的道理，你总以自己的兴趣爱好来逼迫我。你从小就有当画家的梦想，没有实现，就要加在我身上。我有什么天赋？不都是你们臆断，或者找朋友们瞎捧出来的。"

他连忙接过话题："你怎么判断自己没有天赋？你认为自己又应该在哪方面发展呢？"

"你们没有在艺术之都待过，眼光就像井底之蛙。我进了艺术学院，立刻明白，如果在这条路上走下去，最多成为一名三流画师。如果幸运的话，有一两幅作品可能像流星划过天际，闪耀的也只是一瞬。你们只盯着我这一点不放，从徐军你刚才问我的话就可以看出，你们根本不知道我心目中的定位，也不关心我真正想要做的事情。"

他和杜鹃互相看了一眼。他脑子里闪现出徐盈月可能追求的各种事业，却得不出最佳方案。

徐盈月又站起来离开。杜鹃趁这个机会说出自己疑虑。

"哎！你说，她能喜欢什么？她又能做好什么事业呢？

要知道从小学开始，课外，我就带她只学素描、水彩、水粉、油画，她默默地学，直到去巴黎。我实在想不出她有其他什么爱好。"

"啪"的一声，屏幕前出现两大沓厚厚的装订好的打印纸。

"这是我努力的方向！也是你们赐予我的！"徐盈月带着情绪说。

他和杜鹃齐声问："这是什么？"

"在巴黎寄宿家庭漏雨的阁楼里，在男友背叛我提出分手的咖啡店里，在被亚历克斯搅得一团糟的出租房里，我一直坚持写作。开始写的是自己的心路历程，把对你们的恨宣泄在纸上。后来，我突然觉得怎能光有恨呢？我让自己像海明威那样，盯着巴黎参差破旧的各色楼顶，对自己说，你一定能写出比画更高档次的东西来。"

杜鹃控制不住，喊出声来："你在写书？"

"从开始的小散文，到后来有个性人物出现的短篇小说，我都寄给了国内外的一些杂志社。即使是退稿，那些编辑对我的鼓励，也令我感动。其中一位著名编辑对我说，人人觉得自己是一部书，写出来的都是独一无二的精彩剧情，如果这样想就错了，要提炼、设计，浓缩精华，展现生活背后影影绰绰的东西。我拿起画笔的时候，开始思考隐藏在油画背后的东西。越想越觉得看得见、摸得着的东西未必真实，总有一股力量使精神穿越画布，浮在空中。而我只有放下画笔，才能捕捉到那股流动的无形力量。我每天坚持写，力图解开人性终极之谜。"

他想起徐盈月小学时的一篇作文。她写的主题是"梅花"，通篇没有出现"梅花"两个字，用了好多比喻、夸张，甚至借代，可大家一看就知道她赞美的是高洁的梅。也许，她心里存着对生活的另一种表达方式，可惜他没有觉察。

"你靠写作吃饭，真不如画画呢。"杜鹃有点气恼。

杜鹃喜欢画画，对文学也感兴趣。他发现凡是喜欢写写画画的人，脑子里总住着一个飞翔的灵魂。对日常人和事的处理，往往追求理想化目标或者结局。以前朋友们对杜鹃的评价，就是对感兴趣的特别专注和出神，没人知道她想什么。而她说的话，又与大家谈论的话匹配不到一起。到后来，杜鹃既没有成为画家，也没有成为作家，被人简介为"文艺女性"。

"我当然不会把写作当饭吃。我也知道画些不入流的油画，可以聊以度日。刚才我说的不动画笔，是指'不创作'。今后，我还会画，不以'创作'的心态对待，这样轻松点，也算是谋生手段吧。"

他渐渐地对徐盈月的选择感兴趣了。

"你能透露一下，那两大沓打印纸都是什么内容吗？"

徐盈月露出骄傲的微笑，左右手同时举起两叠纸，送到摄像头前。他看到类似书名一样的两个显目大标题：《巴黎十年》《一个绘画少女的自述》，著者的名字叫"镜花水兵月"。

杜鹃喊起来："镜花水兵月就是你啊！"

徐盈月把沉甸甸的两沓纸放下，点点头。

他还是懂点出版常识的："你这是校样啊，说明出版社前期工作都结束了，作品给著者看过就可以下厂印刷了？"

徐盈月懒洋洋地回答："差不多吧。反正我也不靠这个赚钱。这是我的理想，努力地实现就行了，没有其他想法。再说现在挣钱的方法多着呢。徐军，像你这样老是通过熟人介绍做这做那的时代过去了。虽然我不在国内，但是我知道欠人情都要还的。老徐，你现在还算是个小人物，有一点小权，其实，这很快就会过去的。小时候，你不是一直教育我'授人以鱼，不如授人以渔'吗？"

她又拿起一本书，是《巴黎十年》。

"你们看，最终还是现实生活教育我、改变我。要求我做的那些事，只是你们的'人生惯性'。可仔细想想，你们有没有按照父母的意愿来安排自己的人生？"

他忍不住插了一句："看样子，你比我们认识更深，经验更丰富。"

徐盈月没有睬他，继续说下去："现在，我郑重提出建议：以后不要再搞什么'三方通话'了。"

他心里一怔。眼前这一幕似乎梦里出现过，他为此惊醒。他和徐盈月在阳光灿烂的草地上拔河，一边拔一边笑，忽然飘来一片乌云，徐盈月把手一松，绳子还在他手上，徐盈月却不见了。难道"三方通话"就是那根梦里的绳？取消"三方通话"是另一种开始，那就是渐渐地不再定期往来，再后来，他转头望望雨后暗黑的天空，就像"旅行者"号远离地球、远离太阳系，在银河系里越行越远。

"不！不行！"他还沉浸在想象中，杜鹃尖声反抗就起来了。

"你们说不，也没用。"徐盈月双手抱在胸口，胸有成竹，"马上，亚历克斯上幼儿园，开始时一周只能待两个半天，适应后可以到五个半天。这样的情况下，我只能打零工，时间都排得满满的。"

"我们可以白天通话啊！"杜鹃嚷嚷道。

"你们尽为自己想，国内白天，我这边，要么在睡觉，要么在忙碌。"

他觉得背上凉飕飕的，回头看看，窗户关得很严实。可就是冷了。他喝了一口咖啡，咖啡已经冰凉。原来是咖啡冷的原因吧。他有时这样麻痹自己，顺从地说一些违心话，让大家和自己都觉得舒服点。可到了这个节骨眼上，他还能妥协吗？

"算了吧！那就这样吧。你爱怎样就怎样好了。"说出这样的话，连自己都感到惊讶。还好，后面一些更伤人的话，他控制住了。他也知道，杜鹃肯定要跳起来。

"什么叫算了？徐军，你这是一点都不负责任。你现在有了个儿子，就想把女儿抛弃吗？我都不答应。"

徐盈月在一旁冷冷地补一句："原来是因为你现在没有孩子，所以还要吊着我？"

"我容易吗？我！"杜鹃眼泪一下子淌出来，他在屏幕上只看得到她用餐巾纸胡乱点眼眶，眼眶是黑还是红，他分辨不出来。

他很想关心杜鹃，但是给自己定了一个原则，轻易不单独跟她联系。在他心里，如果那天从机场出来，杜鹃哭了，或者说些软话跟他回去，他们很可能还是一家人。每次想起杜鹃当初像解放的农奴似的，平静地、充满幻想地奔向所谓的新生活，他认为是自己严重的一次失败。分开，他也是愿意的，哪怕杜鹃提出来也没关系，但是在心里，难免还存有这不过是一个噱头，玩玩就够了的想法，然后大家回望一眼，相视而笑，人生也就那么一回事。新家庭，好得不能再好，几乎样样如意，只是他和她都彼此提防，在脑海里，早就划定了蓝色、黄色、红色区域。蓝区的话说上百遍千遍都是锦上添花。而红区的话，一句不能露，有时话已经到牙齿缝里，紧急刹车，吞咽回去。黄区，他也尽量少提，比如油画啊，巴黎啊。他感受到幸福家庭名下，背负着沉重包袱。他认定杜鹃必定也有同样感触。

杜鹃欲言又止，她把餐巾纸撕得粉碎，抬眼望镜头，语调异常平和："没错，我现在是有钱。但你不知道的多了去了。我专门买了一套小房子，根据记忆，用一个小房间还原了你小时候生活的模样。你还记得吗？小床是靠墙的，为了防止你睡觉再次跌下来，买的是带扶手的。书桌虽小，但是转角的，这样太阳光刺眼时，你可以转身避光写作业。小书橱是敞开的，为了不让书掉下去，在两端都放上厚重辞典。最难找的是灯，那只摇摇晃晃的顶灯，像孔明灯，夏天，有好多虫子飞进去……"

杜鹃突然没了声音，他只看见她嘴唇在动。另一个对话框里，徐盈月已经伏在桌子上抽泣。

这是一个什么样的夜晚呢？弄成这个样子！他深深叹口气。

时间悄悄向十一点靠拢。他内心烦躁，还得告诫自己保持镇定。拉开抽屉，拿出小瓶装的白酒，往冷咖啡里咕咚咕咚全倒下去。一两半。他分两口喝完。酒劲很快就上来。嗓门不由得粗大起来。

"不要哭！听我说！"他用咖啡杯用力蹾蹾桌面。两个女人先后抬起头。"你!"他指指杜鹃,"有时间吗?"

杜鹃被问得一愣一愣地,茫然地点点头:"我不上班,也没有什么要紧事情。"

"那好!"他又把手指点向徐盈月,"你!在巴黎吧?"

徐盈月也不知所措地"嗯"了一下。

"那就好!"他双手重重地拍了一下,"我和你妈下周飞巴黎来看你和亚历克斯!"

两个女人同时"啊"一声,惊讶表情僵硬地保持了半分钟。

"我也恨'三方通话'!可有什么好办法呢?刚才你们都讲了极端话,那我只好做出极端行为。"他感到口渴,下意识拿起马克杯,里面全空了,"我赞同小月的感觉。特别实在的现象,其实最不可靠。你爷爷在我小时候,经常变戏法给我看,最喜欢表演吞白煮蛋,他吞下去一个,又从身上某处摸出来一个,再吞下去。一次他要吃下去十几个蛋,还向我展示胀得圆圆的肚皮。我一直担心他吃撑,紧张又飞快地吃掉他递过来的最后一个蛋。实际上,他把唯一的蛋留给了我。"

他看看屏幕,她们也在紧张地盯着他看。

"我们三个,生活在被顽皮孩子吹起的三个不同肥皂泡里。我在肥皂泡里,翻滚跳跃,受尽煎熬,也曾获得小窃喜。我只看得见另外两个肥皂泡光彩的外表,看不见里面的情形。每次'三方通话',我都把'圆圆的肚皮'显露给你们看。可这是精心策划的,怕你们看到我狼狈的样子,也怕看到你们的慌张和不堪。我现在理解小月为什么不把一些事情告诉我们。那也是要给我们看到光彩的表象啊。不过,肥皂泡终究是短暂的，要破灭的。既然我们已经回不到过去，与其搭建模型来怀旧，索性真诚地将三个肥皂泡融成一个更大的泡泡，哪怕短暂的一周时间也好。"

"其实……"杜鹃吞吞吐吐，还把手搁在额头，这样，她的眼睛几乎隐藏到黑暗里，"当然！我是非常想去巴黎看你和亚历克斯的。可是，实话实说，我们两个这样过来，是不是有点别扭？"

一瞬间，他觉得自己真是个理想主义者，再加上严重的浪漫主义倾向。不管大小聚会，他都不怎么听别人说话，觉得别人的话简单幼稚或者啰唆无聊。只要自己一说话，非但眉飞色舞，大家的情绪也会被点燃，最起码，大家都认真地出神地望着他点头。可现在他明白，大家跟他完全一样，都是出于礼貌，违抗内心，挣扎地迫使头不许左右摇动。杜鹃目前算是个家庭妇女，可她比行走社会、混迹职场多年的他理性、现实多了。原来，他才是标准的"文艺男性"！

本来，他身体核心部分燃起了一团火焰，并且向周身蔓延，在他说出"去巴黎"的时候，火焰把手心、脚心的汗都逼了出来，眼睛也湿润了。现在，手脚渐凉，肌肉僵硬，似乎室温降到了零度。为了维持体温，他不想开口让热气跑掉。

徐盈月开始整理桌面，她没有说话，随时随地就会直接点击结束通话按钮。突然，婴儿哭叫声打破尴尬的平静。徐盈月扔下材料，飞快离开镜头。

他摸摸耳垂，耳垂都比手指热。"哎！就当我刚才没说。"

杜鹃也不睬他，眼睛往另一个屏幕上瞄。

"你的感觉是对的，小月有自己的生活，我们也各自有事。三个人按照各自轨迹运行，这是遵守规则……."

"亚历克斯！亚历克斯！"杜鹃的欢笑声压过了他所有无趣的话。

一个胖胖的洋娃娃出现在屏幕前。他也激动地跟着杜鹃喊了好几声。

亚历克斯眼泪还挂在脸上，两只胖手却已各抓一块饼干往嘴里送。他和杜鹃一起交替高声叫着。亚历克斯停下手，瞪大迷茫的大眼睛紧张地盯着屏幕。一只手竟然丢下饼干，朝手机摸上来。徐盈月连忙把他往回带，站起来把他抱在手上。

他看徐盈月抱亚历克斯的样子，一下想起杜鹃的姿势，也是双手抄在孩子屁股上，身体向右弯成一个小 S 形。当时他笑过杜鹃，左撇子抱小孩就是别扭。可现在他来不及笑，他得好好端详外孙，不管以后怎样，至少在脑海里、在梦里，终会浮现胖胖洋娃娃的样子。

"好了，好了，我要去忙了。再下周老时间再聊吧。我还有一大堆活呢。你们反正挂了就睡觉了。"徐盈月一肚子的牢骚话，说得很快。

忽地，他的心神一下子定了。安静的夜晚变得瞬间美好，夜雨后的空气也清新洒脱。他再加问一句，用了轻玩笑的口吻："是啊，你比法国总理还忙。得了，快去忙吧。那我们隔周再聊啊？"

徐盈月对着屏幕点了几下头，抓起亚历克斯的小手对着镜头摇了三下："外公、外婆 bye-bye ！"

杜鹃激动地跟了好几句"bye-bye ！"还飞快打着飞吻。

只剩下两方通话。

他对杜鹃说："不早了，你快回去吧。"

"你也是。哎！多不容易啊！"

"不说了，下回见！"

"嗯嗯，挂了。"

致爱丽丝

　　林燕走进课堂，里面出奇安静。她点头向学生们致意，抬头时，镜片上蒙了一层雾。顿时，学生中有了抽泣声。她觉得不对头，快步走上讲台。点卷子过程中，深呼吸几次，渐渐平静下来。

　　"大家放心，我陪到你们高考结束。"她拖着语调，挤出笑容。

　　学生们齐声叫起来，有的还拍打桌椅。

　　她严肃起来："好了，现在收心，英语高考模拟试卷发到大家手上，我就开始计时。这张试卷是我研究了最近几年高考的重点和方向，每个模块都选有代表性的试题，高考规定一百二十分钟完成试卷，我要求大家一百分钟完成。傍晚，我把答案公布在班级群里。你们自己评分，不懂的错题，在群里向我提问，我帮大家分析。"

　　她在教室里缓缓走着。一个男生的橡皮掉了，她帮他捡起来。一个女生搭在椅子上的外套耷拉到地面，她重新挂好。

外面下起了雨，她把窗户一一关上。打开空调，使风口朝上。

这是个文科班，她带了一年半，有些学生已经跟了她三年。再过半个月，她也要交卷。

窗外的香樟树在风雨中显得格外清亮，她似乎闻到香樟花散发的香气。回头看看孩子们，转眼间，一个个都长成大人了。她摸了摸自己的手臂，皮肤没了弹性，皱了。

上午，校长让她去一趟。校长是她师范同学。

"你真的决定了？"

"是的。"

"你是高级教师，可以做到六十岁。"校长头发没有一丝白，全都染成墨黑。

"不了，我还是这学期开始时跟你说的，送完高考，我就退休。"

"你是学校的一块牌子。我们开会商量过了，希望你留下来教一个重点班，可以不坐班。"

"我想通了，我还是要做自己喜欢的事情，做回我自己。"

"我们希望你继续教学，也是对林校长的敬重。"

林燕站起身，脸拉下来："请你不要把我父亲抬出来！"

校长摆摆手："你老这样倔，我想帮你都没有办法。"

教室里散发着一股青春气息，林燕一心烦意乱，就来空荡荡的教室，看看墙报、通知、成绩榜，想想自己的一生。几十年从学生到教师，从没有离开过教室。生活也围绕着学校、学生、课本。最近她特别容易发火，那些看不惯的事情，怎么一下子多了起来？她曾经想留教。她有一大堆理由。后来发生了几件事情，让她改变想法。

尤其是高三一位教数学的女教师，退休延聘第三年，那天上午一头栽倒在讲台上，紧急送医院救治后，命是保住了，左半边身子没了知觉。林燕去看望她。她歪着嘴嘟嘟囔囔，一句话都表述不清。那晚，林燕孤零零躺在大床上，想着平日里最常见的蓝天白云、花草树木，对那位女教师来说都成了念想。林燕没去过多少地方，国内到过的几个地方，也都是学校寒暑假组织的。国外只到过日本、加拿大、澳大利亚。还有，前半生缺憾太多，最大莫过于爱情。再在学校待下去，一晃，什么都没了。

窗外雨停了，学生们陆续整理书包离开，与往日不同的是，每个学生从林燕身边经过，都鞠躬说了句："老师再见！"

林燕在商场里从一楼逛到七楼，看到饭店招牌，瞄一眼手表，又一层一层兜下去。刚到二楼，徐丽微信电话来了。

他们都到了。

林燕还是进了一家自己喜欢的品牌店，磨磨蹭蹭十来分钟，走出店门，上七楼。

包厢门被推开的一瞬间，她只觉得眼前一晃。一个光脑袋顶在一身不合时节的西装上。

徐丽背对着门，听到响动，回身站起来，拉林燕坐自己身边。

"你啊，不去上班了，就不能早点来啊？王先生等了将近一个小时了呢。"

光脑袋王先生连连摆手，站起来跟林燕打招呼。

林燕觉得王先生站起来有点费劲，心里恨自己，不应该答应徐丽夫妻来的。

陈远等林燕坐定，就滔滔不绝地介绍他身边的王先生。

"王先生是知名企业家，著名慈善家，还是书画家、诗人、作家……"

徐丽打断老公的话。

"好了，我们先点菜吧。我刚看了有新鲜的大黄鱼，大黄鱼烧年糕，我们燕子从小就喜欢。"

林燕按住徐丽的手："算了，太贵了。简单点。"

王先生急忙说："点、点，你喜欢什么尽管点。"

林燕似乎闻到一股酸味。她皱了皱眉。王先生抬手转身之间，男士香水盖住了些老人味。

陈远提议开瓶红酒。王先生拎起一个红酒箱，里面是波尔多红酒。

"据说当年海明威最喜欢喝这个牌子的酒。"

本来林燕想喝点的，但王先生这么说了，便不想喝了。

徐丽眼珠转几下，打圆场说："燕子从不喝酒。来！我们喝。"

两瓶红酒在大黄鱼烧年糕上来之前，已经喝得差不多了。

林燕喝着冰水，静静地看三个人喝酒。王先生的年纪可能没那么大，可能是光头的原因，看上去很老。想想自己，林燕深深地在心里叹息。

王先生说自己有一幅王翚的画。陈远不知道"翚"字怎么写，王先生手指在空中一笔一画地描摹着。

林燕盯着王先生的手，想起心爱的板书，她的字捺脚特别长、格外有力，老师们都说像男人写的。有人说职业不是生活的全部，可她的人生就是教英语，除了这个，她想来想去，几乎没什么技能。眼前这个老头，什么都懂，又什么都不精。她有点厌烦。

大黄鱼上来了，她尝了一口，强烈的腥味，差点让她吐出来。"对不起，来的时候有点晕车。"她对陈远摆手，"不是鱼，是我的问题。"

林燕端给哥哥一杯水。哥哥双手捧起茶杯，没喝。

"你知道你嫂子神经衰弱，这几年看了好多医生，越看越严重。"

"不要拐弯抹角了，有话直说吧。"

林燕想不起来哥哥上次来自己家是什么时候了。

"妈妈最近晚上起来次数多。"

"你怎么不早说？要去医院看啊。"

"看过了。医生说年纪大了，膀胱萎缩，引发习惯性尿频，没有好的治疗办法。"

林燕咬咬嘴唇："你们省城大医院都看不好，我们这里更不行了。"

"妈妈一直念叨你。"哥哥说这句话的时候，林燕注意到他眼神飘忽。从哥哥话里，她咀嚼出一些味道。

她走进厨房，打开柜子，拿出两大盒黑枸杞。

"这是我上个月去青海旅游时买的。本来准备下周去看妈妈时带过去，她见到青海土特产肯定开心。你先带过去，我乘火车时可以轻松点。"

哥哥站起身来，到每个房间里转了一圈："好房子啊。有电梯，朝南房间多，小琼又不常住。"

"这房子，三套才抵你们省城一小套呢。"

哥哥从包里掏出一个大信封："这里是三万块钱，你先拿着。"

林燕触电般缩回手："干吗？我不要。"

"这是我和弟弟商量过的。你知道他到现在还一个人在社会上晃。我俩都认为，妈妈住到你这里来最合适。她所有费用，都由我俩承担。"

林燕火冲到脑门上，身体有点晃："你、你们，太欺负人了！把我当什么人啦？保姆啊？护士啊？家政服务员啊？我也有钱，我给你们！"

林燕眼前模糊了，一股股热泪流淌，她没去擦："当初，你把妈妈接走的时候是怎么说的？"

哥哥一屁股又坐了下来，头也低下来。

"其实，妈妈就是给你家去当保姆，烧饭、带孙子、搞卫生。现在，她做不动了，有病了，妨碍到你们了，你就把她踢回来。"林燕摸着自己的心口，"你还有没有良心？"

哥哥头更低了，声音沙哑："我这不是没办法吗？家里弄得混乱不堪。再搞下去，我们也都要病了。"他突然抬起头，认真地瞪大眼睛说，"我以前错了，你原谅我，这回就算救救我吧！"

林燕别转头，餐边柜上父母合影映入眼帘。高大的父亲咧嘴笑着，还把右手搭在妈妈肩上。万万没想到，她给他们拍这张照片过后半个月，父亲走在马路上，突然栽倒在地，再没爬起来。

林燕走过去，把照片抱在胸口。她再没有机会服侍父亲了。

哥哥站起身，冒出一句："我也不为难你。我回去找一家养老院。"

林燕觉得胸闷，就像在青藏高原上。她把照片抱太紧了。

母亲示意林燕扶她去阳台。

夕阳中，一辆灰色轿车正在过小区车闸。母亲盯着小车，直到车子拐弯不见。老人眨了几下眼睛，朝红彤彤的西天望了好一会儿。

"他们回到家天很晚了。"

"管他们这么多！你先歇着。我把东西收拾一下，然后烧晚饭。"

林燕把哥哥、弟弟带进屋的两个大箱子打开。母亲一年四季的衣服都在里头。拎起那些熟悉的衣服，林燕一件一件或挂或摆进衣橱里。夏季日常替换衣裤，收进矮柜里。跟小琼说好了，朝南主卧有内卫，让给外婆住。

小琼马上回来了，暂时让她睡北面书房，那里有个小板床。

林燕做丝瓜炒鸡蛋的时候，心里觉得有个小东西搁着难受。小琼昨晚发来信息，要跟男朋友去深圳。

"研究生研究生，其实什么都不懂！"林燕把鸡蛋捣碎。说出来的话，被抽油烟机吸进去了。

母亲在房里喊她。

林燕赶忙熄了灶头火，小跑过去。

母亲正坐在床上，拉开床头柜抽屉："我的存折和药不见了。"

"都在都在。刚才他们给了我，我还没来得及放呢。"

"那……"

"还有什么？"

"没了，没了，再说吧。"

林燕回头的一瞬间，母亲表情麻木的面部，留在她脑海里。以前母亲不是这样的啊！年纪大了真可怕。

摆好两菜一汤，盛好两小碗饭，林燕扶着母亲坐到餐桌边。

两人无话，慢慢地吃饭。

林燕看了一眼挂钟，按遥控板打开电视看新闻。

"你在这里多看看电视。"

"好的。我喜欢看老电影。"

"小时候你带我们去看的《闪闪的红星》《庐山恋》什么的，电影频道经常播放呢。"

母亲目光盯住电视机屏幕，放下了筷子："所以嘛，你们还是福气。我跟你爸在青海的时候，那才是什么都没有啊。"

"是啊是啊，爸追求的你！"林燕一边收拾一边笑。

收拾好，林燕坐在母亲身边给徐丽发微信。徐丽发回来一堆语音，林燕只好戴上耳机听了之后，再回文字给她。

徐丽父亲现在住养老院，她每周去探望一次。

"你呀就是不听我的话。社会养老现在是一种风尚。现代综合养老医疗机构，设施好，服务优，专业水平高。不要认为自己服侍老人就是孝，送他们进养老院就是不孝。再说你自己，这样一来，什么事都干不成，不要说跟王先生的事情悬，我看姐妹们今后约你去哪里旅游都没时间了。还有你自己想要练的瑜伽、书法和国画，都要黄！"

林燕想了想，徐丽说得都对。她回了徐丽一条微信："对爸爸的遗憾不能在妈妈身上重现！"

林燕没想到会展中心温度这么低。她套上薄薄的白色防晒服，仔细打量这座由老体育馆改造的建筑，就像一个化过妆的老朋友，有点熟悉，大部分是陌生的。

顺着展会指示牌，林燕进入主展馆。当日正在展览一位摄影家的作品，主题名为：水韵巴西。林燕看介绍说，这是位业余摄影家，职业是水电站建筑师，六年前赴巴西，参与援建伊瓜苏流域一座水电站。工程竣工投运后，他近期回国，拿出了业余时间拍摄的巴西风情系列作品，这是水系列。

占据大厅正面位置的最大幅照片，是伊瓜苏瀑布全景。林燕还没有走近，似乎就听见轰隆隆的震动声。人在自然面前就是那么渺小。她想了想，在命运面前也是如此呢。贴着作品一幅幅转过去。科帕卡巴纳海滩同视角的一张日景、一张夜景照出现在眼前。白天，银沙碧浪，温婉细腻。夜晚，烟花篝火，狂野奔放。林燕抬腕看表，时间不早了。朝阳中，瓜伊巴河汇入大西洋，宽阔的水天交接处，似有火焰在燃烧。林燕看不下去了，在人群中寻找女儿身影。

手机振动一下，来了条信息，林燕以为是小琼，打开一看，是王先生。那顿饭后，王先生发信息，林燕还回一下。后来，烦心伤神的事多起来，她就懒得回。把王先生的信息关闭，给女儿发了个信息。

小琼没回。林燕快步走出展厅。刚出门，就被一个人拦住。是女儿。

"你搞什么？知道外婆一个人在家，还跟我玩捉迷藏。"林燕有点生气。母亲身体越来越差，脾气也坏，像换了个人。

"你先说刚才的摄影展怎么样？"

"展览倒是挺好，不过，你非得让我出来看不搭界的展干吗呢？"

"怎么不搭界啊！"小琼转身，朝墙角那边挥挥手。一个穿黑圆领衫、蓝牛仔裤、白色球鞋的瘦高个小伙子跑了过来。

"阿姨好！我是小林，小琼跟您提起过我。"男孩显出老练。

林燕心里骂了句女儿。

"哦，小林啊。你好！"

"巴西风情摄影展，都是小林策划、布展的，摄影家和观众都很认可。"小琼挽住小林的胳膊。

当着小林面，林燕从观众角度粗粗聊了几句感受，她对表扬的分寸拿捏恰当，毕竟教过成千上万性格不同的学生。

小林得到表扬很高兴，邀请林燕去边上咖啡馆喝咖啡。林燕指指手表，笑着拒绝了。

走进阳光，林燕才觉得身上热，防晒衣忘了脱。小琼跟了出来。

"上次跟你说的事情，你也不表态，到底行不行啊？"

林燕感觉后背湿了，热，加上火气，声音拔高："看个展览，我就同意你跟他去闯深圳？你们太幼稚了。办展览、搞会务就能养活自己？那你不读大学就可以去。"

"这个展，是小林为了展示自己能力才接的，也是给你看的。"小琼声音也响了。

广场上两只灰鸽扑棱棱飞了起来。

林燕经过大闸蟹摊位，一股浓烈蟹腥味袭来，她捂住口鼻。

地上湿漉漉的，林燕小心地一步一顿往前走。脚软软的，头也晕晕的。一个声音连叫了好几声，她才反应过来是在喊她。

徐丽和陈远各拎几塑料袋菜，出现在林燕眼前。

"哎呀！才一两月没见，你怎么成这样啦？"徐丽把手里的袋子交给陈远，走过来拉起林燕的胳膊。

"哦，没什么啊，我挺好的。"林燕每天清晨照镜子的时候，都把手指按到脸上，然后弹起，血色要十几秒钟才回来。

"听说你妈恢复得不太好？"徐丽挽着林燕的手，慢慢走出菜场，命令陈远道："你去点三碗小馄饨，两份生煎包。"

陈远迈开长腿，快步朝点心店走去。

"前阶段微信上我问你，你说请了个阿姨，怎么还自己来买菜？"

林燕苦笑："你是不知道，现在的阿姨就像上班族，准时上下班，还得午休，周末双休。这个时间……"林燕看了看表，"她还在送孙子上幼儿园路上呢。"

徐丽很惊讶："那她做些什么呢？"

"主要是打扫卫生，帮我烧菜打打下手。"

"饭菜也还是你做？"

"开始让她做的，结果又咸又油，说了几次没用，我怕妈妈吃了不健康，就自己来了。"

还没进点心店，陈远就在里面站起来向她俩招手。

除了徐丽关照陈远要的点心，还多了两块大方糕。

陈远解释说："我知道你们最喜欢吃玫瑰方糕，刚才路过糕点店，我买了两块，我血糖高，就不吃了。刚出笼的，又是时令货，你们快吃吧。"

一个月前，学校组织退休教师做了健康体检。林燕取下近视镜，戴上老花镜，一个个数字跟去年比对。最重要的空腹血糖、糖化血红蛋白指标都标红了。其他指标虽然没有红，却有上升趋势。

林燕犹豫了一下，看着陈远乐呵呵的样子，低头先把大方糕吃了。玫瑰香气在舌尖回荡，甜蜜的滋味一直暖到心窝。

"谢谢陈远啊，真是想得周到。"林燕满足地开始吃小馄饨。

"对了，最近王先生有没有跟你联系啊？"陈远夹了一个生煎包，蘸了点醋。

"他倒是一直发我信息什么的，可我哪有时间啊？"林燕没说的是，自己一直没回过信息。

"晚上得给你妈吃安眠药！"徐丽一本正经地说，"我这不是瞎说。我爸养老院的医生说的。老人睡眠本来就短，一有习惯性尿频的情况，几乎没整觉了，比不吃药危害更大。"

林燕脑子里跳出《致爱丽丝》旋律。

父亲语文教学是全省楷模。可师生们不知道的是，父亲弹得一手好钢琴。林燕开始也不知道。上初中那年，父亲带她去少年宫练合唱。他们到早了。排练厅里空荡荡的。舞台前有台简易钢琴。父亲摸摸她头，坐到钢琴前，一串奇妙音符跳了出来，在大厅里回响。林燕记得，阳光照进来，她看见光线在跳舞。父亲反复弹了好几遍，最后站起来，告诉她：

"这是送给小姑娘的曲子，贝多芬要送的小姑娘叫爱丽丝。今天，你就是爱丽丝。"

林燕打开"林家兄妹"群，邀请其他两人视频通话。

哥哥很快出现在镜头前。弟弟进来的时候，穿着睡衣，正用毛巾擦头发。

林燕对弟弟说："快去把头发吹干，天凉了，当心感冒。"

"我没事。妈这两天怎么样？"

他们一个是单位领导，一个做金融，工作都忙，周末轮流从省城过来。平时，林燕周二、周四晚上十点发起聊天，通报母亲近况。

"妈一直担心你。今天跟我嘀咕了一天。"

"我有什么好担心的？"弟弟停下手里毛巾，瞪大眼睛看着屏幕。

林燕一直觉得弟弟最像母亲，特别是眼睛，又大又圆。她情绪低落的时候，老是觉得自己不是母亲亲生的，就因为长得没母亲漂亮，眼睛又小又细。

"上周末谁让你吹牛来着？说要联合几个投资人收购一家破产的制药厂。昨晚，她看新闻里说，政府即将开展药品生产企业大检查。她怕你陷进去拔不出来。"

"你明天告诉她，我们取消这个计划了，不就行了？"弟弟笑起来坏坏的。

"好了好了。妈妈这两天身体还行吧？"哥哥挥手打断他们聊天。

林燕拿起一盒药，对着镜头展示说："这是徐丽今天拿给我的安眠药，她爸爸在养老院里每天服用的。我也想给妈妈试试。"

弟弟声音立刻高起来："不行不行，安眠药副作用很大的，再说，妈也没到这个程度啊。"

林燕猛地觉得心里一团火朝喉咙口冒出来，她强压着，说出来的话，感觉有血腥味："陈远的妹妹是神经内科专家，她说这是新一代安眠药，入睡快，副作用小……"

"副作用小，那还是有的啊！万一妈起来头一晕倒下呢？"弟弟抢林燕的话。

"那也有我呢！"林燕火发出来，屏幕都在振动，"你们呢？一个星期来看一次，说话、吃饭，拍拍屁股走了。我呢？二十四小时啊！当初你们把妈送过来，是的，我心甘情愿，可我也有自己的生活啊。你们知道她一晚上起来多少回吗？知道吗？昨晚还算好。六次，上半夜三次，下半夜三次。我刚合上眼，又得爬起来。下半夜的几次，我都是闭着眼睛走路的，腿不知磕青了多少次。这不是一天、一周！而是已经持续了三四个月了。你们说得轻巧，来几个晚上试试？"

两个男人都沉默了，一个用手摸脸，一个绞毛巾。

"她一天到晚惦记的是，小儿子不要被人骗，大孙子不要在外面闯祸。我试着问她，要不要搬回省城，去两个儿子家轮流住住？你们猜她怎么说？她说，'不要去麻烦他们了，去了之后，他们还得用住家保姆，再说我也不一定适应呢。'原来，在她心里，我就是一个用得趁手的全职保姆。"

泪眼蒙眬中，林燕瞥见哥哥和弟弟交换了一下眼神。

哥哥郑重地说："妈的事情，你辛苦了。该怎么用药、治疗，我们都听你的。要我们做什么，你尽管说。"

门锁转动的声音，林燕听见了。她变得格外惊醒。

没开灯，一条黑影闪过林燕房门口。她已经很长时间没有关过房门了。

林燕默默爬起来，套上一件羊毛开衫，走到厨房，端出保着温的饭菜。

小琼从后面抱住她。她轻声呵斥。嘴却咧开合不拢。

"啊！鸡汤好香，青菜好甜！"小琼脸上笑嘻嘻的。

"怎么这么晚啊？"林燕为小琼拆开一盒酸奶。

"飞机晚点。你这么辛苦，我没有打扰你。"

"你啊！告诉我还踏实点，不告诉我，我哪能放心呢？"

突然，电子音乐《致爱丽丝》响起。小琼一愣。几秒钟后，单调的旋律自动停止。

"外婆按铃叫我，你先吃。"林燕推开母亲房间门。

林燕右手绕过母亲脖子，带上右肩，托起上半身。左手放在她双膝下移到床沿，再托住臀部。双手合力慢慢使劲让她坐起来。母亲已经不能去卫生间了，林燕在网上买了一个简易马桶。她一只手扶着不让她倒下，另一只手移动她双腿，垂下床沿，套上棉拖鞋。再双手用力，使母亲缓缓站起，慢慢蹲到简易马桶上。

"刚才我好像听到小琼的声音了。"

"是的，她刚从深圳回来。"

"这么晚，一个女孩子，要当心呢。"

"你当心！别说话，来来！"林燕小心地让母亲坐在马桶上，身上竟然有点热，她将毛衣脱下，转身扔到床上。

"扑通"一声。林燕一回头，就这么一瞬间，母亲突然从马桶上栽倒在地。

"啊！妈。小琼、小琼！快来。"

小琼奔进来，林燕正拼命想把母亲拉起来。

"别动！千万别动，就让外婆躺着，我打120急救。"

林燕双手触电般缩回，急得房间、窗前、门口来回跑："怎么还不到，还不到啊？"

"妈，冷静，才过五分钟。"小琼手里攥着手机，眼睛不离开屏幕。

林燕拿毯子盖在母亲身上，不停喊，观察母亲的反应。母亲像睡着般。

"妈！你不能不理我啊。你快醒醒啊！"林燕喊声里带了哭腔。父亲的影子忽然浮上心头。恐惧笼罩了房间，她放声哭了。眼前黑了，她无路可逃。她紧紧握住母亲的手，不肯松开。

从家里到救护车上，再到急救室，她都抓着那只干瘪的手。直到CT室，才不得不放。

输液一小时后，小琼拿到了外婆所有化验单、报告单，交给急诊科医生。

医生一张张单子翻，翻完最后一张，告诉林燕："老人心脑血管都没什么大问题。"

"那她怎么会突然晕厥？现在还没醒来？"林燕问的重点在后面。

"晕厥的原因很多，我们急诊科的职责是抢救，转到病房后，床位医生会查清楚的。现在报告单出来了，我会用点药，老人应该会醒的。"

黎明时分，母亲眼珠转了几下。林燕立刻拍拍趴在病床上睡着的小琼。

"喂！喂！外婆醒了。"

醒来后，母亲侧过脸，眼光越过林燕和小琼，寻找着什么。

林燕凑上前对母亲说："他们等会儿就来医院。"

其实，今天哥哥有重要会议要开，弟弟正在陕西出差。他们都说尽快赶来，却没有确定时间。

林燕调高浴霸温度，手伸进浴缸试水温。今天天气回暖，天气预报说晚上就会降温，她得抓住时机给母亲洗澡。

林燕和阿姨一边一个，几乎抬着母亲进浴室。

林燕对阿姨说："等会儿他们都来。你去厨房先干起来，我给妈洗好、按摩好就来帮你。"

母亲出院时，床位医生交给林燕一个任务，每天给老人按摩腿脚。开始，林燕认为医生没本事，查不出晕厥原因，胡乱判断是腿脚问题。按摩后，她才知道，母亲大腿、小腿肌肉萎缩太厉害。她翻病历，上面说是"老年关节隐退性病变"。她搬个小凳子，像揉面筋那样，最大限度让肌肉放松、关节伸展。

洗完澡，林燕和阿姨协力把母亲架到阳台躺椅上。太阳光暖暖地照在母亲身上，她眯起了眼睛。

林燕揉着揉着，又碰到母亲小腿上那道长长的伤疤。

"你再跟我讲讲伤疤的故事吧。"

母亲手轻轻摆了摆，说出来的声音含混不清："又说？都说了这么多遍了。"

"今天是你九十大寿哇，回顾人生历程，多有意义啊。"林燕发现母亲记忆力衰退厉害。前天上午母亲刚把床头柜里的存折和三千元现金交给林燕，下午到晚上就问了林燕三次存折和票子怎么不见了。类似情况从母亲出院后多了起来，起初林燕没注意，前天晚上，向哥哥、弟弟通报情况后，他们也感到忧虑。当前林燕能做的，就是不断"刺激"母亲的记忆细胞，不让它们"昏睡"过去。

"那时，我刚气象中专毕业，也算是小知识分子吧。积极响应国家'到边疆去、到农村去、到祖国最需要的地方去'的号召，报名去柴达木盆地。你外公外婆坚决反对，把我关在房间里。我打破窗户，跳窗逃跑，结果被玻璃拉了一道长长的口子。"

"这就是时代的印记啊。"林燕感慨地说。

母亲指指床头柜上父亲的相片，不说话，脸仰着，对着太阳。林燕知道，母亲想说，没有去青海，就不会碰上父亲，也就没有他们兄妹仨。

餐桌边坐满全家人。

母亲头上戴着寿星皇冠，林燕帮着母亲一起吹灭了蛋糕上的九根蜡烛。

大家拍手、唱生日歌。

林燕唱着唱着，突然唱不出来了。

哥哥站起身，端起酒杯，郑重地说："燕子每天晚上连续睡眠时间不超过五小时，这还是妈妈服了安眠药的结果。白天还要做家务。一周七天无休，她已经从春天坚持到冬天了。来，我们向她敬酒，向她致敬！"

大家站起身，每个人的杯子都碰了林燕的杯子，发出各不相同的声音。

林燕放下杯子，跑进卫生间，把水龙头开到最大。她把哽咽哭泣声混进水流声里。她相信水的力量最强大，只要坚持就有希望。

门铃响。她匆匆放下粥碗，去开门。

一大束红色玫瑰花挡在门前。一张粉色卡片插在中间。

"祝林老师生日快乐！青春永驻！"

看到卡片，林燕才想起刚才母亲指指日历，再指指自己，是在提醒今天是她生日。快递鲜花的学生现在接过她的接力棒，也在英语组当教师。

她先把花放到厨房，拿起碗，继续给母亲喂粥。母亲突然呛了一口，粥从口鼻往外冒。林燕马上用餐巾纸去擦。一扭腰，从肩膀到臀部，像抽筋般痛。母亲现在语言功能几乎消失，只能躺、坐，起身全靠林燕拖、拉、拽。

阿姨来后，她俩把老人抬上轮椅。阿姨根据她手指的方向，推进这个房间，又进那个房间。

林燕想想还是给自己下了一碗面，打了一个水潽蛋，放几片榨菜。手机热闹起来，一条条信息跳出来，都是生日祝福。小琼还拍了一张早餐吃竹升面的照片，里面还有云吞。林燕仔细看图，发现了隐在一边的另一碗面。她暗自叹口气。

家庭成员都在群里向她祝贺。以前的学生们或在群里，或单独发信息给她。徐丽等老同学、老同事发来热情洋溢的祝福语，连王先生也发来一首自创的格律诗。那次与徐丽夫妻、王先生吃饭的情景仿佛还在眼前，时间却已经过去了一年。她并不是故意不理王先生，实在没时间、没精力。她想了想，还是给王先生发了个谢谢的表情。

忽然，一个念头扰动心绪。这么多热烈、热情的祝福，是不是他们瞧她太可怜了？

鲜花一个早上送来了六份。徐丽送了一大盆北美冬青，红色的小圆果挂满枝头。

小琼快递来一只凝胶慢回弹记忆枕。林燕苦笑，一天只睡四五个小时的人，枕头好坏已经变得非常次要了。

她生日与父亲生日只差一周。如果父亲活着，也可以给他做九十大寿了。

母亲坐在轮椅上看电视，眼睛闭着。阿姨把音量调小点，她却睁开了眼睛。

林燕把台历拿到母亲跟前，指着那个日子说："爸爸生日，正好是周末，我把哥哥、弟弟他们都叫过来吧。"

母亲点点头，用手指着床头柜，一动不动。林燕把存折、银行卡等拿出来。母亲对她做了个散开的手势，林燕立刻就明白了。

下午，飘起了蒙蒙细雨。林燕记得母亲说过，自己在小雨中诞生。她关照好阿姨，下了楼，漫无目的地在街上走。她没有打伞，让雨丝尽情洒遍全身。

林燕睁大眼睛望着天花板，一团白一团黑混杂在一起，模糊看不清。她想天花板可能并不存在，她想象那是一片夏季夜空，只不过所有星星都被厚厚云层遮挡住了。甚至，她还是个孩子，和哥哥、弟弟挤在一张竹床上，听父亲讲着天上人间的传奇故事，母亲也在听，手里还在织补他们的衣服。

氧气瓶的嗞嗞声，把林燕拉回现实。她侧脸看看母亲，以前习惯侧卧的姿势无法保持，鼻子里插进氧气管。心电监护仪的探头像章鱼爪搭在母亲身上，绿色数字懒散地跳动着。

半个月前，一个普通的黄昏，母亲拉着林燕的手，用浑浊的双眼凝视她，含混地喊出她小名，连续三遍："小燕子、小燕子、小燕子啊！"之后，母亲便陷入昏迷。

住院几天，医生为难地表示，现在床位紧张，老人这种情况，没什么治疗的好办法，用不用药都一样："或许会醒来，或许不会。"

哥哥、弟弟跑了几家带医疗的养老院，选定一家，准备送母亲去。林燕家里、医院机械式地跑，忙忙碌碌，一直没表态。直到养老院隔天就要到医院接母亲，她才张开双手护住母亲那张病床。

"谁都不能动妈妈！她要跟我回家。"

哥哥、弟弟都劝她。但她坚决不同意，趴在母亲身上抽泣。

社区医生、护士忙了半天，把监测装置调试完毕，数据无线实时传输到社区医院。

林燕突然闲了。遵医嘱，每隔两三小时给母亲翻翻身，查看一下各种插管的情况。她自己增加了一项内容，坐在床边给母亲读《唐诗三百首》。

父亲给他们朗读时，喜欢选送别诗，那些诗句深深烙在林燕神经末梢，现在读给母亲听时，她不时哽咽失声。"劝君更尽一杯酒，西出阳关无故人""此地一为别，孤蓬万里征""路出寒云外，人归暮雪时"。

　　夜很深了，林燕却无睡意。她再也听不到《致爱丽丝》这首简单电子乐的呼叫声。曾经她是如此喜欢这个曲子，那是父亲馈赠的礼物。她曾无数次痛恨这个刺耳旋律，每次深夜响起，如魔鬼在吼叫。而如今，她多么想让母亲动动手指，轻轻按下按钮，不管睡得多沉、多香，她都会一跃而起。

　　来了一条信息，是徐丽发的。"父亲走了。养老院通知的。父亲倒在地上，不知道什么时候走的，护工打扫卫生时才发现。他是那么孤单、凄凉。我后悔死了，当初没有勇气承担责任。我到那里才懂得老人真正希望的是什么，而你的坚守是最最珍贵的。现在，我坐在空荡的养老院房间里，恐惧压迫着我。我们真正老去后，该怎么办？"

　　林燕直起身，打开床头灯，转头轻摸母亲额头和脸颊。母亲神态安详。氧气机小浮球稳定地一起一落。

　　林燕想了想遥远南方的小琼，笑笑，关灯，闭上双眼。朦胧中，父亲手指在黑白键上灵活地跳跃着。

雨　水

　　直到出租车开出一段路，转过弯，他才透过模糊的车窗望了一眼那座高楼。小雨滴密密麻麻地爬在窗玻璃上。高楼上半部隐入云雾里。他回正身子，脑子里也雾气蒙蒙。身旁叠起来的两个纸箱遇到颠簸，朝他倒过来。他左手顶住，没什么分量，顺手一推，箱子复归原位。单位越换越频繁，东西越带越少。本来今天可以去新公司，那边还准备了欢迎宴会，但他不想去，借口整理资料，休息一天。

　　离开高楼时，总裁站起来带头鼓掌。他不再羞怯，与朝夕相处的同事们一一握手道别。总裁上前跟他紧紧拥抱，拍拍他臂膀："祝你好运，更上层楼！"他表示感谢。他是场面上人，懂得以微笑保持形象。

　　总裁比他小十岁，留学读书、留洋工作，浑身散发香水味，回国创业，租下高楼第五十八层，除了业务需要外出，二十四小时待在公司里。五十八层几乎每间办公室昼夜灯光不熄。厨师、文员、保洁员都上三班。公司员工是一班到底。

"环球业务，就要做到与世界各地无时差对接。"这是常挂在总裁嘴边的话。

总裁答应他朝九晚五。其实他也很少有准时下班的时候。一天晚上七点，总裁突然对一个数字光火，把所有人集中到大会议室，从上到下骂个遍。他接一个客户电话，处理了一些手头的事情，拎包经过会议室时，大家全都扭头看他。总裁也停止训话，投以冷冷的目光。高速电梯到达一楼时，他发觉自己后背汗湿了。

高楼里，他仅待了十个月，是他从局里辞职出来，做的时间最短的单位。

下雨天路有点堵。他无所谓。他在想，下一站能做多久？脑子里浮现出来一个不恰当的比喻：头婚维持时间最长，二婚次之，三四婚依次递减。是不是自己越来越随意了？检讨起来，这是个原因，却不是最重要的。最重要的是自己从局里辞职出来。当时认为自己有技术、有才能，还有点人脉关系，离开体制内单位，闯荡一番，开辟自己的天地，把握很大。他盘算了一下，薪酬大幅提升，仅此而已。

雨中有人打伞，有人穿雨披，有人套件带帽卫衣，都是个人感觉使然。这些年，他失去最多的就是"感觉"。

大学毕业后，他就被分配进局。从助工做到正高级工程师，在这个地区，业务上他成为标杆。几个新进大学生窃窃私语时，被他听到了。

"你们知道吗？上午给我们讲课的贺总，是全局技术上的'大神'呐！"

"我也听说了，给他审过的图纸，从没出过错。膜拜啊！"

他喝酒，也抽点烟，不过，新大学生的话，带来的飘飘然，显然要比烟酒强烈得多、高级得多。

有一次，全地区技术研讨会上，有个单位汇报得特别差。他不顾副局长在场，一点情面不留地批评汇报人不懂技术，需要好好补课。事后，有人告诉他，原定的汇报人突发脑梗住院，临时找了人汇报。他听后，有点小懊悔。不过，隔一天后，全忘了。

二十几年职业生涯中，被他批评过的人如过江之鲫，批评他的人却没几个。名声这个东西就这样，被无聊之人添油加醋，传着传着，大家越看越像。

他试图挽回些什么。批评完人，当晚就推杯换盏，勾肩搭背成兄弟。隔天该骂还是骂。不少人还真挺佩服他直来直去的脾气，更有崇拜者说："英雄气概就是该喝酒时就喝酒，该骂娘时就骂娘。"可心里不舒服的也大有人在。

在局里，他对同事、部下毫不客气，对协作单位更颐指气使。"你们就是管理差""技术专家严重流失""只盯眼前利益不规划长远"等意见脱口而出。协作单位大小老板无不对他俯首帖耳；对他的训诫，诚恳接受，称赞他每句话总能点中要害。

做事、干工作，难免出差错。他再怎么牛，也不会像圣人。有一次，他签字通过的新产品投入运行后不久，出了安全事故。虽然没有人身伤亡，但造成一定社会影响。于是，有人写关于他的举报信了。

事情总是这样，有人写信，就有人给他透露细节。他终于听到被人骂成"臭狗屎"了。那些日子，他开始回顾自己的职业生涯，觉得什么都好，什么都顺，是最大的欠缺。也许是以前欠账太多，现在到他一下子还清的时候了。

局里调查组其实也还好，履行程序，找他谈话，深入了解情况。几次三番补充材料，反复核实。他受不了了，一冲动，提出辞职。领导照例挽留，说了不少宽他心的话。

哪知道，辞职传闻就像乘着歌声的翅膀，在局里每个空间飞翔。他每天都会接到好多问询电话。他变得小心，最好的方法就是装傻："我不知道啊！"

一天中午，从食堂出来，碰到领导，领导把他喊到边上："我不是跟你说了，那件事不要放在心上，抓工作就会有得罪人的时候！工作失误不代表个人有问题啊！你怎么还是想走呢？"领导的话，让他无法回答。同时，心里那架天平倒向了"辞职"一边。他客气地打电话给联系紧密的协作单位老板们，不经意间透露出某种意向。几乎每个老板都盛情邀他加盟。有的甚至还提出让股份，共同发展企业。

他又有了错觉，认为掌握住了主动权。先圈大名单，再定小名单，最后剩下两家单位。一家技术是全新的，要去研发；另一家的技术传统型，要靠市场推动。他最终选择研发技术那家。

后来，他反思，其实去哪家都一样，都逃不出风光进入、狼狈出局的命运。只有不离开最初的单位，才能顺利做到退休。如果时间能倒流，他会选择留下吗？这些年，他反复问过自己。今天，细雨蒙蒙中，心里又冒出这个问题。"不不不！"他暗自摇头摆脱与抉择相关的念头。

离开局里去的第一家公司，是个家族企业，老爷子打天下赚了第一桶金，技术含量不高。少掌柜接手后，致力于把企业带上高科技发展轨道。少掌柜曾频繁地问计于还在局里掌管业务的他。

"贺总，我们公司就缺乏你这样有远见，又懂业务、管理的人才。"少掌柜说话脸上常带微笑，与不苟言笑的老爷子相反。

他选择少掌柜，觉得把握相对比较大。后来看来这完全是看问题的视角导致。出了"局"，他变得"什么都不是"。

"好啊好啊！热烈欢迎！"

他记得很清楚少掌柜接到他想投奔的电话，以欣喜的语调大声欢迎他。这也是他最后一次试探少掌柜。如果得到的回答，确定程度不高，哪怕回应时间慢几秒，他都会掉转心思。

不仅如此，少掌柜还在股份、房产、待遇等方面给予他企业负责人待遇。当一个人坐在宽敞的办公室里，面对眼前漂亮的草坪、树林和湖泊发几天呆，几乎每一件工作或任务后，他坐不住了，跑去少掌柜办公室主动请缨。

"贺总，您刚来，看看资料，熟悉环境和人员再说。"少掌柜调正暗红色领带，脖子往上仰。

"我适应得差不多了，您看是不是让我带个团队，进行新品研发？"他没穿西服，只能把夹克衫的拉链捋捋直。

"好吧好吧，今晚先陪我去吃个饭吧。"少掌柜做了个挥手动作。

他感觉不好起来。果然，晚上少掌柜请的客人竟然是局里接替他工作的人。他硬着头皮笑着把场面撑下来，回到家连绿色胆汁都吐出来了。他没有喝多少，就是恶心，那一张张笑脸每闪过脑际一次，就要吐一次。

他想还是得"忍"吧，新环境总是这样耐人寻味，再说这二十几年，自己任性顺心惯了，也得吃点"苦"。

逆旅还在进行，一段时间下来，当初承诺的条件几乎都没落实，问人力资源、总裁办等部门，都不清楚。有一次，财务退了他报销的飞机票据。他闯进少掌柜办公室。

"连机票都不给报，让我怎么好好工作。"他把报销单扔到宽大办公桌上。

"别急，请坐，我看看。贺总，这个票是有问题啊，规定我们都只能坐商务舱，而您坐了头等舱啊。"少掌柜用手点点票据。

"波音737就前面几排位置，既能算商务舱也能说头等舱，况且两者价格相同，我买的时候，显示商务舱没了……"他想说明理由，但话说出口，觉得自己也在退缩，少掌柜的眼神分明在鼓励他：说啊！看你还有什么说辞。他轻轻拿起报销单，当着少掌柜的面，轻轻撕成碎片。

直到他离开公司，少掌柜都没要求他做一件实事，也没有安排给他一项具体任务，天南海北倒是"调研"了好多次。刚开始他还纳闷，少掌柜并不想用他，当初为何答应得很爽快。后来经历了几家公司后，他逐渐明白，"少掌柜们"只是嘴上落个热情，待遇福利其实并不想到位，他最重要的作用，或许就是吐出胆汁的陪餐。他陪出了"少掌柜们"的"义气"。

马路两侧，高大梧桐树虽然还没报春芽，但是雨雾里给他的感觉，春天马上就要来了。他或许能有一个全新的开始。

他也不是没有动过"自己做老板"这个想法。阻碍实施最重要的是，他还是拉不下这个脸。"少掌柜们"没有把他当作原来的他，却也没有让他去做低头看脸色的事情。一旦自己公司开张，他必须跳到第一线，求人的事情就会层出不穷。他简直不敢往下想。

马上要去的新单位，他索性什么都不转过去，以一个高级"临时工"的姿态去做，或许会好很多，至少原先过高的期望值远远降低了。他最近迷上了打高尔夫，白色小球在蓝天下穿越，在绿草中穿行。他走在柔软草皮上，听着风声鸟鸣，渐渐感悟到自己"搏命"岁月已近尾声，该把生活重点放在蓝天白云下、绿水青山间了。

出租车在一个红灯前停住。一群骑电瓶车的穿黄色、绿色、红色雨衣的快递小哥停在车边。他想起一个事情。还没辞职时，一次，他请一位同学喝酒，同学搞金融弄出了大名堂，他想取取经。酒后，同学让饭店找代驾。代驾来了，同学立刻上去握手，谈笑风生，上车绝尘而去。他看傻了。隔天打电话给同学，同学说那个代驾也是做金融出身，政策宽松时，猛加杠杆，结果一家一当全赔进去了。

绿灯亮起。那些小哥们快速加油门，向前奔跑。出租车起步显得迟钝，心里有个声音在问："如果再这么下去，我也有可能做代驾或者快递员吧？"他一愣，随即，昂起头，简洁地回答："不可能！"

春天快来了，一切都会变得好起来。

小 满

搬完最后一箱东西，他红色长袖汗衫湿透了。弟弟递给他香烟的同时，也散给搬家公司的工人。他穿过客厅、卧室，走到阳台上抽烟。弟弟和弟媳的声音在空荡房子里显得夸张。他拉开纱窗，望见红色、绿色、赭色各色楼房屋脊满满当当。那时候，周边还是农田和水塘。这是古城区向东拓展的第一个新村。他骑自行车来看房时，马路还没有修到新村口，他推车走了一两百米田埂路。看着想着，心头起伏不定，不由得掏出一根烟续上。

楼下，搬家车鸣叫两声。弟弟跑过来，同他一样，把头伸出窗口，大声喊："来了！来了！"

弟弟朝屋里挥挥手，弟媳带着工人们，蚂蚁般扫荡一遍，随后一字排开从六楼往下走。阳台上只剩下他和弟弟。他要抓住这个机会，来了大半天，等的就是这一刻。可话到嘴边，就是吐不出来。他急得又接了根烟。弟弟朝他看看，没吱声，走回客厅，拉下空气开关，又到厨房关掉煤气和水闸。

弟弟拍着钥匙包，站在大门口，没说一句话。弟弟不抽烟。他快抽几口，扔了烟，三步并两步跨出大门。门在他身后关上，震动波及他后背。弟弟没锁保险。

楼道窗户里透进金色阳光。弟弟嘀咕了一句："天要热起来了。"

他点点头，终于说出话来："这房子你们准备怎么处理？"

钥匙丁零当啷在他身后响着。弟弟的声音有气无力："不是学区房，租、售都难。一周前我就挂网了，只来了三个电话。"

他心里一紧，脱口而出："你要把房子卖了？"

弟弟低声说："不然呢？新房子我俩都背了好多贷款。"

眼前出现一楼门洞。他不再迟疑。

"租出去啊，租金还贷。"

"你说得轻巧。这个地段、这么老的房子，能租出去就很不错了。"

他转过身，头正抵着弟弟的皮带，这是他希望的：既正面交锋，又有缓冲地带。那句盘踞在他喉咙口好几天的话，终于冲向银光闪闪的皮带扣。

"租给我吧。"

弟弟犹豫着，缓步侧身从他身边走下去，没有回答他。他急了，跟在弟弟后面，说了一年当中最多的话。他恨透了自己习惯性只说卖惨的话，而要表达事实上并不至于这么惨，真的很不容易。讲述过程中，他瞥到白色电动轿车停在绿色搬家车前面，弟媳摇下了车窗，对兄弟俩张望。

卡车上的工人们也在看他俩。他几乎要收回刚才说的第一句话了。"我并不是你想的那样惨！"在心里，他反复说这句话。

弟弟走向轿车，招呼他一起上。他摆摆手，转身走向绿色卡车。队长让他坐进驾驶室，他拒绝了。搭把手，跳上车，掏出烟，他跟三个工人坐在乱七八糟的家具上。

"看你干活棒棒的样子，练过的吧？"年轻的工人问他。

"当过几年兵。"

"当兵好啊，转业不说，复员也有好工作。"

他嘴角牵动，没发出声音。太阳快升到最高处了，一辆洒水车播着《世上只有妈妈好》，迎面开来。

他要租弟弟房子的事情，妈妈知道。可她也皱眉。看她皱眉，他只好自己上。

妈妈问他非要租那套房子吗？他想了一分钟，重重点头。

"你这是何苦呢？"妈妈在厨房洗碗，叹息着。

车子往新区开，路边开着各色花，空气中弥漫着甜蜜的气息。

他跟工人们一样，刷着微信或者抖音，只是他从不开音量。

一条新微信消息。阿春发来的。

"过来吃饭吗？"

他想了想，回了"要的"。

快一年了，他已经习惯在小小出租屋里吃饭。阿春做出来的饭菜，有一股好闻的香味。

年轻工人看着抖音发感慨："怎么也没料到送个快递也会成为网红，早知道我一来这里就干这个了。"

年轻工人的话触动他的神经。这个城市第一家民营快递公司就是他跟两个战友创办的。他们退役后，没有去分配的单位，结伙干了起来。

要是自己坚持做下来，现在满城跑的那些快递员，大多都是他的员工啊。可当时，要让邮件早一天到目的地，他们都要协调各方关系，寄件人还嫌十块钱的邮费太贵。他上门取过货、送过件，服务对象最不放心的是邮件安全，几乎都会说："要不是急，我才不会找你们！"

他为提高服务质量，还去了趟香港，回来之后，灰心丧气。在香港，找快递公司就像进便利店那样方便。这种认知和习惯，不是一天两天能够形成的。事实上，他们公司业务量始终上不去，零敲碎打的活，让他失去耐心。

一个大雨倾盆的晚上，三个合伙人喝了顿散伙酒。雨似乎浇灭了友情，他们都盼望早点结束无聊的酒席。似乎结束就是起跑，他们都将跑上新赛道。

他心里很有底。偷偷地，他已经去参加 S 产品业务指导会五六次了。最吸引他的并不是产品本身质量如何，而是团结一心做事业的气氛。几十个人挤在简陋教室里，齐声高呼口号、信条。这让他回到集体生活的火红岁月。

退出快递公司，他投身 S 产品营销公司，热血沸腾，精气神表现得最突出。经理请他上台分享体会。他说一句，大家鼓掌；说一段，大家喝彩。他站得挺拔，充满自信，同事们簇拥着他，赞扬着他。他内心一颗小火苗迎风而长。人群中，他扫到一双充满崇拜的大眼睛。后来他注意到，只要他登台演讲，那双大眼睛必定从头至尾注视着他。一次演讲结束，他鼓起勇气走向她。她正等待着他的到来。

那是一段美好时光，他们一起描绘事业、家庭蓝图。有时，他会问她，是不是真的？她对他扬扬手上的银行卡，里面数字不会假。

结婚前，他们买了城乡接合部顶楼的一套商品房。拿到钥匙，等不及装修，他们就在毛坯房里开讲座、分享会。等活动结束，他俩把黑板、白板移到一边，并肩眺望夜色，春风飘来温馨甜蜜气息。他问她闻到没有，她说很浓很浓。那时，他站到了人生最高处，也就看不清低处的黑暗。

弟弟新居是一套精装修的大平层。他和工人一起搬东西，按照弟媳要求摆放到位。不到一小时，搬家卡车开走了。那个年轻工人跳上车，朝他敬了个礼。他挥挥手。

弟弟把旧房子钥匙递给他。

"我们刚才路上商量好了。房子你尽管住，不要付租金。"

他看了一眼正在擦桌子的弟媳。

"这可不行，我一定按照市场价付租金。"顿了顿，他补充道，"现在我工作稳定，也有钱了。"

"这房子本来就是你的。"弟媳停下手里的活说。

他沉默了，想抽烟，又告诫自己不能在新房子里抽。房子一直是他心头之痛。他摊开双手，四十多岁的人了，手上没有一套房子。在这个城市里，他就像无根芦苇。

"哎！那房子的事情，幸亏你们买下救了我，我心里是有数的，正因为感激，我才不能不付租金啊。"好久了，他终于说出憋在心里的话。也许，以前他说话太多、太乱。

那个深夜，他打开房门，一股冷风里，弟弟侧身进门，递给他一张银行卡。他通过妈妈已经了解到这卡上的数字。

"谢谢你。妈跟我说了。这是你准备结婚的钱。"

"你现在这么困难，先拿去用吧。"弟弟转身要走。

"等等！你也知道按照我目前的状况，也许很长时间还不了这笔钱。我有个主意。"他搓着双手，帮着下决心。

弟弟靠在门边上，等着。

"我把房子卖给你，就值卡里这些钱。"

"这可不行，我这是乘人之危。"弟弟又去拉门把手，被他一把按住。

"你嫂子在天堂也会跟我意见一致的。"

就在这时，远远地飘来丝竹声，随着兄弟俩呼吸起伏、颤抖。

S品牌一夜之间倒闭，囤积大量产品的直销经理们争先降价出货。但是，公司丑闻发酵，产品一件都卖不出去。他已经当上大市区域经理，她也管着化妆品营销。为与其他经理攀比销售业绩，他贷款进货，她租高档会所做服务。

一周时间，他俩从销售达人沦为欠债大王。几年间辛苦工作的成果，化为乌有。面对塞满房间的产品和不断打来的催款电话，她时而惊恐，时而木然。他想尽办法解决资金问题，但还是有很大缺口。后来，他最后悔的是，烦心事太多，没有特别关注她。当警察打来电话时，他还在与一个房东讨价还价。电话掉落在地，眼前的一切像走马灯般旋转，他扶住墙壁，发现墙如同列车车厢般闪过。

将她的后事料理完毕后，他找了一个周一的清晨，来到她落水的那片湖边，眼睛盯着波动的水面，站到太阳落山。他下决心重新开始，做实实在在的工作。

弟弟结婚时，他没进新房，在楼下抽烟，时不时望望灯火通明、人声嘈杂的那套熟悉的房子。

弟媳把钥匙交到他手上，他觉得分量变得更重了。可他还是坚持要付租金，他把钥匙轻轻地放在沙发茶几上，做出要离开的样子。

其实妈妈也反对他交租金。那天他一提出这个想法，妈妈就反对。

"这么多年，你住我这里，我哪要你一分钱啦？再说了，兄弟之间就应该互相帮助。"

阿春是来自遥远南方的农村姑娘，去年来投奔舅舅。在工地上跟舅舅管理仓库、配发辅料。他很照顾他们，平时没有项目经理架子。

一无所有后，他决定找一份实实在在的工作。从建筑工地电工做起，这些年一步一个脚印，挣钱虽然不多，内心却不躁动，睡得也踏实。

"这里房子虽小，阿春住过来，哪有什么问题？"妈妈继续嘀咕，"阿春是个好姑娘啊！"

他也想过这个方案，可嘴里说出的话，还是坚决果断："我要给阿春一个家。"

他抬头看一眼妈妈，觉得对不起她。这几年，她手脚经常跟不上想法。他去帮她，还不讨好。

弟弟和弟媳留他吃饭，他急着赶回去。一路上，坐公交、转地铁，再步行，他再次闻到花香，步履格外轻快。

来到出租房，阿春正端出香喷喷的一荤一素一汤来。还没坐定，他就掏出钥匙，对阿春高高扬起。阿春开心地大笑起来，她的牙齿白得像月亮，她的笑像孩子般单纯。

他想好了。自己已经存好一些钱，与阿春一起努力，扎扎实实做几年，按照市场价，把房子再买回来。

"阿春，你知道吗？这房子时刻提醒我，幸福生活很简单，只要拥有小小的满足就够了。"

霜　降

　　把电瓶车推出楼道，她戴上手套，翻风衣帽盖住头。风里夹杂着雨丝，偶尔几个窗户透出灯光。气温降低，城市苏醒迟了。

　　菜场却灯火通明。她骑车到生面铺。老板歪戴着白色厨师帽，递给她一只大塑料袋。

　　"刚轧好，十八斤，够了吧？"

　　"可以，你记下账呗。"她把沉甸甸的袋子放电瓶车上。

　　去肉摊路上，她想起紫菜、虾皮快没了，问南货摊老板补了点货。好在调味料都去大超市买了，不然容易丢三落四。

　　肉摊老板娘见她推车过来，望了一下挂钟："还真是精确到分钟啊！"

　　她笑笑，接过一袋子温热的猪前腿肉酱、一袋猪大骨。手机扫码付了钱。肉价每天不同，记账反而麻烦。

　　临上电瓶车，她对老板娘大声说："你问我牛排怎么煎才好吃，我昨晚看到一个视频，等我到店里发给你。"

老板娘摆手："不急不急，你先忙生意，空了再发我。"

雨下大了，她心情随之低落。今天早市看来又兴不起来。快到店门口时，风衣全都湿了。她通过雨幕，看到店门已开。小娟穿红色夹克衫在里面忙碌。

她把骨头交给小娟："洗洗加到汤锅里。"

小娟答应一声，转到灶头上去了。

她把馄饨皮放进冰箱，留三沓在桌上。取过铝盆，倒入肉酱。她顺手抓一把在手中，颜色微红、弹性十足。她知道，只要简单用姜米、盐、鸡精调味，就能释放出最鲜滋味。她缓慢、有节奏地顺时针方向和馅，不时加水。身上暖和起来，馅也上劲了。她分出一小部分，拌入小娟切好的葱末，其余放进冰箱。

她对小娟招招手，馅和皮子都准备好了，可以包了。她打开电饭煲查看昨晚焐进去的茶叶蛋时，瞄了两眼小娟。小娟正往漆木盘里整齐地码放包好的馄饨。她在心里暗自称赞，和舅妈包的几乎一模一样了。要不是贵州人吃辣基因改不了，馅都可以交给小娟做。

第一个客人来了，她收起心思，招呼客人。六点半，时间差不多，人却不是熟客，骑辆自行车，进门时，顺手把雨披也带进来。客人看了价目表，点了一碗馄饨，两块烧饼，十三块钱。

她收了现金，到灶头上看，锅里水正微微滚动着。她把漆木盘里的馄饨抓一把丢进去，用长柄勺兜底转动，防止粘锅。盖上锅盖。然后取一个青花碗，加入葱花、虾皮、紫菜、榨菜末，点上猪油，肉骨汤锅里舀汤冲入，撒上胡椒粉。开锅盖，加冷水，水再开，馄饨浮上。捞起，入青花碗。端出去的时候，她闻到了一股香气。小娟正从隔壁烧饼店装了一篮子热烘烘的烧饼回来。

客人又来了几个，有熟客，她便知道哪个要在馄饨里加水潽蛋，哪个要的是茶叶蛋，哪个烧饼要吃甜的。

雨一会儿小一会儿大。今天不是双休日，早餐做到九点，基本告个段落。小娟收拾好靠里的一张桌子，放一碗馄饨、一碗骨头汤、两块烧饼、两个茶叶蛋。她每天必须尝馄饨味道，而小娟觉得馄饨宝贵，不随便吃，只要喝碗汤，吃个烧饼。她硬要小娟吃个蛋，水潽蛋、茶叶蛋隔着吃。

她稍微在馄饨里加点辣油，尝了一个，调味适当、汤汁鲜美、肉质细腻。小娟在骨头汤里放入很多辣油，红彤彤的。她觉得小娟已经好多了。刚来时，只要吃辣椒拌饭，她在边上看得胃抽筋。

小娟是堂叔送来的。他们姓"韦"，是哪个民族，她不记得了。十多年前，她还在公司做职员时，一帮姐妹通过爱心网站，发起对贵州山区失学女孩的资助。为减少中间环节，捐款直接打到村支部，由村支书分发给每位资助对象。她资助的对象就是小娟。每次收到她捐款，小娟总会借堂叔手机给她发条信息。学期结束，打电话给她汇报成绩。小娟成绩一般，在她鼓励下，有了上高中的念想。

不料，她安逸生活被打破。公司被并购了，四十五岁以上的女职员领到一笔三个月工资，回了家。姐妹们开始晒退职后的悠闲生活。可她不能。很多年前，老公赵路患尿毒症失去工作能力，加上高血压、高血糖等基础疾病，靠每周去医院透析三次才维持生命。女儿刚以优异成绩考入重点高中。

亲戚朋友们给她介绍工作，都嫌她年纪大，肯要她的单位，待遇实在太差。三个月过渡期很快就要过去，而她还在每天演戏给老公、女儿看，准时"上下班"。那天早晨，她穿着套装，踱到运河边，南来北往的船只让她感到生命的流逝就在长长汽笛声里。舅舅家就在附近。她买了两样水果，两袋燕麦片，走进舅舅家。舅妈正在包馄饨。她正好打下手。舅妈调肉馅的手法吸引了她。新鲜猪前腿肉酱，加姜米、盐和鸡精调味，加水上劲。舅妈笑着告诉她"秘技"。她眼前一亮。吃完鲜美的馄饨，她对两位老人说出自己的想法。

小娟的来电解了她的困境。虽然她是多么希望小娟继续读高中，甚至大学。"这点钱，我出得起！只要你肯学习。"她多次这样表态，可小娟电话里说的却是现实问题：两个弟弟更需要读书。小娟的读书使命，初中毕业就结束了。现在她要赚钱了。接电话时，她不时看看后厨舅妈忙碌的身影。七十多岁的老太太了，还跟着她受罪。"好吧！满十六岁了，你就来吧。"

小娟吃东西特别快，一大块烧饼蘸汤吃完了，开始剥蛋。剥好两个，一个给她，另一个滑进自己汤碗，蛋和汤一起下了肚。红彤彤的笑脸，鼻尖冒出几滴汗。

"没吃饱的话，再吃个饼或者蛋。"

"不了，华姨。我准备午饭啊。"

小店里的午餐很简单，做完早市的小贩路过店面，被小娟喊住，买鱼、蔬菜、豆制品等。小娟讨价还价越来越老练，烧的菜也上路子了。晚上六点半左右打烊，她给小娟留点菜，其他带回家。店铺有小阁楼，小娟对她说，躺在被窝里，通过天窗可以看见摇曳的香樟树枝叶。

小娟买汰烧的时候，店里最空。她拿出手机。女儿照例在家庭群里发了早餐照片。两碗牛奶麦片粥、两片粗粮面包、两个白煮蛋、两个中肉包。女儿怕赵路累着，每天换花样给赵路做营养早餐，非常注意控盐控糖控油。她知道，自己出发没多久，女儿就起床了。

赵路在家庭群里先为早餐照片点赞，过了一个多小时，拍了张医院大门照片在群里。今天是透析日。那张照片有点歪，明显看得出在下雨。她不喜欢，却还是连点了三个赞。

患大病后，赵路申请到每月最低生活保障，钱不多，他全都交给她。她让他留点。他摇头说："一个废人还要钱干什么？"

姐妹群里，有人发了一张晴空下，草地带霜露的照片。她转发在家庭群里，天在转冷，她突然想念刚过去的一身接一身汗的三伏天。她给赵路用了"三伏贴"，那位老中医说，连续三年用，赵路的病有望轻一半。

她突然想到一件事，大声问正在洗菜的小娟："这个月的钱有没有打到你爸账户上啊？"工资是前天开给小娟的。

"您放心，昨天上午我就用手机网银转了。"

"你爸妈身体好吧？"

"我爸好着呢，我妈还是老毛病，关节炎。您猜我怎么对她说？让她多吃辣椒。"

她笑了，以前看到过山区的人应该多吃辣椒之类的说法。小娟是个懂事的孩子。她还想问一些小娟弟弟们的事情，突然来了一个陌生电话。她犹豫一下要不要接，是座机号码，本地的，还挺整齐。

"喂，你好！"

"你是赵路的爱人吧？"

"是啊！怎么啦？"

"赵路在透析时晕倒。你马上来吧。"

她冲出店门，推电瓶车，钥匙却没拿。小娟奔进去拿钥匙交到她手上。她解下腰间围裙扔给小娟。

小娟叫喊着："快去，快去啊！"

雨打在她脸上，她麻木了。路口信号灯也看不见了，她只管往前闯。怎么会呢？怎么办呢？两个问题纠缠着她。摇摇晃晃地，她浑身湿漉漉地撞进急救室。

"赵路，赵路呢？医生，赵路在哪儿呢？"

"你是赵路家属吧？他现在没事了，你放心吧。刚才推过来时，比较危险。"

"他到底怎么啦？"

"低血糖。"

"不可能！他早餐吃得很好呢。"她去口袋里摸手机，不料摸了个空。她不管了，接着对医生解释，"我女儿每天早上给他做早餐，今天是……"

"好了好了。我刚才给他挂了葡萄糖，现在情况还行。你自己去问他吧。"医生忙着到另一个床位去了。

挂在发梢上的雨滴掉落在赵路灰黑瘦削的脸上。他眼珠转了几下，睁开来。

"你怎么来了？我又没事。"他挤出一丝笑容。

她攥着医保卡说："你都晕倒了，还没事？医生打卡上的家属联系电话找到我的。"

"我真没事。"赵路摆着手，"我歇会儿，自己回去。午餐高峰到了，你赶快回店里吧。"

"我问你，医生说你低血糖，究竟怎么回事？"

赵路别过头，不吭声。她知道他的脾气，就转身到医院小卖部买了鸡蛋糕、巧克力，温热一瓶饮用水。

这次，赵路老老实实地把东西吃了。

护士过来换水，再挂一大瓶，就可以走了。

午后，时间似乎慢了下来。她觉得脚酸。拉个板凳坐下，身体湿湿地发冷。她贴紧白色床单、被子，干燥温暖。开始时，她还知道一个个白色身影在眼前晃动，一声声叫喊声让她烦躁。后来，她眼皮往下坠，眼前一只只馄饨"扑通扑通"往下掉，她想仔细看看馄饨掉进锅里还是地上，只见黑暗一片。

手机铃声大振。她从病床上抬起头。小娟正拿着她手机递过来。女儿打的。她瞄一眼手机时间，快一点了，她大约睡着半个小时。

"爸怎么啦？"

她"喂"了一声，走出病室："我正要问你呢。你爸怎么会低血糖的？每次他去透析，都要让他吃饱。"

女儿声音低沉而犹豫："他看到朋友圈有说只要顶住饥饿，透析效果会好上几倍。"

"所以你拍了照片，他却没吃？"她声音有点颤抖，"这样会出人命的，你知道吗？"

"他不就想早点好起来吗？你这么辛苦。他什么忙都帮不上，也痛苦。"

她默默挂了电话，到医生办公室咨询好，走到病床前。小娟正给赵路讲大山深处鬼故事，说得赵路一个劲地问："是啊？真的啊？"看得出他正竭力表现出轻松状态。

　　护士把赵路手上的吊针拔掉。小娟要搀扶赵路，被他拒绝了。她上前，紧抓他手臂，扶他缓缓下床。

　　她在手机上约了一辆快车，司机来电，五分钟就到医院门口。她把电瓶车钥匙交给小娟："你先开电瓶车回去开店，我送他回家马上过来。"

　　"好的，华姨！我马上回去干活。可我要向您报告，店可没关，我让烧饼店老板娘盯着呢。她像接受一项重要任务般认真呢！"

　　她与赵路对视一笑。

　　上快车之前，她严肃告诫赵路："我刚才又咨询医生了，来透析之前一定要吃饱。你不能再相信那些网络谣言。"

　　一路上，他俩没说一句话。她盯着车窗上蜿蜒的雨滴。艰难爬行着的，并不是只有一个雨滴。

大　雪

　　高铁上，他看到窗外密密飘舞的雪花。在他微微走神的
罅隙里，雪在江南大地上积了起来。看到白茫茫的一片，他
心里悲苦加了倍。

　　列车减速，城市扑面而来。熟悉而陌生的街道一闪而过。
他想到了时间，比高铁更快，不过带走的是人。

　　他从不愿意在同学、同事面前提起故乡，非得说，含糊
地提江南城市。车靠站，他匆忙起身，取行李箱，背上包。
好多次，列车停靠这个站时，他都忍住不下车。这一忍就是
八年。

　　弟弟在出口处向他挥手，随之一起抖动的是黑臂章。他
走到弟弟身边，搂住肩膀，轻轻拍几下。弟弟低下头，接过
行李箱，领他走向停车场。这两年，每季度弟弟都坐三个多
小时高铁来看他。有时到他家吃顿饭，有时只在他单位坐坐。
每次弟弟走的时候，总是这么一句话："什么时候回去看看
吧？老人非常想念你。"他回答"嗯嗯""知道了""再说吧"

等。而今天一早，弟弟电话里只说了一句，他就立刻抛下所有事情，朝着已被列为虚无的城市赶来。

弟弟的父亲，他的继父，清晨突然往后一仰，倒下再没起来。

鹅毛般大雪纷纷扬扬，市区也开始积雪，车堵起来，弟弟骂了几句鬼天气。眼圈黑黑的，就像即将入夜的天色。

电台主持人一开口就是"特大""百年不遇"，听得心烦，弟弟关了广播。电动汽车车厢里静得让他心慌。

"走得没痛苦，也是修来的福。"他刚憋出这句话，就想到了母亲。他该怎么面对她？不管什么原因，八年没来见母亲，必定是错误的。虽然他每次都让弟弟带钱、带东西给母亲，但这抵得了什么？

弟弟默默点着头，双手紧扣方向盘。弟弟太像母亲了，大到走路、说话，小到嘴角的牵动、鼻子的翕动，都是男版的母亲。有时，他盯着弟弟看会出神。一会儿是母亲的样子，一会儿是弟弟小时候的样子。

弟弟手机里的母亲一直在老去，他看着照片愧疚感加深。不过，如果弟弟提出来可以视频一下，他又忙不迭地摆手。他还没有做好准备。这下，完全打乱了他的算盘。头脑里预想的大团圆结局，彻底破灭。他没有机会说抱歉，没有爱就没有谅解。在大雪天温暖得逼出汗的狭小空间里，他如坐针毡。如果能一下子快进到此刻，掠过八年时光，那么他再也不会面对弟弟多次的诚恳邀请，摆出傲慢、生硬的丑态。

很多事情，做了就再也回不去了。

上高铁前，他跟女朋友通了一个长长的电话。虽然她隐约知道他有一个回不去的故乡，却不知道有这么多故事。那种深深的芥蒂，似乎只有当事人才陷入其中不能自拔。这个电话打下来，他与她之间原本犹疑的关系，一锤定了音。她要求一起回家乡。他没有答应，他说："我希望你出现在喜庆的氛围里。"

电动汽车转过一个大广角。他紧盯着大片绿地看："怎么是公园了呢？"

"长途汽车站早就搬迁到城北公路上了。这里被改造成市民休闲锻炼区好几年了。"弟弟又指着一些高大建筑给他介绍。可他都没听进去。终于，噩梦般的长途汽车站消失了。

八年前，也是个大雪天，他高考复读在家。从高考分数出来，直到冬天，他说的话几乎不超过十句，而且都是对还在读小学六年级的弟弟说的。

冲突的起因是什么，他已经忘记了。只记得那个夜晚北风凄厉、雪花狂舞，继父把酒杯往餐桌上一蹾："有本事考个好成绩回来，整天臭着个脸，好像大家都欠他似的。"

他早就三口两口扒完一碗饭，坐到高低床旁的小书桌边，订正一张数学模拟试卷。高复班数学老师不知道哪根筋搭错，出了一张奇难的卷子。全班六十个学生，只有三个人考到六十分。他只有三十五分，这是他最差的一次卷面成绩。他高中三年，每天都在奋发努力，放弃了所有的爱好：打球、写诗、打桥牌，为的就是考出好成绩。他填写的志愿，没有一所本地高校，远的有哈尔滨、西宁。他要尽早离开这个家，畸形家庭对他充满压迫。可他又是这么爱弟弟，从第一眼看到起，他就发誓要爱他、保护他。他睡在上铺，每天深夜都要探头望望弟弟被子有没有盖严实。弟弟属于他，而他认为自己不是这个家庭的一员。脑子里这些混乱的关系，无法解释的悖论，使他陷入苦恼。最好的解脱就是出走，但越是这样期盼却越考不好。高考分数出来，只有他平时的三分之二水平。他咬咬牙，复读！但给他的心理压力更大。每个复读的学生，都像做错事的孩子，头不敢抬，话不敢讲，都有一颗炸毛的心。

他清楚地听到了继父那两句酒话，开始，他已把愤懑咽下去。寄人篱下，大概就要承受这样的折磨吧。可是母亲接了话："他还是个孩子呢，要怪就怪我吧。"

他本来浑浑噩噩的心，被母亲的话激得锋利，像一把出鞘的利刃。他冲出卧室，抄起一个玻璃杯朝继父猛地砸过去，高声喊一句："你这个酒鬼！"玻璃杯在继父身后的墙砖上撞得粉碎。

继父扑向他，两个人扭打在一起。母亲疯狂地劝架，弟弟尖叫哭号。

"快走，你打不过他的！"母亲拼命地喊。

他退回卧室，插上插销的那一刻，人突然静下来了。继父在客厅里的咆哮，正从他脑子里移到很远的地方。他有条不紊地收拾着衣物、课本、过年拿到的压岁钱、母亲给的零花钱，等所有东西压缩进一只大背包里后，他才意识到，一个局外人将要离开。

他大大方方地打开小小卧室门，昂首挺胸往大门口走。继父又坐下喝酒，还点了香烟。房子里充满了劣质烟酒的刺激性气味。母亲上前阻止他，拉他胳膊、拉背包带，跪下拖他的腿。继父喘着粗气冲着母亲嚷嚷："让他走，滚蛋！有种不要回来！"

他挣脱了一切，像一只第一次飞翔的雏鸟，虽然吃力地扇着翅膀，但是内心轻松自由。暴风雪来得正是时候，即便没有目标和方向也不要紧，艰难旅途就是最好的归宿。

现在，在旅途中漂泊了八年，他终于回归了。完全没有料到的是，心情如此沉痛。是的，并不止沉重。在高铁上，他就意识到这一不寻常的变化。弟弟常捎带母亲的口信。最先浮现出来的是两句话："这么多年了，也该谅解了。""他再怎么不好，毕竟照顾了我这么多年。"接着，那些从没入过脑的话，相继蹦出来。到后来，他竟坐不住了，在车厢连接处踱步，有时迎来漆黑隧道；有时身子斜着承受列车漫长的转向。

母亲生下弟弟那年，患上了类风湿关节炎。起初，手指第二关节肿大、胀痛；后来发展到脚趾、膝盖、手臂等关节。母亲很少抱弟弟，连喂奶粉、奶糕等都是继父来。他还跟继父抢着抱弟弟。继父嫌他人小力气弱，他嫌继父粗手粗脚。

三年前，技校毕业的弟弟，选择开新能源汽车维修店。深秋时节来看他，带来不好的消息，母亲坐了轮椅。家务事都由继父——这个刚退休的老头来承担。

当年，好多媒人来给母亲说亲。大大咧咧的介绍人，有时候也不避他这个小孩子。说有个精工车间主任，不仅工作好，人也好，能干各种家务活。那些家伙就是不提脾气的事。

弟弟没出生之前，继父基本不喝酒。弟弟百日宴那天，他见识了继父的大酒量，在一帮徒弟的怂恿下，继父喝了两瓶高度粮食白酒。他们高声唱着歌，围成一圈，笑成一团。

他记得自己也加入了，有个鬓头发、留小胡子的人给他喝了一小杯白酒。真正意义上的人生第一杯酒，让他看到了夸张世界的模样。

继父从此乐呵呵地喜欢在晚饭桌上添一两杯酒。大家的目光和话题都围绕着弟弟。这是一家人的蜜月期。

弟弟指指前面说："快到了。"

顿时，全身血液往他脑子里冲。他看不清前面的街巷。雪下得太大了。他还没做好准备，该以什么样的姿态走进家门。而弟弟已经在倒车。风雪中，他瞥见了一排排白色花圈、黄色花篮。他什么都没准备，要不要补点什么？

弟弟在黑暗中对他说："下车！"

这是弟弟说的唯一强硬的话，一句不征求他意见的命令，他却乖乖地严格执行。

老式楼房敞开着的单元，陷入漆黑。只有一个单元的楼道被强光照亮。他机械地随着弟弟朝亮光走去，走的过程中，他踩到了石子，鞋滑了几次，腿被什么东西挡了一下。可他还是往前走，自己都不知道迈的步子是快还是慢，只知道自己在移动。

八年前那个夜晚，他爬进长途汽车站候车室。九点过后，所有车辆停发。工作人员收拾工具，保洁人员打扫卫生。灯全熄后，他躺倒在长条凳上，寒气围拢来，他抱住背包，呼吸久久不能慢下来。突然，他听到急促的讲话声，接着，候车室灯全都打开。他赶忙钻到凳子下。

"看看，看看，我说没人吧！"

"谢谢！那我们去火车站候车室。"

灯又灭了。他回到凳子上，却没马上躺下，透过窗户，他看见大雪中两个人点头哈腰地向一个戴大盖帽的人致意。瘦高个继父头上突然亮了一下，几根乱七八糟的白发刺出来，在碘钨灯下向着大片雪花招摇着、挑战着，慌乱没有章法。

沿着渗着白光的楼梯一级一级往上走，他脑子里出现了那几根白发和片片雪花。

耳中双明珠

蒋婉被碰了一下，她睁眼的同时，用力捂了捂双膝之间的小包。怎么就睡着了呢？到哪里了？还好，没过换乘站。

拿出手机，照照脸。一脸疲倦，眼袋很深。微信信息爆米花般跳出来。腿伸伸，她懒洋洋地看信息，谁都没回，包括于大飞、沈晨两个的。

他俩问了同一个问题："你去哪儿啦？"

哎！我这是去哪里呢？

她随着列车的轻微晃动，摆摆头。

地铁跃出地面，行驶到高架桥上。她索性把头一歪，靠在栏杆上。出了市区，乘客少了些。太阳光斜斜射进来，一条光带波一样抖动。

前方就是换乘站了。她还没拿定主意，是换乘快线7号继续北上，还是直接站到对面站台等候反向列车回城。

一个黄色小球滚到她脚边。一个小男孩跑过来捡起，回到对面。一家三口闹起来，声音有点大。她默默地注视着，突然发现光影交错下画面很棒,却不敢举起手机拍。她喜欢随手拍照。于大飞看了几次就不耐烦,怎么老是阳光、蓝天、鲜花?

手背痒起来,她从包里掏出一管护手霜,手心手背搽个遍。现在已经好多了,刚来的时候,她浑身奇痒,天天把手脚抓出一条条血痕。母亲告诉她,北方干燥,不像家乡,即使冬天空气中也充满了水。她挠着痒,低声问母亲:"那为什么还来这里?"

母亲没有回答。

到中转站了。她慢慢站起身,不急不慌地往外走。突然,一个胖阿姨在她身后催促:"姑娘啊,快走快走!"她回头望了一眼。胖阿姨紧接着说,"快线7号还有五分钟就要开了,错过这班,下一班到鹭港就漆黑了。"说漆黑的时候,胖阿姨用大手在眼前抹了抹。

不由自主地,她跟着胖阿姨快走起来。熟门熟路又大呼小叫的胖阿姨在前面开道,三分钟时间,她俩就站定,气喘吁吁地候车了。

看上去艰难的选择,被一个陌生阿姨一带,顺势就上了道。

"你去哪里啊?"

"终点站鹭港。"

"我也是啊!你回家啊?"

"嗯。"

她默默算了一下,两年时间没回鹭港了。随后,她又感到别扭,什么"回"?明明应该是"去"。

车来了,很空。

胖阿姨跟她聊了几句，见她回应不积极，转头找别人说话去了。

她闻到一股酒气。她四处望望，没有酒瓶碎掉。再深吸气，酒味没了。她叹口气，曾经最讨厌的酒，现在像个幽灵，随时都会钻出来咬她一口。

她把头别向车窗，寂寥的大地，灰蒙蒙的一片，而此时，家乡的原野上，杨柳树都该抽芽了，嫩绿一片。温润的东南风从不远的海边吹来。

蒋婉拦下服务员，捧起一大碗海参鱼翅羹。服务员把转盘按停，她把羹摆到红木桌上。

"请各位领导、老板尽情享用本店招牌菜。海参富含胶原蛋白，鱼翅含微量元素镁，两道顶级滋补品结合在一起，我的理解就是：美容养颜、延年益寿！祝大家身体健康，升官发财！这是我的名片。嗯，对，餐饮经理。您有服务要求，一个电话全帮您安排好。"

"我现在就有个要求！"

一个左脸有道疤的胖老男人站起来。他的头比常人大一圈，浓密的头发裹住头皮，发根却全白。他把高度白酒倒满两个二两分酒壶。一个递给蒋婉。

"你把酒干了，今后我们这一桌人请客吃饭都上你这里……"他打个嗝，拔高声音，"就找你。"

蒋婉闻着浓烈的酒味，胃里直翻腾。她端起酒壶继续挨个发名片，发到最后一个，正好到门口。绝大多数人都客客气气的，她打算借机撤退。

"等等！你把我的话当屁啊！"胖老男人疤痕那一块涨得通红。边上有人劝他，他把头摇得像法国斗牛犬，唾沫横飞。

"我这不还在发名片吗？发完我就来您这里报到呢。"蒋婉轻轻用壶碰了碰"疤痕脸"的壶，眼朝上一翻，三口把酒灌下去。

疤痕脸没动。

"我干了，轮到您了啊！"

"我刚才说了我喝一壶吗？我说的是酒你喝了，今后生意都给你做。所以，那壶，还是你的！"

"啊！您这不是要我吗？"

桌上好多人跟着起哄，到底帮谁，蒋婉也弄不清。

已经九点了，她只是在四点一刻员工餐时胡乱地吃了个包子，最近她没什么胃口。沈晨不像于大飞，光说她身材越来越好。他忧心忡忡，说她精神在"飘移"，劝她在宿舍歇歇。

第二壶下去，她感觉所有东西变得遥远，连声音也像风一样，时而猛烈呼啸，时而低沉回旋。"疤痕脸"肉肉的右手搭在她腰上，还在往下，左手毫不客气地把她的手捂压在桌上。乱七八糟的话和口气喷在她脸上。

平时不至于啊！

她恨自己到关键时刻使不上劲，在哄堂大笑中，还得微笑地抬起头。脚碰到一个酒瓶，她摆着顺从架势，攒足力道踢出酒瓶。酒瓶没碎，在食客屁股下面咣咣打转。大家分了神。"疤痕脸"手撒开的一瞬间，她一把抓起手机和票夹冲出包厢。

于大飞打来电话时，她已经爬到楼顶抽烟。

"我没事，你不要过来了。"

"行吧，你早点休息。那边，你定下来什么时候去了吗？"

于大飞的话总是直截了当，老是戳在她痛点上。

酒劲儿差不多过去了，她还在生自己的气。

姐妹们叽叽喳喳的声音传上来，她也不急着下去，让她们先洗澡吧。

她从包里摸烟和打火机。突然，一个陌生的票夹出现。她愣了一下，打开著名国际品牌的卡包，她放声大笑。

"疤痕脸"的身份证、银行卡、会员卡、消费卡……，满满当当十几张，把个小包撑得像他的肚子，癞蛤蟆似的肚子！

该！

她舒服地长出一口气。

身边就有一根用途不明的黑铁管子，朝着夜空叹气，她随手就想把卡包扔进去，可动作做到一半，突然停住。一组数字！这么熟悉！

她急忙又打开，取出"疤痕脸"的身份证。

他与她父亲同年同月同日生。

她泪水沾湿了香烟，点不着了。扔掉烟，她站起身，望着万家灯火绵延到天边，没有一盏灯属于她，没有一间房子属于她。

蒋婉过生日那天，父亲早早就回来了。

她走到围墙边，就听见父亲洪亮的声音。

主角总是最后出场！父亲笑嘻嘻地鼓起掌来。她放下书包，向爷爷、奶奶、外婆和舅舅问好，钻进厨房准备帮母亲干活。母亲把她推出来。

"你是寿星，不要干活，多陪陪你爸。"

她心里咯噔一下，这么多长辈，母亲偏点父亲。

父亲举起酒盅，跟舅舅碰下杯，继续商量事情。

"现在沿海大开发，城乡接合部都要改造，这小院子估计迟早保不住。按照拆迁办法有两种选择，要么按人头，要么按面积。小婉没成家，按人的话，五个人最多两套。面积嘛，也差不多两套，只是单套面积大点。"

舅舅笑笑。

"最终主意要你自己拿。我感觉总是贴钱少、面积大合算。对了，你最近生意怎样啊？"

"还能怎样啊？我都这么早回家了，没什么生意。"

父亲给蒋婉使个眼色。她悻悻起身，极不情愿地给父亲和舅舅添高度白酒。

父亲瞄了她一眼，话顺了下去。

"这不家里还有重要的事情等着我呢。"

舅舅抿口酒。

"你们父女俩生日靠这么近，干脆一起过算了。"

父亲笑的时候，腮帮子鼓得像鱼一样。当他的目光碰到一直微微点头的爷爷、奶奶时，突然拍了一下自己的脑袋。

"来来来，刚才奶奶给了传家宝作为你的生日礼物。呃呃，更是成人礼物。"

蒋婉觉得脸上有点烫，她碰到了奶奶温暖的目光，似乎正满心喜悦鼓励她迅速成长为一个女人。

"可我还在上学，只有十六岁。"

"哎！城乡接合部算农村，十六岁就该嫁了。来戴上！"

父亲摊开厚实的大手，里面躺着一对珍珠耳坠。

黄金耳环上有菱形压花，边缘有两道细细拉花，两颗圆滚滚的纯白珍珠被佛手抓着吊在耳环上。凑到窗前，黄的耀眼，白的透亮。

她感觉一个家族的重量在向她压下来。她有点惶恐，想要推卸，可手把珍珠耳坠捏得更紧。

奶奶走过来，把耳坠在她耳朵上比画着。

"小婉耳垂大，戴上去漂亮极了。哦，没耳洞没关系，过几天我来打，一粒米就行。"

饭菜端上来。父亲阻止了正要夹菜的舅舅，跑到厨房端上来一个大奶油蛋糕。

她吹蜡烛的时候，父亲站在她正对面。她一吹，父亲突然暗了。

太阳斜了，光刷刷刷地扫过树枝。光影的闪动，让蒋婉感叹时光流逝。六年出头了，快线7号沿路的景象魔法般巨变。她摸了摸耳朵，珍珠耳坠静静地挂在黄金耳环上。

于大飞说土气，嚷着要给她买钻石耳环。沈晨没说任何话，有一天送她一个著名品牌小锦盒，里面是一对细钻镶边的玛瑙耳钉。

她都拒绝了。

最后的阳光洒在她手背上，间或有影子跃动。

母亲出了合租房里最贵的钱，挑了一大间朝南的房间。把她的床放在南窗边。大多数时间，她是被阳光唤醒的，母亲很早出门，不舍得叫她。

她赖床，晒太阳，发短信给遥远南方的好姐妹。

"其实，北方的冬天比南方好过。室内都有暖气，我通常只穿一件睡衣。外面也还好，干冷不像湿冷，除非刮风，那简直是刀子在戳脸。"

好姐妹正在为高考发愁。她又发短信。

"妈妈为了在大城市生活下去，一天打两份工。她没时间管我，我瞒着她没去技校上课。唉！我也想考大学，以后找好工作，但是我这样的家庭，还是要知趣。酒店、餐厅、超市等需要零工的地方，我都做过了。"

收发着短信，笑容爬上她的脸。

两张单人床、一个衣柜、一个矮柜、两个床头柜，矮柜上放着父亲的照片。这样的生活持续了一年。

衣柜正面贴着一面镜子。母亲有一天站到跟前简单地理妆。

她觉得一些事情正悄悄发生变化。

母亲回来得越来越晚。然而，母亲什么都没有对她说。

她很早就躲到床上。夕阳最后一抹光，直刺她内心深处。她在黑暗里足足等了六个半小时。

母亲进门时，没有开灯，手电一晃一晃，像窃贼的眼睛。

"啪"的一声，她按下开关。惨白的强光让手电掉落。

用不着语言，对视一分钟，母女俩抱在一起，从低声抽泣到放声大哭。眼泪像雨，洒在南方故乡父亲的墓前，洒在北上列车车厢里，洒在大城市繁华而冷漠的街角。

最后，她从心底呼唤母亲。虽然知道无济于事可能占大头，但逐渐在都市里适应了一些事情的她，还是想试试。

"现在多好啊！就我陪着你一直这样生活下去。"

母亲居然点头了！而且是滴着泪点头的。事情可能会朝她希望的方向转折。

那个晚上，她俩挤在靠窗的那张小床上，均匀地呼吸，静静地传递着最原始的信息。

睡过去前，她像一块又冷又硬的冰块，在母亲温度不高的怀里一夜，悄悄融化了。

第一次坐快线7号，她紧张地一只手挎着母亲的胳膊，另一只手抱着被层层包裹好的父亲的相片。她偷偷瞄了几眼对面坐着的那个中年男人。她们搬出来打的大包袱被他抱着，挡住了他一大半脸。

以至于第二天宴席上，那个男人挡在眼前，她以为是来贺喜的农民亲戚。

很晚了，母亲还在替她收拾房间。这是继父安排的一间小屋，原来堆放农机具、工器具的。他已经清理得很干净了，可母亲还在不停地扫啊，擦啊。她让母亲不要再搞了，夜已深，再说有些味道不是一天两天能够消除得了的。

母亲走过来，用手摸摸她的头。她惊讶地发现，母亲身上沾染了陌生的气息。她强忍住不哭。等母亲把门带上，她的泪水就像自来水那样冲下来。

她想逃走，却把被子越裹越紧。终于，在梦里，她住进自己的大房子，有一个大花园，盛开着五彩缤纷的鲜花。

舅舅给她打电话，通报老家拆迁的事情。

蒋家没有通知她。

她没有告诉母亲，自己乘车回去了一趟。

这是一辆夕发朝至的特快列车，她的座位靠窗。跟母亲出来三年，第一次回去竟然独自一人，她没有料到。

鹭港，她在那里待了一年就离开了。

母亲很快跟继父家的三亲六戚熟络起来。她时常听见母亲生硬地使用翘舌音来迎合当地人的说话习惯。在那个家里，她几乎不说话。继父也没什么话。三人晚餐最响亮的声音，是碗筷勺子的碰撞声。

那是继父跟她最多的一次对话。

她自行车脱链后，他敲掉一节链条，给飞轮加油，再把刹车调好。

"试试看。"

"好的。"

"怎么样？"

"很好。"

"那就好。"

"谢谢！"

两辆列车在暮色中交会，呼啸声带着冷风把她的刘海往后撩起。父亲去世后，她特别害怕尖厉的声音。

那个阶段，她耳边总有一个女声凄惨地从早叫到晚，侵入她梦里。母亲已经哭不出声音，而显得有点呆滞。自己像被重拳砸了一下，干什么都是晕乎乎的。脑子里的那个女声是谁？这么熟悉，却又找不准。

有一晚，她梦见海滩上，远远出现一个背影。那是父亲啊！她拼命往前冲，想去抱住他。可脚踩到海水，却拔不出来了。父亲继续往前走，海水让出一条道，他从容走进去。当海水回填快淹没父亲的时候，他回过头，对她笑着挥挥双手。这是她唯一一次梦见父亲，她相信父亲去了很好的地方。早上醒来，她突然发现耳边清净，那个凄厉呼叫的女声没了。

家乡清新的海风并没有给她带来舒畅感。

蒋家认为蒋婉不能代表一房分拆迁房产，何况她母亲已经改嫁。她大声争辩，父亲在世时就与拆迁办接洽方案，其中有一套单元房就是他们家的。

乌压压的一屋子人都面对着她，个个面孔铁青，说话无情蛮横。

"你父亲已经走了，这事就得重新定。"

"不要说你母亲没回来，就算她有脸回来，她不也得把房子让出来？"

"你们去大城市享受繁华生活，这点小福利就让让吧。听说那个男的还是国营大厂的高级技工？"

在语言的暴力下，她只有扯住唯一的希望。她把头发束得高高的。双耳上迎风乱颤的珍珠耳坠有回家的兴奋。她知道，爷爷、奶奶也被一种势力绑架着。但是，她还是心存希望。

爷爷低下了头，奶奶上前抚摸着她的脸，用手绢擦去她的汗和泪。

"可怜的孩子，你是我的明珠啊！"

回来之后，她让母亲进城一趟，把那张存单塞到母亲手中。可母亲像握了一块热炭，忙不迭地交还她。

"这是你的，你有得用钱了。我知道你最需要一间属于自己的房子，从现在开始为这个目标准备吧！"

她望着母亲诚恳的脸，突然发现她俩现在是两个平等的女人了。同时，她已经永远失去了一些东西。

临走时，她送母亲一张照片。返程当天清晨，在黑暗的海边，她独自等待一个多小时。当霞光迸射，她沐浴在金光中，用颤抖的手按下了快门。

母亲拿着家乡海上日出的照片连声叹气，粗糙的手指反复摩挲。起身时，小心翼翼地夹进皮夹子里。

快线7号临近终点鹭港站，乘客越来越少。

一所蓝色学校在蒋婉眼底下一闪而过。她心里泛起酸涩滋味。

于大飞懒洋洋地靠在本田四冲程摩托车上，飞机头梳得老高。蒋婉一出校门就看见他了。

她低头，朝公交站台方向快步走去。沉闷律动的摩托车声紧随她。

同学们笑着快步散开。

她想了想，拐进一条小巷，走过十多米，突然回身，直面摩托车和骑士。

"你不要再盯梢了。"

于大飞叼根烟，点着，说话的同时烟气喷出好远："这哪是盯梢？你人生地不熟，我怕坏蛋欺负你。"

她第一次见他，是在母亲婚礼上。她不吃不喝不说话，呆坐着。他走过来，自我介绍是哪个哪个的亲戚。她更是木然。他索性坐到她身边，跟她说话，整个宴席中都是他一个人在说话，从家庭学业到兴趣爱好说了个遍。

她没接一句话，却把他的每句话都转存到脑子里。听着听着，她不由得偷偷瞄了他几眼。在心里不由得暗自叹息。虽然他也像父亲那样高大、热情，甚至连大口喝酒时，腮帮子鼓起来的样子也像，可就是缺了点什么。她害怕自己的生命线跟眼前这个大男孩有交错，这样的交错，将是一次赌博。

"我退学了。"

"什么？"于大飞把大半根烟甩到地上，"你，你准备去哪里？"

"离开这里。"她说的是真话。

一年多前，她随母亲来这里的时候，与母亲是浑然天成的一块铁板。纵有再大的困难和委屈，也由两个人来扛。

最近，情况发生了变化。看母亲跟这里的人打成一片，她是开心的，也放了心。可一件小事竟让她半夜哽咽。

那天吃完晚饭，继父坐在桌边抽烟玩手机，她从母亲手里接过碗筷去厨房洗，进厨房的时候，她无意中回了下头。母亲轻轻拍了一下继父的肩膀，继父一抬头，母亲给他使了个眼色。在厨房里，她听到卧室的门关上了。她洗完碗，他们正好从卧室出来，似乎达成一致似的面露微笑。母亲还是对她嘘寒问暖，继父还是懒懒地玩手机，不发一言。霎时，她觉得那块铁板有了裂缝，或许她也不该再盲目地为母亲撑腰。

泪水淌在枕巾上，一会儿变得冰凉，似乎在提醒她，如今，她变得多余。他俩才是一家人、一个整体。就让所有痛苦的、温暖的、残酷的、感动的记忆，都清零吧。她是时候离开了。

于大飞的追问显然不可能有结果，当时她都不知道去哪里。家乡和这里，是两个禁地，其他地方她都愿意去闯。

说简单也简单，她回到两年多前偷偷打工的酒店，经理欢迎她回来。经理就是沈晨。这是沈晨创业的第一家酒店。

自己一人憋得快疯的时候，蒋婉一天抽两包烟。

一天，餐厅空荡无人后，她与沈晨你一杯我一杯，把大半瓶威士忌喝光。夜最深最黑的时候，她把母亲的事情委婉地告诉了沈晨。

沈晨像一个绿色池塘，任何东西投入其中，泛起一点涟漪就消失无踪。他像个谜，吸引她去探秘。

老宅拆迁分到的钱，她投给了沈晨的连锁酒店集团。为了维护这个可怜的小股东的权益，哪里最需要人，她就去哪里干。

于大飞不屑于做实业，股票、期货、P2P都涉足，最令他着迷的是炒比特币之类的虚拟货币。

一根手指，于大飞曾经在迈巴赫里对蒋婉说自己有这个数。他也让她投资，可她当即回绝。潜意识中，她把于大飞的任何话都当玩笑。而对沈晨的每句话，她都很留意。可他又说得实在太少。他沉默寡言的样子，又勾起心里怨恨的对象。

"你妈妈现在状态好吧？"

"我不知道。为了那桩事情，从她打电话告诉我起，我就没有再跟她联系。"

沈晨的小眼睛因为酒，通红通红，可仍然锐利。

"你打算一直这么下去？"

"唉！我也不知道。"

虽然离开母亲和继父，表明自己独立的态度，可在内心深处，她还是觉得有一根线，这头拴着她，那头拴着母亲。只要一用力拉拽，她相信母亲不管在哪里，肯定会觉得有牵挂。可一个电话，硬生生地把这样的关系掐断了。

那是一个毫无预兆的午后，她指挥姐妹们把餐厅收拾干净，让她们插空休息。她拎了手袋，简单化了妆，迎着初春的阳光，往商业街走去。风吹动珍珠耳坠，她听见了柳莺的欢叫声。啊！它们在催促我呢。等忙过旺季，她会定下自己的事。于大飞，还是沈晨？或许另外的白马王子？她的笑容一丝丝绽放开来，一切都温暖和顺。对了，等会儿找个店去清洗一下耳坠吧。职业装贴身，她步履轻快。

母亲的电话打来了。

"你工作顺利吗？过得好吧？"

"放心吧，妈，我挺好，这两天忙，到三月头上我来看你啊！"

"好啊！我烧你最喜欢的咸菜黄鱼汤。"

"太好了！你，你们怎样呢？"

"我正要告诉你一件事情呢。"

"哦，什么事情啊？"

"我，我有了。"

蒋婉正拐过街角，一阵高楼风袭来，她没听清母亲的话。

哼哼啊啊几句后，母亲终于说明白了。

"我怀上孩子了！今天上午第三次检验结果出来证实了，所以我才敢给你打电话。"

砰，一扇门猛地被关上。那天在厨房洗碗的那一幕再现。紧接着，蒋婉脑子里几乎所有细胞都运动起来，砰砰砰，将无数扇门关闭。

蒋婉出现缺氧状况，她一手扶着百货商店外墙，身子慢慢往下坠。最终，她瘫倒在橱窗外的人行道上。耳边，母亲的声音仍在持续，她有高龄产妇的担忧，更有对小生命的热切盼望。

蒋婉越来越疲惫，眼前阳光发红，景物疯狂膨胀。她用尽最后的力量，回了母亲最后一句话。

"我有点不舒服。"

模糊中，藏在心底的一首歌突然冒了出来，是赵传撕心裂肺的呼喊："我终于失去了你，在拥挤的人群中。我终于失去了你，当我的人生第一次感到光荣。"

残存的思维里，她认定自己从此将像一只风筝，断了线，在空中随风飘荡。

鹭港站到了。胖阿姨第一个挤出车门，回头向蒋婉挥了挥手。

蒋婉最后一个走出地铁口。车站内人还算不少，一到站前广场，北方冬季的肃杀迎面而来。好在已是腊月，春节马上到了。零星的爆竹声在旷野上回荡。一些建筑物上挂了红灯笼，稍稍缓解了她心里的寒冷。

她吸着烟，一步步认真地走着，天全黑了，她还没有走出广场。

猛一抬头，看见一家新开的"咖啡·雨·茶"。她走进去，坐在窗口点了一杯美式咖啡，一份水果沙拉，一块椰丝马芬。

玻璃窗是双层的，流动水幕夹在当中。透过水幕，广场景物变得朦胧虚幻。

她本该三天前来的。当她坐在楼顶，翻看疤痕脸票夹的时候，继父打来电话。

她存有继父电话号码，可彼此一个电话一条短信都没联系过。这九个月当中，母亲不知给她打了多少个电话，发了无数条短信和微信，她都没睬。然而，继父这个电话，她只想了十秒就接了。

"是我。"

"嗯。"

"你妈刚剖了。女孩，母女平安。"

"哦。"

电话两头都没了话，听得到彼此的吸烟声。最不会说话的人打破僵局。

"得空回来看看你妈吧。"男人的声音有点拖，"她，唉！不说了。挂了。"

蓦然间，水幕上出现继父给她修自行车的身影，他认真地修着，像对待领导交办的事情。继父抬起头，她清晰地看到那张脸，在水幕中静静地等待着她的评价。她从进那扇门开始就回避这张脸，甚至从未仔细看过，而这一瞬间，眉毛打结、鼻翼左侧一颗痣、门牙缺一角等细节都完整地浮现出来。

"我什么时候观察到的？"

她惊慌烦躁。咖啡店里不能抽烟，她只能把浓黑咖啡一口灌下去。

她不想再在继父问题上纠缠。然而，沈晨的样子又浮上心头。

她现在已经承认自己有一颗冷酷的心。"冷酷"这个词，是沈晨很冷静地告诉她的。她记得当时还竭力反驳。

"我冷酷又怎样？她自己呢？如果我这样，也是她遗传的。我是什么？我夹在过去和未来两个完整家庭中，呼啦一下，漏下去了。我掉落的地方，又冷又黑，我想要爬上来，根本没有可以抓的绳子。"

沈晨动动嘴巴，想说什么。她猜是"我愿做那条绳索"之类的话，但他没说。如果是于大飞就会脱口而出。唉！这两个人中和一下就好了。

三天时间里，她一次次做出决定，一次次推翻。她反复问自己几个问题，谁是这个世界上最亲的人？今后会不会改变？怎样才能阻挡这样的血肉之情？

她烦躁得连续抽烟、喝咖啡。只有又丑又肥的"疤痕脸"上门求饶要回票夹，才使她解了点恨。

她走出广场，才意识到，对面就是妇幼保健院。

她沿街走，右拐好多次，以医院为中心转了好几遍。每次正对大门时，内心总有两个声音在吵架。

"进去吧！"

"再等等！"

"再拖，也要进去的。"

"我还没有准备好。"

"你还能再失去吗？"

"静静！我需要静静！"

……

"还有恨吗？"

"我不知道。"

　　她什么话都跟父亲说。说到开心处，父亲把笑脸收住，一本正经地教育她："不能对谁都这么掏心掏肺说话。"

　　母亲走过身边，两人就住了嘴。那种默契让她觉得很对不起母亲。

　　可父亲并不这么认为。

　　父亲伸出两根指头。她很开心，高的那根是父亲，矮的那根是自己。

　　如今，矮手指失去了依靠，什么主意都要自己拿。

　　想到父亲，她的脚步缓慢、沉重。

　　在母亲发给她的无数微信里找到一条病区病床的信息。

　　标准化医院里找到一张病床很容易。

　　病人吃饭结束早，各条通道都静悄悄的，断断续续的消毒水气味伴随她前行。

　　母亲正在忙乱中。婴儿响亮地哭着。邻床待产妇的妈妈在帮她冲奶粉，空气里充盈着奶香味。她挺直的身子，一下子软了下来。

　　她轻轻对邻床的待产妇点点头，感觉年龄似乎与自己相差无几。想到这点，她低下了头。她是以"撞"的姿态来到母亲病床前的。

　　"快冲奶粉，让人家阿姨歇会儿。"

　　"什么？哦！好的。"

刚把奶粉和水的配比弄清，并成功摇晃成功一瓶，母亲又在喊。

"阳台上的毛巾、尿布收一下。"

热水瓶车到了，她又提了水瓶去换了两瓶满的。

护士进来给母亲挂本日最后一瓶水，母亲问明天还挂吗，护士说要问医生。

她像个局外人，站在护士边上，认真地看她操作。她也曾有个当护士的模糊梦想。

邻床待产妇在妈妈搀扶下，腆着大肚子在走廊里来回走着。

病房里静了下来。母亲指指衣架，她才发现自己外套没脱，后背有一层细汗。

"他去超市买东西了。"

"哦。"

沉默了一小段时间。小床上又有了动静。

"过来，来，看看你妹妹。"

"我妹妹？"

"哦，哦！"

她第一次觉得自己嘴笨词穷。从窗边绕过病床，双手搭向小床。这个过程，她觉得经历了一个世纪。这是什么样的一个魔头？将她与母亲分解、掰离。每一步，都有力量撕扯她，劝她离开。每一步，也有一些念头在飞，看看吧，剥夺你爱的家伙。

刚吃饱的她，手脚一起在运动，粉色衣服更显出皮肤白嫩。

她把头凑上去的时候，母亲说了句："你俩笑的样子一模一样！"

啊！原来我是笑着迎向那个冤家的。

她不由得扑哧笑出声来。这些日子以来，她笑得很少。有，也是职业需要。

"不想抱抱吗？"母亲鼓励她。

她彻底抛开顾虑，伸开双手，一瞬间，手又触电般缩回来。

一个小小的肉团啊，这么小这么软。她绕到侧面，手还是伸不下去。

"一手托脑袋，一手抄屁股！"母亲指导她。

她把手指慢慢插进床单与小衣服的间隙，手指像在奶油里滑行，终于定位到重心，她像捧一个瓷瓶般把她缓缓托起，然后轻轻移向自己胸口。

她的手指、臂膀、胸脯一接触到柔软的、温暖的幼嫩肌体，汹涌的暖流涌向她心田。

她笑了，眼泪差点掉落。

她看到了一双清澈透亮的眼睛，容不下一丝一毫污垢和阴暗。

唉！我也曾有过这样的一双眼睛啊！

母亲大声提醒她："好了好了，放下吧。"

把手重新搭在婴儿床架上，她才觉出手麻腰酸，可说出的几个字却是清脆的："今晚我来陪。"

快线 7 号即将启动的时候，胖阿姨跳了上来。

"哟，真巧，又碰到了，还是回家啊？"

"哦，您好！是啊，回家。"

蒋婉把座位让给胖阿姨。胖阿姨不肯："你这么多东西，还是你坐，我站站挺好。"

蒋婉手上拎了两个包，脚边放着两大包东西，也实在不大方便。

"这都是婴儿用品啊？你孩子的？"

"不，不，是我妹妹。"

她瞥见胖阿姨嘴角掠过一丝疑问。

几天来，这样的表情她见多了。

超市奶粉销售员为她讲解进口婴幼儿配方奶粉的奥妙；服装店老板娘一身又一身让她挑选最美的衣服；婴儿用品店服务员给她推荐尿不湿、润肤油等新产品。她们总会拖一句："确保最适合你的宝宝。"

次数多了，她也就顺其自然，不否认、不解释了。反而有一股暖意泛上心头。

自己这个年龄，正是母亲生下她的年纪。

她完全可以做个妈妈。当她触碰到妹妹肌肤的一瞬间，来源不明的喜乐和爱意掩盖了一切。

那个夜晚，其他人都睡了，她还趴在小床边看小宝宝的脸、手、脚，还有一道道的纹路。

天微微亮的时候，小宝宝大声哭了起来，她也笑出声来。她猛地意识到："原来她就是我，我就是她呀！"

回到城里，休息时间都用于为孩子购物。买这买那，停不下来，她也不愿意停。

于大飞和沈晨要想在她面前表现得好点，就乖乖地陪她买婴儿的东西。她跟沈晨商量好，非常时期，上一天休一天。

沈晨抱着胳膊微笑点头。

她觉察出沈晨的笑意味深长。

连日来的疯狂购买，总觉得缺了什么。沈晨的笑，突然刺破她眼前的迷障。

她急匆匆地奔向一家著名金店。

店员介绍金锁、银镯、转运珠、路路通等的时候，她似乎又烦躁起来。店里给小孩佩戴的物件一样一样被拿出来展示，她都是一两秒就挥手否决。

店员给她一瓶矿泉水，开始玩手机，静候她指令。

她抬头喝水的时候，感觉侧面镜子闪现一道光，回头一看，却只见自己的脸。再喝水，又有光出现。她让店员帮着看。

"姐，是你的珍珠耳坠发出的光。"

她猛地把水瓶按在柜台上。终于找到了！她感觉心里一大片灰暗正在被珍珠的光亮清扫干净。

过了几站，胖阿姨坐到她身边。

"买这么多东西啊。"

"嗯！"

"今天气色好，漂亮着呢。"

"看您说的。"

"藏不住的。"

她没有接话，但是，她的确感到一束光从心里往外照射。

蒋婉惊讶从车站到继父家这段路什么时候变短了。

她像急着赴约的恋爱中的女孩，忘了叫个车，忘了乘公交，忘了坐到"咖啡·雨·茶"里喝杯咖啡，直愣愣地往前闯。

一辆空闲出租车在她身边刹住:"这么多行李,走起来不方便,上车吧。"

她这才觉得手臂酸软,回头一望,才刚离开广场。

车里正在放一首歌。

夜空中最亮的星

能否记起

曾与我同行

消失在风里的身影

我祈祷拥有一颗透明的心灵

和会流泪的眼睛

给我再去相信的勇气

越过谎言去拥抱你

她不清楚是什么击中了她,只知道此刻必须望见那颗最亮的星。

天还没有暗透,她落下车窗,探出头向天空张望。她惊喜地发现,天空中最亮的星,其实有一对。它们相距并不远,一颗眨眼,另一颗不眨眼。她按住自己的胸膛,感觉心跳竟与星星眨眼频率相仿。

母亲显然与继父在闹别扭,见她进去,才围绕小宝宝说些日常。继父出去抽烟,她立刻扑向小宝宝。

一个多星期没见,她长大好多,闪亮的眼睛、翘翘的鼻子、嘟起的小嘴,还有肉肉的小手和小脚。

"妈,妹妹的耳朵特别大啊!"

"耳朵大，福气大呢。"

"还有耳垂也大呢。"

"但愿她一生有福，不要像我这样。"母亲话出口，竟有点泪盈盈。

她揉着母亲单薄的耳朵，除了软骨，几乎没什么肉。心里不由得伤感起来。

"刚才你们在争论什么？"

"还不是生了女儿，他不想摆满月酒。"

蒋婉忽地站起来，要冲出去，被母亲一把拉住："其实他心里是喜欢的，这里的风俗就是这样。随他吧。"

"我疼她！"这话刚出口，眼泪就哗啦啦地流了下来，止都止不住。

泪眼中的宝宝的双眼更加纯净明亮。

母亲的手抚摸着她颤抖的肩膀，也跟着颤动起来。

一句在她心里憋了很久的话，终于冲过重重阻碍，落在这个始终不愉快的空间里。

"我没来照料你，太自私了！"

"没事没事，我懂，我都懂！"

"对不起！"

"傻孩子。"

等她平静下来，才发现她们母女三人紧紧拥抱在一起。宝宝出奇地安静，不时牵动嘴角，露出笑意。

她打开一只红色小首饰盒，一对白金珍珠耳坠在灯下闪闪发光。

"奶奶给了我黄金珍珠耳坠，我也要给妹妹一对，比我的更纯洁、更明亮。我俩就是你耳朵上的一对明珠！"

母亲笑了。

"有你们一对明珠，我就很满足了。可你什么时候把自己的事情定下来啊？"

蒋婉凝望虚空中的一点，那一点渐渐化成了一个模糊人影。

是于大飞，是沈晨？还是……

她心里还在踌躇，可她相信，忙过这阵子，那个模糊人影自然就清晰了。

去年在里约热内卢

阿康发来微信的时候，我和卢萍的冷战已进行了一天一夜。我有点扛不住了，正好有个台阶，赶紧把手机端给卢萍看。

"哎！阿康要来了呢。"

她正在看连续剧，嗑瓜子的手停了一下，减慢速度，又咬了几颗，没有转头，冷冷地问："什么时候到？"

"等等，我看看。"我忙靠上去，沙发往下沉了沉，"他们明天凌晨从里约飞上海，在迪拜转机。算上时差，应该后天下午三点多到吧。"

卢萍头转向窗外。大风降温，夜色中不时飘过金黄的银杏树叶。

"你去接！"

"他微信上没要我去接。"

卢萍一把瓜子扔进垃圾袋，声音提高了："你眼里只有自己！去年人家是怎么接待你的？"

虽然挨骂，但是打破僵持就算成功。我几乎有点喜悦了。

"好好好，我跟他说，我开车去接，安排好他们国内的行程。"

"是啊，玛莲娜肯定想多在这里转转。喂，你不要翘尾巴，阿康归阿康。小悦的事情我还是原来的立场，决不变。"

卢萍按了暂停键，屋里又没了声息。这时，冰箱微微振动起来。我瞄了一眼冰箱正面，大嘴鸟和基督山两块冰箱贴，似乎也在颤动。

啊！去年这个时候，我们正在里约热内卢。

时间过得真快。我平躺在沙发上，眼前浮现出海洋、沙滩、烈日、港湾和贫民窟。独自走出乱哄哄的广东餐厅，点上一根烟，眼前突然出现一个乞丐，摊出右手，眼睛狠狠瞪着我。阿康刚在餐厅里告诉我们，一年还没过完，里约警察就挂了五十多个。他遥指希尔顿酒店后面山坡上牛皮癣一样的贫民窟。警察想肃清那里的黑帮，结果被报复。我面对乞丐不知做什么，也不敢动一动，进退都怕他一扬手掏出手枪把我崩掉。烟快烧到手指了。阿康出现，两三句葡语加两根烟就把乞丐打发了。乞丐点一根烟，把另一根夹在耳朵上。我笑出声来。

卢萍瞪了我一眼。

"小悦大了，让她自己做决定，不是挺好吗？"我索性把双手插到脑后，故意用悠闲的语气说。

"她懂什么？都被你惯的。"

"你看阿康、玛莲娜多好，要我说，简直是中巴人民联姻的典范。"

"去去去，归到自家头上就是不行。何况，我们的是女儿！"

卢萍重重按下播放键，连续剧以夸张的姿态继续进行，里面每一个生活细节我都讨厌至极。我又想起光脚在伊帕内玛海滩上跑步。面粉般的细沙按摩着脚底板。我不时躲避汹涌而来的大西洋海浪，早早搭起的灯光沙塔，以及跳着桑巴舞的美女。有一阵子，呼吸到空气中一丝甜甜的味道，这在我多年跑步生涯中绝无仅有。难道美好的气味，与这个国家有关？我问阿康，他皱皱眉，摇摇头。

他眉宇宽阔，四方脸，标准的北方脸，却又生出一个又薄又宽的嘴唇，注定吃开口饭。

他段子很多，好多我都忘了，好在他就要到了。

一个小个子姑娘跟在我们身后，不时往前张望。我碰碰卢萍，她回头也看到了姑娘。

"你也是浦东转迪拜飞来的？"

"是的。不过我两个小时后还得飞蒙得维的亚。"

"那你还不赶紧走绿色通道，巴西人效率简直了，通关速度像蜗牛。你是干吗的？葡语会吧？"卢萍一副葡语翻译的架势，其实我知道她的底气来自包里的即时翻译器。

"不光巴西，拉美人都这个样子。我是国内一家建筑公司派驻乌拉圭分公司的，会西语的。你们来旅游？"

"每次来回都要转两次飞机，太辛苦了。我要不是听了他的话，才不来呢。"我抬手扬起《巴西：未来之国》。

"哦，茨威格啊，他是多么爱这个国家啊，所以他永远留在了里约。"小个子姑娘说完，钻过隔离带，对着工作人员喊了声："Olá. Comlicença, porfavor？"转身对我们挥挥手，举着蓝色登机牌朝前走去。

她像一条鱼，钻进人潮，转眼不见。

"她年纪不比小悦大多少。哎，小悦今天在哪里？"在慢慢蠕动的队伍中，我想起了欧洲的另一条鱼。

卢萍掏出手机翻了翻："我都被复杂的时差搞昏了。让我算算。这里是傍晚五点，雷克雅未克应该是晚上九点了吧。她应该到了。"

家庭群里没有小悦的新消息，我在那里追问了一句："冰岛冷不冷？"

直到提取到行李，小悦都没有回话。卢萍脱下带帽卫衣。

"真热啊！"她顿了顿，接着口气加重，"他们带的衣服够不够啊？"

"放心吧，临走不还买了防风衣、长筒靴、绒线帽和手套吗？"我开始在一堆五颜六色的牌子里找我的名字。

一只全黑的手一直在我眼前晃动，直到冒出两句中文："这里，我在这里！"我这才注意到黑手下戴眼镜的黄皮肤男人。

"阿康？"我迟疑地问。

"是我，是我！您是阿健大哥的同学？"

"对啊！哈，我以为是黑人的手呢。"走到近处才发现阿康戴了一双可以拉到肩膀的黑手套。

"这两天太阳太毒辣，我皮肤过敏，不好意思啦！"阿康抢过行李箱，并向卢萍打了招呼。

七点早过了，天边还有绚丽云彩，高大乔木扎向天际，蓬勃灌木恣意蔓延，刚点亮的路灯像天幕上的一颗颗星星。

本田 SUV 的窗户一打开，卢萍又把卫衣套了起来。

"看看小悦有没有回信。"

我扫了一眼微信。新消息只有四个字："我们到了。"

"到了。"我说。也发了差不多的话。

浦东机场到达厅比出发大厅差了很多，也不知是什么原因。从里约机场出来，我们随指示标识左三圈右三圈，绕着免税商店走了一刻钟。我随手拿了个夸张的大嘴鸟木雕，被卢萍恶狠狠夺过去，闪电般放回原处。卢萍什么都省。

接机她倒一起来了，还一直催我早点出发。刚拐出小区，她大叫一声："停。"我吓一跳。

"阿康说喜欢吃生煎包，我去买两包。玛莲娜肯定从没吃过。"

她就这样，没停稳车子，车门就打开了。

她托着两个纸盒，手上戴着红色碧玺手串，向出来的人群踮脚张望。

我从后面看见卢萍的手挥了挥，知道阿康到了。

卢萍领着他们走向我，生煎包的塑料袋垂到了膝盖以下。没看见玛莲娜。跟在阿康后面的是他公司的阿美。

去年，卢萍跟着玛莲娜去了好多地方。我给她俩在糖面包山上拍了张合影，远处是点点白帆点缀蔚蓝的瓜纳巴拉湾。回来后，卢萍把照片放大，摆在客厅进门的餐边柜上。

回去的路上，卢萍脸色阴沉，几乎没说话。手串也摘下了。我也有些疑虑，却又不便多问。幸好冷空气来了，下起了雨。天气永远是最佳话题。

"里约现在跟我们在时的温度差不多吧？"

"是啊，差不多。就是雨水偏少点。"阿康的嗓音带有磁性，可我还是听出有点紧。

"赶紧把外套穿起来，这股冷空气来得猛烈，北京都下雪了。"

"我好多年没见到雪了。"

我从后视镜里看到，阿康说这句话时，侧脸对着阿美。

我对阿美的印象都来自玛莲娜的叙述。玛莲娜陪我们飞伊瓜苏，阿美到里约机场送站见过一次。好像还有一两次阿康夫妻请我们吃饭，阿美打前站，可她并没有坐下来一起吃饭。

卢萍听玛莲娜说阿美是柬埔寨华人，汉语水平两人差不多。卢萍补充说，阿美长得简直不像华人，又矮又黑又瘦："我就喜欢玛莲娜。浑身有股说不出的气质！"

玛莲娜曾跟卢萍说过，自己最爱北京烤鸭，里约中餐馆的领班都知道她的爱好。

我把车驶进全聚德的地下车库时，觉得是不是什么事情弄错了？就像我在飞里约前，阅读保罗·柯艾略的《牧羊少年奇幻之旅》，这其实是巴西人写的古老而遥远的欧亚非故事。

疲惫至极的长途飞行，卢萍又不肯买商务舱，只愿意加百把美元选经济舱第一排座位。飞行开始时，还觉得脚能够伸直是莫大的幸福，若干小时后，身体不停往下坠的痛苦折磨着我，恨不得钉块木板把脚顶住。我打开电脑，决定以写作来缓解焦虑。整个经济舱，只有我头上一盏阅读灯亮着。空客 A380 像一艘空中巡洋舰，沉闷又威武地沿着晨昏线飞行。这边暮色沉沉，那边霞光乍现。金色光芒时不时闪耀在银色电脑上。我调亮屏幕，打下文章标题：我们终将彼此遗忘。

阿康似乎什么都做，门路也广，基本上没有时间陪我们。不过他每天翻着花样请我们吃饭，看着菜单对侍者频频点头："sí！"我真怀疑他的葡语水平。

几天之后，他看出我和卢萍对着巴西烤肉的目光有点呆滞，神秘兮兮地对我们说，今晚去一家中餐馆吃饭！

那是我们到了之后的第一顿中餐，想到咕咾肉、宫保鸡丁、糖醋排骨等浓油赤酱的菜，平日在国内碰都不想碰的我，嘴里竟然泛出了口水，卢萍的眼里也亮晶晶的。

穿过珠宝店门面，大厅里一张张圆台面刹那间拉近了我们与餐馆老板的距离。阿康笑着拿来菜单，让卢萍点菜。卢萍谦让了一下，拿起铅笔在上面打起钩。

老板五十多岁，又胖又黑，腼腆地站在我们身后。

卢萍点好菜给我们看，我们抽着烟，说都行都行。她转身给老板看。老板没有接菜单，小声又有礼貌地说："对不起，请您念给我听。"

卢萍愣了一下。阿康忙说："忘了忘了，他不识字。"

"对对，我家爷爷辈就从中国台湾来这里。说话可以，字就不识了。我夫人家境比我好，她上过中文学校，我让她过来？"

"哦，这样啊，不用不用，我们三个，就几个菜，您听着就行。"卢萍报了菜名。老板点头往厨房走去。阿康大声对他说声谢谢，他回头挥挥菜单。

"他人特别好，刚才经过的珠宝店是他夫人开的。嫂子，等会儿你可以去看看祖母绿、海蓝宝、碧玺、红蓝宝石……"

"我知道，有些著名宝石都是在巴西首次发现，或者只有巴西产。"卢萍手上戴的蜜蜡就是她在尼泊尔旅游时买的。

"看到带枪的保安了吧？"阿康指指门外。

"这里治安形势真这么糟糕啊？"我不由得拉了拉自己的背包。

"我这条命，说起来还是老板救的呢。"阿康趁上菜前喝冻顶乌龙茶的时间，给我们讲了一个故事。

春节，阿康带公司员工到这里聚餐。聊着国内过节的快乐事，不知不觉只剩下他们一桌了。他邀请老板夫妇一起加入，又开了一瓶南大河梅洛红酒。老板打开了餐厅所有的灯，放《喜洋洋》《花好月圆》《恭喜发财》等乐曲。大家举杯祝贺，欢声笑语一片。

突然，五六个蒙面人手持枪械闯了进来。顿时，大家呆坐着不敢动一下。从蒙面人说话和动作来看，他们也非常紧张。有几个人的枪口在微微颤动。音乐停了，灯光惨白。僵持了一会儿，老板高举双手站起来，镇定地表明自己的身份，问对方要什么。

蒙面头目让老板拿收银柜里的现金，其他人身上所有东西掏出来放在桌上。

"不要说话！不许出声！"蒙面头目反复呵斥。

大家将东西都掏出来、摘下来，有价值的和收银柜里的钱也交到他们手上了。

劫匪正在往袋子里装东西时，"你是我的小呀小苹果"，桌上一个手机突然迸发出强劲中国风。一个劫匪情绪再也控制不住，手一哆嗦，一梭子子弹朝阿康的方向打出，老板猛地将阿康扑倒。其他人惊叫着钻到桌子底下。

头目一把夺过那个劫匪的武器，打个呼哨，劫匪们飞快撤离。过了很久，老板才慢慢从地上爬起来，招呼大家站起来。

卢萍听完阿康的讲述，马上打开微信："我得跟小悦好好说说，现在巴黎正在闹黄马甲运动，让她小心点。"

卢萍心不在焉。烤鸭片片还是片条？随便！鸭架怎么做？随便！

包厢电视新闻里正在放凯旋门前的示威游行。黄马甲运动一周年，马克龙执政刚过半，巴黎市中心一片混乱。

"不要发微信了。反正维克多在她身边。"我给阿康倒了黄酒。

"不要跟我提维克多！"卢萍把手机扔在桌子上。阿美给她倒上热茶。

"还是国内安全吧！"我笑着跟阿康岔开话题。

"国内是安全。但那个老板那次被抢劫，不是偶然的。"阿康虽然烟瘾很大，但不在公众场合吸，他手不停地搓筷子，"后来案子破了。"

"很难得啊！"卢萍瞪大了眼睛。

阿康用手拍拍阿美肩膀："都是阿美的功劳。"

去年听阿康说，当时玛莲娜把祖母绿项链忙不迭地摘下放在餐桌上。枪声过后，项链不知所终。每次提起这件事，玛莲娜总是怒气冲天，发誓再不去那家饭店。

"那天阿美位置靠外，离劫匪最近。据她观察，劫匪中有一个女的！撤退时，那女人带着他们从后门逃走。她似乎还阻止同伴抢劫珠宝店。虽然玛莲娜失去了外婆传给她的珍贵的宝贝，但阿美坚持认为这是一起报复行为。警方拖了很久才搞清楚真相，直到最近才抓获了主犯。"

"主犯是谁？"我和卢萍一起问。

"那个被老板炒鱿鱼的当地洗碗女工，老板嫌她又懒又笨。她回去把'悲惨'遭遇哭诉给男友听。男友纠集几个弟兄，蒙面闯进那家饭店。"

"难怪这帮乌合之众手抖。"我敬了阿美一杯酒。

"钱财倒无所谓，那一梭子子弹如果打到我，我们就无缘了啊！"阿康敬卢萍。

"玛莲娜呢？她怎么没来呢？去年不是说得好好的，一起来度假的？"卢萍终于忍不住了，憋了几个小时，趁阿康说缘分，把疑虑全摊在桌面上。

"啪！"阿康终于点燃一根烟。

"我们要离了。"

卢萍慢慢端起茶盅，机械地把茶水匀速灌进喉咙。然后，把双手平放在膝盖上。烤鸭在转盘上一遍又一遍转到她面前，她都视而不见。

这顿晚餐，我打包了很多菜。

一进家门，卢萍立刻把与玛莲娜的合影塞到柜子里，我瞄一眼，那串碧玺手串也在。卢萍叹了口气，让我解开她项链的锁扣，那条海蓝宝项链，也是玛莲娜为她精挑细选的。

"马上跟小悦视频，我要告诫她。阿康就是个现实案例。"

微信电话通了，卢萍呱啦呱啦的声音在每个房间打个转，然后通过一个声道传到一万公里之外。我关上卫生间的门，扳起手指算了下到里约的距离，打开水龙头，水流声像飞机夜航的声音。

玛莲娜给我们看她儿子的照片，孩子黑色长头发，微笑的蓝色眼睛，骑在一辆山地自行车上，背景是挺拔的巴西红木。

卢萍对着照片啧啧称赞："真想抱抱他。"

"他鬼得很呢。"圣保罗大学进修过中文的玛莲娜，除了口音僵硬点，日常用语流利得很，"华人聪明、勤劳，还有皮肤特别好。"她对卢萍举起白皙的手臂，毛孔粗大，斑斑点点。

"白总是好看。"卢萍往手臂上涂防晒霜，随后递给玛莲娜。

"谢谢！伊瓜苏瀑布区要走整整一天时间，不涂还真不行。"突然玛莲娜笑了起来。

我们愣愣地看着她。

玛莲娜直起腰，好不容易止住笑："阿美，就是今天送我们到机场，帮着办票的那个女员工。她从来不涂什么。知道为什么吗？她就是那么黑，不怕晒，也晒不到更黑了。"

穿过热带雨林，来到伊瓜苏河畔，轰隆隆的瀑布声掩盖了我们的讲话声。循着山路往上盘旋，巨大的半圆形瀑布逐渐展现在我们眼前。

"南面是阿根廷！再往西过去点是巴拉圭！"玛莲娜的金发不时被细密的水珠打得飞舞起来。她搂住卢萍，在她耳边高声讲话。

一道弯弯的彩虹挂在瀑布正中央，仿佛探出身去，一把就可以把彩虹揽到自己怀中。

"《昨日的世界》和《未来之国》！"玛莲娜的声音冲破

隆隆瀑布声，向我传达茨威格在巴西完成的两部名著。我立刻记起茨威格为自己花甲生日作的那首诗："只有在斜阳的余晖中，明澈的目光才流露出更多对自由的渴望；只有离尘遁世，才会更加真挚地热爱生活。"

餐厅并没有开空调，夜风从四方敞开的窗户吹进来，宁静舒适。

"到底是什么让茨威格爱上巴西呢？"我切开一个番石榴，问玛莲娜。

"上帝眷顾，融合自由。"玛莲娜托腮想了半天，随后举了几个关于矿产、石油、咖啡、糖等物产丰富，海岸线长，却没有飓风、台风之类的自然灾害的优点，"巴西少有阿根廷人的'贵族意识'，各民族人在这片土地上自由生存，和谐发展，极少种族歧视！"玛莲娜最后加强语气，并用手指来回摆动。

"唉！只是我们待的时间太短，不能深入了解。"卢萍盛了一碗味噌汤。几个日本人走过餐厅。

"日本从二十世纪初开始实施移民计划，巴西成为他们选择的重点，现在已到第三代第四代日裔，他们不仅经营生意，还争取政治地位。"玛莲娜指指卢萍盛的味噌汤、酱菜和白米饭，"这些食物都是酒店为日本人准备的。"

我俩低下头，慢慢吃着遥远东方风味的食物，一声不吭。

玛莲娜喝了一口红酒，神秘兮兮地问我们："你们知道这个高尔夫俱乐部酒店老板是谁吗？"

刚才，趁夕阳西下，热浪退却，我在这个巨型公园酒店里闲逛。一幢幢别墅星星点点散落在草坪间。高尔夫球场、足球场、马场等，在乔木和灌木林之间交错出现。我站在高处，望着这一片"世外桃源"。建筑、树木和场地，为什么有熟悉的况味呢？

"这里的老板是中国人！"玛莲娜向我们举高酒杯开心地说道。

"怪不得！真值得自豪，这么一大片梦幻庄园啊！"天虽然已经暗下来，可深蓝天幕仍然闪着谜一样的光。

"可是，并不是每个华人的境遇都这么幸运。"玛莲娜开始喝咖啡，我和卢萍喝带气矿泉水，"阿美，就是从柬埔寨偷渡到巴拉圭的。"

我在睡梦中被微信电话铃声惊醒。卢萍也睁开眼问我情况。

刚到子夜。和阿康分别不到四个小时，他又联系我。我第一反应是，他是不是身体出了什么状况？我赶紧抓起电话。

"飞机上一路昏睡，现在睡不着了。我想单独和你聊聊。"

我麻木的脑子实在想不出适合在风雨飘摇的夜里聊天的地方，看来只有到酒吧了。晚饭时，他黄酒喝得很少。

到达"1900酒吧"，阿康对花体字招牌端详了好长时间。推门进去，音乐正在放1900's Theme。阿康恍然大悟地拍拍手："这里真好！《海上钢琴师》。"

我开车，就要了巴黎水。阿康点了威士忌加冰。

钢琴师正穿着黑色礼服深情演奏。他抬起头的时候，阿康向他举杯示意。他微笑回应。

第二杯酒下去，阿康脸红了。他手里捏着几颗爆米花，盘着盘着，就是不放进嘴里。

"我就是那个钢琴师啊！"

"什么？"我没有反应过来。

"明知外面有广阔的天地，却宁死不下船。"

我不知道他的用意，不敢贸然接话。

他改喝啤酒，轻轻用手指刮平冒出啤酒杯沿的泡沫。

"我是该继续留在船上，还是下船寻找新人生？说穿了，这是我回国旅行的最大目的。你是我尊敬的人，在碰到阿健大哥之前，请先给我指点迷津。"

听了几句话，我证实了自己的猜测，他与玛莲娜之间出了问题。我说几句宽慰他的话，不料被他打断。

"一次算了，两次，甚至三次。最近一次，他们在家里，被我当场堵住，我气得发疯，拿了厨房斩切刀就要砍那个男的。邻居们把刀夺下，有人抱抱我，说这没什么，不要太在意。鬼佬们似乎全不当回事，说什么'A Vida é simples, O Amor é Feliz'（生活如此简单，爱是如此快乐），可我能简单快乐吗？"

"那就跟玛莲娜离婚！"我又要了一瓶巴黎水。

阿康点燃一支外烟，这个品牌的烟以浓烈著称，在国内已经没什么市场。他大口抽吸的时候，我似乎听到他肺泡碎裂的声音。

"现在离不了啊！"烟蒂滑落到啤酒杯里，"嗤啦"一声，居然盖过了肖邦钢琴曲声。他又向酒保要一杯，酒保朝他瞪眼，我打个了圆场，啤酒才又推到他面前。

"儿子现在跟着玛莲娜呢。"

"你打官司，法院自然把儿子判给你。"这句话刚出口，我就隐隐觉得有点不对劲。

钢琴师下班了，他走过我们身边的时候，向阿康挥手致意。酒保提醒我们，离打烊时间还有十分钟。阿康诧异地望着我。我解释说，国内酒吧最迟凌晨两点必须关门。通宵营业的只有大排档、部分快餐店和便利店。

烧烤大排档生意比酒吧好多了。我俩坐到屋檐下，秋雨还在淅淅沥沥地下。油烟像一把刷子，把大排档周边的房屋都刷上焦油色。

老板娘把荤素搭配的十几串串串排到不锈钢盘子里，连同阿康的啤酒，我的苏打水，一起端到小方桌上。

好吃的东西令人开心，我们吃着喝着笑着，回忆往事。

突然，阿康说了句话，气氛急转直下。

"我也被她抓住了。"

玛莲娜说好陪我们逛糖面包山，等到快中午时，她才出现。我有点儿不开心。卢萍倒没什么，歪在床上，打开 iPad，追在国内下好的连续剧。整个上午，我都在焦躁中度过，几次想打电话给阿康。卢萍吃着零食，盯着屏幕，噼里啪啦对我一顿训：

"不要精神病啊！人家抽空陪你，你还叽叽歪歪。你不是写稿任务很重吗？我看你半天都像掐了头的苍蝇，哪像作家？脾气暴躁、性格乖张，也只有我忍受得住你！"

我听听有点道理，人不能不听劝。虽然我一直在忍受卢萍，但是换位思考，她的确也在忍受我呢。

"昨天上午，阿康陪我们去基督山，就非常早，非常准时。但是当地人好像没这个良好习惯。"

"玛莲娜告诉我，为什么和阿康结婚，阿康跟你说起过没有？"

"没有。"

"玛莲娜从小就羡慕隔壁一个混血女孩，母亲是首尔人，父亲是里约人。女孩聪明漂亮，遗传了父母的优点，什么都比她强。"

"这可是怪事啊，我们特别反对与外国人联姻，她倒好。"

"这就是巴西民族融合的最佳例子。他们的儿子多可爱啊！"卢萍唰地从床上跳下来，iPad在床垫上跳了几下，"我警告你啊！小悦很让我担心，维克多像条蛇一样缠着她。你知道女孩就吃这一套。再说法国人嘴甜，什么恶心的话都说得出来，我能想象维克多把小悦夸成仙女的样子。你得站在我这边，坚决点！现在交交朋友算了，如果那小子再进一步，我们要警惕啊！"

"咔啦！咔啦！"上糖面包山的索道车单调沉重的声音下，我们三个谁都没吱声。我低着头，突然看见玛莲娜白皙的左手在抖动。玛莲娜用右手抓住左手，搭在小腹前。她陪着我们的每顿饭，都会点酒，气泡酒、白葡萄酒、红葡萄酒，以及当地的甘蔗烈酒卡莎萨。开始时，她还往卡莎萨里兑冰、水和柠檬汁，喝开后，一杯一杯地往下灌。当天中午玛莲娜带我们去体验一下"公斤餐厅"，肉、蔬菜、巴西豆饭等，都一个价格，称重收费。我吃到撑，才付了二十多雷亚尔。卢萍和玛莲娜每人只吃了十多雷亚尔，也都说太饱了。可"公斤餐厅"没有酒水供应。

瓜纳巴拉湾上空一架客机正在降落，湾内帆船星星点点驶向神秘的大西洋。光线正好，景色迷人。卢萍手拉玛莲娜，依偎着靠在栏杆上。我给她们看拍摄效果。

卢萍跳起来："太好了！东西方两大美女融化在蓝天碧海里！"

玛莲娜勾住卢萍，在她脸颊上深深地亲一口："亲爱的，你真美！"

"我要把这张照片放大，装在漂亮镜框里，你一定要到我家玩，保证你一进门就看见我俩的照片。"

"太好了！我爱中国！爱你们！"

一个男孩独自哭着走过，手里的冰激凌弄得汗衫上全是。玛莲娜追上去，蹲下身，一边轻声安慰男孩，一边用纸巾帮他擦污渍。男孩的母亲找过来，谢了玛莲娜，带男孩离开。男孩回头对玛莲娜笑着挥手。

"我喜欢孩子。只是阿康太忙，现在只有一个宝贝。"她点了一支烟，想起我也抽，便递给我一根。

夕阳落在基督山顶，渐渐地，就像耶稣头上戴上了光环。我们抽着烟，默默远眺基督用身子画出的十字架剪影。

"我们每个人心中都背负着沉重的十字架。"玛莲娜吐出一口烟，转头对卢萍说。

卢萍叹口气，用手在胸前画了个十字。

我突然醒悟，误会玛莲娜了。登糖面包山最重要的就是看夕阳下的基督山。

雨不知什么时候停了。东方天际显出朦胧白。

老板夫妻开始打扫卫生。

我已疲惫不堪，阿康却仍在喋喋不休。

我把他送到酒店，他像是醉了。说话前言不搭后语，走三步退两步。我把他送到房门口。敲门。阿美像是躲在门后一般，闪电般开门。她的装束，没有挨过枕头的迹象。

她对我鞠躬，双手合十。我把阿康交到她手上，让他们好好休息，约定下午再来接他们出去逛逛。

阿美不停地感谢，言辞谦卑恭敬。

我本想回去好好睡上几个小时，结果卢萍正在和小悦视频。我撞进镜头，正好缓和了她们的僵持局面。

卢萍把身子移出镜头，对着电脑指指点点，还对我拼命眨眼。

"老爸，你看上去很疲惫啊。"

"是啊，陪了一晚上里约来的朋友。"

"老妈刚才说了。对了，我再重复一遍啊！维克多向我求婚了。"

猛地一激灵，我昏昏沉沉的脑袋一下子变得清晰无比。

"你准备留在法国？"

"这个嘛，还没有想好。留法、到其他国家，或者回国，我觉得都可以。目前最重要的是你的态度。老妈反对，你是关键一票。"

"我？我！我？！"我下意识地掏烟，身上的抽完了。卢萍破天荒地给我拿来烟、打火机和烟灰缸。我点上烟的时候，她对我做了个加油的手势。

慢慢地，尼古丁让我脑子正常运转起来。

"维克多在什么场合向你求婚的？"

"你放心，他没有喝酒，也没有外界任何干扰，就在我们租的房间里，今天一大早。"

"呃，这个有点浪漫。你怎么想？"

"反正都在一起一年半了，结婚只是一种形式罢了。我想本周去办理一下手续。"

"等等！有这么急吗？"我说出这句话的时候，卢萍在边上跳脚。

"你难道反对吗？"

"昨晚我陪的那个朋友，娶了巴西老婆，正闹着离婚。现在的女友，是柬埔寨华人。"

"啊？他没有离婚就交女友啊！"

"情况比较复杂，他昨晚讲了很多，我有些记住了，有些忘了。"

卢萍跳进镜头："跟鬼佬结婚就是要慎重！我们就你一个女儿！"

关掉视频，一阵冷风刮来，我一点睡意都没有。卢萍给我端来一杯浓浓的咖啡，咖啡豆正是去年在里约街头买的。

"阿康到底怎么啦？看上去怪怪的。"卢萍把鲜奶倒进咖啡，乳白色从杯底泛起。这个沉渣泛起的年代。

在里约的最后一顿晚餐，阿康夫妻请我们在看得见科巴卡巴纳海滩的巴西烤牛肉餐厅用餐。

牛身上各部位标出专门名称，厨师手托烤肉来到客人面前，先介绍属于哪个部位的肉，然后片一到两片到餐盘里。

我和卢萍因为乘坐深夜航班，不敢多吃多喝，肉和酒都稍微吃了一点。

"时间过得真快，我到机场接你们的场景好像就在昨天。"阿康喝着红酒。

玛莲娜一盅接一盅喝卡莎萨，她的脸越喝越白："对巴西，对里约印象如何？"

我喝配卡莎萨的柠檬汁，头脑清楚："七十多年前，茨威格写巴西，寄托了他的希望，从气候、物产、政治、经济、文化等各方面深入剖析，预测了巴西乃至世界未来的良好发展方向。现在看来，虽然有很多预测都不准确，比如政治腐败、暴力盛行等，但是留在书里的他对巴西的感情，却移植到每个读者心中。这十几天时间，我们仅领略了一点巴西风情，亚马孙、玛瑙斯、巴西利亚等都没时间去，但我内心非常满足。旅行，不应求全，而是要'解风情'。自从踏上巴西这块土地，我就感觉与其他地方不一样。"

"没有陌生感，没有冷漠的眼神。"卢萍举起红酒杯，与玛莲娜和阿康碰了杯。我继续说："我注意到葡语文化的独特魅力。萨拉马戈在《修道院纪事》里充满了奇特的想象力，他让飞行器、视觉特异功能、灵与肉结合等出现在十八世纪的葡萄牙。巴西像一个大熔炉，将原本较为狭窄的葡语文化发扬光大。多民族融合、多元文化碰撞，让这片陌生的国土充满神奇魅力。"

"我喜欢里约、圣保罗街上不急不慢排队的人。喜欢各种肤色的陌生人对我微笑。"卢萍伸出大拇指对着玛莲娜。

玛莲娜勾住卢萍的头，在她脸上左右亲吻不停。

"我要去中国！去上海、北京、西安，还有少林寺！"

我先一愣，立刻反应过来，阿健和阿康都是河南人。

"爱上一个地方，最主要还是因为人哪。"卢萍站了起来，拉住玛莲娜的手，"你一定要来，明年我在上海等你！"

玛莲娜拼命点头的同时，一把捋下手上的红色碧玺手串，戴到卢萍的左手腕上。卢萍一惊，连忙脱下，却被玛莲娜按住。

卢萍顺势把自己右手戴着的蜜蜡手链套进玛莲娜手腕。

两个人推推搡搡好一会儿，最后长时间拥抱在一起。

我扔了一支烟给阿康。他轻快地敬了个礼。

科巴卡巴纳海滩上传来爵士鼓声。更远的天边，湛蓝湛蓝的。

下午开车出去的时候，天早已放晴。我睡了五六个小时，精神不错，就是嘴里发苦。卢萍推说有一堆家务活做，晚餐时自己过去。我知道是玛莲娜的原因。

博物馆有故宫明清书画展，我预约了参观时间。阿康广博的经营范围内，文化产品占据不小份额。

我敲了很长时间的门，来开门的是穿着睡衣的阿康，他像被我从睡梦中吵醒的。

我往里探了探头，正在犹豫要不要进屋。阿康右手理理乱糟糟的头发，声音还有隔夜味。

"她走了。"

"走了"这个词含义实在丰富，我不敢瞎揣摩。随手把门先关好。我预感约的参观要泡汤。

阿康扔给我一瓶矿泉水，自己拿起另一瓶，一口灌下去。歇口气，点上一根烟，想要发我一根，我看见这个牌子，主动掏出口袋里自己的烟示意一下。

"玛莲娜周围有的是男人，她却说对我是真爱。阿美没有一个男人，却对我说那不是爱。玛莲娜喝酒、抽烟、跳舞、买奢侈品。阿美什么都不会，什么都不买。"

"阿美去哪里了？"

"今晚的飞机，到广西她姑妈那里去。"

"怎么这么突然？"

"出于复杂心理，加上喝了不少酒，那天晚上我在公司里撞上正在加班的阿美。结果你知道，控制不住自己，和阿美做了。整个过程中，阿美一声不吭。事后也没有任何异常举动。那个阶段，我一直住办公室。只要我需要，阿美从不拒绝，可也没有任何积极的表示。玛莲娜来找我，反倒被她撞见了。我透过窗户看到玛莲娜离去的背影。她正在认真走路，每一步都走在一条隐性直线上，形单影只。室内，阿美已经噼里啪啦在桌子前打字。我恍惚觉得自己对不起玛莲娜，晃晃头，却又认定这只是一种复仇。可我痛快了吗？"

"现在看来，你们三个人，都不痛快。"我拉开窗帘，让午后阳光照进房间。

"阿美从来没有把我当作爱人。她叫我老板，一直没改口。在迪拜机场，我给她买了一瓶香奈儿十九号香水。她跟我说买了浦东到南宁的机票。我很诧异。她说这不是爱。"

"或许，我马上开车带你去机场，你们再聊聊？"

走廊里响起吸尘器的声音，阿康对我的话没有反应，仍然一头钻过去。

"她从巴拉圭过境时，除了一张马上过期的居留证，什么证明都没有。我本来也不愿收留她。那天傍晚，中介把她带出我办公室的时候，她回头的时候，太阳正好从云层里钻出来。她的脸一下子白了许多。她对我深深鞠了一躬，说了句中文'谢谢'，此前她只是点头、摇头，这句'谢谢'让我一震。与她一起偷渡过来的姐妹们最终大多去了娱乐场所，如果我拒绝，她大概也会流落到那里。她会英文和中文，能讲一点儿葡语，熟悉办公软件。我的办公室租在一家港式餐厅上面，一间大的，几个员工办公；一间小的，我和玛莲娜有事去坐坐。还有一间阁楼，堆放杂物，阿美这几年一直住在那里。"

"你是阿美的恩人。"

"玛莲娜从没有为难过她。"

"你是不是该买两张机票让玛莲娜带着儿子飞过来呢？"我发觉握紧的拳头里全是汗。说出这句话后，拳头松开了，又缓缓吐出一口气。好多事，谁也弄不明白，也没有标准答案。

太阳有点儿晃眼。

告讦者

咔啦咔啦，呜呜呜！

我似乎醒过好几次。都只能动动眼皮看看窗外。有时阳光刺眼，有时乘客吵闹，有时广播刺耳。这些对我影响都不大。我像只海豚，在睡眠的海洋里畅游，换气时才冒出水面，顺便瞄一眼水上世界。

短暂清醒的时刻，我都感觉是在向现实世界告别。出于本能，我硬撑着把眼皮往上翻。上面有我的座位号：06A。大脑皮层顽固地补全了这个信息：6 车 06A。

临上车时，他们给我吃了药，宽慰我，安德鲁森松是目前世界上最强的广谱抗过敏药，P 市没到，我就全好了，精神抖擞下车办事。

安德鲁森松很快就起效，睡着前一秒我才意识到，其实我从不过敏。

某一个梦里，我正在研究另一些梦。

我戴着厚手套把一个梦从雾气腾腾的冷冻剂里提取出来，温度控制在零下 158.88 度，即便差 0.1 度，梦的原始性也会打折扣。

梦的专用播放器经过短暂读取、解析、转换，大屏幕上出现梦境。

一条小船，船头坐着划桨的中年男人，他正不紧不慢地划桨，他转头看四周的时候，烟蒂掉落甲板，几个火星跳跃。我认出那是父亲。我疑惑的是，他一个数学教师，既不会划船，也不抽烟。

我躲在船尾不敢发声，伸手想去抓竹竿。却发现自己手脚被捆绑住，嘴里也被塞了毛巾。

小船离开主航道，进到芦苇荡。父亲轻松起来，哼唱流行歌曲。调子哼得赖皮，歌词改得下流。芦苇在风中点头，云开始聚集，天暗了下来。父亲"呸"了一声，加快划桨速度，不一会儿，船钻出了芦苇荡。

很多条小船箭一般向埠头靠拢。父亲单腿跪下，精瘦的高个子躬起来，浑身肌肉拉出线条，双手握桨，左右轮划，我们的小船渐渐超出其他船。那些船尾，有绑猪、鸡、鸭、鹅的，就是没绑人的。

我远远看见岸上最显眼的地方，搭了一个祭坛。我们的船已经突到最前面。恐惧让我浑身战栗。吐不出嘴里的毛巾，我更惊恐地向父亲求救，但只发出了"嗷嗷嗷"的声音。

父亲回了下头，环眼里充斥邪性笑意。在他软刀子般的目光下，我只剩下祈祷和忏悔。

我惶恐地记下关于这则梦的随感，感觉写得飞快，思路一形成，记录器里就有了声、光、文字三重记录。

我准备再提取一个梦的时候，敌人开始进攻了。他们都逃得精光，空荡的梦源库房里，红色警报一阵紧似一阵。敌人无法攻破实验室，只能用强大的外力挤压，使实验室和库房变形，挤爆。

我被挤得呼吸很困难，梦中死去是什么状况？我还保持冷静。

一个超级胖子坐到 B 座上，我被他挤得头紧贴车窗。

我把一张一等座的票拿去报销。

他们把票扔出来："你只能坐二等座。"

"我补差额。"

"你的行为是补不回来的。"

我把票撕掉。他们继续说笑。

我还没有走出房间，就被他们叫住："你去趟 P 市。"

"P 市？什么事？"

"你去了就知道了。"

我低头在手机上买票，二等座全没了。我可以不去了。

"把这个带过去。"

一个黑匣子。

"没二等座了。"

"带上这个可以坐一等座。"

我想了想："算了，我还是抢票吧。"

我转头看看胖子。胖子在流汗，所有腰里的肉都跨到我这一格里来了。我往窗口勉强让让，那些肉像海蜇一样又游了回来。

不知不觉中，我清醒许多。他们说，P市到了，我就痊愈了。换个说法，我好了，P市就快到了。我挣扎着往前方提示屏看，时速还在350，根本没有停的迹象。我又不高兴搭理胖子，就憋着，等乘务员、乘警或者清洁工走过。

还好，头上下可以动动，我低头看自己的手，没有被捆绑的痕迹。抬头看行李架，吓出一身冷汗。

黑匣子不见了。我不敢动。深呼吸多次，回忆他们给我服完药，叮嘱的话。"东西，在行李架上！在你上面！上面！"我似乎也点头确认。

我正准备报案时，高铁进入隧道。噪声、晃动、闪动。我先按住自己焦躁的心。

父亲去世那年，我结了婚。

婚礼那天，父亲被推进宴会厅。他脸上已经没有一块肌肉能动，两个大眼珠深陷眼眶里，死亡气息飘出来。婚礼色彩顿时暗了下来。原本乱哄哄的酒席鸦雀无声了。

一个人忽地站起来，是我母亲。她从司仪台边上一桌往大门口奔。红色旗袍、灯光电缆、桌椅凳子把她绊了一长串趔趄。

父亲目光始终盯着一个紫色大气球。

几天后，母亲发给我一个莫名其妙的微信。说自己已经看透世间万象，残年将云游四海。果然，从此她朋友圈排满国内国际景点照片。只是没有出现人像，我不能断定她是在场，还是盗图。

很奇怪，我几乎不牵挂母亲。她也随便我，朋友圈点赞、节日问候，她一概不理不睬。

我脑子里一直存着父亲。虽然这个一板一眼的数学老师与我共同生活的时间屈指可数。

去乡村学校，已经是泛黄、泛黑的日历了，可我仍然清晰地记得父亲的眼神。父亲和我坐在绿皮车厢里。我探出头看火车启动。窗被父亲轻轻关上。他没有说话，两只眼睛也没有瞪圆，只是扫了我一眼。顿时，我觉得做错了一道题，垂下头。同样的情况出现在车站。我们下车时，不少学生来接老师。大家围着我们叽叽喳喳，声音越来越大。父亲咳嗽一声，眼睛盯着最活跃的那个高个子。刹那间，只有风刮过站台的声音。莫名的兴奋从我心底泛起。我的书包早就被高个子抢去背了。

天擦黑，父亲在煤油炉上做饭。外面黑魆魆的，我甚至不敢越过学校围墙，没有路灯，只有河水流淌的声音，以及村里老妇女们叽叽喳喳的啰唆声。

漂亮女教师在煤屑操场上找到我，拉起我的手，带我去她宿舍。我果断地甩掉了她的手。

她并不介意，掏出大白兔奶糖、万年青饼干给我吃。我把东西捧在手里，望着微笑的甜甜的女教师，没有做出任何表情。

我把糖和饼干扔进厕所。在厕所门前哼哼哈哈使劲打了一套长拳。最后一拳，打在厕所外墙上，一些墙粉扑簌簌掉落。我的右手全是血痕。

城里老师就两个，父亲住西头，漂亮女教师住东头。

父亲关掉煤油炉，呛人的气味让我不住咳嗽。他转头望望屋外，随即收回目光。他拿出碗筷，盛饭菜。

一股气憋在胸口，我一口都吃不下。

父亲与母亲离婚后一直单身。

我坐在自行车书包架上。父亲推着自行车，母亲挎了个黑包走在他身边。

阳光好得把阴暗的地方都变亮了。

我抬头眯眼看蓝天，如果能坐一次飞机的话，那么开学就有得跟同学们吹了。

"暑假有什么安排呢？"

"没什么，听你的。"

"我们去P市吧？"

父亲推车的速度明显慢了下来。长长地感慨了一声："啊！P市。"那个声音带着尾巴，扬上无边天际。

"不光有海，P市还有大型商场，你陪我好好逛逛。秋冬季好的款式都出自那里。"母亲开心地补充。

我笑出声来。他们微笑着回头看了我一眼。

一片云遮住了太阳。他们的声音低了下来，但是我敏锐的听力没有放过任何一个词语。

"我们单位的小张，那个财务科的，胖胖的姑娘。"

"嗯，我记得。"

"她前个月出去旅游一次，回来怀上了。"

"也是P市？"

母亲的声音更低了。

"你怎么这么不开窍啊！"

我感觉父亲后脑勺微微顿了一下，随即，连连往前冲了好几下。

那个后脑勺里包裹着一个个兴奋的念头，刺破它们的方式很简单：牺牲我。

我手抓牢书包架，用指甲剥螺帽，一个接一个手指上，鲜血从指甲盖里渗出，很快沾满双手。

父亲和母亲，时而轻声低语，时而仰天而笑。宽阔的原野和蔚蓝的大海，印象中的 P 市，多么适合我。

我也开始笑，笑得脸都抽了筋。天地在旋转，一切都在跳舞。

我的鲜血没有白流。

父母亲没有去成 P 市。

我的眼前全是白色，白色的墙、白色的家具、白色的衣服。我吸入的全是消毒水的味道。我待在单人病房，除了一张床、一个床头柜、一张板凳，没有其他东西。

开始时，父亲和母亲一起来看我。他们隔着厚厚的玻璃窗对我挥手。我小心地向他们打招呼，说着我想表达的话。他们仍然只是挥手。过了一段日子，只有父亲来了，他不挥手，就这么静静地站着看我。我也直勾勾盯着他。再后来，父亲在玻璃后闪一闪就消失，像到动物园看一眼猴子。

高铁在长长隧道里平稳运行，我昏昏欲睡。加重的沉闷噪声、窗户上一片漆黑，我感觉列车要驶向太空。

胖子叹了口气，吐出一个词。我没听清，也没有反应。他转头，近距离对着我，清晰地说："我要去坐胶囊列车了。"

他的口气里有甜味。母亲发在朋友圈的内容里提到过，这是糖尿病人症状。

虽然糖尿病不是传染病，我还是靠窗又贴紧了点，用手捂了捂嘴鼻。

"胶囊列车只有一个车厢。"他用胖手随意点点前后，"时速高达1000，国际间是2000，洲际列车4000呢。北京到上海，半小时抵达。上海到旧金山，也就两个多小时。"

不知怎么的，我感觉列车震动厉害了。我们就像一发子弹被装进管道里，砰的一下，被击发出去。管道、隧道，仓位、座位，地表、星空。

"你跟我说这些什么意思？"我强忍不适。

胖子用冷冷的语调继续说："这可能是我最后一次坐火车了。马斯克已经定下超级高铁的时间表，我国也宣布建设高速飞行列车，他们说如果我能通过实验，基本上所有乘客都能适应'飞铁'旅行了。"

我拐了个弯才明白他的意思，刚想笑出来，却被一个更大的悲伤压了下去。

"我一直在想一个问题。"胖子用手绢擦了擦汗，胸口的格子衬衫濡湿一块，像个上翘的微笑嘴唇，"高速带离我，是不是能把我'全部'带走？"

"轰"的一声，高铁冲出隧道。我脑袋突然疼了起来。他们给我吃的药，似乎治不好我的头痛病。隐隐地，心里面似乎被胖子触发了一个小机关，可抓又抓不准。

"啊！好刺眼的光。"

胖子站起来收拾行李："你以为就这样走出了黑暗吗？"

"前面是个小站，你难道去那里做伟大的实验？"太阳浮在大片雾霭中，咸蛋黄般了无生气。冬季平原上所有植物都被收完了，只剩下孤零零的小丘和破旧建筑。

胖子手上提了一个黑匣子，我刚想提醒他不要拿错，他抢先说话。

"按照马斯克的 3D 交通构想，我们的脚下，全都是立体交通网络，支撑我们生活的就是无数根钢筋水泥柱子。"他喘口气，指指脑袋，仿佛无数根钢筋已经植入他脑子，"你会怀念一无所知的岁月的。"

父亲老家亲戚打电话来，宅基地上的一些事情要我去签字。

我捧着父亲骨灰盒上了绿皮火车。

住院期间，我给他找了个护工。护工没几天就提出加工资。

"是难伺候吗？是难说话吗？是难护理吗？"

"都不是！"

护工也老了，黑脸上满是皱纹。吸烟的时候，手有点抖动。

"他盯着我看！那眼神啊！我受不了。"

我发了他一支烟，也给他加了钱。

后来我发现他只要进病房，就戴老花镜。

"我知道他在看我，我看不清他，心里的那些事情就不会'飞'向他。"

"哪些事情会'飞'向他啊？"

他一边抚摸老花镜，一边露出诡异的笑："我们村口有个土地庙，我每次走过都会进去拜拜土地公公。我试过好多次，不管站在哪个角落，他眼睛一直盯着你看。而我祈求的一些事情，根本不用啰里啰唆说出来，只要暗自念他名号就行。"

我很感谢这位护工，父亲阴阳两界的事情都让他操办了。

告别仪式我原以为没几个人来，我也懒得通知相关人等。结果父亲的朋友、同事、同学、学生来了好多，最后两排都站到"松竹堂"外了。

等骨灰的时候，护工拉住我结账，顺便把父亲的一些小遗物给我，当中有两本写得密密麻麻人名的通讯录。

"我按顺序一个个打的。"他抽一口烟，眼睛瞄了瞄正在散去的人们。突然，他拍拍我胳膊。"喏，那个穿黑衣的女人，叫什么名字来着？哦，李老师！我打电话过去一说这个事情，她就哭了。哭得我都伤心。"

抽完两支烟，我才靠到李老师边上。她正坐在简易塑料椅上独自抹泪。

"李老师！阿姨好！"我问候她的时候，小心翼翼。

她茫然地抬头，触碰到我眼神的一瞬间，猛地低下了头。烫得卷曲的头发，黑白参半。

我抹不去的记忆里，风吹过操场，远处田野里的麦香飘过来，她左手握着一大把大白兔奶糖，右手拿了两卷万年青饼干。她年轻漂亮，轻声细语。

我心愧疚："这是父亲生前用过的派克金笔，送给您，留个纪念。"

她接过笔，轻轻地抚摸，一遍又一遍。我像个贼一般悄悄溜走。她还在端详、摩挲旧得掉漆的笔。

绿皮火车在田野上驰骋的时候，速度也很快。我甚至有点担心行李架上的那个黑盒子会不会掉下来。我站起身，把它往里推推。眼睛突然一酸，差点掉下眼泪。

"凡所有相，皆是虚妄。"我宽慰自己，父亲还在，只是以另一种形式存在而已。我在送这只盒子，车厢在送我。父亲的一切已经走远，我的一切正在走远。

我签下了一堆名字。他们送我一本家谱。我稍稍一翻，扫到清朝居然有一个祖宗的名字跟我一模一样。我揉揉眼睛，再翻回去仔细找，却再也找不到了。

"真是抱歉啊！"W村村主任抽着我递过去的烟，显得很犹豫，"我们知道你为这里做了很多事。可这件事，我们还是坚持原则。按照族里规矩，你父亲这样的情况，触犯宗规，不能葬在宗族墓地里。"

我没有再争辩。捧着黑色骨灰盒走出祠堂。一直走到荒山口。我在W村的边缘地带，安葬了父亲。

直到列车马上就要停稳，我才脱口而出："你拿的黑匣子，是不是我的？"

胖子满脸惊诧，看看似乎还有一点时间，回身用教育的口吻、快速的语调说我："黑匣子，如果弄错了，就'剐'。"他把手横在脖子上做了个割喉动作。

经过他的警示，我才发现，几乎每个人都有黑匣子。胖子走了，我可以直接看清C座上的年轻女子，她似乎漫不经心地在手里玩着一件东西。呃，那是一只小型黑匣子。我把眼光紧紧盯在上车的乘客身上，有的举了航空箱大的黑匣子；有的抱了生日蛋糕大的黑匣子；有的像玩手机般在掌间玩黑匣子。我紧张起来，开始胡乱寻找自己的黑匣子。要命的是，这是他们塞给我的，我根本不知道具体模样，照胖子的话，那是丢不得的。

B座没有旅客坐下。我侧脸询问C座女子："黑匣子到底派什么用场呢？"

C座女子像看外星人般端详我好久，随后把黑匣子塞进提包，用手捂住，警惕地问我："你的黑匣子呢？"

"好像找不到了。"我如实说。

"啊！你！"她惊呼起来，并转身往另外一节车厢奔逃过去。

乘警是个女警。她和列车长一起过来。列车长也是个年轻漂亮的女子。

"请出示您的车票！"

其实我是打印出车票的，我故意把身份证掏给她们。

"刚才有人报警说您的黑匣子丢了。"

我一听，就有点生气。

"我没有报警。我本想报警的！"

她们看我的眼神，奇里奇怪，似乎我是一个没有影子的人，或者缺胳膊少腿的人。

"哎！我怎么啦？"

"您似乎还处于迷糊状态，等您清醒我们再来。"她们说完，急匆匆地走开，高跟鞋的声音在车厢里回荡。

我清醒得很，糊涂的是她们，还有那些用异样目光看我的乘客。

她们走后，我突然发现周边的座位都空了。我横躺竖躺都没关系。胖子压迫我时间太久了，我得舒张舒张。

药物作用恐怕早就消失了，我可以从容地回想这趟旅程。

我清醒过来，没有发现黑匣子。黑匣子是他们放在我座位上的行李架上的。他们把我扶上高铁，当时我跌跌撞撞，吃了安德鲁森松。吃药是因为什么？我发病了。什么病？应该是一种突发病吧。发病之前，他们让我去 P 市。去 P 市干什么？送黑匣子。黑匣子不是每人都有的吗？这样的话，我应该有两个才对。可现在，我一个都没有。

我被送上高铁，现在空身被运往 P 市。身边没有搭话的人，大家像躲避瘟疫一样对待我。

奇怪的是，我再往前追溯记忆，却什么都想不起来了。

或许梦里会提示我一些线索吧。

我闭上眼睛，可怎么也睡不着。

黑暗中出现一群萤火虫，它们从眼睛四周出现，飞呀飞，消失在黑幕的中央。不多不少，循环往复。

母亲终于答应我去看父亲最后一眼。

我开车接她去医院的路上，她扭头盯着窗外看，没说一句话。我也只说了一句："他瘦得快认不出了。"

护工摘下老花镜，默默走出病房。

父亲在挂水，鼻子上接着氧气。

我闪到一旁，露出穿黑风衣的母亲。

父亲的眼睛从颧骨里凸了出来。眼神还是直直不带弯。他指指床边的方凳。

母亲没有坐下。她双手牢牢抓着手提包的拎带，静静地看着父亲。

我说去买瓶水，溜出病房。到护士站查看一下账单，又要交钱了。自动售货机里并没有我想要的苏打水，我给母亲买了瓶矿泉水。

一回头，母亲已经从病房出来了。

我赶紧迎上去："你怎么出来了啊？"

"我完成任务了啊，来看他一眼。"

"这……这，也太那个了吧！"

"你难道还要我再进去吗？"

我俩站在走廊里僵持了。手上的矿泉水提醒了我。

"来，我们到休息区坐坐。"

几个护工在排队用微波炉。没有父亲的护工。

我拧开瓶盖，把水递给她。她拿着啜了一口。

"虽然你们什么都不对我说，但是我差不多都能猜到。他现在已经这个样子了，你还不能原谅他吗？"

"那么，你呢？本来我不想多说。是你逼我的。"母亲声音尖厉起来。几个护士从护士站内向这里张望。母亲随后压低声音，"你图什么？到现在这个地步。你认为我好过吗？麻木地生活，一无所知地过活，全世界都如此！你知道吗？你穷凶极恶地去刺破。你得到了什么？"

我忽地站起来。眼前出现无数萤火虫，它们胡乱地飞舞。我身体晃了几下，手撑住墙壁。我说出来的话，却很无力。

"你们不要我！要知道你们是我的亲生父母啊！"

母亲板起脸，侧转身。

护工端着饭盒过来，跟我说了几句。

我开车送母亲回去。

她慢慢从后门下车，目送我倒车。

我落下车窗，向她挥手告别。

她突然走上前："你知道他对我做什么动作吗？"

她慢慢举起左手，伸出中指，直挺挺地朝向灰蒙蒙的天空。

我哈哈大笑。笑声把她惊到了。

她整整黑风衣，一脸正气地说："他的追悼会我是坚决不会去的。"

"P市呢？"

她一愣。

"P市你还去吗？"我带着讥讽的笑轻飘飘地问。

她脸色一变，一甩胳膊，扔下一句："你问自己！"转身匆匆离去。

高铁减速，缓缓停在一个陌生的站。P市似乎不远了。

站台上候车的人似乎都集中到了第六车厢。

我把身子坐正，目光扫过面目模糊的候车人。

所有人都站起来排队往车厢两头走。我探头探脑，再次确认不是终点站。

一个玩手机的小姑娘排到我座位椅边，我实在忍不住了问："你是这个站下车吗？"

"是啊！"

"你确定不是到P市吗？"

"P市？开玩笑吧你，现在谁还到P市啊？"

"P市怎么啦？"我脑子里完全是一幅P市盛世繁华图。

队伍开始往前移动，小姑娘推着白色登机箱走了。

高铁继续前行。广播里终于传来最后播报："前方到站，本次列车终点站，P市站。Next station is P."

还好还好，P市是现实存在的就好。我宽慰自己。

另一个使我轻松下来的原因是，那些下车的乘客，都没黑匣子。而现在的第六车厢更是空空荡荡，除了我，什么都没有。

也许"黑匣子"只是我吃药后的一种幻觉。

这样盲目的轻松只存在了几分钟。

前车厢门出现两三个人，我似乎还看到那个女列车长隐隐地在他们后面冒着头。

我再往后面一看，感觉事情不大对劲。这些人扎堆上第六车厢干什么？

我是谁？我究竟在做什么？我使劲拍打脑袋，里面还是一团糨糊。

"请出示您的身份证和车票。"女乘警像告密者，在不远处探头探脑。

"你到P市做什么？"

刚想拒绝合作，再看看被刚上车的一堆不明身份的人围着，也就没什么好说的了。

"送东西。"

"什么东西？"

"一个黑匣子。"

"黑匣子呢？"

"不见了。"

问话的是一个瘦高个。他一屁股坐在C座上。

"这个时候去 P 市时机不太对啊。"他眼睛平视前排座椅枕巾上的广告，广告画了一对情侣在冲浪，浪花溅出一句广告语："畅游碧海蓝天，唯有 P 市绝佳。"

"有人想去的。"这完全是我真实想法。

"请你描述一下黑匣子样子。"

每个人都有属于自己的黑匣子，却让我描述。我忍着强烈不快，草草地说："这么长、这么宽、这么高，黑色亚光，不明材质。"

瘦高个头转向我。他的脸尖尖的，眼睛大得像螳螂眼，占据了小半张脸。那么熟悉，却又很陌生。

"里面都装了些什么呢？"

"我不知道。他们让我送到 P 市。"

"他们是谁？"

我脑袋又痛了起来，再使劲摇晃都没用。

"不急不急，你好好想想。"瘦高个把靠背往后倒，舒服地伸了个懒腰。

我无聊地转头望向车窗外，惊讶地发现车停了。停在一个大大的穹顶建筑物内，成排的列车静静地躺着。

而刚上车的那些人，全都散落在我座位周边，玩手机、听音乐、打瞌睡的，干什么的都有。瘦高个不声不响，正当我以为他睡着的当口，他突然清清嗓子：

"想清楚没有啊？"

我问了个最想弄清的问题："高铁停了，是不是 P 市到了？"

瘦高个一本正经凑过头，往车窗外张望。

"咦，真的停了呢。"他双眼瞪大。我一下子想起护工说，自己的念头"飞"进那双深邃眼睛。

搞过这个噱头后，他用手拍拍我的肩膀："不要盼望了，P市，早呢。"

我几乎要跳起来了。

"这简直太荒唐了。我是来执行任务的，又不是来玩的。现在我想明白了，是你们把黑匣子弄走了，现在又要把我空身赶下火车，我才不会这么傻。"

"你说的P市在这里！"他不知什么时候手里拿了一本旧书。

书页差不多全黄了。翻开第一页，一个大大的，肆无忌惮的W写在书名下。把"心愿丛林故事集"这几个字完全比了下去。

我抬头望望瘦高个，他锐利的目光鼓励我翻阅下去。

内容简介：以W为首的几个大学生，向往既有大都市情调，又具大海情怀的P市。暑假里，他们以学校组织夏令营为名，瞒过各自家长，前往P市。途中，为了解决食宿问题，学生们每天为投宿的旅馆老板讲述关于各类"心愿"的故事，老板视情节予以免费食宿或者减收费用。当W等几人千辛万苦来到P市，才发现等待进P市的人排了几十公里，轮到他们进去，估计要再等半年。于是，他们把旅途中讲过的故事，重新又给排队的人们讲了好几遍。

父亲把《心愿丛林故事集》递到我手上。

法定日子到，父亲总会准时出现在小区边上的小公园。

除了装钱的信封，他还会给我点其他小东西。

自从他拎着行李离开家后，我见到他的神情一直是僵硬麻木的。我开始有点怕，后来也习惯了。他没有斥责过我一句。我内心隐痛反倒日益增加。

有一次，他给了我一个海豚的徽章。

"P市看得到海豚吧？"我故意挑起敏感话题。

他转头盯了我几秒钟，眼睛里闪现一丝光芒，转瞬即逝。

"可能吧。我不知道。"

"最近，地理老师说，我国最具魅力的地方就是P市。"

"你好好读书，以后去那里生活、工作。"

"你呢？"

"我挺好。"

我把书拿回家，第一桩事情就是用圆珠笔在扉页书名下重重写了个W，我的姓首字母，也是父亲的。我并没有开始看书，而是对着扉页揣摩父亲的意图。

过了一个月。我们又在小公园见面。

银杏树叶铺满地。我用脚踩，直到黄色染污。

他嗓音沙哑："药要定时吃。"

我对他笑笑。好像吃了药，我就能顺利到P市生活、工作似的。

"书看了没有？"

我摇摇头。

随后我提出我的问题。

"我有两个问题。"

他警觉起来。双手十指相交，顶在胸口。

"第一，我老是做梦，梦里的我总比现实中的我开心、快活。于是，我想，死是不是就是一个永远不会醒来的梦呢？"

"瞎说。"

"好吧。第二个问题，做了坏事，会不会下地狱？"

这个问题像是一把剑，直刺他胸膛。我身体里每个细胞都翻滚、跳跃，紧张地等待裁决。

他也开始用脚快速扫地上的树叶，只是扫出来是个难看的"八"字，留下明显的运动轨迹。

父亲抱着我，坐在小火车头上。游乐场的所有项目里，我只坐火车头。上去就不肯下来。下雨了，父亲把风衣罩在我们头上。那一刻，我听见他放大了的沉重呼吸声。

"我长大后，你也老了，我带你乘大火车！"

"你看，火车有固定运行轨道和规律的。我们的心中也有这样一列火车。"

"我带你去 P 市！"

"好！我还没去过呢。"

父亲终于开始叙述。语气平和如常，渐渐地，那些平淡的话，变得魔幻。

"你出生的时候，你爷爷已经不在世了。他是一个箍桶匠。从 W 村一路挑着担子进城，先是在老街拐角的地方摆个小摊，后来租了门面营业。他手艺好，又特别谦和，城西几乎每家每户都来他那里订制脚桶、面桶、马桶等。他有了自己的店面，还请了个帮工。跟你奶奶生下了我和你的两个姑姑。可是，我和同学们一起冲突，他们就骂我是臭马桶匠崽子。'马桶崽'的尖叫声传遍大街小巷，我整天跟他们打架，即使赢了，也改变不了他们对我的歧视。有一天，街道上来了'红袖箍'，闯进店里，打砸一番，把店封了。你爷爷默不作声，悄悄把材料收拾起来。店关了，但大家还是来找你爷爷。他就在家里做。我发了好多次脾气，但是没用。他淡淡地笑着说，活还是要做好的。思想斗争了好久，我终于冲进街道办事处，告诉他们家里正在发生的事。你爷爷解开围裙，缓缓地擦着布满老茧的手，默默地看着他们把成品、半成品、材料、工具等一股脑装上三轮，突突突，车子摇摇晃晃冒着黑烟远去。我躲在墙角，紧张而兴奋。当我挺直身体晃进学校，耳边却传来咒骂声'奸细''叛徒'。同学们不再理我，甚至我想打架都找不到一个对手。你爷爷没有骂过我一句。他开始帮着你奶奶做手工活，戴着老花镜凑在昏暗白炽灯下，一针一线穿插在皮手套上。他临终前，我哭着向他忏悔。他抬起手，摸到我的胸说：'没事了。你把我带回 W 村吧。'"

"你是警察？"

瘦高个笑了："你仔细看看我。"

我越来越觉得这个脸熟悉得很。通过玻璃窗的映射，我看到了自己的脸：瘦削的三角形，大大的眼睛占据脸的三分之一。

"你到底是谁？"

他指指车厢里的乘客，我这才注意到，刚才下车的胖子、C 座女子、玩手机的女孩不知什么时候又静静地坐在距离我不远的地方。

"他们又是谁？"我更加疑惑。

他双手把车厢里的人作势搂向怀里："他们和我，都是你啊！"

发出长长叹息后，他伸手取过我手上的《心愿丛林故事集》，随手翻了起来。

"现在，你能把书还给我了吧？"说完，他合上书，眼睛也闭了起来。

我脑子一片空白。一列火车隆隆驶过脑际。

突然，瘦高个提醒我："黑匣子，可以还给我了吧？"

我实在想不出怎么回答他。就冒出一句话："P市还没有到呢。"

"你认为P市一定能到达吗？"

"我已经放下一切。P市还会远吗？"

"喂喂喂！那谁？我们要关门了。"

马上冬至了，这个时间，整个游乐场快暗下来了。

我被管理员喊了好几遍才清醒过来。

他们已经走向控制台，准备把电闸拉下。

小火车头雄赳赳地闪着金光，我最喜欢坐火车头。虽然冷，可是我服了安德鲁森松，非但不怕冷，还觉得心里暖洋洋的。

嘎嘎嘎。小火车停了。

我转头往游乐园门口一望，一个瘦高个正提着一个黑匣子往外走。

我忍不住大叫起来。

"爸爸！等等我。我们一起去P市。"

漂　白

　　走进房间时，她眼镜片上蒙上了一层雾气，同时，背部暖湿弥散开来。一个穿中山装的白发老人坐在暖气片边，戴着老花镜看报。

　　赵伟让她们在餐桌边坐下。

　　"爸，这是我朋友。"

　　老人摘下眼镜，看了看两个年轻女人。

　　"来了，好啊，喝点水吧。"

　　没人倒水。她觉得嗓子有点干，却在忍受范围之内。她盯着老人看，不放过每个细节。

　　小菊碰碰她。她转脸。赵伟在对她使眼色，她没理睬，继续盯着老人。

　　"人呐，谁没个难处呢？想当初，我刚到东北的时候，人生地不熟，工作开展很困难，多亏了那些老战友，这里介绍朋友，那里帮忙解决困难。不到一年，我迅速打开工作局面。现在，形势发生很大变化，大家难处也多，碰到的问题和麻烦更复杂。"老人顿了顿，放下报纸，还想说。赵伟接过话头：

"你就帮这个忙吧。"

老人睁大了眼睛。她把手伸进背包。

赵伟靠过来，阴影正好罩住背包。她的手停了停，赵伟会有问题吗？算了算了，一把抓出塑料袋摆到桌上。

赵伟把钱推到父亲面前，回头用很低的声音对她说："老头有办法的。放心。"老人码了码六沓钞票，开了口："我写个借条吧？"

她一愣，跟小菊对望了一眼。赵伟收起塑料袋，放进橱柜："不用不用，都是朋友，互相信任。"

对她来说，信任是最要紧的。走出那幢充满煤烟味的筒子楼，冷风刮进她脊梁，刚才出的汗一下子冰冷，刺进心里。她猛地一颤。

小菊挽着她胳膊往前走。黑暗坚硬的路，走起来磕磕碰碰。

赵伟从后面追了上来。

"大概需要几天时间？"

"现在说不准。一般来说得半个月。老头的情况你也看见了，毕竟退二线了。"

她脸一下子拉下来。最近她特别容易生气。急火攻心，前天检查、配药、挂水花了七千块。护士喊小菊的名字，她还四处找她。远远地，小菊捧着水果、矿泉水奔过来。腾出一只手，使劲挥。她这才意识到，该进去做检查的是自己。

赵伟提议吃点宵夜，她没有胃口。小菊开心地附和着。

天冷了，烧烤摊移到室内，一个大功率排风扇使劲往外抽气。

她基本没吃，看着他们满嘴油腻，还用脏杯子碰杯，胃里一阵阵痉挛。跑出来到现在快半个月了，天天乘在一条小船里，一阵海风随时就能把船掀翻了。

"你抓紧点。"

赵伟正和小菊吹到兴头上，听她又催，酒劲上来了：

"催催催，你是催命鬼啊？懂不懂行情和规矩啊？"

她生硬地顶了一句："我钱全付了啊！"

"你以为有钱什么都行？我把钱退给你，你再找人试试。"

赵伟忽地站起身，小菊一把拉住他："得了得了，知道你是这方土地的能人，她找谁都没你强啊。这两天她生病，情绪不好，刚才也是真急，对吧？蔻蔻。"

蔻蔻不是她真名，是她网名之一。她不想告诉他们真名，连家乡也只说了个大概方向。好在他俩也就为钱，其他不再多问。

一踏入老新村的公寓出租房，赵伟就拉小菊进了北面的小卧室。虽然她的房间比较大，又朝南，但她总觉得有股怪味。比较起来，她更愿意待在卫生间，虽然陈旧斑驳，却有股药水肥皂的味道。

她坐在马桶上，吸着残存在墙体内、浴缸里、瓷砖上的药水味，当初家里那套大平层，快装修好时，她挑选了家具。拆掉包装，武澄吃了一惊，全是粉色。她回答，一切动机都源于她那梦幻般的粉色梦想。武澄不懂她的意思，也不知道她正在进行的博弈。

隔壁房间传来有节奏的撞击声，小菊充满惊讶、将要窒息般的呻吟夹杂其间。他们才认识几天啊？这对狗男女！她狠狠地将卫生纸扔进垃圾桶，猛地拍倒马桶盖。声音停了十来秒，随即又欢快起来。

钻进被窝，暖意上来，她对刚才的举动略微有些歉疚。毕竟，她的事都靠他们。他们愉快了，她的希望也能大点。再说，她脑子灵，只要不冲动、焦虑，一切都会好起来的。

一年前，她就在准备后手了。她借同事手机获得验证码，注册了网游账号。在群里，物色到小菊。小菊网上作战很讲义气，肯帮伙伴。她则扮演了网游里的弱者，同时传达给小菊一些可靠的股票信息。小菊屡次救她，又通过股票赚钱，把她当作神仙姐姐看待。线下，没人知道她与小菊的关系，包括武澄。

跑路的那天，她告诉武澄去上海，他闷在那里，不知道她有哪门子关系。她坚决不要他送。回头看到大平层大阳台上，他抱着三岁的儿子，一只大手加两只小手同时在挥舞。当初，她是不想要孩子的。她最清楚自己的状况。可是，农村的公婆、自己父母，跟拿刀逼迫没什么两样，她只能就范。现在，不知什么时候能够再见他们了。顺利的话，也要隔很多年。不顺，只能隔铁窗相望。

想到这里，她打了个寒战。伸手够到床头柜上的安眠药瓶。吞下一粒。迷迷糊糊中，小菊进了门，轻手轻脚钻进被窝。小菊身体滚烫，有股浓浓的腥膻味。她把身体往床边移了移。小菊也跟过来，在她耳边轻笑着说了几句话，翻身打起了呼噜。

去上海，坐公共交通工具，她故意留下痕迹。她设想让自己淹没在大都市。警察在这里恐怕也得钻个把星期，这点时间，她够了。站在外滩，她看着如潮水般涌来涌去的人群，混乱中找到些安慰。

小菊从嘉定液晶屏厂赶到市中心来见她。两人在 LADYM 吃甜品，又在外滩进了米其林三星 L'ATELIER de joël Robuchon。小菊对她说，半天工夫花掉半年工资，还不敢乱说乱动，实在是高贵而不自由。这是两人第一次见面。她先给两万元现金。隔天就北上，凡是需要证件的，全部用小菊的名字。

小菊花着她的钱，也试探过钱的来路。她说股票赚的。进一步打探她跑路原因，她严肃地告诫，不知道最好，也是最好的保护。

一路上，她俩打黑车，住民宿。在上海，她把长发剪短，又配了玳瑁框眼镜。度数不深，平时不习惯戴眼镜。刚戴上去，走楼梯差点绊倒。

在小菊的呼噜声中，她回想一千多公里的逃窜经历，自认为没留什么痕迹。小菊原手机也不允许带。与赵伟联系是在网吧的电脑上。小菊刚开始是反对她信任赵伟的。为此她们还在唐山郊区的一间客栈里争吵过一次。

"他说有路子，你就相信啊？"

"可以啊，我不相信他。我相信你，你给我办啊。"

"好吧。我无能。退一步，他能够办。那么身份管用吗？"

"我查了查，确实有办成功的。有人是几年，甚至十几年后才被查的。"

"这不还是不行吗？你到底犯了什么重要的事，非得把身家性命交托给一个陌生人呢？"

"只要能帮我躲开这场祸，给我这点时间，就足够了。我的事，还是这句话，你不知道最好。"

她翻转身，窗外淡淡路灯光透过窗帘缝隙射在小菊脸上。那是一张微胖的圆脸，五官总是往上扬，第一次见到赵伟，那些五官飞扬起来了。她心里有点不舒服，后来想想也好，这样更容易掌握赵伟。

把"办身份"需要的六万块钱，直接交给赵伟的爸爸，是小菊的主意，有点令她吃惊。

十多天接触下来，她认为赵伟是不会让她见"深厚部队、公安双重背景"的父亲的。去的路上，她揣测见面很可能是一出戏。现在，望着小菊光滑滋润的肌肤，她似乎看见了一个旋涡，她的钱正源源不断往这个旋涡顺时针方向转进去。最深处，一对男女在跳华尔兹，疯狂旋转，融为一体。

她手脚冰凉。前天，赵伟过来时，她烧得厉害。他站到她床前，穿了一身警服。她惊出一身汗。直到两人钻进小房间，长时间不见踪影，她才安慰自己，衣服可能是保安服。从第一次做那件事开始，她就不能见到穿警服的人。

她悄悄起床，摸摸床底的密码箱。扎扎实实的。她心稍微定定。决定再熬三天，不管成不成，一个人跑路。

在小菊粗重的呼吸声中，她憋气把密码箱拎到卫生间。耳朵贴紧墙壁，小房间传来赵伟浓重的鼾声。她站在马桶盖上，轻轻移开塑料吊顶板，将一沓沓钱整齐地码放到墙角，再找了几块破布遮挡，最后小心盖上塑料扣板。箱子虽然轻了很多，却还是有点分量。她把它重新塞进床底。

滑进被窝，药性带来的困倦向她袭来。

她在蔚蓝海洋里游泳。光线充足，风平浪静。她开始潜泳。一群群色彩斑斓的热带鱼在她身边游来游去。偶然间，她看见远处出现一点金色亮光。她向光点游去。但是不管怎么追赶，光点始终在她前方。不知不觉中，她潜到海里很深了。除了光点在前，其余全暗了下来。她听见海面上隆隆雷声，偶尔，几道霹雳把海水微微点亮。她感到恐惧，想要放弃追逐。但是，金色亮点似乎离她近了点，近得猛蹬几次脚就可以够到。她无法抗拒诱惑，虽然瞥见黑暗海水里有恐怖生物朝她缓缓逼近。一个声音在向她召唤：得到我，你就得到一切。

她出生的时候，姐姐已经能够做简单家务。等她长大，她也没有动过扫帚一下。但是，她还是不快乐，根源就在总是穿姐姐的衣服，一直被姐姐的影子罩着。母亲单纯地凶，不讲道理。父亲一直在下棋，没搭子时，自己打谱到深夜。她没人说话。个子矮小、长相平平成为黑夜里的魔鬼。校队篮球队长成为她临睡前必定复习的功课。英俊、高大的形象，带有几句脏话的口头禅，擦肩而过时浓重的汗味。黑夜里有了这些影像，她觉得肚子里饱饱的。同时，狂躁内心驱使她做些什么。首先想到寄一封信，随即就否决。她要找突破点，为此做了很多功课。男孩有个弱点，贪嘴。开始行动前的那晚，她把那块厚重的比利时巧克力看了又看，藏进书包，又拿出来，反复几次，最后还是揣在胸口。这是她第一次"拿"

钱。父亲有些零钱，胡乱放在衣柜抽屉里。父亲不会说什么，沉默是他最大的特点。她跟踪了那块巧克力。篮球队长带着它走出学校，穿过街道，来到市中心一家著名意大利餐厅。一个长发女郎在等他。当他忙不迭地把比利时巧克力掰成两半，两人亲密分享时，她听见脑子里一些东西的碎裂声。她花了三个晚上拟写一封寄给教务处的匿名举报信，她动用了所有情色想象。看到绿色邮筒，她犹豫了。经过，又折返，来回三四次。那天阳光很亮，街道玻璃窗的反射光强烈，她走在明晃晃的道路上，脑子里有个声音：对，就这样！谁都在干见不得人的勾当。

她用足全身力量，扑向金色亮点。她得到了！那是一团可以随意分割的软黄金，摘下一点后，主体又会长出新的黄金来。她尝了尝，这些黄金的味道是甜的。她贪婪地摘，拼命地吞。等意识到已吃成鲸鱼般肥胖时，已经晚了。潜伏在海底黑暗中的生物向她扑过来。最后一刻，她瞥见自己被撕裂的庞大躯体里，一团团黑色物体四下流散，发出恶臭。沉默的父亲、篮球队长、比利时巧克力、长发女郎、绿色邮筒等，在眼前一闪而过，她还来不及回味，就快速坠入更黑的深渊。

她当然还有第二步棋。赵伟脸色难看地说着这个不顺，那个管得严。小菊也在旁边附和。叫来的外卖是两荤两素一汤，都凉了。

"你到底有没有办法？"

"前天晚上我爸就给老部下打电话的，这两天我一直在外面跑，停都没停过。"

"我问你行还是不行？"

"我从来没说过不行。只是难度更大。各个环节都需要
疏通。"

"还要多少钱？"

赵伟看了一眼她，伸出两根手指。

她把两沓钞票扔到餐桌上，汤微微晃动了一下。

她说出去走走。小菊在她身后喊："多穿点衣服，外面冷。"

走出一点路，她就回头看。五六次后，确认没人跟上来。
她取出手机，按下电源开关。

手机又老又旧。没有实名制前，她去邻市书报亭买了好
几张手机卡。特需的时候用过，现在只剩最后一张。

那个号码她在心里不知背诵了多少遍。以至于她想到这
串数字，就闻到死亡气息。

"我是蔻蔻。"

"嗯！我记得。"

"前阶段我问你的事情，现在还可以操作吗？"

"你是要黑，还是要白？"

"白。"

"我要现金？"

"我有。"

"你决定哪个国家了吗？"

"巴拉圭。"

对方沉默了一下。

"你现在哪里？"

"东北。"

"去大连。"

"可以。"

"后天晚上十点再联系。记住，带足现金。"

"还是那个价吗？"

对方"嗯"了一声挂断电话。

她没有回头，继续往前走。寒风扎进她脖子，她耸耸肩，拉紧领子。走过一家银行，她下意识往里张望，漆黑一片，根本看不见美元对人民币牌价。只有探头上的灯，发出绿色闪光。

几个数字她是清楚的，获得巴拉圭身份三万美元，获得巴拉圭护照六万美元，各种费用八万美元。后天只需先付八万美元，可以用折合成的人民币付。她翻墙出去看别人跑路经验时，进入一个群，有人在打广告。一下子吸引住她的就是巴拉圭。

她反复嘀咕着"巴拉圭"这个国名，虽然对它一无所知，但是她知道它的邻国巴西、阿根廷。想着想着，似乎风不再刺骨，仿佛已经到了南半球的热带，到处是沙滩、鲜花、水果和森林。有可能会在那里终老一生啊！想到这里，她又惆怅起来。

突然，她停下脚步，用脚尖蹍碎路面的一只烟屁股。走之前，要教训教训那两个人。

"蔻蔻，你到哪里去啦？急死我们了。赵伟出去找你了。"

她把箱子拖出床底，打开密码，箱子里只有些零散钞票和一些衣服。

"啊？你的钱呢？"

"我问你啊。"

"不不不，我不知道。"

"那钱到哪里去了？"

"会不会是赵伟？太可怕了。你什么时候发现的？"

"刚才他问我再拿两万块的时候。"

"这家伙太狠了。"小菊眼里闪过一丝惊恐。

"我被你们坑了。"她一字一顿地加重砝码。

小菊"我我我"了几声，没出下文，默默转身收拾桌上碗筷，去厨房洗刷。

赵伟开门进来，撞见她，刚想大声说话，就被她用手势止住。小菊从厨房拎了一袋垃圾出门下楼。

她指给赵伟看打开的箱子。

"钱呢？"赵伟瞪大眼睛。一瞬间，她觉得赵伟有点像篮球队长，高鼻梁、眼睛细长、嘴角上翘。男人长得帅，大多靠不住。篮球队长、赵伟都经不起诱惑。

"我问你啊。"

"不是我！再说，我拿了，还会问你要钱吗？"

"房子是你租的，房东是你朋友，小菊几天就变成你情人，我怎么信你？"

"哎！"赵伟声音低下来，"你觉得会不会是小菊拿的？"

"她一直跟我在一起，要动手还等到今天？"

"你来钱本事大，我佩服。可是，江湖上那套，你差了点。"赵伟边说，边把手搭在她肩膀上。他个子很高，俯视她的眼神充满怜惜。瘦小的她几乎要融化在温暖目光里。她微微扬起头，虽然长相一般，但是她知道，自己皮肤白净，光这一点就赚了不少。赵伟另一只手顺势抄到她腰部。她再往前移半步。眼睛闭得只剩一条缝。赵伟的影子在镜片上方扩大。

"嘭！"大门被重重关上。赵伟迅速撤下两只手。她蹲下身，把箱子重新锁上，推进床底。站起身，看见赵伟跟着小菊进了北面小房间。赵伟随手将门关上。

她觉得肚子有点饿。餐桌上只有一包苏打饼干、一盒牛奶。她让饼干在嘴里吸满牛奶。小房间传出激烈的争吵声，她慢慢将湿润的饼干咽下去。小房间传出打骂声，她静静地喝完最后一口牛奶。她踱进大房间，戴上耳机，重复听着《海岸》。

《铁道银河之夜》里的金红两色苹果、巧克力大雁、捕鸟人、在银河中穿梭的列车，还有两枚大大的金币，都浮现在她眼前。她不喜欢读书，偶尔听到轻音乐《海岸》，内心某个角落像被激活。买了书，下载了整套音乐。她认为只有《海岸》，真正把个人与海洋、宇宙紧密联系在一起，使得渺小的个体也能做庞大的梦。而现在，她只希望听完音乐，拿下耳机后，发现一切都是梦。她还是一个纯真少女。

她总是幻想能够像长发女郎那样，在高档餐厅邀请英俊帅气的男友吃饭。身边的女同学一个接一个有了男友，她有点焦虑。

沉默的父亲扔给她一张录取通知书，继姐姐之后，他又把她安排进了银行。一个私立大学财务本科生，按理说应该比较满意了。可她觉得梦破灭了。什么梦，她说不上来。

去银行报到前，她一个人去了趟香港。三天时间，她就是逛街，旺角、油麻地、尖沙咀、西环、金钟、中环，繁华地段逛遍，却没有买一样东西。她看得上的东西没钱买，买得起的，她又看不上。滚滚人流中，疲惫的她感觉一道光影在指引她前进。走近看才知道，一位著名女星在旋转楼梯中回眸一笑，身上的礼服、饰品，如同旁边的水晶吊灯一样，光彩夺目。她久久站立在SOGO大楼前，注视着那张巨幅广告。画面传递给她的信息太多，她没有办法立刻消化，用手机拍了下来。那张照片，成了她的座右铭。

但是，当她有了挥霍的资本，悄悄约起高大英俊的男孩后，似乎又找不到当初幻想的感觉了。那些男孩竟然比武澄还肤浅。

武澄是她自我包装成"炒股公主"后，自投罗网的一个。

想起当初的情形，在苦难中挣扎的她，还露出一点微笑。

通过七弯八拐的关系，武澄约到了她。

"你借我十万块钱！半年之后，我还你二十万！"

"我凭什么相信你？"

"我打借条给你。"

武澄长得还不错，几个港台男演员的影子多多少少落在他身上。对于当时的她来讲，十万块相当于普通人一周的零花钱。看在托来的关系分上，她早就把钱扔出去了。然而，眼前高大幼稚的男青年，她忽然来了兴趣。

"你怎么去赚钱？"

武澄从挎包里拿出一瓶润肤露。常见的半透明白色瓷瓶。

"就靠它！"

"不就是润肤露吗？"

武澄脸上闪过一丝轻蔑的微笑。

"我做这个，既注重产品质量，又把产品作为一个工具。猜猜这瓶润肤露卖多少钱？"

她继续盯着他看。

"九百八十块！卖掉一瓶，返回一百块。卖掉十瓶，每瓶返回两百块。卖得越多，返的利越大。销售达到一定量，可以实现近全额返回。"

"你们最大目的就是无止境地发展下线，越在上层获利越多。"

"是的，我采用的是优化了的直销模式。"

武澄熟练快速地写了一张欠条。直觉告诉她，这是一桩有去无回的买卖。不知怎的，她心里却是快乐的。临别时，还约好去看看他公司。

一个周末的雨天，她按照地址摸了过去。说是公司，其实就是小弄里的一间出租平房。她打伞在房子对面观察。武澄一手拿润肤露，另一手拿一叠销售资料，不停走动、挥手、叫嚷。她看见屋里人倒是满的，老年人居多。散的时候，绝大多数老人拿了一小袋赠品，头也不回地走进雨里。即使这样，武澄还是站在门口，一个一个地送老人，客气地搀扶、道别。他黑色廉价西服的右半身全湿透了，亮晶晶地发光。她忽然之间有点感动。

她人生第一次感动得差点落泪，是主任带她进金库。已经在银行工作一段时间的她，对数字已经木然。再大的数字，无非就是在账户上多出几个零。而金库彻底把她唤醒。她从事的是离钞票最近的职业，而工资卡里的数字比不上金库里的那些灰尘。她开始实施自己的计划。

那个雨天，她觉得武澄可以成为计划的一部分。

没人做早餐。赵伟、小菊干脆不起床。

她泡了一杯方便面。心里有点紧张，开水烫到拇指。疼痛的一刹那，她想到了儿子。他在粉色家具的海洋里，开心地嬉闹玩耍。他的肌肤是那样柔嫩，用点力，就会掐出水来。父母也住进她家，照顾外孙子。

几乎所有亲戚都觉得她的钱来路有问题，但谁都不挑明。只有父亲，指着孩子，一字一句地对她说："你自己作孽，不要连累无辜！"

谁在作孽？谁是无辜？记得当时她怒怼父亲，把孩子吓哭了。

泪水滴在方便面里。她吃起来觉得特别咸，吃到一半就顶住了。

用餐巾纸擦擦嘴，她走出出租房。该做的一样不能耽误。

太阳出来，风也停了。人们三三两两在高速公路立交桥旁的空地上围在一起抽烟、聊天。

她很快找到一辆黑车。司机愿意明天中午出发，拉她去大连。算上空车返回，六百块钱。她表现出努力砍价的架势，司机和同伴好多双眼在她身上上下摸索了好几遍，让了五十块钱，似乎这钱是从她身上抠下来的。她有点恶心。可她一点都不担心自己的身体，比起逃亡，身体的事太小了。

受司机色眼警示，她回来路上，拐进一家百货店，买了一把折叠刀。想想，又买了一小罐可以随身携带的杀虫喷雾剂、一瓶安眠药。

屋里很安静。赵伟和小菊坐在餐桌边，各自玩手机。

"你得再给我两万。刚才局里来电话，还差点意思。"

"我没钱了。你也看过这箱子了。"

"没钱？新身份就飘走啦！"赵伟轻轻地吹着口哨，头往半空中来回摇摆。

中午已经过了。天突然阴了下来。屋里又暗又冷。这时，小菊喊了句：

"钱，我来。"

"啊！钱真是你偷的！"

"懒得理你。这是我自己的钱。"

小菊把两叠钞票拍在桌上时，一股说不出的滋味涌上她心头。

"我改主意了。"赵伟把钱揣进兜里，轻佻地举起手机，"我要报警！"他转身朝大门走去。

她突然闻到一股铁锈气味，浓重气味让她无法集中精力思考赵伟说话的真假。身子在往下沉，头也低了下来。

"砰砰"两声。

她抬起头。赵伟倒在地上。小菊手拿一个马扎站着：

"趁他昏迷，把他捆起来。"

她把赵伟双腿绑在椅子上时，缠上一圈又一圈胶带。当初师傅教捆钞票，她总会多绕一道纸线。

"你这一板凳下去，这里全完了。"她把赵伟衣服里的杂物扔到餐桌上，胡乱抓根烟点上。

小菊把赵伟票夹翻开来："你才知道完啊，看看这是什么？"

虽然有心理准备，但她还是有点吃惊。身份证上，赵伟名叫赵拴银。一张"黑猫保安公司工作证"上，赵拴银长得像经理，工种却是湖滨花园的门卫。

"那你还跟他……"

"我害怕啊。"

"他根本办不出什么新身份证，你早就知道！"

"他父亲只是普通干部，那次老人是问你借钱，赵伟两边玩了花样。"

眼镜片又蒙上了水汽，不过这次是她汗水蒸发所致。她有点看不清小菊。

"姐，你要带我一起走啊。"

"他怎么办？"

上了路，司机就抱怨："六百还还价，还上来两个人！我也要吃饭的。"

她拍拍司机右肩，从后排递过去几张票子。司机三根手指一捏，马上闭嘴，打开音乐台，跟着唱起来："你是魔鬼中的天使，所以送我心碎的方式，是让我笑到最后一秒为止，才发现自己胸口插了一把刀子。"

小菊嚷嚷道："还让不让人眯会儿啊？"

司机从后视镜里看看两个女的，咧嘴笑笑，把电台声音调得低点，头跟着音乐点着。她俩互相望望，随后闭上眼睛，靠到车椅背。

她做的梦，是一场球。她支持的球队在主场，赛前放出净胜对方三球的豪言，其实只要踢平，主队就能出线。天气燠热。北方来的球员不一会儿就气喘吁吁。球迷像被打了兴奋剂，膨胀到极点。开赛没多久，主队就压着对方半场打。她也像周边球迷一样，叫喊着、挥舞着。突然，北方球队打了个反击，进了个球。可这只是太平洋里泛起的一朵小浪花，转眼就被忘记。扳回、反超、大胜，她暗自对下半场主队的走向，做了预测。一分一秒缓慢而坚决地走向九十分钟，她一步一步降低自己的预期：少赢点、平就好、别输球，到最后，还是那个要命的突袭球产生的大大的"1"，挂在半空。她反思的时候，猛地想起，其实这个"1"产生的一刹那，她就知道完了。随后，她的本能要求做些什么，都是些无用功罢了。

她早就醒了，偷偷瞄了一眼小菊，继续闭眼想心事。按照梦里的套路，她从碰到赵伟就开始完了。或许，她再次瞄了下嘴微张，呼吸沉重的小菊，是从碰到小菊开始的。不过，她心里有块坚硬的东西顶起来。"谁都得完，只是时间有差别而已。"

银行里隔三岔五开警示教育。主任喜欢让她写个稿、发个言。她没有不答应的。渐渐地，只要写体会、经验，就是她的事。部门同事对她感觉良好，有人做杂事总是好的。她谦虚地听老职员的牢骚："信贷部门最容易出事，也是最有油水的地方。我们储蓄上，虽说是清水衙门，但是我们'清'啊！"那个老职员说到这里，站起身，摆个京剧架势，缓缓吐出"两袖清风"，后面还加了个"呐"。她当时还鼓了掌，根本不为老职员，而为自己。不容易呐！

现在，她可以想象，警察到银行，到她所在那个部门办案，那些老职员们该有多意外。他们第一个反应，似乎应该是撇清。这些年，她打点在他们身上的不算少。特别是她的搭档，一个油腻中年男人，什么都喜欢揩油。她顺其自然，他心安理得。

油腻中年男，她暂且管不了，但是出租屋里昏睡的赵伟，却无时不在压迫她呼吸。

她与小菊忙乱了半天，终于坐下来。出租屋门口一有脚步声，她们就瞪大眼睛，互相望望。天黑透，她们没开灯。

"已经给他打了足够的镇静剂，等他醒来，我们早就在海上了。"

"万一提前醒呢？"

"走之前再灌些安眠药水！"

"万一房东什么的来呢？"

"检查一下！所有费用都缴清。"

沉默。不远处，锅炉房突然放汽，像一声怒吼。她感觉同一条板凳上的小菊猛地一抖。

她暗自又盘算了一遍钱，浮上来一个念头。

令她奇怪的是，来快捷酒店接她俩的是一辆特种车。她俩犹豫时，司机聒噪起来："爱上不上，租车还按小时算啊。"

看着车窗外的灯光，她蓦然悲伤起来。不祥的预感笼罩在头顶。灯光越来越稀，她简直要哭出声来。小菊神情呆滞，目光盯着脚跟前的密码箱一动不动。

她看看表，赵伟药性应该已经过了三四个小时了。

快捷酒店的窗帘挡不全窗户，太阳光从一头钻进来，缓缓移动到另一头，她们盘腿坐在床上，看看密码箱，看看光影，什么都没吃，什么都没做。

特种车像殡仪馆的车子。箱子像个棺材，她们被拉着去出殡。她哀叹一声，声音传到小菊耳朵里。小菊抬起头，头发散乱，眼神飘忽，抖抖索索蹦出一句话："蔻蔻，要不我们去自首吧？"

她一下子冷静下来。她仔细想了想。用力点点头，算是答应了小菊。

她拍拍通往驾驶室的气窗。驾驶员按照她要求把车停在路边。她跳下车厢，转到车头，跟司机说了几句话。

司机收了她几张票子，点了点头。

风有点大，海腥味夹杂其中，让她重新兴奋起来。

小菊似乎还在梦里，被拉她下车。小菊站在路边，迷糊地问："为什么停车？"

她望着黑夜里海洋的方向，若有所思地往旁边移开几步。

司机上车发动汽车，突然，猛地倒车，直往小菊撞过来。小菊慌忙躲避，跳开好几米。见状，她连忙扑向车厢，身子还没完全进厢体，就拼命拍打车板，连续尖叫："快！快！快！"

特种车像公牛般怒吼着向港区奔去。她趴在密码箱上，回头看到尘土中一个人影张开双手，挥舞着、追赶着。

"唉！"她松下来的心，竟有一丝小伤感。

问：这是《犯罪嫌疑人诉讼权利义务告知书》，送你阅读。

答：好的，我仔细看看。（阅读告知书约三分钟）我看懂告知书的内容了。

问：姓名？

答：陈可。

问：出生年月日？

答：1986 年 6 月 21 日。

问：职业？

答：银行出纳。

问：家庭成员？

答：丈夫武澄，经营保健品公司。儿子武骐，三岁。

问：被捕经过？

答：前天晚上，搭乘偷渡船出海，被缉私艇拦截，警察上船把人和货都带走。

问：你准备偷渡到哪里？

答：南美巴拉圭。

问：为什么选择那里？

答：因为巴拉圭可以把人"漂白"。

问：你为什么要"漂白"。

答：我犯罪了，想要换个身份！"漂白"自己，重新开始。

问：你犯了什么罪？

答：贪污银行公款。

问：数额多少？

答：超过六千万元。

问：这些钱呢？

答：绝大多数被我输在网络赌博上了。多下来的买房买车，炒了股票，帮老公开公司等。

问：说说你的作案经过。

答：六年前的一个炎热夏天……

路 口

　　林丽喜欢戴耳机听城市广播电台节目。有一次，她在末班公交车上被一对恋人的爱情故事感动得眼泪直流。今天，时间还早，情感类节目还没有开始，新闻一直插播路况，全是拥堵。她脚步轻松地，甚至有点跳跃地走向地铁站。

　　刚才，她打电话给比萨饼店请了假。换掉工作服，走出高楼的时候，几个男人还回头看了看她。她心情很好。地铁在眼前闪过，她看到晃动着的自己的模糊影像，长发披肩、身材高挑，一身黑底白圆点的连衣裙。进地铁时，她将咖啡色小包拉在身前。

　　"现在插播一条突发新闻。本市中华路和人民路交叉口的捷讯大厦发生火灾，消防员已赶到现场，事故原因正在调查中。"

　　消息播过十秒钟，林丽才觉得捷讯大厦有点耳熟。一时想不起来，她拿起手机在百度上搜索，原来是刚建成不久的商务楼。列车到站，一个胖男人迈出车厢时，把林丽的胳膊带了一下，林丽突然想起，儿子曾经说过，公司总部就在那里，他隔一段时间要去一次，送报表、材料什么的。

开开心心出来，现在林丽心中似乎又有点梗。她不由得轻轻叹了口气，开始关注这次火灾的进展。网上已经有人发出火灾视频，着火点看上去在中高层区域。听儿子说，总部还有展示大厅，那么应该在底楼。林丽索性拨打儿子的电话，没人接。她烦躁起来，在微信上写了留言："我正乘地铁前往万家灯火酒店，你也抓紧点。我在一楼大厅订座了，报林女士就可以。"

发完一条，感觉不够，再追一条："捷讯大厦起火了。"想再写"早点到""不要迟到"之类的，怕儿子烦，就收了手。她怕打字，跟姐姐聊天都是语音往来，弄得顺了，也给儿子发过语音。他一条都不读，说不方便听。

她小心翼翼地维系着与儿子的关系。有一天，她在高楼里工作时，看到平时少有人走的三十层楼道不显眼的角落里，结了一个小小的蜘蛛网。她把手中扫把挥向蜘蛛网的一刹那，僵住了。蜘蛛网困住了一只飞蛾，它扑腾一番，差点儿逃脱，只有一根蛛丝吊住它。蜘蛛体型比飞蛾小多了，它先试着拉起那根蛛丝，可蛛丝反而往下掉了点，于是，它轻轻地顺着自己吐出的丝，滑向猎物。看到蜘蛛与猎物碰在一起，林丽撤回扫帚，转身走下楼梯。

从那天起，她每天接连不断地问候儿子，不管他有没有反应，她遵循从蜘蛛身上悟出的"主动出击"法则，毫不气馁。当儿子对她发出的"喝咖啡"邀请说出"随便你吧"，她兴奋地冲到三十楼去找那只蜘蛛，然而，启发她的蜘蛛被其他阿姨清洁掉了。她难过了好一阵。

列车进到目标站。林丽甩了一下头,几缕时髦的棕色头发拂过眼角。今天是好日子,她抿抿嘴,跨出列车,朝出口处走上去。

初夏,是这个城市最美的时节。耳机里传来林忆莲的《当爱已成往事》。林丽知道林忆莲的歌很难唱,这首歌曾经伴随她几乎崩溃的那段时间。到后来,她甚至出现了幻听,仿佛所有声音都是这首歌的变音。

她所在的乡村小学,没有乐器设备,教语文的班主任隔一段时间教唱一两首歌。这是她最喜欢的课程。其他课本都散发着讨厌的油墨气味。

一天午后,她倚在破旧教室门框上,一边嗑瓜子,一边哼唱《让我们荡起双桨》。应付县里检查无头绪的校长走过她身边,忽然有了新策略。

调研组领导们听林丽班主任的公开课。班主任在讲授"情景交融"时,让林丽站起来清唱《送别》。她已经练了两个多星期,每天中午、放学后,都要到班主任办公桌边,一句一句跟着歌曲卡带练。练多了,一听到这旋律就想呕吐。与歌唱家的声音相比,永远都学不像的心理阴影越来越大。

县里领导们离开学校前,都对倚在门上嗑葵花子的林丽挥了挥手。校长和班主任过来,给了她两支中华牌铅笔和三块双色橡皮作为奖励。这是她学习生涯中得到的唯一的奖励。而过多的来自生活的打击和意外,她早已将自己这一点可以称为小小"天赋"的东西抛到九霄云外。

当垂头蹙眉来到大楼物业管理处应聘时，她已经三天没有吃饭。管理处工作人员只是看在她身高的分儿上，才以城市最低工资标准试用她一个月。

半年里，她低头走路，遇人贴墙、侧身，很少开口。但是她却度过了有生以来最清凉、安静的夏天。大楼全天恒温在25℃，她宁愿天天加班，天天在有质感的耐磨地毯上静静地走着，时间把心中块垒一丝一丝地抽走。

物业公司中秋节的歌咏大会，是个转折点。林丽原本是一个看演出的新员工，分部的一个喜欢唱越剧的阿姨发高烧，急得主管大吼："谁会对付几句？"她犹犹豫豫举了手。

她选了《当爱已成往事》。乱糟糟的现场，她"往事不要再提"一出口，大家的目光立刻聚焦到小舞台。风雨、爱和恨、断了过去……唱着唱着，她像一支点了火的火箭，刺穿云层，不可阻挡。她的声音往上飘，眼泪往心里流。她早就忘了歌词，只是在旋律里翻滚、释放。声音收住后，她浑身打战，脚步踉踉跄跄。全场静默无声，过了五秒钟，全体起立，热烈鼓掌。她得到歌咏一等奖。

她渐渐恢复了以前的一些活力：微笑、爱美。擦卫生间玻璃的时候，她猛然间发现自己的脸有点红，嘴唇微微张开，下意识地在哼唱着什么。难道自己真的就这样一直过下去了吗？她紧紧闭上嘴，用力把玻璃擦得更亮。

林丽低头走过地铁站拐角，一个卖唱歌手震天响的歌声把林忆莲的声音压没了。林丽踩着无声的节奏，斜斜地瞄了一眼那个摇滚男孩。

这个男孩看上去跟自己儿子年纪差不多。她从咖啡色小包外拉链里挖出几枚硬币，丢进正方体纸盒上大大的圆洞里。硬币发出"噗噗"的声音。男孩边唱边对她鞠躬致意。她不好意思起来，加快脚步离开路口。

快步走了一段路，她缓下脚步。想到自己总在逃避的样子，又叹了口气。

上次与儿子吃完饭，从乡土菜馆出来，他们谈着辣子鸡里鸡肉没几块、冬瓜排骨汤里全是冬瓜、三鲜炒面油都汪出来。其实，她认为饭菜味道并不重要。重要的是，她和儿子面对面坐了两个小时。儿子虽然话不多，但是毕竟听到了她的话。她把自己想说的话，断断续续、有明有暗地倒出来。儿子反应并不强烈，而表现出一种令她摸不清的麻木。

走到大马路上，儿子问她是不是一起坐地铁。她清楚儿子与自己住的地方相隔并不远，同一条线同一个方向。可她连忙朝相反方向的公交站点走去，嘴里还解释："你乘地铁吧，我坐公交方便。"儿子对她做了个表情，朝相反方向走去。

站在兜大圈子的公交车上，她看到每个行走的年轻人都与儿子相似，低头看手机，他们发出的成千上万条信息，有几条是发给母亲的呢？她非常想告诉儿子，自己所做的一切，都是为了他好。对他的要求，她都答应，除了那一桩。

儿子出生时，林丽和郑强已经在城里。儿子只是像游客那样回过乡下，骨子里完全脱离了农村。林丽对此既欣慰又感伤。儿子再也不会看到黄河泛滥时的浊浪滔天，闻不到麦田收割后醉人的清新气息，听不到旷野里数不清的雷电轰鸣。

郑强每天都在外面忙生意上的事情，接送儿子到民工子弟幼儿园、小学，都是林丽的日常。她当时在一家大型百货商场的著名品牌鞋柜工作，经理说她修长的腿很美，特意嘱咐她穿自家品牌高跟鞋上班。有一天，她把鞋穿回家，郑强和儿子围着她啧啧赞叹。那时，天是蔚蓝的，风是舒爽的。

她家与郑强家相隔一条河，却分属两个乡。她姐姐嫁到郑强邻居家，她经常去玩。郑强要么在打麻将，要么在打牌，都是带彩头的。她在边上看着看着，觉得郑强拥有超强的脑袋。他算牌精准，牌风也好，每次都赢不少钱。

郑强还有与其他追求林丽的乡村小伙子不一样的地方，是他喜欢看书，特别是电子信息、电脑技术等厚厚的书籍，他没几天啃完，就能说出个大概。

林丽初中毕业后在家闲了几年，跟村上姐妹一起去了东莞。电子厂流水线工作她整整做了两年。两年间她和郑强没有联系。春节前，北上的绿皮火车里，林丽的骚动被硬生生地挤了出来。年初二，她就到姐姐家拜年。姐姐跟她说，郑强好是好，就是喜欢赌。林丽心里挺别扭。那个春节，郑强没有回家乡。

要是就此没有再遇见郑强，她这一辈子可能完全不同了。林丽又叹了口气，一抬头，自己工作过的百货商场赫然挺立在眼前。

林丽对美好生活的向往从这里开始，也在这里毁灭。

那天晚上，商场就要打烊。林丽跟邻近柜台的胖姑娘打了招呼，去洗手间。她刚把隔断门锁上，电话就来了。

电话里严肃、纯正的普通话还在继续，她的手机已经掉在地上。她先是无声啜泣，接着放声大哭。洗手间拥进很多人，大家让她打开隔断锁，但是她已经瘫软，手脚无法动弹。

她被胖姑娘驮出去的时候，睁眼看到了豪华大理石上闪耀的星星灯光，她想起了与郑强的那次相遇，也明白，从此自己的生活将跌落到镜面之下。

林丽去了趟北京。她把儿子交给在同一个城市的郑强的妹妹。儿子临别时问她去哪里，她说去北京。儿子嚷着一起去。她别过头，泪水长流。

这是她第一次去北京。当时最快的是"夕发朝至"车。她靠着窗户，怔怔地看夜色一点点浓起来，又一点点淡下去。虽然北京的一天从冬日暖阳开始，但是她只感受到彻骨的寒意。

隔着看守所的铁栅栏，郑强仍在一遍一遍地算账。他被剃了光头，显出头顶的一块紫色胎记。她盯着胎记看，那张熟悉的脸，因为顶了个怪怪的东西而变得陌生。不规则的胎记，象征着他的另一面啊，想到这里，她心里猛地一惊。她责怪自己，怎么就没有看透郑强呢？

东莞的工厂倒闭后，她和四个姐妹来到昆山。台资企业就像码头招搬运工，十个人当中只能录用一两个人。五个从南面来的姑娘，站在江南细雨里，盼望着自己的名字从尖嘴猴腮的 HR 经理的嘴里报出。

送走未被招用的姐妹们，林丽更觉孤单寂寞。太阳很大，她贴着商店、宾馆的廊下边看边走。似乎有人敲厚厚的玻璃窗，沉闷的声音让她想到打雷，她抬头望望大太阳，心里有点迷惑。

郑强跑出那家五星级宾馆，当街大声用方言叫着林丽的名字，包括林丽在内的好多人都回头看。那个穿长袖白色衬衫、打着蓝白条斜纹领带的小伙子，难道就是郑强？林丽不敢认。

郑强自称在谈一个项目，具体内容林丽并没在意，也听不太懂。当时林丽坐在大堂咖啡厅里，思绪已经很乱。服务员给她上了一份带奶油的咖啡，上面显出一个心。临走，她都不敢动这个形状。她不想让这颗心破碎。

当她按照警察的要求，把他犯罪罚没的钱凑上后，才知道总是衣着光鲜的郑强从他们重逢的昆山开始，就一直在做"小额借贷"生意，办案警察看她还是搞不清的样子，就提醒她："这俗称高利贷。"

林丽心头一紧，高利贷是要死人的。事实上，郑强他们在北京放了一笔款子，事主是个私营老板，郑强通过分析认为他不可能还不出钱，而是想赖账。他们绑架了老板的儿子，提出赎金要求。老板报警，警察很快把他们抓获。

最后一次见到郑强，他已在监狱服刑。他不停地看她身后。

"儿子没来。"

"下次把他带来，让我看看。他长多高了？该上初中了吧？"

"没有下次了。"

他露出惊讶的神色，很快恢复自然。

"我们离婚吧。"

"儿子得归我。"

"不可能。"

"你让儿子住他姑姑家，也不妨碍你今后的生活。"

"我考虑考虑。"

"不用考虑了，这是我唯一的条件。你也不容易。"

当时，一个出租车司机看上了她，她把事情全都告诉了司机，司机还是不放弃追求。她只好来找郑强。

郑强点头答应她的时候，她突然看见那块紫色胎记竟然变成了红色。她有点惊恐，越发觉得儿子住郑强的妹妹家不是陷阱，也是一个计谋。但是她无法抗拒，她想让儿子得到良好的生活与学习环境。郑强的妹妹一直单身。

"万家灯火"是最近冒出的网红餐厅。她跟儿子一说，他就报出哪几道菜人气高。随后他又表示，自己无所谓。

网红店订座时间要求很严，五点半到六点之间，就取消预订。林丽五点四十分进餐厅，门口已经有一小支队伍在等座。

她订的窗口四人卡座空荡荡的。她先靠窗坐下，随即调整位置，占了靠走廊的座位，还把小包放在边上。这样，男孩、女孩只能并排坐她对面。

点单用微信。她扫了二维码，没有先点菜，问服务员要了一杯白开水。

时间一分一秒过去，餐厅不到六点已经满满当当。她随着餐饮高潮紧张起来。毕竟，这是一个小小的"圈套"。

近段时间，她在微信上给儿子留言，几乎很难得到他的回复。急起来打电话，有时他不接，即便接了也说不到几句话就挂掉。一次，连续一个星期，儿子没有回她一个字。她只要裤兜里一振动，即使趴在卫生间里刷马桶，也要立刻脱掉橡胶手套看手机，看是不是儿子回信。黄昏的光线有点晃眼，她把手机高举过窗户，原来又是商铺推介广告。办公楼里的领导和职员都下班了，只有冷气"呼哧呼哧"地向外吐气的声音。她放声大哭，手机掉到地上，屏幕碎成一朵花。抹布落进马桶，洗涤液好像流成一条蓝色的河流。哭完了，她重新打扫了一遍卫生间，念了无数遍"南无阿弥陀佛"。这是一位陌生的河南大姐告诉她的，只要念一念这句话心中所求就会被知道。

当天晚上，儿子给她回了微信，不是一条，而是几十条。她相信佛、菩萨显灵了。屏幕碎了，不妨碍她了解儿子的近况。她的心也碎了。

但是，打电话过去，他又不接。她以和儿子同样的方式度过了一夜：失眠。郑强的事情，以及前前后后种种不顺心，她都很少失眠，但是儿子失眠、焦虑，仿佛连着她的神经。最近社会上抑郁症爆发式增长，惨烈的结局不时在耳机里听到。悲剧真的离自己这么近吗？那一晚下来，她觉得自己马上要疯。

主管检查卫生质量，察觉她面色差、情绪低、做事走神。自从唱歌才艺得到大家认可后，主管对这个沉默寡言、面目清秀的高个子阿姨高看一眼。午休时，主管拉她坐在花坛边聊天。主管是个懂沟通艺术的女人，先跟她吐槽了一大堆自己生活的不如意，丈夫酗酒、婆婆悭吝、公公好色，等等。作为交换，她不得不把儿子的困境说出来，但是她仅说了儿子。

主管一拍大腿："哎呀！这有啥难？给他介绍个对象，全都OK！"

那年黄梅天的一个黄昏，郑强的妹妹开车来把儿子接走。往后备厢塞箱包的时候，林丽闻到了一股浓烈的香水味，眼睛酸起来。她调整好呼吸，刚站直身子，突然发现儿子站在她身后。他背了一个绿色书包，一头汗把头发末梢都弄得刺毛毛的。

"你不要我了？"

她把儿子头发捋顺，说不出一句话。有一大块委屈团在喉咙口，开口就要喷发。

儿子低头上车。车子拐弯很久，她才慢慢走回一家三口租住多年的一室一厅公寓房。房间在三楼，她一步一顿，一步代表几个月。

房间正中，堆放着她那点可怜的家当。她从南到北，仔细观察变卖掉家具后的空荡荡的已经不是家的"家"。

卧室朝南，面积很大，刚入住时，大床边还搭一张小板床。她最喜欢看儿子睡着后的表情。一会儿，眉头皱得紧紧的，小脚有节奏地牵动；一会儿，他嘴角往上翘，"嘻嘻"笑出声来，把手举过头顶。她摇醒郑强，两人趴在床沿静静地看儿子。他们争论着儿子像谁，结果总是她获胜。

司机等得不耐烦，上楼来找她。把东西一样样搬下去后，他又在路边等了很长时间。林丽听到楼下催促的喇叭声，前后左右又扫了一遍，纱窗上有个角破了，她用丝线补了，现在又裂开了。绿色窗帘飘飘荡荡，儿子也飘走了。

司机家有多个房间。他女儿住北面的小卧室。她从不理睬林丽。林丽感觉自己只不过是个寄宿者。开始一两年，他还主动接近她，路过超市会买点廉价零食给她。那时，她还存有与司机结婚的想法。

希望和理想的破灭，都是一件件琐事积累的结果。司机身上有很多缺点，这不影响什么。但是如果危难关头不帮自己呢？这是个大问题。林丽抛出一个试探球。司机的实际行动让她沮丧。

梦里，林丽时常回到故乡原野，在广袤田地间奔跑、呼喊。上了年纪，城市生活的鲜艳色彩逐渐退却。乡村宁静，甚至有点僵化的作息，对她有强烈吸引力。她在镇里订了一套简陋商品房。她盘算着自己的积蓄和还贷能力，打上两份工，基本可以应付。她跟司机好多年了，于是，她告诉他买房的意向。

这个浓眉大眼的男人当即拍胸脯支持她三万元。司机妻子遭车祸去世，保险公司赔偿了一笔钱。受益人理所应当是他们的女儿。但是林丽知道司机钱不是太紧张。别人早上六点出车，晚上不到十点决不收工。而他只做半天，他搭档的工时是他的两倍。他的两大爱好：喝酒、买彩票。一本本女儿用过的练习册空白处，他用红色水彩笔画彩票数字曲线。这些本子堆放在他躺的那侧地板上，只要醒着，或者梦中惊醒，他都要随手记下灵感数字。

三万元不是个大数字。他一忘再忘、一拖再拖。新房钥匙到手，林丽再没有提起那个数字的力气。

两个人每天躺在同一张床上，各自想着琐碎的杂事。林丽唯一不想的就是结婚，她最想儿子。

林丽喝一口白开水，低头刷微信。

捷讯大厦火灾已成朋友圈转发的热点事件。"知情人"爆料，捷讯大厦内某公司内闯入一讨薪人。劳资双方矛盾升级，公司叫来保安。争执过程中，讨薪人突然点燃携带的汽油瓶，引发大楼火灾。

儿子曾跟她抱怨工作累、工资低。她劝他大学刚毕业能找到稳定工作已经很不错了。不过她心里还是堵得难受，一周上班近六十小时，拿实习生工资。如果能够把这些工作量压到自己肩上就好了。

微信上说，讨薪的是个年轻人，她的心又紧了起来。马上六点半了。她打儿子电话，连续三次，还是没人接。她急得站了起来。

看她突然站起身，门口排队的人立刻向服务员示意。她又慌忙坐下。

儿子出现在她眼前，她反而一愣。

"打什么打？我人都在门口了，还不停地打。"

儿子一坐下来就抱怨，她一口气松下来。

"刚才捷讯公司火灾，据说是有人纵火，还是一个讨薪的年轻人干的。"

"哈，你认为纵火人是我啊？"

"不要瞎讲，我担心你正好去总部送报表、材料什么的，碰到危险。"

儿子皱皱眉头。这个动作很像郑强。郑强在打牌的时候，会不自觉地皱眉。在危急关头，眉毛也会打成一个重重的结。

几年前，林丽和司机还有结婚可能性的时候，和儿子单独碰了个头。当时，儿子正在长个头，一身篮球运动装，人又高又瘦，背有点儿驼。

她试探着说:"你爸判了这么多年,你马上高中毕业读大学,我这个年纪也挺尴尬的。"

儿子眉头紧锁,没说话。

她硬硬头皮继续说:"如果我再有个家庭,你有什么想法?"

儿子突然抬起头,眼里全是责怪,话里充满斥责:"你是不是现在就有了?"

"没,没有。我没有。"她惊慌地低下了头。

"我只有一个家庭。"儿子坚决地说。

"可我已经跟你爸离婚了。"她感到委屈。

"他是我爸,你是我妈。"

空气凝固。林丽没有再说下去。她住的地方,在儿子脑子里,一直是简陋的集体宿舍。

今天不能出岔子。林丽这些年从商场营业员、物业管理员、清洁工姐妹那里学到不少经验。

与郑强离婚后,她第一个念头是回老家。她极度厌恶城市,城市把人打磨成精怪。但是,同一个城市里,还有她儿子。日常生活都与她无关,可一旦有什么紧急状况,儿子比她自己重要得多。她每天念"南无阿弥陀佛"。找无须用脑、出卖体力就能糊口的工作。

她排斥用脑,但是此时,她不得不动足全部脑筋。

"那个心理医生还没来吗?"儿子在手机上翻看菜单,勾选了几个他喜欢吃的菜。

"你最近睡觉怎么样?"

"还那样。现在躺到床上就有恐惧感。"

"你也工作了，个人事情上有什么考虑？"

儿子摇着头，说话声音低下来："我还能考虑什么。"

林丽的心猛地被扎一下。

高考志愿填报时间截止前，班主任心急火燎地打电话给林丽。

林丽费了一番周折，在一所大学篮球场上找到了儿子。复习、考试、填志愿，都是儿子一人。她实在说不出什么来。按照老师的说法，以他的分数完全可以填一个更好的学校和专业。但是他填了听力与言语康复专业。

汗水顺着他瘦削的下巴滴滴答答往下淌。她拆开一包餐巾纸，抽出两张去擦儿子的脸。他避开了，卷起运动汗衫抹了一下头。

"你为什么放弃喜欢的化学专业？"

"现在我不喜欢了。"

"你打算一辈子跟残障人士打交道？"

"我就是残障人士。"

"你胡说什么？"

他用手指戳戳胸脯，反问她："难道不是吗？"

她很想告诉他，每天午饭后，她都会一个人坐在无人经过的楼道里，摸出钥匙扣里他十岁时在照相馆拍的照片。有时看着看着，她觉得幻觉太多，只有照片真实。伸只手进去，就能把儿子牵出来。回到那段日子，她绝不让儿子离开自己一步。她把所有话都咽下去，内心有愧。递给儿子一个装着六千块钱的信封。

儿子去遥远的西南读大学的几年间，只回来过三四次，每次跟林丽吃一顿饭。他的话越来越少，蛮烟瘴雨阻碍了他们交流似的。

目前的工作与他的专业没有关联。每天在网络上搜寻相关资讯，做成分析报表供总部研发产品参考。

林丽长吁一口气，看儿子刚才点的菜。

"现在心理医生收费贵，预约难。我帮你约了个护士。"

"护士？"

"她是我们主管的亲侄女，卫校毕业三年，已经是市里医院大内科的主力护士了，人很漂亮。"

"你，你怎么能骗人呢？"儿子忽地起身。

"等等！"在心里演练过无数遍的话从林丽嘴里倾泻而出，"我知道你恨我，也知道你在同学、同事面前背着沉重的包袱。这是你爸和我给你带来的不幸，我们对不住你。我经常一个人走路会出神，觉得自己好傻，这么简单的选择题当初怎么就一选就错，错了又错呢？也许你也这么认为。我想了很久都没弄明白。我拜佛，腰腿酸了、眼前冒了金星，没找到答案我还坚持着。后来，一瞬间，什么知觉都没了，人似乎在黑暗中飞行，目标是前面的一点光亮。但是，我总也飞不到，那个亮点永远那么小、那么渺茫。我在心里'哎'了一声，光亮消失，声音、气味、酸麻一下子回来了。我猛然明白，这就是我的命。现在，只有你恋爱了、结婚了，我一颗心才能有着落。"

"那么，爸爸呢？"

儿子声音很轻，林丽耳朵却震得发烫。

"姑姑咨询过监狱方面了。今年年底，爸爸就可以出来了。"

郑强表现好，获得减刑，提前五年释放。这个信息林丽清楚，可她始终不愿面对现实。比萨饼店的日历是她负责撕的，每次她看见绿色数字翻新，呼吸都变得沉重、杂乱。

她没料到儿子直接揭开她最脆弱的伤疤。

她打第二份工，为钱、为耗掉时间和精力，尽量晚地回司机家。这家比萨饼店是著名的意大利连锁店。前台的服务员都是学生或者实习生。店长看她长得端正，寡言少语，让她负责清台、翻台。她手脚利索、整理干净，打烊后她再检查一遍所有凳椅再走。

有一次，她发现靠窗的一张桌子下有个篮球。她坐下刷微信、打游戏。大约一刻钟，有人敲窗。一对父子正对她做手势，指那个篮球。

她重新锁门，她停住了手。灯光下，父亲快速拍打篮球向前，小孩晃着大脑袋、迈着小碎步，张牙舞爪地追赶。她一直看他们穿过广场，消失在绿化带后。她重新坐下，取出儿子的照片。两块肥嘟嘟的肉长在脸颊上，显露出一点骄傲神色。一双微眯的眼睛，试图把调皮藏起来。广场上空空荡荡，回忆却装不进来。

"你有什么想法？"林丽脑子里留出了足够的空白迎接儿子的建议。

儿子仰起头，目光扫向窗外。

"我的想法很简单，我们是一家人，就应该在一起。"

"不，这绝不可能。"林丽回答速度之快，自己也吃惊。

这个问题林丽暗暗自问很多年了。而明着问的人，儿子是第一个。即使她回老家，亲戚们都不会提郑强的事，而是热心参谋再找一个。随着她在城市里越待越久，三姑六婆也就渐渐闭上了嘴。

"为什么？"儿子显然有点冲动，"是因为他是犯人，还是你有了？"

林丽头靠到椅背，随后稍稍往前倾。她不想说太多，只说："反正我和他再也不可能在一起了。"

"你听说过鸳鸯的传说吗？一对鸳鸯一只死了，另一只也将赴死，或者终身不再另找配偶。"

"即使我相信这个传说，我也不会做里面任何一只鸳鸯。我有我的生活，即使很穷很糟，也是自己的。"

儿子似乎看到林丽脸上的什么，忽然闭了嘴，低头玩手机。林丽伸手摸了摸脸，湿漉漉的一摊。

两人沉默了一会儿。

儿子突然冒出一句："我不想继续做下去了。"

林丽吃了一惊："你想干什么？"

"我还没有想好。"

林丽端详儿子的脸，遗传力量真强大。

郑强当初做的就是一步登天的梦。多少次，有些话到了嘴边，她硬生生地咽下去。今天，她觉得应该将郑强的事情告诉儿子。

"我离开你的时候，你还不大懂事。你对我们的印象，基本都来自你姑姑的描述。她尽量让你感觉你爸爸只是一时误入歧途，显然她在偏袒他。虽然她并没有妖魔化我，但是把一大半责任推给我。现在，我向佛、菩萨起誓，我所说的只是为了还原真相，没有其他目的。"

儿子慢慢放下了手机，呆呆地望着林丽。窗外街灯亮起，行人三三两两穿行在车流间，商场巨大的电子屏正在播放《向往的生活》电视预告片。

"什么是向往的生活？"林丽冷不丁插了一句。

儿子想了想，还搔搔头皮，最后摇摇头。

"当初，你爸爸就是想天天住宾馆、吃馆子，酒足饭饱后打上几圈牌。小赌也就算了，他想各种理由借钱。后来，我们几乎欠了所有亲戚的债。有一年，我发现他在外面找女人，一气之下抱着只有一周岁的你去了温州。我什么都不会，只能背着你在一家饭馆洗碗、扫地。三个月后，他找到了我们，承诺痛改前非，坚决要带我们回去。我心一软，跟他回来了。他消停了一阵，我带着辛辛苦苦积攒下来的钱，一一登门，还清亲戚们的债。但是，好景不长，骗术升级。他打着投优质项目的幌子集资。在高利息的诱惑下，一些人把钱投向他的皮包公司。他把后来者的一部分钱还前面的利息。他的所谓投资，除了放高利贷，就是赌博。有多少钱，他就赌多大。"

林丽一口气说完这些，喝一口水，补充一句："你模模糊糊感受到的一家三口的幸福生活，其实并不那么美好。那是你渴望的、幻想的生活图景。"

街上响起警笛声，由远到近。林丽往外探望，看不到警车。

"如果警车是来抓我的，你怎么看？"儿子静静地盯着她。

"抓你？怎么可能？"话是这么说，她的心还是提了起来。

"如果捷讯大厦的火是我放的呢？"儿子的笑带着俏皮。

"不许胡说！"她脑子里一连串问号开始浮现。

警车出现了，不仅声音刺耳，连不断闪烁的红蓝光也打到林丽手中的杯子上。她看见自己的手在微微抖动。她闭起双眼，神情痛苦。

"你相信我的话了。"儿子的话里透出悲伤。

林丽睁开双眼。警车渐渐远去。

"我受不了刺激。"

"但你刚才认为我犯了事。"

"对不起，有那么一瞬间，我恍惚了。"

"你不是恍惚，这就是我和你的间离感。是你抛弃了我！背着绿色书包的我，只有八岁。从此我寄人篱下，哪怕一丁点儿的错都不敢犯。我始终觉得自己是一个病人。出生在污泥里，生长在夹缝中。高考的时候，我选了听力与言语康复专业，就是想帮助与我一样身心有障碍的人。可现在，我知道理想与现实永远都有一条难以逾越的鸿沟。除了抑郁，我还感到绝望。"

"我跟在那个人后面上了电梯。我低头看手机，忘了按三层键，等我反应过来，电梯已经快速上行到十多层。电梯里只有两个人。那人按的是三十五层。我捧着资料默默地陪他往上。他看了我一眼，又看了我一眼。

"'实习生啊？'

"我点点头。开始注意他。他年纪比我大几岁，高我一个头，满头乱发，眼睛红肿，胡子拉碴。

"'这些鬼公司，看上去光鲜亮丽，骨子里早已腐败猥琐。'

"我不敢接话。好在三十五层到了。临出电梯门，他对我做了一个竖拳的动作。

"电梯下行，我瞥到电梯角落有个工具包。赶忙随便按一层，停下，然后重上三十五层。

"电梯门开，外面的吵闹声吓我一跳。乱发男人正被几个保安抓着往电梯这边送。几个穿笔挺白色衬衫戴领带的职员胸口叉着手，在稍远的地方昂头张望。

"我喊了一声，对他示意手上的工具包。他犹豫了一下，夺过工具包，瞪了我一眼，露出凶狠面目。

"'快走！'

"我忙返回电梯，电梯门缓缓关闭的时候，我看到他从工具包里拿出了一个瓶子，随手用打火机点燃。我似乎听到了他的狂笑声。

"所以，我刚才说的完全是真话。捷讯大厦的那把火是我间接点燃的。一路上过来，我一直在想，工具包是不是他故意不拿的？如果知道工具包里是汽油瓶，会不会拿到三楼去点燃？我吃不准。"

林丽长时间做体力活的脑子，有点跟不上儿子的叙事节奏。等她弄清楚，张大的嘴巴一时闭不上。

"隔了两条马路，我看到燃烧的大厦，想着乱发男子。我渴得厉害，拼命喝水，水像渗进沙漠一样。当我听到新闻里说，正在追捕纵火嫌犯时，立刻喝饱了。我清楚地记得，离开你的那段日子，我总是去抠绿色书包背带，那个部位是你最后抚摸过的。我抠啊抠，一直抠到背带穿洞。突然间，不再想你了。"

林丽眼泪滴下来，她用餐巾纸捂住双眼，她想把五官全部堵住。

这时，她多想一个人在安静的恒温的楼层里东扫扫、西擦擦，嘴里悄悄地哼着林忆莲的歌。当她有一天离开这个世界时，也希望有个长长的通道，她一边整理，一边朝前走去。前头是静谧的、洁净的极乐世界。

"我准备搬出姑姑家了。"

"住得好好的，为什么？"

"我和同学已经合租了一套两居室房子。"

"还有什么打算？"

"我俩准备办一个听力康复班，帮助有听力障碍的人。"

林丽的心猛烈跳动，但她用缓慢呼吸压住了。她依稀看到几个年轻人在一间整洁的房间里为老人们试戴助听器，为孩子们测试听力。而自己正在厨房里忙碌地为他们准备午餐。窗明几净、鸟语花香。

电话铃声响起，她刚一接电话，就看见餐厅门口一个长发姑娘在对她挥手。

"她来了。"

她对儿子说一声，站起身举高手机，迎着姑娘走过去。

刚才幻想的一切随脚步移动慢慢消失，现实重现。过会儿，她还得回到司机家里，那个地方冰冷如霜。还要每天打两份工，精力全耗尽。再过些时日，郑强出狱……她不敢再往下想。

唯一值得期盼的，就是眼前的两个孩子能走到一起。

她拢拢头发，擦擦脸，笑意从心底发出来。

一次约谈

　　王玉兰拎着塑料袋走出新村，迎面碰到一个常客。客人问了句，去送人啊？她"哦"了一声，就觉得不对头。掉转身，走回水果店里。朱亮不解地问她，怎么啦？

　　她不吭声，在一堆杂物里东找西找。蓝白条纹的编织袋被翻出来，她把它套在透明塑料袋上。走出几步，编织袋发出响亮的嚓嚓声，她觉得很讨厌。接着她目光落到了自己的胳膊上。反复掂量，她才穿了一件黑色薄呢外套，里面衬一件白色半高领羊绒衫。黑白配，是一个客人传授给她的秘诀。走出门，她才知道，秘诀也有失灵的时候。春天天气作怪，昨天还是十来度的阴天，今天太阳一露头，气温逼近三十度。

　　走了一段大马路，路面上全是白腿白臂膀加太阳镜。她右手拎着袋子，左手挎着唯一一只出客用的小黑包。汗有点儿控制不住，她自然抬左手去擦，刚擦两下，手僵住了。啊！脸上刚涂了东西的。小黑包被笔记本、报告单、活页夹和几支不同颜色的笔占领，化妆包被清了出来。

她把脸贴近一家超市的玻璃窗，外面光线太强，她只能隐约望见自己黑乎乎的脸上，只是有几缕头发黏在额头，想象往往比现实来得复杂。她定定神，理了理头发，抿抿嘴唇，口红似乎还鲜红着。超市里一个胖乎乎的服务员对她挥手，她只当没看见。这个猥琐的中年男人到她店里总会顺手多拿点什么，哪怕几个小番茄。对这样的城里人，她内心里是看不起的。

汗把羊绒衫洇湿了。她站在公交站台上想喊停一辆出租车。但是，她的双手似乎都不空，无法抬起来。一辆又一辆空车开过，有几辆还故意放慢速度滑过站台。她看了一眼手表上的时间，离约定时间还有足足一个小时。到学校的这点距离，她甩开脚，走过去都够了。可现在她放不开，她比任何时候都来得紧张。她曾经说过，经历了那场风波后，她知道其实自己眼里只有儿子。

她突然记起来，那天也很热，朱亮只穿了灰背心搬货，一捆捆香蕉在她眼前晃得耀眼，心烦意乱之外，她有个不祥的预感。她告诉了老公，可他只是闷声擦了一把汗，右手上清晰可见一长条纱布。她比他多读几年书，也比他大三岁，事事都显得更精通。她说要去打破伤风针，不能自己盖块纱布就算。结果他发了好几天烧。烧刚退，那帮人就来了。

当时店还小，就他俩轮流看。亏她好说歹说，朱亮把水果送进了店对面的幼儿园。园长、老师也就经常能够吃到便宜、新鲜又好吃的水果。一来二去，店里的水果也就悄悄地上了幼儿园的餐桌。那帮人借口昨天有人吃菠萝坏了肚子，吵着必须赔偿。朱亮刚开口解释，那帮人就开始砸。她开始时冲上去和老公一起阻止，后来她只是静静地站在一边看了。

朱亮被打翻在地，五颜六色的水果杂耍般在空中翻滚，在地上开花。简易房店面全被掀掉，半个新村的人都在围观。她眼睛直勾勾地盯着新村口的那家安静的水果店。令她镇定下来的仅仅是儿子正安稳地待在幼儿园里面。

空气中传来一股浓烈的焦味，王玉兰偷瞄周边候车的人，没人感觉到异样。公交车还没来，站台几乎站满了人。她深深呼出一口气，再吸气的时候，吓坏了，焦味来自她体内！这已经不是头一次了，但是味道最浓的一次。她再次紧张起来。等会儿到学校一开口该怎么办啊？一辆空出租车过来，她慌乱走下一步，拦住了它。

一上车，她就瞥见光头司机右脸微微牵动了几下。编织袋放在脚下，小黑包捂在胃部，副驾驶空间不大，她有点手忙脚乱。司机对她做个手势，她连忙系好安全带，小包被卡，用劲拉安全带却动不了。司机的脸又抽动了，拍下表计时的同时问了目的地。听到那个全市最著名的高中名时，他又接了句，哦，送货要迟到了吧。

她胃部被勒得紧紧的，但这句话一定要回，我不是送货的，我儿子老师有事找我！司机听到外地乡下女人发出这么大声音，握方向盘的手抖了一下，随后脸又抽了抽。她喊过之后，突然轻松起来。似乎发泄掉什么，最重要的是，来自体内的焦味消失了。

她相信一切都会慢慢好起来的，就像窗外那些樱花、桃花、梨花，到了这个季节就会开放，预示着美好的开始。她想静心看看那些不停闪过的白色、粉色、红色的一团团的花。

可司机不时问些奇怪的问题，总之是不大相信。她已经骄傲地习惯了回答客人、陌生人的那些问题。

一个常客在那个高中招生说明会上碰到她。了解到朱海翔免试免学费保送进顶尖高中时，客人提醒她，女人出门要打扮打扮，不要穿工作服。想到儿子的名字，她就会自然而然地咧开嘴。

其实她和朱亮还没有见过海。怀上孩子的时候，他俩躺在凉席上，四只脚来回摩擦，不时碰到三轮车轮胎、泡沫盒盖、旧报纸，腐烂的水果味飘荡在这个不到十平方米的棚屋里，但是他们心情清朗，就像越过破漏棚顶看到星空一样。如果是女孩，就叫苹儿、桃儿、梅子啥的。如果是男孩，朱亮开始慎重征求老婆的意见。她又在席子上来回伸缩几下，海一定要有，不能被现在的环境憋坏，还得飞起来看海洋的辽阔。就叫海翔！我们没有见过海，就要让孩子在大海上自由飞翔。

出租车像滑翔机一样平稳向前，她望见每个人脸上似乎都是平静、喜悦的，而为什么自己总是心事重重，与众不同？就连从小到大从没让她操过心的海翔的学习成绩也出现了问题。现在离高考不到八十天。以往，只要头靠枕头，她就能睡着。春节前，搬进新买的新村里的二手房，蓝印户口躺在床头柜底层，她却没有睡过一个完整觉。

她最喜欢跟熟客聊高考话题，但是海翔一出现，说话声就戛然而止。她赞同一些热心客人的意见，高考没有完美结果，上到高考状元，下到奋力挤三本的考生，都各有各的难。虽然海翔的成绩从零模到二模，下滑得令人胆战心惊，可她总觉得这绝不是最严重的问题，几乎在同时，昨天她收到了班主任许老师的约谈短信。她的心咯噔一下，若无其事地做事。朱亮并没有察觉。

她喜欢朱亮，很大程度在于他"心大"。在乡里小塑料厂，女工们使心眼让运输工朱亮多帮自己干活，朱亮倒不在乎，她们却起了内讧。在离开内地、前往哪个发达城市、以什么为谋生手段等关键问题上，朱亮完全听她的。那套二手房，就是她在为一个客人刨甘蔗皮的时候抓住的机会。那人说隔壁邻居要去上海工作急着处理房子。她喊来正在烧饭的大姑姐看店，自己跟着客人去了趟房子里。当天傍晚，邻居回来，她就把房子的事情定下来了，朱亮也去看了看，他就愁钱的事情。

钱，她清楚得很。全部付现，是不可能的。但是她很有底气。新村口的那个冤家店早在五年前就被她拿下，新村尾的桥堍摩托车修理铺也被她接手搞精品水果和鲜花，贷款有了后盾。尽管如此，她还是抱怨外乡人在城里办事难于上青天。况且贷款这种事情也不是送几斤水果就能搞定的，靠的还是经营实力。乡下多的是人，朱亮的姐姐、姐夫、外甥女，她的弟弟、弟媳妇，都成了店里的员工。

房子，她也满意。两室一厅，两个卧室都朝南，海翔住没有阳台的那间。他们尽量不去打扰他。搬进去不久，买甘蔗的客人后悔没自己买，房价过个春节就涨三成。听到这个消息，她心里一动，如果在二手房上一年来回动个一两次，开店的辛苦钱，不一眨眼就来了？

但是，农村传来不好的消息，她母亲在湿滑的地面摔了一跤。她老家、省城医院来来回回地跑了五六趟，花掉房子涨上去的三成钱还不止。"炒房"的火苗一点一点在火车上、长途汽车上被她自己掐灭。她开始相信因果报应。

刚到这个城市的时候，她就怀孕了。她又羞又恼，还没有赚到钱，就要添丁。后来她发现，只要她以孕妇相站到三轮车前面，这天的水果就卖得特别好。朱亮受人点拨，高价买回一台电子秤。平时他不敢过分，分量上就多加三五个点。下雨天或者嘈杂的夜晚，朱亮憨厚的外表、耿直的语言迷惑了大多数中年以上妇女的心，他把分量有时多加了十几点。

水果批发市场去多了，朱亮掌握了催熟剂、保鲜剂、甜蜜素等的使用方法。她并没有多加干涉。妊娠反应让她注意力只集中在如何少吐上。最重要的还是钱。她不能眼看着水果就这么烂掉，或者吃口不好。朱亮戴着橡胶手套，往水果上涂抹，把水果按到稀释过的溶剂里。他不许她进棚屋，浓烈的气味会损伤小生命。

不久，人们发现了电子秤的秘密，同时也发现了棚屋里的瓶瓶罐罐。看在刚刚呱呱坠地的海翔面子上，大家只拿走了秤，砸碎了瓶子。

朱亮当着大家的面，发誓再不做那些下流手脚。他就是这样，说到做到，这也是她喜欢他的重要原因之一。

但是，她心里还是隐隐担忧。海翔出生的时候，他们蝇营狗苟、狼奔豕突。万一孩子出了什么问题，等于现世报了。

别人在出摊的时候，也有背着孩子的。但是她始终与海翔面对面，挂在胸口一整天，时不时她和儿子的脸碰擦。从他的唾沫、眼泪、呕吐物中，她都闻到一股甜蜜的奶香。晚上平躺在板床上，她听到脊椎骨咔啦咔啦的复位声。海翔会爬了，会走路了，会说话了，她左看右看察觉不出问题，渐渐地放下了心。

幼儿园老师顺路过来挑选水果时，告诉她一个消息，让她大吃一惊。她立刻想起自己的一个梦。那是她童年做的梦。她在村头捡到一张粉红色蜡纸，晚上她枕着蜡纸入睡。

梦里，幼儿园是粉红色的，园里的男孩女孩都穿粉色衣服。但是她却穿着铁灰衣服，被镂空的铁栅栏挡在外面。男孩女孩在玩数学游戏，他们分成两队，每队出一个代表，互相提问。每次女孩问男孩问题，男孩总是轻松答出。男孩问女孩，她都知道答案，女孩们却全不会。她高声地在外面报着数字，那些女孩回过头，以讥讽的眼神看她。只有那个男孩，远远地对她竖起了大拇指。

她没想到海翔居然成了这个问不倒的梦中男孩。老师边吃哈密瓜，边用纸巾擦嘴角滴下的浓稠汁液，神情夸张的脸拉得更长。海翔还在小班，二十以内的加减法却已熟练掌握。

老师挑了三只瓜，推搡中，扔下十块钱。望着老师因提重物往右弯的身体渐渐远去，她想只要海翔好好的，老师如果拿得动，所有瓜都可以兜走。

她盯着夕阳看，眼前出现一阵阵眩晕，在梦幻般的金黄色中，童年的自己已经换上粉色衣服，加入女孩队，和男孩子拼智力游戏。开心舒畅之余，她目光扫到铁栅栏，栅栏外，一个灰衣女孩仍孤独地站立着。我是她吗？她是我吗？她低下头，眼前一片漆黑。

再次抬起头，她觉得刚才是幻象，她似乎永远都进不了粉色园子。对面的幼儿园虽然不是粉色的，但是院墙很高。四年间，她进出围墙很多次，却从没确认自己是否真正进入过园子。虽然每次她都会把脚底蹭了好几次才踏上彩色条纹塑胶地，却还是怕掉落下来泥渣。她总是缩在最后一个，使劲伸头伸脑探望。只要有人回过头来瞟她两眼，她就会觉得自己什么地方做错了。她检点全身，掖挺衣服，梳好头发，却仍不自信。

后来，邻市发生一起幼儿园爆炸事件。家长们不许再进园，送货也只能在后门验收、交接。大家都被挡在门外后，她感到一种平等的轻松。

出租车上了高架。等王玉兰反应过来，匝道都走完了。她指责司机绕远路，司机辩解说地面道路修路。好长时间没有进市中心，她完全不知道里面路况。她只能紧盯着飞速蹦字的计程器，但愿赶快到目的地。

车子慢了下来，她的怒火上来。高架堵得水泄不通。司机光头上的汗滋出，一点又一点像露珠浮在宽大落叶上，脸部肌肉还在抽着。她怒了，提高音量，把辛辛苦苦学来的本地骂人方言畅快地试了试。她发现还行，虽然只用过几次，但是发音、语调、语速基本准确，关键的隐喻和内涵把握得很准。司机不时把头探出车窗，没有别过来面对她的勇气。

她感觉内脏又要被火烤焦了。脑子里跳出来的全是让她心急火燎的事情。朱亮身体好好的，突然有一天，一位熟客从美国探亲回来，把她拉到一边，说小朱这个阶段瘦太多，要去检查身体。天天在一起，她一点没感觉。朱亮本来就饭量大，近来吃得似乎更多。海翔在长身体，食量却赶不上父亲。熟客指点重点查血糖。朱亮开始不肯去，后来，自己照镜子也怕了。

检查结果出来后，那个熟客笑着对她说这是"富贵病"。她觉得心里稍微轻松了点，毕竟穷人有富贵在边上总是好的。接着，她缓过神，明白那是骂人的话。病是吃出来的。人是不能干重活了。但朱亮还是照旧吃，照旧干活。她听熟客说，朱亮这样的话，就是在慢性自杀。他打了个比喻，朱亮的五脏六腑现在都浸泡在糖水里。有几天，她的梦里尽是那些脏器被糖水侵蚀的画面，心肝肠胃一点点在融化、消失。

她天天劝朱亮吃药，按熟客提供的健康菜谱吃饭，但是他根本不睬她。他的信条，宁可撑着死去，也不愿意饿肚子活。

多吃会要了你的命！一天晚上，海翔夺过父亲的饭碗，狠狠地吼了一声。她从没见过儿子这样说过话。他总是低头，心事重重地思考着。特别是进高中之后，走路的样子，变成了"7"字。她看着儿子，心里产生酸楚感，那是陌生的滋味。朱亮的麻烦意外地被儿子解决了，他开始吃药，按照熟客指教的方法吃饭。

她才安下心，学校就来了电话。海翔在上课时突然晕厥，班主任许老师叫了救护车已经送到医院。

过一段日子，她回想自己怎么到的医院，竟然完全记不得了。这也成了她的一桩心事。从小，她就把事情看得重，心事一件件积压起来，弄得她脑子发烫、胸口发闷。如果现在就得了健忘症，那么加上朱亮的病，这一家往后可不就完了吗？直到有一天，一个出租车司机来买水果，笑着说那天免费载她去的医院。她给他削了个苹果，让他说说细节，司机说停车等红灯时，整个车子都是抖动的。一下子，回忆全都回来了，她甚至记起来那天司机放的那几首流行歌曲：《小幸运》《会呼吸的痛》《遇见》《思念是一种病》。

许老师年纪不会超过三十岁，却有一股逼人气势。想想等会儿又要碰到她，她再次确认了拎包里的笔和本子。时间居然有点紧了，而前面的车子仍在蜗行。她抓了一把头发，居然真的扯下几根，里面还夹杂着一根白发。

司机手指不停地敲方向盘。司机就喜欢瞎动手指。那天送她去医院的司机吃苹果时，也四处弹钢琴般在店里乱弹。她没收他水果钱。走的时候，他把果核弹到了幼儿园门口。

海翔第一次昏厥是在幼儿园。园长抱着孩子冲出来的时候，她以为他不行了，报应来了。她瘫软躺倒，呼天抢地。园长大声喝住了她，说这是癫痫，俗称"羊痫风"。

上小学，也是园长帮了大忙。把海翔送进其侄女任教导处主任的学校，再三告诫她，不能说没这个城市的户口。园长真是喜欢海翔，还让侄女安排一个懂事的高大女孩坐在海翔身边，不仅不像其他同学说他身上有腐烂水果味，还密切关注他的身体动态。有一次上课，海翔病发，女孩紧紧抱住他，不让他倒下，校医赶过来及时治疗。进入青春期，这个毛病似乎一下子好了。海翔个子蹿得很高，肌肉也在强壮。她觉得这才是高才生的样貌。

但是，医院那一次把她吓坏了。最可怕的病，在于不知道是什么病。她冲进急救室，海翔已经半躺在病床上。她当时的确闻到了腐烂的水果味，在消毒水的衬托下，浓重而怪异。医生、护士都用一种她熟悉的眼神瞥着母子俩。许老师等她喘息稍定，就连续发问。那天起大风，医院的桂花下雨般落地，满地金黄。奇怪的是，她没有闻到一点香气。许老师的问题她无法回答，只能说自己错了，向老师、向学校道歉，至于犯了什么错，该道什么歉，她没去多想，她只想摆脱病房里的尴尬。

来店里的客人，都喜欢问朱亮和她家乡的情况。讲得多了，她总结出自己一套讨巧的说辞，让客人听后，既显出大城市的优越感，又流露出家国情怀，以及对"三农"问题的忧虑。朱亮却总是说俺那里空气好，水直接喝，人不患病。客人在朱亮手里称的水果，远不如她经手的多。她把朱亮打发到后面整理、挑拣货物，不同的客人她都让他们开心满足。

许老师显然是海翔历任班主任中最难搞的一个。她是物理老师，似乎崇尚论证，挖掘事物的最初状态和发展轨迹。医院里的提问，长久缠绕着她。这些一针见血的问题，一针一针扎在她心上。半夜里，她偷偷取出自己存的那张存款单。一阵心痛，下个月就三年定期到了。

花了很多钱，所有的心、脑检查都做了，还是不能确定那天他在教室一头栽倒是什么原因。她逼着医生做出结论，医生只好发明了一个词："非典型性癫痫"。她赶忙拿去给许老师。许老师淡淡地，却又诚心诚意地告诉她一个道理，海翔只能拼身体。

终于挨到高架路有匝道的路口，司机赶忙窜下去。这时，离约定时间只有一刻钟了。王玉兰已经急得忘了骂司机，手指掐手背，绿灯过了一个，手指放松点，遇上一个长红灯，指甲都陷进肉里。

和朱亮来这里前，他俩从未在城里生活过。红绿灯他们是不看的，还有好多警示标识也看不懂。渐渐地，那些具体的他们都懂了。还有一些禁忌她还在琢磨，可朱亮再琢磨也不成。

她给园长送水果，园长四五次当中会收一次，如果是其他东西，园长就不会要。她改变思路，估摸着时间差不多，就送园长一次进口水果。同样的方法，她用到那些教过海翔的老师身上，效果都差不多。她觉得自己的智慧全使在给儿子创造良好的环境上，也是用在了刀刃上。但是，到了许老师这里却卡了壳。

家长会上，许老师的话像一支支箭，把刚才挺胸走进教室的男女家长射得鼻青脸肿，弓腰曲背。她用的工具很多，最要命的是"比"。她做了那么多表格：班级比、年级比、区里比、市里比、省里比，还有自己跟自己比、跟去年比、跟入学时比。最后的结论，没学生不在退步的。

她倒是单独见过几次许老师，有一次还带了一个著名品牌的水果券，但是许老师根本没给她拿出来的机会。她在这个年轻女人面前，不仅闻到了高雅的香水味，更感觉到一根无形的高压线，自己根本不敢出手触碰。

从接到短信到今天上午，她做了很多功课，主要分析许老师没有给出的数据上。关于成绩的那些数据的确呈下滑态势。但是，她把海翔入学后参加的社会活动次数、数学和物理竞赛的成绩、文体表演的情况等也细细地列了表，鲜亮的颜色显示的都是往上走的趋势。

她觉得自己变了。这些年来，除了进货付钱、出货数钱，就是盯着儿子的成绩。从小到大，老师们都喜欢海翔，他默默地把自己的事情做到最好，成绩一直像血压器的汞柱，越逼越高。

她要谢谢许老师，让她发现儿子成绩之外的东西。

她把气一放，突然间，看得到蓝蓝的天，闻得到新村里清爽的香樟花味道，海翔的身子像在渐渐直起来。

忽然间，她感到很伤心。造成这些年压抑、沉默、灰暗的，竟然是自己。最初的一次，园长握着她的手，说了海翔有天赋之类的话。后来，她专门收集那些赞扬的话，拿到昏黄的灯光下，狭窄的饭桌前。海翔很懂事，从不把学校里的委屈带回来，但她还总嫌不够，儿子应该是近乎完美的。

最近，一个顾客把一个熟过一点的西瓜，当场摔个粉碎，快速说着方言骂个不停时，她并没有去听那些脏话，而是猛然明白一个道理，她逼海翔，其实是为她自己。于是，她放声大哭。一个西瓜也不至于这样吧，熟客都来劝。她还是停不了。她把悔恨狠狠地吐了出来。

出租车上的最后几分钟，她闭眼度过。声息、光影、心思都被她屏蔽。泪水静静涌出，随着心跳不断起伏。她仿佛置身家乡千亩麦田当中，微风里传来稚嫩麦草的清香。她放下身上所有东西，仰面躺倒在麦地里，天朝云移动的那侧渐渐倾斜，她觉得每寸肌肤都在融进泥土、空气、阳光里。身体变得很轻很轻，风托举着，带着灵魂游荡。终有一天，她会回归这里。

下车的时候，她对司机没有任何怨言，尽管他还一再强调各种客观原因。她看着车子走远，仰头看了看天空，灰蒙蒙的一片。远远地，一只绿色风筝飘飘荡荡。她四下寻找广袤的绿，却被汽车突地响一声警告。她忽然明白，绿色在心底，现实在跟前。

走到校门前，离约定时间还有五分钟，她从上到下整了整。总觉得有什么地方不大对。蓝白编织袋！脑子仅转了一秒钟，她就觉得应该把它留在传达室。

传达室的保安扫了一眼，就似乎看穿了里面东西似的，坚决不允许来路不明的东西寄存。她也不好意思从里面抓一点上好的进口水果出来孝敬保安，时间一下子变得又紧张了。

然而，她从保安的普通话里听出一点蛛丝马迹来，连忙切换方言对话，刚开始保安还矜持地守着普通话的底线，不过一些亲切的口音很快刺破了防线，原来两人是一个县的老乡。坐是没时间了，出来再叙谈吧。但是老乡把她拦住了，半小时前通知的，全体教职员工开大会。现在进去，一个老师都碰不到。

她这才想到看手机。果然，许老师二十多分钟前发来短信，约谈延迟一个小时。她长长叹了口气。紧张、松弛，来回折腾，汗都快出尽了。老乡给她一瓶矿泉水，她对着瓶子上的满眼绿色微笑着。他不解地看着她。她问他对家乡的最深印象。他说酱驴肉的时候，嘴唇边冒了一层白沫出来。她笑得把水都吐了出来。两人比着出来的年龄，到过的地方，做过的职业。说着说着，突然，都沉默了，说不下去了。

一对满头白发、拄着拐杖的老夫妻从学校门口缓缓走过，老头还用手指指牌子，老太太点着头催他往前走。

他们就这样默默地盯着两个老人走远，然后才说到孩子的事情。

她早就习惯人们用惊讶的口气赞叹海翔，正在她等待老乡露出同样的情态时，她听到的只是一声叹息。随后他说出的一番话，让她心抽得紧紧的。

他回避了本校的事情，指向隔街另一所重点高中。他说的事情，报纸、电视上虽然没有，但是街头巷尾都传遍了。

出事的那天，他下中班，晃过那所学校门口时，想找熟悉的保安聊聊天，突然发现校园里气氛不对。晚上九点多，警察、医生、教师等来去匆匆，却又安静异常。熟悉的保安被挤到墙边上。他靠着没换的衣服跟他们混在一起。但是他们都呆呆的，他问这问那，被他们严肃阻止。趁一个空当儿，熟悉的保安跟他嘀咕一句：一个高三学生跳楼了。

她被他带入紧张神秘的气氛，像是有人轻轻在她耳边说了句噩耗。她全身抖了起来，刚才脱下来的薄呢外套重新被紧紧地裹上身。她怀疑自己是神经质，联想起来无边无际。有一回，隔壁胭脂店老板吹嘘知道一只股票内幕，说自己所有积蓄都买了，劝她也投进来。她偷偷拿出存在箱底的三千块，交给胭脂店老板。从此，任何关于股票的消息都让她一惊一乍，特别是"暴跌""利空""断崖"那些词一旦在媒体出现，她的咽喉就像被卡住一样，气都喘不过来。

前一阶段，她也听到这个消息。她悄悄把房门推开一道缝隙，直勾勾地盯着儿子足足看了十五分钟。一刻钟之内，海翔刷题、转笔、挠头。正常。她放心地热了杯牛奶端给儿子，随意问了几句身体情况的话。一切正常。隔天，她屏蔽有关消息。对大嘴巴客人，她送上一个削好的水果。而现在，她无法回避。

海翔的成绩下滑，许老师分析得很对。但是许老师没有跟她捅破那层纸。儿子进出家门，加起来的时间不超过十个小时，包括睡觉时间。她对他的了解，似乎还停留在聪明的、沉默的少年时代。顶级高中聪明人太多了，也就是刚才保安叹息时说的第一句话：害人呢。

其实，她怎么会注意不到那些细节呢。难得的一个晴朗的周日下午，她硬拉儿子去公园散步。他默默地走，似乎没有什么能够吸引他，只是偶尔昂头看看蔚蓝天空。但是，他在一个锦鲤鱼池边停了下来，她也很开心地陪他看五色鱼。看着看着，他把手伸进鱼池，她还是没在意，轻松笑起来。猛地，他整个人朝鱼群直直扑过去，她才慌了，连忙把他一把攥住。她追问他，他一言不发往回走。晴天之下，除了儿子，全都暗了下来。

老乡快速用拇指摩擦中指和食指，用夸张的动作把她拉回来。她明白他表示的是钱，这是始终压在她心头的一块大石头。他还在往她最不想听的方向深入。她果断打断他，让他问问会议什么时候结束。

他打电话的时候,她心里在做比对。如果没有买下那套房子,她可以对儿子说,那条对你来说并不高的一本分数线,只要轻松越过,然后拼上所有的钱,想办法争一个名校的名额。但是,这也不能确保,有了钱,她并没有把钱投出去的门道。

他还在电话里家长里短地聊着。她已经瞥见三三两两手拿笔记本的老师往办公楼走。她心里一紧,忙摸手机。手机到手里,短信也来了。许老师在办公室等了。

多年前的一个星期六的下午,全市首届"阳光少年"颁奖活动在新建成的图书中心举行,市领导将为朱海翔等二十名代表颁奖。海翔拿回水果店两张票,一名获奖少年可以带一个家长。她试了几乎所有当季服装,选定了一件红色外套。当她把票交验的时候,察觉到检票员憋住了笑。

家长的位置在市领导后一排,都是居中。她挤到自己的位置上,刚坐定,赶紧伸手理头发。边上有人笑出了声。虽然其他的女性家长几乎没有穿红衣服的,但她还是很讲礼数的,这样的重要时刻,就是要穿得喜庆。她又摸摸耳环,耳洞都塞住了,临出门之前,用血的代价打通了的。她悄悄看看手上,没有血迹。但是切切磋磋的声音还在继续。最后,旁边一个西装领带的家长对她做了个手势。她霎时觉得头膨胀了十倍。

她是躲在走廊的门边看完整个颁奖仪式和表演的。她双手紧贴身体两边,手臂酸得差点抽筋。回到店里前,她都不敢抬一下手,不然两侧的腋下脱线的部位会出卖她的尴尬。

她眼神好，望见台上的海翔不管是受奖，还是作为代表演讲，都在往那个空位置时不时地瞟一眼。她恨自己像电视里演的刘姥姥，关键时刻总有意外，还挺不住。

但是，今天不会了。她也不再是当年的她了。走出传达室的一瞬间，她大方地把一路拎过来的水果全送给了老乡。他谢她，自然而然称呼她王老板。她轻松起来，脑子里闪出《至少还有你》的旋律。

她只要儿子。

这个念头一出现，其他任何东西都在往后退，更有一些已经消失在她脑海。她踏着歌曲的旋律，微笑着走向教师办公楼。

在林荫道上，她突然听见了铃声，一时间，细碎的光斑叮叮当当地砸在她身上，她无法躲避。

双鱼钥

门响双鱼钥，车喧百子铃。冕旒当翠殿，幢戟满彤庭。

——唐·司空曙《和耿拾遗元日观早朝》

张勇军双脚不自觉地抖动。手上的塑料袋随之发出窸窸窣窣响声。他听到声音，下意识地挺直腰杆。马路上行人已经稀少。对面黑弄堂里还是没有任何动静。他又挖出手机看一眼，约定时间过了五分钟。他把手机铃声调到最大，再加了个振动，这才放进裤兜。

一辆红色跑车怪叫掠过，喷起一片水雾。他瞥到里面一对年轻男女，恨恨地朝车屁股骂了句脏话。脑子里一根棒把他双眼又敲回对街黑弄堂。

时间缓缓而坚决地朝午夜行走。气温降得很快，蓝色薄工作服变成冰冷铁块。车在他背后两三百米街边蛰伏，但他不想取车上的大衣。手开始僵硬。再最后坚持五分钟！

二十三点十分到一刻之间，他不再直勾勾地盯一个地方，而是前后左右张望。这回，除了风吹落叶声，什么都没有。

他按下遥控器，车子夸张地应答两声"嘎嘎"。

他右脚已经插进方向盘与座位之间，正想把手里的塑料袋放到副驾驶座上。

身后传来一个女声："喂！东西呢？"

他连忙回头，那女人身后一根路灯杆，从身体剪影上看，女人长发披肩，穿了件长黑风衣，腰带束起。灯光从她腰际与插口袋的手臂间隙凉凉投射过来。

"呃？"

"东西带了吗？"

他顺势把塑料袋悄悄塞进副驾驶座右侧被掏空的暗格里，转手夸张地把自己的挎包往座位上重重一扔。但是，他还没来得及把右脚重新踏回地面，后脑勺就被重重一击，身子软下去，趴倒在方向盘上。

张勇军似乎做了好多梦，几乎没有一个不是惊心动魄的。每个梦结束，都留给他创伤。他带着创伤开始下一个梦。梦里套着梦！把他推向痛苦的深渊。

他记得在街上闲逛，看见车子被几个小孩胡乱用小刀刮着，他奔过去大声叫嚷阻止。突然从车后转出一群人，每人手里都拿着砍刀，哇呀呀向他冲过来。他转身就逃。尽管拼足力气，却还是很慢，背后似乎有东西在牵扯他。喊杀声越来越近，他已经把手都用上了，奔跑变成爬行。"你是我的小呀小苹果，怎么爱你都不嫌多！"满街聒噪，持续不停。

然后他像是被吵醒了。手机无节制地播放着《小苹果》。

手碰到手机，在音乐和振动当中，把屏幕拿到眼前，陌生来电。他直起身子，引来哗啦啦一片响。一座碎玻璃堆成的小山。他被放置在最顶上。《小苹果》又响起，振动不紧不慢催促着他。他往下张望，寻找下去的路。只看一眼就绝望了。

"喂。"

"你好！张勇军先生吗？"

这个女声似乎让他想起点什么来。

"呃！我是。你是？"

"东西带了吗？"

借着星光和玻璃反射的微光，他瞥见有个塑料袋半埋在离他两个身子远的玻璃屑里。他不能确定是不是送货的那个。

对方又开了口："你在哪里？我们在弄堂口已经站了半小时了。"

"我？"他不敢摸头，只能抓抓鼻子。对了！时间。他把手机拿开点，时间显示十一点五十。时间明朗。记忆如同潮水般涌出来。

他决定"下山"。之前，他曾试图把塑料袋拉过来，结果除了把一根带子拉断，什么也没得到。

稍稍一滑动，碎玻璃就像刀一样无情地割着裤子、袜子和肉。

其实在一步一步缓慢移动下山的时候，他就望见那个人影了。可注意力必须完全集中到脚底心，全身往下沉，他才走下玻璃山。回头一看，似乎并没从顶上感觉的那么高、那么危险。

人影没了。他开启定位，打开地图。好长时间，老是在打圈，无法识别他的位置。他四下寻找标志性建筑，却只有一座接一座玻璃山。

突然，模糊人影出现在两座山之间。他连忙跑过去，人影不见了。过一会儿，像又出现在稍远的玻璃山旁。

吊胃口的是，他越追越近，可就是追不上。那个人影像小女孩，特别是两条辫子清晰可辨。"喂！孩子，慢点啊！"他高声喊叫，却没有一点声息。

"嘭"的一声，张勇军惊出一身冷汗。他睡着了！正午十二点，在阳光灿烂的大街上，车像滑翔机般巡航。他记得失去知觉前，想起了少年时代自制的滑板车，滑轮声音既嘈杂又单调，"哗啦啦、哗啦啦"，朝街尾扫过去。

他猛地踩住刹车，深深吐纳好几口气，打开车门的手是抖的，脚落在地上是抖的。但是他看到一只粉红色书包时，突然什么都不抖了。他迅速捡起书包。附近没人没车，翻建道路监控没有探头。

离车头三四米的人行道边，一个穿绿色校服的小姑娘合扑躺着。他围着她转了三圈，没有动静，没有血迹。如果不是两条辫子微微动了一下，他就瘫坐地上了。

他轻轻地把她翻过身。一张年轻的圆脸，让他模模糊糊记起女儿模样。喊了几声，她醒过来。在他的鼓励下，几分钟后，她站了起来。一辆黑色奥迪驶过，他一眼认出公家车，黑膜贴满所有车窗。

一阵悲凉。在阳光下，他打了几个冷战。小姑娘一双特别大的眼睛空洞地望着前方，周边隐约可见擦伤痕迹。他问话，拐着弯。

"姑娘，你没事吧？"

"嗯，嗯，没事。"她声音小，几乎在对自己说。

"不用上医院检查吧？"

"不，不用了吧。"

"要不我送你回家？坐我的车。"

"我自己走。"

他从反光镜里看到她的身影和那只书包，缓缓移动。他长长舒了一口气。身上一阵凉意，都被汗湿了。

那么多年，他都是江湖里的一条小渔舟，虽然破旧肮脏，却从未沉没。

他加了一脚油门，再次看了一眼后视镜。女孩不见了。他刹住车，又回了头，撑住椅背用职业司机的眼光搜索街面。

她趴在地面，像一片薄薄树叶。

他脑子不知转过了几个弯，却只在刹那间。

他回转身。咬咬牙，一脚油门，车惊恐地往前蹿出去。

张勇军不敢再盯女孩身影了，他绕过一座座玻璃山，自找出路。说也奇怪，从山上下来，并没有割破皮肉，走在平地上，却接连被跳起的玻璃屑划得一道又一道，鲜血淋淋。

《小苹果》声音在静夜里让他手足无措。

"张先生，你到底在哪里？生意不要做了？"

"对不起，对不起！我，我好像迷路了。"

"我们再等十分钟。"

他对断线电话一通怒骂。猛一抬头，小姑娘不远不近地站在他正前方。

"请……请带我出去，行吗？"

"你没事吧？"

"我？当然没事啊。"

"不用上医院吧？"

"不……"不字刚出口，他感觉全身被绳子一下子绑紧，呼吸急促，快要窒息。

小姑娘笑了，清脆声音在玻璃上滑动，尖锐地刺破他肌肤，血喷涌出来。他用手去堵的时候，才发现没有一点痛感，恐惧钻进他的神经深处。

"来吧，跟我走。"

他注意到两条辫子晃动的幅度不太一致。跟紧点才发现小姑娘前面还有一个小姑娘，前面的孩子瘦小点，被后面的孩子罩住了。他意识开始模糊，到底是他眼花，还是孩子走得摇晃，他感觉地平线在左右摆动。眼泪憋不住地往下掉。

他使了个心眼，往前一扑，倒地就喊。

小姑娘们回身。他伸出手。她俩手牵着手冷冷看他。虽然面目还是看不真切，但是他内心已经绝望。

也不知她们抄的哪条近路，转过两个弯，穿过两三条不长却逼仄的弄堂，就来到他车边。驾驶室门敞开着。他紧走几步，眼看就要搭住车门，一阵风来，门又往前开直了。几次三番，他竟然都摸不着自己的车。

全黑的车子突然起了变化，颜色泛红，接着竟然在他眼前渐渐融化。

空中回荡起小姑娘们的笑声，像一片片玻璃扎到他心上。

"叭——"汽车喇叭声彻底把张勇军唤醒。他把沉重的头从方向盘喇叭上挪开。头痛欲裂，摸摸后脑勺，手触电般弹回。他从驾驶室慢慢钻出来，点了一根烟。

除了头部被袭击，他努力回忆了一下可以认为实际发生的事情：一是车厢里被翻得乱七八糟，挎包被撕碎，却几乎没有财物损失。二是暗格里的塑料袋完好无缺，他再往深处一探手，一个小包仍静静躺在原处。三是手机显示，确有过来电，并且呈现接听状态。于是他判断，自己应该站到一小时前的位置上，继续等待。

他拎着塑料袋，再次站到马路边，眼睛盯着对过的黑弄堂。手机显示时间快到午夜。风打着圈扫落叶。他脑子高速运转，对抗着一拨又一拨不知从何而来的敌人。

十二小时前，他刚想关手机，眯一会儿，一条用车信息跳出来。人在附近，要去机场，还给了加急费。

他吐掉最后一块糖醋排骨，扔掉快餐饭盒。虽然害怕在这个时段睡过去，但他还是咬咬牙，按下接单，飞快地朝客人所在宾馆驶去。

机场高速，他曾为领导服务无数次，每个路段限速额、拥堵时间、应急小道、贵宾通道等，他都牢牢保存在脑子里。开专车后，他不用导航就可及时迅速到目的地。客人叹服这个与众不同的专车司机。

他手心有点出汗，车开得晕晕乎乎，这是很难得的。越是不敢看后视镜，越是利用一切机会偷窥。

女子即使闭目养神，浑身也散发出不可抗拒的力量。身上若有若无的香水味在推波助澜。

终于，他和她眼神在镜子里对个正着。车子晃了晃。

女子说了几条语音，接了几条语音，显得有事没来得及处理。

"师傅！"

"哎！"

"快到了吧？"

"是的。高速下来正往二号航站楼。"

"哟！"

他望见她嘴嘟嘟了起来。

"您有事尽管吩咐。"

"您不用停止计费，请把这个带到海豚宾馆总台。就说302黎小姐来取。可以吗？"

他听出"可以吗"三个字浓郁的海外华人腔，就故意哼哼唧唧起来，直到背后带着香味的玉手递上来几张百元票子。

回去的路上，他不止一次把票子拿起，嗅吸香味。或许是弥散整个车厢里的气味，但一拿起钱，似乎浓了不少。

那是一个小小的双 G 金色商标的黑色拎包。他手指慢慢靠近它，过一会儿，搭在上面。在机场高速服务区停下，他快速打开拉链。空包！他翻了至少五遍，一件东西没找到。

他每抚摸一次双 G 字母的铜片，心里就一阵悸动，随后脸抽搐了一下。他不知道这是为什么。

黑弄堂终于出现动静。远远的，一盏橙色路灯亮了起来。一个穿黑风衣的女人出现在弄堂口。张勇军脑际闪过一些画面，但他不确定是否真实发生。

他连目前的头痛、脚上若隐若现的痛感都不敢归类到"自己"身上。

黑风衣女人过街时，一辆红色跑车飞速驶过。他仍然紧盯着女人。

他被路灯照着。女人和他保持一定距离。光从她身后探过来。

"张先生，请把东西给我。"

尽管声音熟悉，但还不是熟到一两句就能辨认出的程度，像在路边突然听到一段旋律，就是不知道出处。

那个海豚宾馆前台服务生，瘦高个、细眉细眼的姑娘，又在他眼前闪现。她接待他时，声音很温柔，却藏着坚决。

"302？黎小姐？嗯……对不起，没有黎小姐。是的，302住的男客人。稍等，呃，其他房间也没有姓黎的小姐登记入住。"

他手里的包顿时重了起来。

他突发奇想："我把包寄在这里，明天这个时候来拿。如果有姓黎的小姐其间入住宾馆，请把包给她。"

服务女生惊讶地看着他，坚决不肯收。

他望着黑风衣女人，感到脑袋温度呼啦啦地上升。稀里糊涂地努力思考，是要把这么多事情弄明白。于是，这么多次以来头一回，他下意识地将塑料袋朝身后别过去。

"张先生，你在躲避什么呢？"看到他犹豫，女人又追了一句，"明知这是不可能的事情，你却一定要去做吗？"

狂热中也有冷静。他也想过自己多事，根本不跟他相干，他只是一个跑腿的，在约定的时间、地点送出约定的东西。送比萨对比萨质量产生怀疑，这是不对的。但他还是拗着。可是，海豚在海洋里游泳时，它们并不靠眼睛和鼻子。忽地，冥冥中有了支撑他的力量。

半步、半步地缓缓退回车。女人没跟上来，她一直站在指定交接区，一动不动。突然，四周出现若干个黑衣人，他们围了上来。

他加速后退，幸亏车门没关、钥匙没拔。当他发动、后退、掉头、前进的过程中，只有一个黑衣人扑上来用棍子敲了几下车窗。

他冲出去，在大街上平坦行驶时，忍不住骂自己："混蛋！你要干吗？"

七拐八弯，他把午夜远远甩在身后。长长吁口气，找个马路转弯口，他停下车，飞快去掉塑料袋，露出报纸包装，撕掉报纸，一个纸盒。

里面是一个金色双 G 商标的小黑包。他张大了嘴，"啊"一声半路卡在喉咙口。

他孤独地站在凌晨街角，像失群的鱼在海洋里晃荡。两个 G，像极了两条张嘴游泳的鱼。

它们还有伴，自己呢？他无奈地摇摇头。

张勇军拎着黑色小包，出了海豚宾馆，路过自助寄存处，当他瞄到 302 箱子空着时，闪过一个念头，是不是应该把包放在这里？

关上柜门的一刹那，他觉得，黎小姐也被他关了进去。302！这个遥远而熟悉的号码，"砰"地唤醒他的记忆。

即使是一个职业司机，他也总觉得自己与其他人不一样。

好几次，在停车场停好车，领导让他一起进饭店，不熟悉的工作人员把他俩弄反了。领导有些尴尬。他表面手足无措，心里暗自得意，踅进盥洗室左照右照，国字脸，大背头，微微隆起的小肚子。脸一沉，威严有加；一舒展，和蔼亲切。他的青春岁月进了交通技校就终结。钻在肮脏的修车道里，师傅让他做这做那，一两小时不让起身，师傅的尿溅在他手上、脸上。

好在毕业后进了外事车队。他方向感特别好，刚上车那会，C市旅游大开放，停车场就像旅游景点的女厕所，收费老头迎来一生中权力巅峰。他染上人生第一个污点。涉外导游通常将与工艺品店老板交易的钱，捆成一卷，塞在背包里。一天，从导游背包里跳出一卷钞票，在睡熟的日本人脚边滚来滚去。他的心里装进了个老鼠，上蹿下跳地打方向、回方向，终于在车子抵达目的地的最后一秒钟，那卷票子稳稳地卡在他心目中最佳位置。

"他们的钱来得真容易啊！"那卷钞票花起来快得让他吃惊。他主动与几个工艺品店老板打得火热。

呼朋唤友的日子来得快，去得也快。改制、分流，他流进了事业单位。单位有小车班，小车班司机一般为领导服务。但是他进去时，却做了机动，负责给三位调研员开车。退了二线，公务上的事情少了，他基本上为他们跑私事。他技术好，耳不听，嘴不说，眼不斜视。服务时，一碗水端平。一年半后，他甩掉了机动帽子，专职为一位现职领导开车。

领导专职司机最苦恼的，就是不能离开车子。开会、赴宴、拜访，司机时刻做好领导回车准备。有些司机聪明，自以为是地预测领导公务时间，往往搞个措手不及。他却从不离车。他从单位图书馆借阅书籍，全部是名家侦探小说，阿加莎·克里斯蒂、柯南·道尔、雷蒙德·钱德勒、达希尔·哈米特、东野圭吾等的作品使他入迷。他渐渐发现，自己从刚开始追求"到底谁是凶手"或者"案情到底怎么回事"，发展到探究案情细节和人文环境。哈米特的一段话让他沉思了相当长时间："让他不安的是，他发现自己越是努力去合理安排生活中的大小事情，就越与生活的真相格格不入。"

自助寄存处上方有探头，张勇军对探头望了好一会儿。凌晨两点的街道，什么声音都被放到最大，他耳朵里充斥沉重呼吸声。输入密码，打开302柜门。他把两个小包拿在手上对比很长时间。手倒来倒去，到后来，只能靠闻香水味道辨别哪只是黎小姐的。

302是他唯一的一次，也是改变他命运的一次。当他载着领导，不慌不忙从大门驶出，大院里已经乱作一团。领导疑惑地问了一句："他们这是干什么呢？"

"哦，听说大楼里一个领导办公室被盗。"

领导兴趣来了："哦，丢了些什么？"

他很想原原本本一样不漏地告诉领导：一只小手包、六条软中华香烟、两瓶茅台酒。但他微笑着摇摇头："这我可不清楚。对了！您以后出办公室要勤锁门哪。"

领导笑出声来："这个单位看上去管得挺严，其实比我们单位松多了。既然小张你提醒了我，我以后不管是开会还是撒尿，都锁门。哈哈哈。"

他的脸微微地，在领导提到"撒尿"两个字的时候红了红。

302的胖子去上厕所。像侦探书里写的一模一样，他一咬牙钻进302，十秒钟得手。出来望见一个女服务员从女厕所出来，瘦高个、细眉细眼的。他的心跳到喉咙口。全身几乎所有细胞都做出了逃跑指令，但是刚受过侦探小说大师训练的脑细胞异常冷静。他做出经典动作：举了举香烟，指了指302的门。女服务员愣了愣。过了几秒钟，他似乎看到她的头微微点了点。他不慌不忙地从楼梯以正常速度下楼。

在领导哈哈声中，他想起埋伏在备用轮胎里的那些东西，也随之哈哈哈起来。

再次进那个单位，他车都没敢下。路过车前的每个人似乎都用怀疑的眼光望望他。后来几次，有熟悉的司机敲敲玻璃窗，他就和他们一起歪在香樟树下抽烟。

没事了。他放松了警惕。

他排在热气腾腾的包子铺外的长长队伍里，异常烦躁。趁领导上楼的机会，他鬼使神差地就想跑出去买包子。谁知十一点不到，队伍就长得像蜈蚣。后面两个女的聒噪没完，队伍没有前进一寸。他仰脖张望，被身后突发的尖厉笑声逼得缩下来。他回头就撞到了瘦高个、细眉细眼女人的眼神。他心里咯噔一下，迅速转身，刚才的暴戾之气一泄而空。

让他汗毛直竖的是，两个女人轻声交流了几句，就再没有声息。他多希望噪声继续响起。

不能逃！他用最后的意志硬撑着。十几米的队伍，他几厘米几厘米地往前移。突然，手机响，领导救了他。他快速跑回车子的时候，觉得今后不会再碰包子了。

现在，只有烧烤麻辣烫店还往街面喷着浓烟。他突然觉得很饿。他摸摸头，头倒不痛了，就是饿，那是一种可以把生肉、生米都吞下去的饿。他关上302柜门，投币、设密码。

现在，里面锁了两个包。

鱼儿暂时只能在鱼缸里游游。烧烤店里面人挤人。张勇军好不容易找到一个墙角位置。

"啤酒和杂串，再加一碗酸辣汤！"小伙计喊得很响，但是仍然淹没在划拳声里。

就在他一低头的时候，左边凳子挤上一个人。一身牛仔服，戴副墨镜。

他警惕地看着"墨镜"，"墨镜"与他对望一眼，看不出眼神。

两人自顾自吃喝。"墨镜"先结账走开，似乎什么都没发生。

他松了口气。想到两只包，头隐隐作痛。

他不想回家，在空无一人的街上溜达，脑子回放几个小时前的场景。如果时间倒流，他就在街边一直等下去，他很可能就顺利地把塑料袋送了出去。但是，货变得复杂了，他又被袭了，让他不得不思考得更广泛。撕开塑料袋，违反约定，恰恰顺理成章。

梦里的场景，才最让他揪心。两个小姑娘，并肩站在他面前，悔恨海浪般吞没自己。死了拉倒！可是，还不能够。

给领导开最后一次车，领导已经知道他辞职的事情。他们跑一次外市，来回五个小时，没有搭过一句话。

领导的右脚已经踏到地面，突然回了身："行了，你走吧，有事尽管找我。"他当时挺感动。而在这空寂冰冷的街头，他咀嚼出这句话是最大谎言。

女服务员并没有指认他，而他感觉再不能进任何办公大楼了，这倒也不成大问题，他本来就捧着书坐在驾驶室里。但是后来，街上每个人看上去都像举报他的样子，他极度焦虑。回到冰冷空荡的家，前妻和女儿不时闪出来指责他一番。他吃安眠药，药物使他的梦变成魔幻世界。辞职后的第一天，他感觉一滴水回到了河里。于是，在床上睡足一天，梦里全是变成鱼儿的他，从井里到河里，再到大湖，最后到大海。

自由自在的感觉，他醒来就没了。

他只会开车，开车养活他自己，应该够了。刚开始，他开得轻松自如，渐渐地，他盘算着再过些时日，可以与前妻谈谈了。

但是，如意算盘总要落空。

他去拿左口袋里的香烟，却先摸到一张纸条。

"今天中午十二点，凯悦街 101 号 302 室。"

点烟的时候，他判断是"墨镜"放进去的。

凯悦街他肯定会去，即使是刀山火海，他也要闯，但是，去之前他还要见几个人，办几件事情。

赵天兴面馆一直是 C 市最早开门的，张勇军进去的时候，天还没有亮透。他上厨房看了看那锅水，清澈见底，一根面还都没下过。虽然他不大在意头汤面，但是，有得享受，也是不能放弃。

第一口面下去，再来一口姜丝，身上立刻微微发汗。他感觉黑夜里存到他体内的暗物质，正缓缓释出。汤汤水水全部下肚，阿三已经坐到他对面。

吃面的时候，阿三比他认真，"呼哧呼哧"的同时，头上渗出绿豆大的汗珠。

"他们说你昨晚闯祸了？"碗筷被撤下，两人各自点上一支烟后，阿三才开口。

"老板怎么说？"

"他没说什么。只是要我带个话。"

店里又进来几个老头，自带茶杯，有个老头还拎一壶黄酒。

"什么话？"

"货是人家的，你要想清楚。你弄出来的事情，自己处理干净，与我们无关。"

一根烟默默抽完。阿三起身。

"还有，我说，有些事情你也犯不着太认真，会毁了你的。"

望着阿三的背影，他又摸了摸自己的脑袋。

九点钟。他熟门熟路地爬到那幢老居民楼的顶层。稍微跳一跳，钩住通往楼顶天窗下的 U 形铁扶手，身体腾空的一瞬间，他想到了死亡其实是件很容易的事情。

对面医院天天在判决生死。在每个病区、科室间行走的人们，忧心忡忡。

前妻打来电话时，他正在载客途中。他征求乘客意见后，接通了电话。窗外大朵大朵的洁白梨花垂向车头。说了两三句话，梨花就成为最为悲哀的花。

车子原地掉头，一路逆行，直奔医院。乘客是个瘦小伙子，文件夹、手机、眼镜都被甩得满车都是，小伙子紧闭双眼，瘫倒在后座上。

他什么都不管了，前妻电话又来好多个，他只是一路狂飙。他不想知道结果，只想快点到医院。

他把全部仇恨都集中到自己身上。

前妻报了警。警察在长长的太平间甬道里跟他说话，他没有听清一个字。他在想那个阳光灿烂的正午。他想着想着，突然笑出声来。后来的三天三夜里，他一直保持时而撞墙跳楼、时而呆坐傻笑的样子。查不出端倪的警察们都觉得有点对不住他。

他想来想去，总算想明白了。这是一个有天网的世界，在宇宙的什么地方，监视并调剂着每个人的任何一举一动，能量守恒，善恶平衡。这处赚了，那处还了。

所以，撞女儿逃逸的，不是别人，只能是他自己！

他开始回想自己的半辈子。从那卷蓝色钞票开始，清扫出来的善与恶堆在脑子的两边。脑袋顿时朝右面恶的方向倒了下去。

他坐到楼房边缘，看到排水沟里的烟蒂和矿泉水瓶，他微微一笑。"天下皆知美之为美，斯恶矣。皆知善之为善，斯不善矣"蹦出来，他每天在"恶"的海洋里游泳，只有此时，才感到"善"真实存在。

九点十分。从正门推进来一辆轮椅。中年男人头发白成雪。轮椅里的女孩，安静地往一侧歪着头。

那条走道弯弯曲曲，慢慢走完大约需要三分钟。而他那天闯进医院的时候，虽然走道上的人被他撞到几个，他还是只用了几十秒时间。

有时，他看完这三分钟就走了。今天，他接着抽了好几根烟，等他们从康复中心出来。康复中心治疗的时间一般是半个小时，加上排队什么的，一个小时左右。

果然，十点一刻，他们又出来了。目送他们走出大门。

他掐灭烟屁股，下楼。

在拥挤的挂号收费大厅，张勇军找到自费窗口。

"缴多少？"

"一次最多缴多少？"

收费员眼睛都不抬一下，烦躁地快速说："随便。"

他把十沓钞票推给她："都存上吧。"

她面无表情地打开点钞机。似乎点钞机一开，病人就有了生存的可能。自费窗口像一个吞噬钱币的老虎机，幸运的才能中奖获救。

她的冷漠更加证实了他心中一直猜测的那样，治疗仅仅是安慰正常人。

"对不起，你要存的那个号，销户了。"

他重新握起方向盘前，觉得已经将女儿的事情放下了，可以重新开始了。但是，发动机一响，他就受不了了。他想抛弃车子，但是除了开车他什么都不会。他咬牙坚持着，直到又一个阳光灿烂的中午。

很突兀地，一个中年白发男子从街边冲出来拦车子。他是专车，不招手停车。他放慢速度，想绕过男子。男子突然做出鞠躬抱拳求他的动作，并指指身后。一辆轮椅上坐着一个小姑娘，眼紧闭，头歪着，看上去情况很不好。

一阵忙乱后，他从后视镜里观察小姑娘。在男子的不断轻声叫唤下，小姑娘睁开了眼睛。那是一双特别大的，显得有些空洞迷茫的眼。一下子，他感觉心里扎进了一把刀子。

小姑娘看了一下环境，碰到他后视镜的目光，她微微一笑。刀子往心里又捅进去一寸。

"孩子怎么了？"

"被撞了。"

"什么时候？"

"一年前吧。"

"那……司机？"

"跑了。"

"报警了？"

"孩子当时一个人，她什么都不知道了。脑干受伤。后来我报警的，警察说街道拆迁、路面翻新，什么监控都没了。居民和路人都没有目击者。"

"孩子怎么治疗？"

"用电疗法。每天做才有康复的希望。但是我没钱，只能每周做一两次，效果不是太好。刚才癫痫又发了，得赶紧去医院。"

他帮着挂号，缴费，送病区。男子感激得很。

走向医院停车场的时候，他做了个决定。

于是，只要有空，他就坐在楼上看白发男子推着小姑娘进医院。

开始，他用"恶"方面来的钱，用着用着，觉得脑袋渐渐在平衡。后来，那些钱全部扔进医院自费窗口，他犹豫了几天，又动用了"善"的那部分积蓄。咀嚼着咸菜萝卜干的日子，心情却是朗朗的。准备留给女儿的钱，现在没有必要了。再后来，他什么都没了，焦虑重新爬进他心里。

阿三给他引了条路。他考虑再三，坚持只送货不碰货。

昨晚，他这条路似乎走到了尽头。自己怎么想的，又怎么突然做出这样的决定，他始终没搞清，也许有些事情必须了结吧。

事实上，"他们"把小姑娘的号给销了，他将原本选择逃避的策略，做了修正。在把一沓沓钱扔回破挎包的时候，他决定去找他并不想见的几个人。

凯悦街 101 号是一幢商住两用楼。一楼全是店面，大多是五金店。张勇军在一家店买了一把剔骨刀，想想又买了一个中号活络扳手。

上楼的时候，他先看了看电梯，正常运行。然后他走了楼梯。

302 的门敲了半天，无人应答。他看看手表，正好十二点。于是他转动球形锁，门没锁。

他从轻声到大声连喊了好几下，再进到屋里。门对着窗，窗的两边分别是一张写字台和一排沙发。他把两个塑料袋并排放在沙发茶几上，在屋里面转了一圈。不仅家具陈设简单，连人的痕迹几乎都观察不到。

他把身子陷入软软的沙发，听着楼下叮叮当当的嘈杂声，脑子里跳出来的一幕幕，居然也带了声音。

房门打开，进来五六个黑衣大汉，不由分说向他猛扑过来。把他按在沙发里，他想喊，却没有声音；他想挣扎，却没法动弹。他绝望地伸出右手，突然感到一丝凉意。

他跳了一跳，惊醒了。一个女人蹲在沙发边看着他，冰冷双手握着他右手。他警惕地抽出手。这个女人蹲着的时候，黑风衣完全拖在了地上，地面光洁如新。

女人站起来的时候，他脑子里立刻对应上一些形象。她一开口，更加证实他判断。

"张先生，我们也算熟人了。"黑风衣女人给他一瓶水，他没接。

房间里空荡荡的，他却感觉到处隐藏着人。女人黑衣黑裤黑鞋，两只眼睛不停地逼视他。

他用手指了指茶几上的两个塑料袋。女人没回头，还是盯着他。

"我说熟人，并不是我们这两天才熟。事实上，你们老板没有告诉你的是，做我们这行的，几乎没有什么得不到的消息。你加入的是我们的合作公司，不仅你老板把你调查得一清二楚，连我们都仔细分析了你的性格特征。"

他静静地听着，连眉头都不皱一下。他仿佛看见那些调查、分析数据表在几个肥头肥脑、相貌古怪的老头之间传递着，他心里笑出了声音。

"连公安、单位、街道都没有记录的，我们也完全掌握。"

他对这来了兴趣。他要证实成天想象的那张天网，是否有存在的现实依据。

"你们都查到什么了？"

女人从随身小包里拿出一张纸，递给他。

类似简历一样的表格，前面几个格子，哪一年到哪一年，在哪里工作等，没有看头。

最后三格。一是做的善事。献血、捐款、救火救人等，有好几次。二是做的恶事。斗殴、偷窃、肇事逃逸，事无巨细，都一一列举清楚。三是他的重大事件记。

他轻轻抚摸纸面，纸发出窸窸窣窣的声音。午后阳光开始倾斜，纸片反光刺痛眼睛。

感觉被剥光！

此时无数双眼睛透过女人的眼球窥探他，而他对"她"和"他们"几乎一无所知。

黑衣女人见张勇军眼神迷茫，微微一笑，打开两个塑料袋。同样款式的两只黑色小包并排放在茶几上。

"哪只是黎小姐的？"

他其实是做好记号的，但还是犹豫一下，装出闻气味的样子。拿起一只包。

女人忍不住大笑："你知道吗？我姓黎。"

黎小姐、302房间。前台服务员的样子。时间晚了二十四个小时。

"既然东西你已经拿到，那我任务也就完成了。再见！"

"等等。"

黎小姐拿起另一只包："这就是你老板让你送的了？"

他点点头。

她拿出手机，发送了一条信息。等回信的间隙，她在他身边坐下来。

天突然阴了下来，房间暗了不少。从侧面看，黎小姐有不少鱼尾纹。

"你有孩子吗？"

她一愣，想要站起来，撑沙发的手突然一软，身体往沙发更深处靠进去。

"有过。"

"哦，对不起。"

"啊，不是你想的那样。"

"孩子总是无辜的。"他叹了口气。

沉默被五金店叮叮当当的声音填充，他觉得此时黎小姐也就是黎小姐。

手机沉闷地振动两声，她忙抓起来看。拇指上下翻动几次，其间还望了望两只包。

他在旁边看。生活都不容易。他把手交叉垫到脑后，五金店的声音有了韵律。

她已经拿起一只包。在双 G 字的牌子上摸索。不得要领，又低头看手机。抬头，把手伸向包内部，左旋旋、右转转。

他感觉这个动作，很像当初自己在修理厂摸索一个螺丝的样子。

"啪"轻轻一声，似乎触动了某个机关，双 G 字牌子跳离包的表面。显然，情况是正确的。她的双肩往下垂了垂，他看到她颈部下方赘肉突了出来。紧张后的放松最致命。

另一个包，她轻松地如法炮制。

她将取到的两个牌子重叠，竟然严丝合缝。他甚至还听到落榫轻轻的"咔嚓"声。

她的声音重新高扬起来："张先生，你不是喜欢这包吗？为了得到它们，费了这么多功夫。现在，全部归你了。"

她将包扔回茶几。没有商标的两个小黑包，像被剔去毛发的宠物，明知还是它，却怎么也提不起爱它的兴趣。

他坐着没动。她错了，他并不要包。她把商标放进自己包里。他们对望一眼。她先撤回目光，快步走出屋子。

他刚刚喝了三口水，走廊里就热闹起来。先是叫喊声，接着是拳脚声音。后来有了金属声和玻璃碎裂声。想到藏在身上还有两件"武器"，他笑了笑。

大概十分钟光景，声音没了。他开门出去，走廊里没人，景象却触目惊心。一块门板碎了，一面墙被砸出几个洞，墙上劣质广告镜框的玻璃碎了一地，玻璃屑中夹杂着血迹。他不由抬脚看看自己的脚，从没有像现在这样干净清爽。

突然，在碎玻璃下面，隐约有金光闪动。他先用脚移开面上的玻璃，然后蹲下身子，慢慢刮开极为细小的玻璃屑，金光闪闪的双G牌子完整展现出来。现在，两块商标紧贴在一起，雌雄扣让它们不能分离。他伸长臂膀，手里两条情侣热带鱼张着嘴一前一后向深海游去。

他呆呆地想象着它们的未来。

副驾驶座上坐着两个没有标识的小黑包。关系重大的两条鱼，静静地躺在黑包边上。随着路面的颠簸，这些小东西不时会跳跃几下。

"哎！这路哪有平坦的啊？将就点，快到了。"

张勇军瞥瞥后视镜。后座瞬间浮现两个女孩模糊的影子，随即又消失。

"你们放心，我永远为你们服务。"

前看后望，路面空荡无车无人。但他还是把车停在路口，这个路口，通往全省各个方向。然后熄火，等天黑。从这个路口开始，路在修，房屋在拆迁。

天完全黑透时，他已经翻了一座山。

就像玻璃山上下来一样，他希望有人给他引路，但是现在不行。他只能凭记忆摸索。在关键通道口，他用打火机照一照，可脑子还是迷迷糊糊的。

大概半夜时分，天上涌出冷月。月光清朗，他向上天作揖。

果然，不一会儿，他来到了女儿坟前。他跪了下来，眼泪鼻涕一下子流出来，声音呜咽，身体颤抖。

他掏出两条鱼，扒开最贴近墓碑的那棵柏树的根部泥土。放下去之前，用布和塑料纸包裹了好几层。盖上土，轻拍结实后，他想应该可以了。

默默地，他重新转到坟前，盘膝坐下。月正偏西。女儿很小的时候，就喜欢听童话，他给她讲的实在太少。今夜，他认真静心地为她说一个故事。

很久以前，黄河入海口一块平静水域里，居住着一群金鳞赤尾、体形梭长的红鲤鱼。小红鲤最小，得到大家宠爱。这里水面开阔，水草丰美，各种鱼群路过这里，可是几乎都不逗留，径直游向大海。有一天，一大群黑鱼路过。最小的一条跟小红鲤差不多大小，小黑鲅看景迷路掉队。红鲤鱼收留了他。很快，小红鲤和小黑鲅成了好朋友。他俩每天在水草丛中嬉戏游乐。小红鲤活泼伶俐，热情好客。她爱吃水草里的小虫，常常推荐小黑鲅尝这尝那。小黑鲅开心地看着她，微笑着不说话，有时候浅尝辄止。渐渐地，鱼群中发生了一些怪事，不断有一些小鱼不见踪影。大家以为小鱼们溜去大海里玩，可怎么也喊不回他们。红鲤鱼的长老决定组织搜救。小红鲤闻讯找到小黑鲅。"小黑，我们一起也去找小伙伴吧？"小黑鲅犹豫了一下说："好，听你的。"他们一前一后慢慢向大海深处游去。一路上，小红鲤兴奋地跟小黑鲅说这说那："你看啊，大海这么美丽，比我们的家乡美多啦。"小黑鲅不知怎么的，只是哼哼哈哈，一路上话很少。小红鲤每到一处都要选一些新鲜的水草尝一尝，欢快地大吃特吃。小黑鲅吃得很少，脸色越来越苍白。越往前进，他们遇到美丽的水草越来越多，鱼群的身形越来越大。小黑鲅放慢了速度，渐渐地落在了小红鲤的身后。他犹豫了很久没有说话。突然，他加快速度追上去，一口吞掉了小伙伴。

小黑鲅孤独地游向暗无边际的深海，眼里带着几滴泪。他一边游一边安慰自己："我天生就是一条吃鱼的鱼啊。"突然，一道闪电打落，小黑鲅被击中沉入海底，他仿佛听到一丝若有若无的声音："其实如果你跟我说，我也是愿意的。"

很多年以后，一艘渔船在这片海域作业，渔网入海，打捞上来满满一网鱼虾，有人眼尖从中发现一片锁匙，红黑相间，十分精美，呈两条鱼环抱的姿势，我中有你，你中有我。上岸后，渔民们反复尝试摸索，终于发现了这锁匙的秘密。它会随着人们善恶闪念的当下，打开不同锁扣，十分神奇。于是，大家把它称作"双鱼钥"。后来，渔霸知道了此事，想要夺取双鱼钥。善良的渔民们做出一个决定。他们把船驶出很远很远，把双鱼钥扔进深海。

但是，又有渔船捞起了它……

下山后，他车子没有掉头，直奔海边。在海边，他看到了日出。太阳突地一下跳出地平线的一瞬间，他想到了两条急于游向大海的鱼。

但是，现在他身后出现了几个车队，像几条恶龙向他扑来。

他估算过几种结果，这是最糟糕的场面。

他已经回过身，面对咆哮的恶龙，想起刚入行时，师傅跟他说的："没有最糟糕的路况，只有最糟糕的心情。"

于是，他张开双臂，微笑着迎接将来的一切。

米兰和茉莉

听吴涤清唱《梅兰梅兰我爱你》，想不通他怎么做到把"梅兰"两个字重复这么多遍，非但不讨厌，反而觉得有只小手伸进来，挠得我心痒痒的。

"看到了梅兰就想到你，我要永远地爱护你，因为你梅兰有气息，我要永远地伴着你，今生今世在一起。"这几句话在我蹬自行车上桥的时候，鼓励我；在我下桥的时候，诱惑我。反正这些日子以来，我把梅兰当作米兰，弄得自己七荤八素。

桥下那个红绿灯时间特别长，我干脆把双臂伏在龙头上。风里传来香樟花香，闻着闻着，灯变绿了。米兰花开，米兰快回来了。如果这次成功，那么我在她面前就有了说话资格。

车停在老马烟酒店前，右脚点人行道，递给他十五块，一包红塔山、一包白红梅。挑开封条，红梅熟悉的青涩味道，像极了窘迫的我。一边骑车一边吸烟是有技巧的，头要不时地随风摇摆。

米兰爸爸抽烟可以在老街挂头牌。他不以数量取胜。什么一天多少包烟却只有一个烟头；什么闭眼前睁眼后一支烟等，这是烟鬼。他把抽烟这件事做得高雅精致。一根红棕色亚洲犀牛角短烟嘴，一支短牡丹，没有滤嘴，断档时勉强用长牡丹顶顶。其他牌子从不碰。那股游走在他口鼻之间的白烟，温顺、滋润。烟灰落在青花陶瓷烟缸的过程，也如枯叶飘落般有诗意。我学的就是他的风度。

烟是好东西的观念深深扎根我稚嫩的大脑。米兰爸爸突然去世，这个观念非但没有减弱，反而强化。救护车开不进米兰家所在的弄堂，米兰爸爸被担架抬出来。除了米兰通红的眼睛，我还注意到担架上那只垂下来的左手，我甚至想如果这只手再次拿起犀牛角烟嘴，牡丹烟点燃，那么他说不定立刻翻身而起。至少，灵魂马上抖擞起来。

米兰戴着黑纱、束着白带，拉着妈妈的手，走出弄堂时，我觉得她瞟了我一眼。我却难过地低下了头，躲避她的目光。早在很久以前，我和米兰就是一对。两家似乎沾点远亲边，既然住得不远，节假日两家人就坐在一起围着八仙桌吃饭聊天。那时我弟弟、米兰妹妹还都抱在手上。我俩钻到桌底下，两个头凑在一起看花狸猫怎么啃鲫鱼骨头。两个爸爸喝酒抽烟，酒气、烟味让我安定、舒适。他们说的每一句话，我都认真当作生活箴言。

我估计米兰和我一样，也把两个男人的酒话当真了。以前，再怎么勾肩搭背都行，那几句话一出，米兰即使无意中碰到我手臂，也触电般缩回。饭桌下的乐趣没了。学校大庭广众之下，她再不看我一眼。同在一个班级，我们逐渐变成陌生人。

这时发生了一件事，使我俩成为四年级的焦点。米兰最好的朋友茉莉向老师告密，说米兰给我写情书。班主任吃了一惊，连忙问证据。茉莉"唰"地展出一张纸片，右下角密密麻麻地用细细的铅笔写着我名字。同学们围拢过来。"这是米兰的笔迹！"

"千真万确。"

"但这也不代表是情书啊？"

茉莉脸涨得通红，眼睛似乎能够射出火来："信被她撕掉了。"随即用手指我，"他那里肯定还有！"

在班主任默许下，男同学们把我书包倒翻，筛查可疑物品。又一张纸很快被翻出来。

"'我爱你！'哇！米兰的字。"

"真是她，真是她。"

班主任收走两张纸条。两个爸爸把我俩从学校领回。我们并肩跟在他们后面。开始米兰还在流泪，看到两个爸爸走出学校后就点烟嬉笑的样子，她回头恨恨地说："都是茉莉搞的鬼！"

我懵懂地问："她搞什么鬼？为什么搞鬼？"

米兰厉声喝问："你是不是喜欢上她了？"

米兰爸爸回头，板着过度严肃的脸，用犀牛角烟嘴点点我们："不许吵架，你们不互相帮助，还能指望谁帮呢？"

冷冰冰的语气，让我感到无比温暖。我认真看了米兰一眼，她也正转头瞄我，目光相接，我们同时低下了头。牡丹烟味在前面引路。

小学还没毕业，米兰就戴上了黑纱，一直到初一，她头上总别着一朵小白花。我俩又分在同一班级，茉莉也在。我常常暗自感伤，这么好的爸爸说走就走了。人生无常的认识在那时形成。

我开始偷储蓄罐里的零钱买烟。从几分钱的"勇士"到一毛多的"劳动"，这些劣质烟的苦和辣我都尝过。米兰知道我抽烟，她经常轻声要求我少抽点，少去打架。我当着她面全部答应。兄弟们在门外一打呼哨，我又溜出去。父亲搞化肥销售，常年在外。母亲是三班制挡车工，一日三餐安排好我和弟弟，已经不易。

在社会上闲逛的时候，也会有几个姑娘跟着我们，但是我从来没有把她们当回事。米兰正日益成为我脑子里时不时跳出来的符号。当米兰妈妈挽着一个男人的手，从绿杨馄饨店门口走过时，勺子从我手里跌落，一只营养不良的馄饨跳到我膝盖上，热力慢慢渗透到大腿，又很快冰冷起来。

正在我犹豫是否应该把这个情况告诉米兰时，两个小兄弟为抢座位跟几个外地游客争吵起来。外地人很快占据优势，其中最壮的一个家伙，一屁股坐在抢来的两张板凳上，轻蔑地朝我们说了句："小瘪三，跟爷叔搞，昏头了！"他刚把烟点上，就被我从灶头上舀出来的滚烫馄饨水浇灭了。

那年，我不到劳教年纪，被送进工读学校。我头脑里留存米兰常说的话："少抽点烟。少出去打架。"抽烟、打架，我在工读学校始终坚持。我怕丢了这习惯，米兰就没有话跟我讲了。工读日期一再延长，到后来父母都懒得来看我。他们把心思都用在弟弟身上。渐渐地，我与外面的世界隔绝。在里面，即便缺乏营养，我的身体也在疯长。想米兰的时候，我就围着破篮球场跑圈。内场一场球打完，又一场球结束。我还在跑。空气中经常飘来不远处轧钢厂食堂的香味，我只是渴望做一个普通厨师。但事实是，我增加的只是偷抢爬拿技能。

扔掉烟头，双脚用力，一会儿就到了茉莉店门口。茉莉在接待顾客，我对她打了一个呼哨。她抬起头对我笑笑，招手示意让我从边门进来。

茉莉和我妈一起站在工读学校门口接的我。她开店的苦力活，都是我做。她还在忙，却不忘记回头问我一句："听说米兰要回来了？"

"嗯，大概是吧。"

"你不清楚吗？"

"我也是碰到以前邻居，他们传给我的。"

顾客付钱拿走相片，转身离开时，茉莉喊住他，送了两本柯尼卡简易相册。随后她又弯下腰，找出两个柯达啤酒瓶起子，递给我。她一直有这些小玩意儿。

"我们什么时候过去？"

"等我关了店吧。人家也约了下班后啊。"

我点上一根烟，烟雾顿时笼罩狭窄空间。

"你啊，烟少抽点。还有，一把年纪了，不要老去打打杀杀。"

烟灰很长很长，我竟然忘记弹掉。茉莉笼罩在烟雾里。她的后面，是同样浮在烟雾里的邓丽君、林青霞、翁美玲的大头相片。

晚饭我没喝酒。我伸手去挖裤兜里的钱，被茉莉一把拍回去："正经工作都没有一个，还乱花钱。"

从工读学校出来后，爸爸妈妈亲戚朋友找了好多门路，我也去了几个单位，被管头管脚实在难受，都没做长。

还是靠自己找了合适的工作，当下替荠门阿七看舞厅半夜场。所以我每天醒来就只能看到即将下落的太阳。我被家里赶出来，住在阿七免费提供的舞厅附近的小阁楼上。最惬意的事情就是把头探出天窗，抽烟看夕阳。夕阳的方向，就是米兰去的地方。我喜欢看马路上匆忙的车辆和人流。出现、消失，快速而坚决。人就是这样，走着走着，就消失了。按理说，米兰不应该回来，这个神魂颠倒的阶段，我想过使她回来的各种理由，到最后，总想得我心一阵悸动。

推开大门，好大的一个院子。可惜被过度搭建，削弱了原有气势。主任夫人蛮客气，让我们坐在一棵大合欢树下，还端上两杯绿茶。一张小方桌，几张竹交椅。茉莉坐上去，我才发现她的裙子很短。我不由得把衬衣袖管往下拉，挡住左手臂上那条新伤疤。

前天晚上，零点前我准时到达位于娄荠与市区交界处的"梦巴黎"。小伟兄弟俩拍拍我的肩，把场子交给我。我坐在门房，跟售票的阿七阿姨聊天。聊着聊着，她裹了裹披在肩头的长围巾，凑过头来跟我介绍女朋友。她松弛的脸，白粉正在掉落，整齐的文眉边上胡乱长出了新眉，血红的唇残缺了好几处，只有肿胀发红的眼睛闪着精光。我推说去巡场，慌忙离开她。

舞厅里弥漫着捂出来的霉味，加上不时有香烟点燃，我感觉整个空间都充满了肮脏粒子，它们落在我裸露的皮肤上，渗透到肌体中，我就成为一颗携带不良基因的蚕豆，发出歪歪斜斜的芽。

除了零星几个地角灯微弱发光，里面一片漆黑。破旧喇叭里正放着凤飞飞的《月朦胧鸟朦胧》。适应了黑暗的眼睛，勉强辨别出舞池里稀稀拉拉的人影。这个时间段，不少人都蜷缩在边上的卡座里或沙发上，黑暗掩盖一切。我沿着场地走几圈，让柔美歌声全方位流入耳朵。琼瑶的书我翻过几本，觉得像在读童话，无法理解书里家庭、学校和社会上的事情。但是我喜欢港台歌曲，包括这首歌，高级童话歌。因为我存有幻想。

门口有人尖声叫我，我跑过去的时候不小心撞到一个茶几，茶水、咖啡打翻了。他们在身后嚷嚷，我没理。门口是弟弟，他带着两个浓妆女子，都比他年纪大得多。他一手搭一个人肩膀。阿七阿姨忙着跟我说要赶他走。但是他不听。父母把全部精力都花在他身上。他长得比我还高出一个头，肩膀宽过我半尺。学习成绩其实还不错。父母和老师都被他青春朝气的脸迷惑。这个春天，父母还在为他天天晚上外出补课奋战高考到凌晨而心疼。一天深夜，正在巡场的我，被突然响起的激烈乐曲声吓了一跳。舞池中出现戴着礼帽的高个小伙子，在旋转灯、频闪灯下，猛烈扭动身子，太空人、机器人、体操人一个接一个形体动作让我眼花。我抓住跳完霹雳舞往外走的他的胳膊，感到父母的悲哀。他们抛弃了我，却被弟弟抛弃。

我把弟弟拦在门口。背后那帮人赶过来，不结账就要离开。我告诉他们，被我打翻的茶和咖啡的钱我出，其他费用照付。我们争执起来，突然下起了雨。也不知道是地湿滑，还是有人故意，当头的人往前一冲，把我撞倒在地。弟弟看我吃亏，拎起一个酒瓶拼命往那人头上砸，直到酒瓶碎裂，那人头上鲜血迸溅。见了红，有人掏出了弹簧刀。他们盯住弟弟。我挡住那帮人，让弟弟快走。左手臂被划开一长条。阿七阿姨大声喊叫："警察来了，警察！"

我望着弟弟奔逃的方向，心里的痛楚盖过了手臂上的疼。而另一条往医院方向去的血路，隐约让我感到事情远远没有完结。

主任对我递过去的红塔山摆摆手。头转向茉莉。

"最近生意怎样啊？"

"向主任汇报，在您关照下，生意蛮好的。"

"茉莉啊，你可是我们街道重点扶持的创业典型呀。"

"您放心，我不会给您和街道丢脸的。这不，我还带动其他人共同创业。"

在茉莉第二次介绍下，主任才随意扫了我一眼。从兜里拿出一包软"中华"，自己点上一根。

横街拐角上的房子空着快半年了，茉莉找了我几次，主意都是她的。但是毕竟米兰要回来了，总不见得我以舞厅保安身份见她。对西点，我一片空白。最普通的面包、鸡蛋糕，我也都借米兰的光。她妈妈买给米兰的，会掰下一两口给我。我喜欢面包的香味。每次走过西饼店，我都会幻想有一天早晨，米兰为我倒好一杯咖啡，我在看报纸的同时，吃着烤得暖烘烘的松脆面包。所以，我答应了茉莉的要求。

整整一支烟的工夫，主任没有说一句话。我低头注视着地上的合欢树叶，想一些街头的事情。街头规律也这样，沉默是最厉害的武器。张牙舞爪的人，往前一扑就暴露缺陷。只要轻轻一点，他就倒下。主任不说话，我也不说话。

茉莉说话了："听说您最近出了几张好片子？让我们学习学习啊。"

"这都让你知道啦？"主任紧绷着的脸，松弛下来。我看到皱纹里的汗水，在灯下闪着微光。虽然在灯光下，但我还是被照片上的景色惊呆了。二十出头，我还没有去过什么地方，连米兰所在地的方位都搞不清楚。主任对我的表情很满意，这张片子是哪天几点钟在九寨沟的哪里拍的，那张是黄龙的什么地方，五花海、火花海、卧龙海等。说着说着，他肢体动作也跟了上来，跟我们解释为什么水是五颜六色的。胖手向空中抓了一把，象征性向地上一甩："水的深浅对光的散射、反射都不同，加上水里原有的矿物质、藻类本身颜色也有差异，所以水面看上去色彩斑斓。"

他猛地收回手，脸在一秒钟内又绷紧："但是，拍照时间的把控，非常非常关键。"接着讲了一些话，无非证明他多么专业。我注意到茉莉在他每次停顿时，都给予一个缓慢点头动作，带有一点惊讶，更有敬佩的意味。我渐渐对她也佩服起来。

嘴上说再研究、再研究，主任却把我们送到大门口。茉莉邀请他明天到暗房，有几张照片要去参赛，暗房处理一下更容易得奖。

"就只能四点半！再早不行了。我这么多事，走不开啊。"

茉莉微笑着，回头给他打了个"OK"手势，拐出弄堂。

我叼上一根"红塔山"。

"抽抽抽，你只知道抽。什么用场都派不上。"

茉莉的脸红红的，却又很僵硬。我不想把大局搅乱。

"好吧，是我的错。可你也太能干了，不费多大劲，就拿下领导。"

"你少来啊。再说他批不批给我们，还有变数呢。"茉莉悄悄咬咬嘴唇。我想到了一个关键词：暗房。

米兰喜欢拍照有家庭渊源。她妈妈改嫁给一位摄影师，也有共同语言。米兰妈妈暗房技术好，修照片水平更高。在光明照相馆里，她是技术骨干。米兰爸爸去世后不久，她脖子里套了个120照相机，把我们拉到拙政园。我们讲话都很小心，米兰显得很开心。我从米兰妈妈镜头里看出去，这个世界是颠倒的，加上取景框和照片都是黑白的，我当时就对黑白颠倒的镜像世界充满好奇。

那天，阳光很好。米兰妈妈让女儿站到湖边的太湖石上，米兰做了一个令人吃惊的动作，她一把扯开辫子，摘下小白花，左手藏到背后，右手自然下垂搭到太湖石凸起的小峰上。我妈妈轻轻在我身后嘀咕两句。米兰迎着阳光，高高昂起头，圆眼眯成丹凤眼。我感觉她在盯着我看。纸条事件后，米兰对我不再躲避，有时当着同学面做出亲近举动，大家慢慢习以为常。风波过去，也没起哄价值了。茉莉与米兰闹翻后，一直想重修旧好。茉莉那时整整高出我一个头，却低头讨好我。米兰娇小瘦弱，但是眼中有一种坚定的力量，压迫得我说不出话。

米兰妈妈拿了一沓照片来让我们挑选，翻到最后，掉出那张米兰手扶太湖石的照片："拿错了，这是暗房洗坏的照片"。米兰妈妈想抽回，被我妈妈夺了过去："哪有毛病啊？米兰真漂亮，留给我们啦。"

"这小囡，披头散发的，不懂事。"米兰妈妈还想尽力讨回，她念念不忘的就是米兰挣脱头发束缚的一瞬间。那张照片至今压在东厢房五斗橱玻璃台板下。我曾经想把它取出，一掀台板，照片表层被撕开，粘到玻璃上。我小心地压下台板，照片复原，米兰回归迷人模样。

我和茉莉在桥边分手。我沿着护城河骑了一段，掉头回转。

"你怎么回来了？"

"我送你回家。"

"不用了，你赶紧去休息，还要上夜班。"

我推着自行车，嘴里叼了根烟，走在茉莉边上。现在，她比我矮一个头，还穿了高跟鞋。

操场上，茉莉低头帮我把号码布整整齐齐地别在胸口。而我正在寻找参加短跑的米兰。又是最后一名。我不耐烦地催茉莉快点快点。可我的短跑成绩也很差。

我和米兰靠在双杠脚上，为茉莉数圈数。渐渐地，我不会数了。汗水浸润她全身，运动服迎风贴在她凹凸不平的上身，马尾辫摆动与胸口起伏的频率相同。不知道多少圈了，只知道她甩下第二名半圈。每次经过我们身边时，她总会睨我一眼，然后侧身用力弯道加速。我和米兰用足力道大叫加油。

那块疤痕就是在茉莉拐弯时发现的，眉梢往后，太阳穴附近。阳光照在她满是汗珠的脸上，其他地方都发红发亮，只有这一小块暗淡无光。

我望了几次都看不真切。茉莉倒紧张起来了："干吗？神神秘秘的样子。你还是回去休息吧。"

"我在找你的那块疤。"

"真无聊。"茉莉笑了。我也笑了。

"当初你告诉我，是热油溅出来伤到的，我还不信。后来我在工读学校脚被滚水烫到，才明白伤疤的故事，往往只有自己知道。"

茉莉不笑了，停住脚步："即便主任同意将门面租给我们，接下来也不轻松。工商、税务、食品卫生等部门要跑，面包师傅、蛋糕师傅要分别请。"

我烟吸不进了。眼前面临一场街斗。我从黑暗里走出来，充满信心，可当我看见满街敌人，第一个念头，就是转身逃跑。我真的想逃了。

我第一次逃跑，为米兰。

刚进初中，我还是那样瘦弱、矮小，有些同学已经长胖、拔高。虽然我的学习也是一连串的红灯，但是我不吵不闹，想着自己的心事，做自己的事情。有些人不一样，他们也一样成绩差，却还要让全世界知道。他们拉我入伙，我没有理会。他们开始打米兰的主意，我警觉了。米兰和茉莉又结伴走在放学路上，这让我稍感放心。茉莉哥哥在莳门这片有点名气，他们不敢接近她。

幸亏那天我鬼使神差地跟着那帮家伙到了五松冈。平白无故在平地上出现一个小山冈，大家都怀疑是旧时墓葬。通过山冈，有三条路，两条绕行，一条径直翻过。通常，米兰和茉莉在山冈边分手，米兰往左、茉莉向右，各自回家。那天米兰不知怎的，选择了翻越山冈。五棵松树下面都站了个人，他们其实什么都没做，只是阻挡米兰去路。好几次，米兰动了往松树间隙滚下去的念头，但都被他们拖住了。天渐渐暗下来，没有一个行人经过。米兰几乎绝望了，蹲靠在最大的松树下抽泣。

有人招呼抽烟，留下一个看米兰。我摸上去，照着那小子后脑勺就是一板砖。他捂头矮下去时，我拉起米兰连滚带爬冲下山冈。米兰的手指甲狠狠掐进我手心，我不敢叫痛，我是她的救命稻草，她绝不肯放手。我也愿意经受幸福的疼痛。见米兰进屋掩门，我撒腿奔向火车站。

车站管得紧，我混不进去。绕了很长的路，我终于走到了铁轨边。夜色中，两条乌黑发亮的轨道伸向无尽远方。那是西面，如果一直走下去，我可以看见草原、戈壁，甚至沙漠。但是，这都是梦中才能到达的地方。其实我只是想坐下来歇歇，不料饥饿还没袭来，困意就把我击倒。被铁路警察带回家，我第一次坐上了小轿车。跟我经常坐的2路公共汽车完全不一样。倒与我的滑板车类似，加了个大大的壳子，照样轻巧、轻声地滑向目的地。

还好，那小子脑子没出问题，出了点血，有点脑震荡。爸爸妈妈多次上门赔礼道歉，送医疗费和营养品。我被留校察看。全校这几年就出了我一个。大家看我的眼神变了。扎堆的同学们，看到我过去，也就散开了。米兰当时坐在教室最当中，走过教室的人都会瞄她一眼。

就从那时起，米兰变得光彩照人。相比之下，我几乎没有关注茉莉的情况，只知道她成绩居然在向我靠拢，还天天在操场上跑步。

"要不我们还是不要做这个生意了吧？"

"你说什么话，看看你自己的样子，难道想一直这样下去吗？"

我眼前又出现茉莉一圈又一圈在跑道上奔跑的身影。我也算意志力比较强的，但跟茉莉比，立刻软了下去。我不敢接话，转身跨上自行车，提前去了"梦巴黎"。

凌晨两点，发生一起斗殴。我懒得管，打了电话。熟识的联防队员来了三个，把两帮人扭进派出所拘留室。舞厅早关门。我靠在沙发上，却怎么也睡不着。黑暗中，依稀看得见大大的镜面反射球上的一点点亮色。暗房也是这样吧。我的不安就像一根压舌板伸进嘴里，让我不能正常呼吸，更不能正常吞吐。

在工读学校，即便累透，有时难免也失眠。但那种失眠意向很明确，就是想一个人。把这个在远方的人，从头顶想到脚跟，几遍下来也就睡着了。而这次却很不一样。我不知道该担心什么，一切似乎都与我无关，却又都牵动我的心。天蒙蒙亮的时候，镜面反射球的阴影落到我脸上，我一下子明白了那是主任的阴影落在我心上。

但是，我在太阳升起的时候，又沉沉睡去。等我猛地从混乱的梦里跳醒，清洁工已经在打扫舞厅。午后阳光穿透高大落地窗，舞厅显得空旷、陌生。虽然内心焦虑，但我还是去了趟卫生间，好好地洗漱。我发现从梦里醒来，呼吸如此沉重、急促，还有点惊恐。梦有时会预示一些东西，我对此深信不疑。走的时候，我顺手拿了一把阿七阿姨经常削水果的折叠刀。

我克制住强烈烟瘾，一动不动地盯着对街茉莉的店。小小门面没人。"彩印"两个字是我的创意，粗圆头体里洒满七彩条纹，在一整片门面房中，显出灵动活泼。

一个顾客来到柜台前，左顾右盼，喊了两声。茉莉从后面转出来，拿了来人手上的纸条，俯身查找，很快递给顾客一袋照片。茉莉嘱咐几句，又钻回内室。顾客在柜台上翻看照片好一会儿，才慢慢离开。

我知道，内室一隔为二，外间堆货，里间是暗房。

米兰妈妈曾经给我们看过一张照片，两个女人对面而坐，一人手上拿把团扇，一人手上握把折扇。仔细看，两人却是同一人，米兰妈妈说这就是暗房技术。

又来一个顾客，这次从后面转出来的不光有茉莉，还有主任。顾客显然认识主任，扔下自己的照片，攀谈并欣赏起主任作品。茉莉也凑上前，三个人的笑声引来路人目光。散去的时候，主任拍了几次茉莉背和肩。一样东西顶住我的腰，我一摸，折叠刀滚进手心。我紧握着刀，不远不近地跟在主任后面。我回头，茉莉正伸出头，四下张望。

我停顿了几秒钟，随即重新跟了上去。主任撒开腿走得很快，矮胖的躯体下，两条细腿不停互相摩擦，笔挺料子裤的摩擦声在石板弄里回荡，掩盖了我球鞋的"吵吵"声。整条弄堂的门都关着，西偏的太阳把影子拉长。主任的影子居然离我只有一步之遥，我可以加点速度，毫不费力地将每一步都准确地踩到他头的影子上，但我没有。只是默默低头盯着那个近似圆球的头的影子。

有两三次，街巷里只有我们两个一前一后走着。主任轻佻地甩动手上的塑料袋，我握紧的刀在裤兜里跳了几跳。拔出来、扑上去，很容易的事情，但我慢慢松开握刀的手。

多年前，那个被我拍砖的小子，从出院恢复上学后的第一天开始，就一直跟着我，他什么都不说什么也不做，只是跟到东跟到西。我不敢再动手，甚至不敢用语言威胁，我还对学校怕这怕那。好多兄弟都说被我一拍，他脑子坏了。有一次，我实在忍不住，转身把他一把摁倒在五松冈附近，当我们两张脸相隔不到一厘米时，我注意到，他轻松轻蔑地把眼睛一闭，任肮脏的言语伴随腥臭的口水喷射到脸上。举到半空的拳头卡住了，他脑子没坏，我也没那么笨。我轻轻把他放了，随他爱跟不跟。一星期后，他恢复正常。

主任回了几次头。突然间，他脚步加快，摩擦声更响。塑料袋不再浮夸地荡起。我时远时近地跟着，不时踢个空罐，扔个石子，弄出点声响。到目前为止，我什么都不会。昨晚茉莉跟我说要准备的事情，我也许永远也做不来。但是我要为茉莉铺好路。"心理问题"是"主任"们的通病。解决了这个问题，一切都顺了。

米兰和我最后一次见面，在拘留所里。她从几个我要好兄弟口中得知，我"犯事"与她有那么一点关系。她告诉我，全家都将跟着那个摄影师到西面。所以她特别歉疚没有早点将这个消息告诉我。我安慰她，这是我自己的原因。米兰爸爸看着我长大，一些做派，我跟着他学，而不是跟自己父亲。在我眼里，他是一个"人物"，而我离他的标准太远太远。我没有评价米兰妈妈和米兰全家西迁，只是告诉米兰，我们会再见的。最后，米兰留给我一个瘦弱挺拔的背影，一头短发被风轻轻拂起。

受害人家属在拘留所里闹起来。什么手术、植皮、感染等，我都没有听进去。就连判刑、枪毙等恶言恶语，我也没有反应。但是，家属们提到我的家，父亲、母亲和弟弟，他们掌握了很多资料。我静静地听完，然后一字一顿地对最嚣张的一个瘦猴说："现在，我认得你、他、她。以后，我还会认识更多的你们、他们、她们。"嘴上虽然还在叫嚷，但他们一个接一个慢慢退了出去。

"主任"们总还是有点心事的。茉莉向主任汇报的时候，肯定把我的情况介绍清楚了。主任意识到被我这样的人盯上，有些许不安很正常。

在分叉路口，我与主任分开，加速跑过熟悉街巷，提前来到他家门口对面的一棵高大朴树下。主任走近家门口时，脸上平静自如。当他瞥见树下的我，脸色突变，立刻推门钻进去，动作灵巧，超出我想象。

朴树旁边有盏路灯，我在灯光下认真擦折叠刀。几次，大门被拉开一条缝，我都装作没看见，只是认真地做着自己的事情。我有的是时间。

两个警察走过来的时候，我正仰望星空发着呆。

"哎！你，在这里干吗呢？"年轻警察开口就是警察腔，老练程度和密密麻麻的青春痘不相配。

我斜睨他一眼，没搭腔。

"问你话呢。在这里做什么？"

见我还是没有反应，他提高嗓门："检查身份证！"

"没带。"我懒洋洋地回答。

"跟我回派出所！"

"身份证没带的多了，你们派出所待得下吗？"

"少废话，跟我走。"

他上前拉我，被我一把挣脱，动作大了点，折叠刀掉在地上。他一下子正义感上来了："你带管制刀具！这下非得拘留不可。"

这回我笑了。

"这是管制刀具？那么全市所有商店都在公开出售管制刀具。"

老警察走上前。拿过折叠刀，展开、合上几次，检查刀刃、刀身后，把刀递还给我。他的脸阴沉无表情，眉毛在眉心重重打了一个结。

"你识相点，快点走开，我们就不带你走。大家都是明白人，都知道是怎么回事。做事最要紧瞄准苗头，看看对象是谁。"

我向北，他们向南，各自走出几步。老警察突然回头补了一句："关键要晓得，自己是什么货色。"

我坐在阿七家一楼客厅里，想着刚才老警察说的最后一句话。阿七妈妈站在门口对着空旷大街叫骂，她家花狸猫被打断了后腿。破落人家暴发，别人的嫉妒情绪落到小东西身上。

阿七妈妈费力地将一大盆米兰搬进院子，用力关上大门。

"今天打断猫咪腿，明天不能被那些不要脸的在米兰上浇热水。"

我走上去帮她把米兰搬到鱼池边。客厅灯光射来，米兰更显层次分明，繁茂旺盛。一片片绵密心形叶片当中，嫩黄小花羞涩开放。我蹲着看了很久，那些根茎、叶片和花朵，都和我心里的米兰一一对应得上。

阿七在里面大声叫我。我讨厌这样的声音。

"舞厅那里我不想做了。"

"也好，年纪轻轻一直做夜班也不合适。到我店里来做吧。"

"店里我也不想去。"

阿七把茶盅往边上一推，脸有点发黑："你想干什么？"

"我女朋友就要回来了。"

"胡扯，你哪来女朋友？即使有，和你做事有什么关系？"

阿七父亲很早过世，阿七妈妈靠洗马桶养活一大堆孩子。阿七最小，小学没上完，就跟着哥哥们混社会。他做事坚决，会动脑子。目前除承包经营三个舞厅，还在著名园林周边开了四五个工艺品店。越来越多的外国游客给阿七带来巨额利润。带他出道的几个哥哥，如今只是店员。阿七还当上区政协委员，但是大家都清楚，繁荣生意背后是各种黑洞。

最后一个晚上看场子了。夹克衫左胸口袋有点往下坠，阿七给我的一沓钞票在起作用。我没有告诉阿七阿姨明天就不来上班的事情，给她买了一个奶油蛋糕，这是快要打烊的蛋糕店里最后一只裱花蛋糕，上面有四个字"吉祥如意"。买这样的大蛋糕一般意向很明确，过节、做寿、搬新居等，"吉祥如意"反而孤零零地被遗弃在玻璃柜角上。

阿七阿姨接过蛋糕，笑不拢嘴："吉利的！大家每天都要高高兴兴的。发财！哈哈哈。"

舞厅里正在播放"荷东"的 *Tonight*。今晚人多，大家都聚拢在舞池当中猛烈摆动四肢、扭动臀部。当中一个高个小伙子正在领舞。

正是弟弟。他踩着节奏，以机器人的姿态伸展四肢，带领大家一起喊着"嘿，嘿嘿！嘿，嘿嘿"！

没等一曲终了，我冲入人群，一把拖出弟弟。

"高考……高考，有什么用？大学毕业出来还找不到工作呢。我现在这样，到处有人请我去演出，比大学教授都挣得多。"站在舞厅平台上，风有点大，楼下烧烤摊的油烟味不时扑过来。弟弟也开始抽烟，万宝路。我对他摆摆手，他自己点一根。

"爸妈要是知道你现在的情况，伤心死了。"

他轻蔑地瞥我一下："我不是有个好榜样在前吗？"

他非常像我，特别是那双眼睛。但现在从他双眼里射出的是怨恨和嘲讽。我已经很疲乏，多说也无用，只想把他早点赶回家。

一群人冲上平台。其中一个头上缠满纱布，只露出一只眼睛，那只独眼立刻盯住弟弟，手指直指弟弟："把那个小东西搞死。"

我让弟弟和我肩并肩，一步一步往西南角退去。弟弟的肩膀明显在抖动。我掏出那把折叠刀递给他，他拨弄好几次，刀刃才展开。薄薄刀尖苍白，抖动着对一群狼。

他们散开，扇形包抄上来。他们不急，把刀、棒、棍舞动几下，拍打拍打手心，热热身。

我慢慢地把夹克脱下来，不停地扭动衣服，使它成为一根软棍子。然后抓住两头，似乎成为一样厉害的防身武器。

我们已经快被逼到角上了。缠纱布的家伙笑了，眼里仇恨在消退，痞气和着优越感发酵着。

"小赤佬，敢在我头上'杠开'，我让你今夜'全开'！"

那群人虽然还在逼近，但在老大讲话时，稍微有些放松。

我抓住机会，猛地转身，拦腰抱起弟弟，顺手把夹克里的钞票塞进他裤兜。双手把他托过平台边缘护栏，撒手扔下去。

"快逃回家，不要再出来。"抱住他的时候，我在他耳边恶狠狠地重复两遍。

我来不及看他是否从四楼准确地掉落到烧烤摊的塑料布顶棚上，就转身去阻挡那些从惊恐中回过神来的打手们。

像一辆公共汽车轧过我全身，我却还想拖住点什么。疼痛在消失，声音在消失，光明在消失，我变得很轻很轻。黑暗统治了我的世界。

有一阵子，我似乎又被拍醒。我躺着，却在动。一盏又一盏白灯往上眼皮翻过，身下好像装了轮子自动前行。这个过程断断续续，黑暗、光明交织。其间，似乎闪出几个脑袋，那是好长时间没见的爸爸妈妈吗？我不敢肯定，但是弟弟黑乎乎脏兮兮的脸出现后，我想那真是爸爸妈妈呀。阿七胖胖的脸和阿七阿姨肥嘟嘟的脸也晃了几晃，我是不是有点对不起他们？脑子反应不过来了。

茉莉披头散发的样子，比她平时努力装斯文要好看，我想表扬她两句，喉咙动了，却没有声音。弄成这样子，自己羞愧得很。

眼皮即将合上，我拼命撑住，同时用全身力气举还能使唤的左手，手起来一点，随即掉落。我看着茉莉，想表达一个意思，我把全部心思集中在两个字上，我把她的名字喊出：

"茉莉。"

令我失望的是，我只是微微动了一下嘴唇。

"他想说什么？"

"他在说什么？"

"什么话？再说一遍！"

我积攒全身所有力量，再次喊一声：

"茉莉！"

还是没有声音。

茉莉把头凑过来，凑得很近很近。我又看见那块暗红疤痕了，我笑了，嘴角抽动。她的眼泪掉进我眼里，同我的泪水一起滑向脑后。

她哽咽着说："米兰明天就回来了。"

听完这句话，我上下眼皮慢慢合上。

从未有过的七彩隧道出现，我兴奋地在隧道里自由飞翔。突然眼前出现一点光亮，那是隧道的出口。我正飞向那里。等等，让我猜猜，出口的地方谁在安静地等我呢？

米兰还是茉莉？

鼠的迷惑

说起来真是伤心。我在 N 市钻来钻去五年了，除了搞到过一整瓶香油，其他都不值一提，连个对象都没谈上。

跟我一起从西北火车上下来的断尾，那天在地铁 10 号线牌楼站主窨井里碰到我，趾高气扬说他的故事。

和我在火车站分手，他钻了几天，精力耗尽。这个城就像石头砌起来似的，加上身子弱，他害上了感冒，又发烧又咳嗽，不能再前进半步，就躲在一堵夹墙里休养。他半夜里咳醒，睁眼一看，惊呆了，一位白姑娘正趴着端详他。他从没有看到过这么美的纯白姑娘，是他的咳嗽声引来了姑娘。她长这么大，从未离开过笼子。那个晚上，她闻到强烈的荷尔蒙气味，听到雄性的浑厚声音，灵巧地模仿主人每天开笼的动作。她钻向了断尾。

断尾江湖经验丰富，估算了一下装修隔墙里的新房以及养育后代所需的财物，好说歹说把白姑娘劝回笼子。白天他们两个休息，晚上由白姑娘带着，在主人家这里挖一点，那里撬一些，带进隔墙。

早市上，断尾的货最吃香。有的客户提出专门要求，比如一段铁棍山药、一个黑色平头夹，甚至一片萨拉米香肠，断尾都搞到了。

终于有一天，财路断了。白姑娘肚子大起来了。就在主人将信将疑的一个深夜，他和白姑娘私奔了。隔天，所有通向光明的洞都被堵掉。

一对乱世情侣在黑暗中迎来了六个娃娃。

"盘踞，而不是钻营。这个老辈传下来的话，你怎么不听呢？"分手时，他教训我，并抛给我一张名片，"有事来早市找我！"

断尾的生存经验给我启发。钢筋水泥丛林留给我们只有下水道、垃圾箱，怎么才能在险恶环境里生存？碰运气是不可取的，我是有智慧的。

凌晨的世界属于我们，我尽情地在台风过后满地的梧桐树叶里穿插横行。天亮，我就要"盘踞"到一个黑暗角落，蹲守我或许奇幻的未来。

看门人

我发誓马上搬走！一刻不能再停留。虽然门房墙角的地洞阴湿舒爽，面积也大，但是我再也忍受不了一粒米都不剩下的悭吝家伙！一个月前可不是这样的，"盘踞"第一家，我选最近的青砖群房，据说过去、现在、未来都住有身份的人。越往里，来头越大。不过，我暂时接触不到大佬。按照行规，新来的必须从门房待起。

胖阿姨行动缓慢，我一搬进去就喜欢上她。夕阳一射信报箱我就大摇大摆地出来。她转个身，找眼镜，再转过来，分发信件和当天报纸给住户，有时还会被住户说上几句。这当口，我几乎可以扫荡这六七平方米的小屋。首先是墙角小冰箱上的剩饭剩菜。我对她有点意见，做菜盐放得太多，对身体不好。而我老要起夜。我最喜欢的是她藏在单人床枕头底下的饼干。有一次我吃到了葱油味的，我呆呆地想起大西北成片的绿色植物，我在那里长大，又从那里逃离。我的思绪飘在千里之外时，胖阿姨也坐到床沿边。她的话既对自己说，又对别人说。

"人老人嫌呐。不争气的腿啊，你只会越来越慢。不争气的眼睛啊，你只会越来越花。"

泪水在我眼里打转，我轻轻放下手上的饼干，放下眼前的一大片绿色。

"啪"的一声，要不是我经验丰富，早就惨死在竹把扫帚下了。我在奔逃间隙，回头狠狠望了一眼仇人。老头赤膊、平头，矮而粗壮，胳膊、腿上青筋暴起。

这是胖阿姨离开的时候，我在中午大太阳底下冒出来，目送她远去。她简单地打了个包裹，双手抄在包裹结里，往外走出大门时，歇了口气，继续走远。我就是这么看呆了的。

"有历史文化的房子，就该定期集中除四害！"

"工资待遇就这点，你看着办。"

"请领导放心，您既然收留我，我什么也不说了，看我行动吧。"

亏得我心细，听完表忠心的话，赶紧把几个出入口全都严严实实堵上。之后三天，总算牢牢顶住了水龙、毒气、诱饵的侵袭。

我天天盘算怎么弄吃的，这简直要了命。老头一天三顿米饭，每只碗都不用洗，光得照得出人影。我身体一天比一天虚弱。

正在我稀里哗啦扔东西，骂骂咧咧准备撤退时，事情有了转机。

一个要饭女人来到门口。于是，我陷入另一种烦恼。单人床从熄灯开始，总在吱吱嘎嘎响。高高瘦瘦的拾荒女人手上漏得多，溜一圈很容易找得到食物屑粒。但是嘎吱一声，总让我惊出一身冷汗。

渐渐地，我习惯了在每天例行动静里巡逻。他们忙他们的，而我也变得昂首阔步起来。

"钱越来越少啊。"

"你嫌弃我了。"

"我说钱的事情。"

"你动动脑子呗。"

那天清晨，我在梦里听见打铁声，朦胧中意识到地铁又要开一条线。

白天，门房里堆满了杂物，更可气的是一大块硬纸板挡住我的主出口。女人混乱的喘息声一直在我头顶移动。搬进搬出的间隙，我实在忍不住探出半个身子一望，乖乖，变成废品收购站了。几个蟑螂想钻进我家，被我一腿踢回废品堆。

半夜，我又被沉闷的敲击声惊醒。这几天，单人床居然安分起来了。我在黑黑的屋里没有找到他俩。我爬上窗台，夜空里繁星闪烁。静谧的夜晚被老头的锤击声打破，老头肩臂也闪着亮晶晶的汗。女人还是混乱地喘气，搬这搬那。瘦的人难道就是这样不需要睡眠吗？

我胡乱地度过了嘈杂的半个月，好在桌上经常有剩饭剩菜，他们的日子过得不精致了。

"开门！开门！"

大门被拍出"嘭嘭嘭"的声音时，我正在品尝一小段被女人随手扔掉的黄瓜。

"谁啊？哪个？"老头这句话里鼓起蛮横的肌肉。

"警察。快开门。"

"来了来了来了。"老头声音细弱得连我都辨识不出了。

女人进了屋，随手拿了一件罩衫，一个小包。不要说喘息了，连呼吸声都听不到一丝。

"身份证？"

"给。"

"职业？"

"控保建筑群门卫。"

"什么时候从什么地方来的？"

"三个月前。A省H市Z县。"

"其他还干什么？"

"没了。"

"没了？"

"是的。"

"跟我走一趟吧。"

围观的人多了起来。女人手上牢牢抓着两样东西，贴墙往外游。

"同志，同志！我真没干什么啊！"

"有人举报你偷盗电线。这是犯罪，要坐牢的。"

"我绝对没有偷盗。我们只是收点废品，她……"老头环顾左右，却找不见女人。我清晰地看见她已经成为围观人群的一员，在外围使劲踮脚张望。

"同志，请看，都是些断线，拆迁房下来的。我哪敢偷啊，政府收留了我，感恩戴德不尽……不尽呐。"

"你怎么处理？"

"把皮敲烂剥掉。"

"什么时候敲？"

"早、早晚吧。"

"早晚都不许敲！"

"保证不敲、不敲。"

老头进门房，重重地把门带上。我的洞口晃了晃，掉下点墙灰。他忙了一天，除了喷洒毒药，干了他顶替胖阿姨开头几天所有的事情。一切又变得干净、简单、没有油水起来。

在静悄悄的洞里，我虽然饿着肚子，但是心里却响起《一个男人的梦》的优美旋律。

天有点凉了，老头套上了白汗衫，蹲坐在门里小板凳上，抽着自己卷的烟，不时歪头向外张望，弄得我的头颈也有点酸痛了。

突然，门一动，女人转了进来，老头抬起了头。我从信报箱上跌落下来。

胖厨娘

信报箱下面是一条阴沟，我从未发现过它的存在，或许就是那天对我打开的。我以无比难堪的姿势跌落再翻滚。就像我在西北高原上，被他们从坡顶扔下一样，经历了漫长痛苦的过程，我知道自己正被一只无形的手操控，在黑洞无尽坠落，再被甩到另一个地方。最后，我晕了过去。渐渐地，我听到一个微弱声音，让我血脉偾张。"盘踞"后，我几乎碰不上同类。大家以地盘为界，井水不犯河水。那特殊声音来自墙的另一边，我心中有个声音警告自己：不能越界。然而，我打洞穿墙的速度一点没有减慢。

刚露头，被一重物砸到，我昏死过去。

等我醒来，发觉自己被绑在一根木棍上，正被高举到巨大排风扇后，不时地，一股股油辣浓烟冲向我。我不住地咳嗽，眼泪、鼻涕止不住往下流。毛发已发黄变脆，再过一个小时，我会被烤熟烤焦。

"放他下来。"

我仰面倒在地上，眼前七八张脸。最老的那张脸上只有稀松三根胡须，他开了口："你懂不懂我们的规矩？懂不懂帮规？"

见我不作声，"三根须"下命令："店里兔肉要得多，这个鬼壮实得很，等会儿送给胖厨娘，也算我们的一份心意。"

我万万没想到，他们与人类勾结起来出卖同类。我歪在墙角，悲愤交加，想想这一生就这么快结束，更加苍凉无语。

"哎！哎！看这里。"

顿时，我又激动起来，两个小时前，就是为这个声音我才破墙而来。但是被绑着，我动不了身，只能眦破眼角，发动余光寻找声音。

她看出我的窘迫，主动绕过木棍，来到我面前。我的心跳时断时续，眼前金星直冒。我从没看到过这样漂亮的灰姑娘，并坚定地认为，她要比断尾的白姑娘美上百倍。

"我爷爷吓唬你的，我们家从来都是谨小慎微。胖厨娘一咳嗽，我们都躲得远远地。包括你这次的闯入，我们吓坏了。"

"吓坏就上我刑罚？"

"试探和考验总是要的，后来看出你是块硬骨头，我们放了心。"

灰姑娘温柔地替我松绑。我站起来还没有仔细观察这个居所，外面打仗般的声音传了进来。比我想象中更多的老老少少趴到缝隙、孔洞上，真是大家族啊。灰姑娘带着我趴在"三根须"边上，"三根须"对我点点头，算是认可我的存在。

外面街上两帮人从烧烤店里打到街上，都从店里砸了凳子，手里挥舞棍棒劈头盖脸乱打。

"三根须"直摇头。

"都给老娘住手！"

街上还是乱糟糟。那个瓮声瓮气的声音，开始并没被注意。

"噗、噗"两声，一个胖女人出现在我们的视野里。她手里拿了两个小号液化煤气瓶，让帮工打开阀门并点燃。她挥舞着，像即将升空的汽艇。

斗殴的，以及围观的人，都在惊愕中听清楚她的第二句话："你们不滚，就一起死吧！""死"这个字出口的时候有浓重的鼻音，就像死是很容易点上一个菜似的。那些人立刻扔了棍子，朝不同方向奔逃去。

如果这就是胖厨娘，那么真的把我交出去，现在我肯定成了串上的麻辣美味了。

我看看"三根须"，又看看灰姑娘，指指煤气罐，他们深深地点了点头。我咽下了一口几乎没有水分的唾沫。

街上安静了下来。警察来了，里外看一圈，问了几句就走了。胖厨娘开始招呼重建家园。午夜时分，来的吃客只望见"胖厨娘"店招，而不知道一个小时前的腥风血雨。

大家都没有想休息的意思。头上巨大排风扇还在呼啦呼啦地转动。胖厨娘的声音从酒杯酒瓶碗碟碰撞声、猜拳呼喝吵闹声、煎炒油炸声底下稳稳地钻出。

"对面又要开一家烧烤店，这是要把我往火上烤啊。"

几个接话的，不管男声女声都传不出来，可以参加歌手大赛般的特殊声音成了单口。风扇不停，我学他们静静听。

"明天起，羊肉串每串降两毛，蔬菜串降一毛。"

"小五啊，再去大胖那里谈谈，啤酒再让几分钱给我。"

"这个事情我绝不做，这里即使倒闭也不做。他们迟早会弄出事情来的。"

"那我哪里保证得了啊？环保、非转基因、绿色无公害等，对我免谈。我只保证不添加毒素，不进死的、坏的。"

"下周来食品卫生飞检？什么？还要来税务检查？城管要来查违建整改？"

……

排风扇失去了动力，缓缓停转。我估摸一下时间，应该过了凌晨三点。大家红了的眼早就盯住店门口的那只蓝色垃圾桶。臭味和香味，到了他们鼻子里，都成美味。

胖厨娘锁门的时候，大家的脸转向"三根须"。我却转向灰姑娘，她表现出与大家不同的姿态。她和我一样关注的不是蓝色塑料桶，而是深蓝星空。我喜欢这种感觉。

胖厨娘落下最后一句话："明天下午谁陪我去做美容？"看看四周，人全跑了。

灰姑娘双手抱胸口，低声细语，像对我说："我好想做美容。"

大家开始发疯般往外冲。"三根须"、灰姑娘和我没动。

我悄悄地从排风扇无比湿滑的叶片之间钻了进去。店堂、备餐间和厨房巡视一遍后，一扇锁着的红色小门吸引住我。锁怎能阻挡我呢？

我回到"三根须"家族的时候，天已大亮。大家腆着饱饱的肚子，迎着曙光龇牙咧嘴地进入梦乡。"三根须"也累了，靠在干燥角落，眼睛眯了起来。我对灰姑娘做了个手势，机灵的女孩立刻跟着我爬上了排风扇。

店里的每一条缝隙都渗入光线，我看得出灰姑娘的紧张。遗传因子告诉我们黑暗才是安全地带。我指指小红门，灰姑娘顿时转成兴奋状态。

刚一落地，灰姑娘就大声"吱吱吱"叫起来，我并不制止，就让她按照自己意愿放肆一次吧。她缠绕着泪珠形香水瓶，嗅吸迷人气味。她凑上脸去蹭美白霜瓶边上的残余物。她把眉笔、唇膏搅乱，还不知道怎么按开了调色板，短短几分钟间，几乎占了半面墙的化妆镜里，时不时出现灰、红、白、粉等几种颜色。

而我却盯住了另一面墙上的照片，没有理会灰姑娘热情呼唤我的请求。这是一个人大半生的照片。幼年、学校、工作、家庭、事业，循着这条线，我又觉得迷茫了。照片上人物反复变化，女主角始终不变，从小姑娘到苗条女子，再到胖厨娘。一群人、一个人、两个人、三个人，最后一张胖胖彩色脸撑满整个相框，脸上挂的是笑容，但我隐约看到伤痛埋在皱纹里。

当天傍晚，胖厨娘撕心裂肺的喊叫声，引发街口严重堵塞。我一边听着车辆混乱尖厉的喇叭声，一边听着"三根须"的推断。灰姑娘什么都不关心，拿着细细的眉笔画了又画。

"三根须"讲得有点道理，毕竟他是族长。有些纯属臆断，看来他的眼界还不够宽广。

"你真的要保留这些照片？"

"是的。"我和灰姑娘花了半天时间，从红门小屋运出来的东西，对我们都是宝。"我不懂的东西实在太多了。"我的脚踩住了一只眼。

小菠萝

刚开始，我整天围在灰姑娘身边。她要的不是蓝色垃圾桶、胖厨娘备餐间等能够提供的。我凭着闯荡江湖多年的经验，一一帮她办到。

一天，她要做一件真丝睡衣，对我频使眼色。我知道街尾有一家裁缝店。路途遥远，还要横穿马路，危险重重。好不容易等到"胖厨娘"关了门，我弓起身子往外窜。还没到洞口，绊到一样东西，重重摔倒在地。

"三根须"直起身子，缓缓收回绊倒我的那只脚，神情严肃。

"您为什么不让我出去？"

"年轻人谈个恋爱，没什么不好。可是冒死谈，我不赞成。"

"街上现在没人，裁缝也回家了。我到店里，扯点丝绸过来就行。"

"我问你一个问题，你为谁活着？"

我爬起来，感觉这不像是个问题，而像一把刀子直插我的脑子。胖厨娘那天晚上悲愤地喊出："我这是何苦呢？完全可以轻松自在，可是，为什么就是做不到为自己活着呢？"记得当时我正看着照片发呆，被她一喊叫，我似乎进入时空隧道，过去的一切不如意一样一样向我砸过来。

而我自己呢？究竟应该为谁而活？就在我手足无措的时候，"三根须"第二个问题来了："你最想做的事是什么？"

这又是一把尖锐的刀子。我在西北的时候，青春年少，一直憧憬到江南大城市做些往家族门面上贴金的事情。而现在，我已经忘了那些崇山峻岭。

第三把刀接着飞过来："你想过死吗？在我的族群里，死是件容易的事，你会如何对待生死？"

这些年，碰到的、听说的，朋友当中像断尾这样的是极少数，死亡也是经常的事。我的心渐渐变得坚硬。

看我半天一个问题都回答不出，"三根须"指指斜对过：

"我知道你在热恋中，也做出了一些疯狂举动。但是要做我的孙女婿，必须回答出以上三个问题，并且要令我满意。你需要墨水，而不是油水。看见没？到'博学书店'待一阵子吧。老板人称'薛博士'。"

我搞不清是被"三根须"赶出来，还是被他派出来进修的。总之我现在已经闻不到油烟味，充斥鼻子的，都是纸张腐烂的气味。我在书堆、纸堆里无聊地钻着、滚着，顺便思考那三个问题。

我累了。叹声气，伸个懒腰，突然，手放不下来了。一只灰猫就在一步之遥。然而，猫也愣住了。琥珀色的眼里明明射出惊奇和疑惑。随着僵持的继续，我渐渐有了自信。这不是在街巷、杂树林里追杀我的野狸猫，而是血统正宗的宠物猫。胆渐渐放大，我注意到猫的耳朵耷拉在脑袋上，竖不起来的样子。他们从生下来就吃颗粒状的猫粮，标准的素食主义者。

"小菠萝！小菠萝！"

小菠萝一边赶往主人那里，一边还时不时回头看我。我估计她在想遇到了一个不错的玩伴。

果然，我从书店梁上清楚地看到薛博士正把咖啡色颗粒猫粮倒在淡紫色盆里。小菠萝吃的时候，薛博士轻轻地抚摸她的后背。她不时回身愣一会儿。我不由得笑了起来。这种猫，放到街上，估计活不过三天的。想到"活"这个词，我又烦恼了。

书店夹在两幢楼房之间。现在，起风了，呼呼的风声从我的头顶越过，总感觉有什么东西被带走似的。书店打烊了。

小菠萝慢条斯理地爬起来，蹲在猫砂上大便，完事后，写意地用爪子挑挑猫砂，就什么都看不见了。小菠萝很满意，正要回去睡觉，我挡在她面前。她瞄了我一眼，随后绕过我，还想去睡。

"猫！你的天性哪里去了？"我不禁怒吼。

小菠萝轻蔑地摆了摆尾巴："我不是满大街跑的，累死累活的中华田园猫。他们的天性是昼伏夜出，捕猎打劫。我是高贵的苏格兰折耳猫，我的天性就是享受人生。"

她估计碰上我这个刺头，一时半会儿也睡不了，就地伸了个大懒腰，打哈欠时露出尖利的牙齿，逼得我话锋收敛一点。

"虽然这样，但我还是有很多疑惑。"

"说吧，如果我回答不了，还可以请这一房间书帮忙。不管你和我，都受制于人类，但应该承认，他们的思想的确了不起。"她停顿一下，指指上面，"当然，如果有更高智慧来到地球，那就另当别论。"

"我正恋爱中，她叫灰姑娘，刚开始时，我喜欢她清新脱俗的气质。她时而仰望星空，时而诗情涌动。后来，我们获得了一点化妆品，她的虚荣心日益膨胀。今天要裙子，明天要丝绸。猫啊，你也是女生，我想问你，灰姑娘仰望星空时，到底在想诗句，还是在想漂亮裙子呢？"

"住口！不许碰触我的伤疤。"

我被她喝住了，呆呆不知该说什么。

"上个月，万恶的薛博士带我去做了手术。我现在已经不是'她'了。我感觉以前的那些美好，现在都变得和发霉的旧书一样，无味无聊。"

"啊！对不起，我真不知道人类还有这样残忍手段。"

"算了算了，我还是根据老经验给你判断一下吧。"

我又把"三根须"那个家族的情况简要介绍了一下。

"那种大家族里的孩子，从小被呵护，不经历风雨，却懂内部邀宠争胜，培养出'精致利己'的品性。不能简单冠以'物质欲望女'或者'精神追求女'，照我看来，安逸环境培养出来的都是复杂的综合体。"

小菠萝用锋利爪子插进一本书，然后缓缓勾起："听薛博士说，写这本书的作家叫三岛由纪夫，他最有名的思想就是，美达到极致就要遭到毁灭。你要当心啊，灰姑娘追求到极致，也就是走向毁灭之路。所以，你要设法使她'平静'下来，懂吗？"

半夜里，风突然停了。街头传来毛骨悚然的公猫求偶尖叫。书店里静谧如港湾，小菠萝对外面的声音毫无反应。

"你为谁而活呢？"刚才小菠萝那些话我似懂非懂，还是问那三个问题吧。

"我为来生而活啊。"

"什么？来生？"

小菠萝用一只肥肥的脚轻轻拍打我的后背："我对此生信心全无，对将要发生的任何事都无所谓。天天吃斋念佛，就为了在六道轮回里修得好的来生。"

"你觉得什么是好的来生呢？"

"做人啊！人多好啊，统治着整个地球，还在往外扩张，月球不必说，估计火星、金星都快了。"

"那么，我碰到好多人，也在吃斋念佛，他们已经够好的了，为什么还要修？"

"如果不修，他们岂不要和我们角色互换啊？六道轮回里，众生平等，善业分明，修好此生，就为来世开启了光明大道。"

"你最想做的事情是什么？"

"吃喝，睡觉，发呆。"

"除此之外呢？"

"吃喝，睡觉，发呆。"

当小菠萝重复第二遍的时候，我隐隐觉得内心有什么被拨动了一下。

"最后我还想请问，你将如何对待死亡？"

这个问题小菠萝还是思考了不少时间，思考的时候，她用爪子在书架上划了几道深深的痕。

"这个问题，我一直问自己。我从小没有见过父母，生下来就被放置在看似高贵的不锈钢隔断里，自动喂奶、喂水、喂食装置保证你的成长。但是，我要的温情呢？从没在我内心生成过。薛博士对我的爱，是对宠物的爱。我在他抱我回来后没几天，就想自杀。死还不容易吗？在这到处是陷阱的街上。但是我犹豫了，虽然我修了这么长时间，要是万一没有来生呢？那不就完了，彻底完了。所以，我也渐渐走上了'精致利己'的路，一方面妥妥地过好此生，另一方面顺其自然到来生，如果没有，也没关系，我也过足啦，过足啦。"

刘老太

小菠萝的话虽然回答了"三根须"的三个问题，但毕竟是她的回答，总觉得离我心目中的答案还有距离。

我在黎明的街巷里东窜西钻，几个拐弯后，我似乎有点迷路了。转念一想，迷路好啊。一生当中接触的同伴很多，但最终陪你走下去的却很少。生命就是不断舍弃、不断迎合的过程，如果身边一成不变，那么离死也不远了。

"吃喝，睡觉，发呆！"

看似简单的事情，自从盘踞以来，我接触到的各色人等，都达不到生命最原始、本质、简单的状态。是不是压力越大，人性越扭曲呢？

逼仄小巷走得越深，垃圾、汽油、树木、油烟等混合成的气味越浓。我找到几栋老楼房组成的无门岗新村，等待时机。

"你熟记书本里每一句你最爱的真理，却说不出你爱我的原因，却说不出你欣赏我哪一种表情……"

一个瘦瘦的女孩戴着耳机，手里拎着菜篮和塑料袋，神情投入地轻轻哼唱。她走向第二排楼房的东单元，我快速跟过去。

女孩上到三楼，放下菜篮，掏出钥匙开门，不料滚落一枚硬币，她追下半层，我趁机钻进单元房。

房间里散发着一股更加复杂的气味。我用敏感鼻子狠狠吸气，脑子里出现几个词语：老人、被窝、中药、隔夜饭菜等。

"小刘回来啦？"

"是的，奶奶。菜买好了，您等等。我洗个手帮您起床。"

"啪！"小刘开亮电灯，我躲到冰箱底下。脚碰到一样东西，回身一看，一片香肠。我慢慢啃着美味，仔细听房间里动静。

小刘在冰箱旁边推出一辆轮椅，打开时，她用脚往两边轮子上踢几脚，快速推进房间。

时间在小刘伺候老人起床、上厕所、洗漱、做早饭、吃早饭的过程中流逝。我不由打起瞌睡来。等头往前一冲，我从梦中醒来，光线布满整个屋子。我觉得舒适无比，连着打了好几个滚，差点滚出冰箱底盘。原来好天气能够带来好心情啊。

屋里静悄悄的，一位满头白发的老太在阳台上，轮椅随着她往窗户外张望的动作而微微颤动。

老式楼房两个朝南卧室，其中一个带阳台；北面客厅、餐厅连在一起，厨房、卫生间并排。我已经在房子里巡游半天了，秋天阳光的味道和着炖锅里排骨汤的香味，逼迫我的眼泪下来了。我已经很久没有过这样"时间停摆"的生活。在这样的时空里，我不用做任何努力，幸福就一把抓住了我。

北窗下的人行道上，保姆们正在开会、嗑瓜子，喜欢唱歌的小刘声音最清脆，她的笑声让我想起灰姑娘。

"砰"的一声，我循声快速跑过去。老太连人带轮椅翻倒在地。

"小刘！小刘！"

老太呼叫声沉闷、短促，根本出不了户。

老太开始努力用手撑，撑了几次，有一次一只手已经搭住阳台栏杆，似乎有希望翻转命运，但是手一滑，更响的一声"砰"，破灭了她的希望。我就是那时候站到她眼前的，初衷是想为她打打气。不料她好像一下子泄了气，不仅身子横在地上，脸也贴到了地砖上。

我们四目交错而对，都吓了一跳。看着阳光拂动那一丝丝银发，我坚定不逃的决心。老太也镇定下来，叹了口气，头更加无力地倒在地上。过了几分钟，见我还不动，她来了兴致。

"你看上去不一般，不慌不乱，想来很有主见。我对你说说，你听得懂、听不懂，都没有关系。只要不走就行。"

我的绿豆大的眼睛，尽量瞪得大点，表现出我坚定立场。

"小刘虽然从农村来，却也机灵好学。她特别喜欢唱歌，什么歌声、歌手的节目，我都让给她看，谁让她跟我一个姓呢。除了买菜，她自己的东西全部在网上买。我最近注意到，她把快递小哥的电话铃声设置成那个叫什么来着？噢，是《三生三世》里的《凉凉》。老太我领行情得很呢。当初在学校兼课时也教过音乐的。我的儿子、女儿，还有他们的子女们，都会唱 *Five Hundred Miles*，谁教的？当然是我啦！"老太停了下来，眨了眨眼睛，"但是，现在满屋子都是《凉凉》，哪还有 *Five Hundred Miles* 的声音哪？"

如果孔武有力，我立刻把老太扳直，给她盛碗排骨汤压压惊，可是我没有任何力量，站着认真听，就是对老太最好的支持。

"算了，不说他们了，还是说你马上会见到的小刘吧。哦，对啊，有可能你早就已经见到了。瘦瘦的，剪一头短发，圆圆的脸，细眉细眼的。说到她的优点真是很多，动作快、不偷懒、嘴巴甜。但是缺点也明显呢。你看看我这个样子，就知道她没有把坐垫按到位、刹车把也没拉。粗心啊！当然，我自己也有问题。今天是我生日，我让小刘买了好多菜。我没有告诉任何人。在阳台上可以直接望见大门口，他们的车子颜色、型号我都记得。"老太眼角流出浑浊的半透明的液体。

"粗心啊,不过小姑娘还小,还小。她年纪跟我大孙女一样大啊。大孙女应该也比小刘高吧?哎哟,我怎么都想不起来了呢。每年大年夜我要发不少红包,那时我最最开心。"窗外响了几声汽车喇叭,老太面色由白转红,嘴唇逐渐转成不正常的紫色。"车子!车子!"

我跳上阳台护栏,一辆小车正驶出新村。我的心也凉了。

老太一只手直直伸向床头柜,急促地呼叫:"药!药!药!"

我疯狂地钻出北窗,使尽生平所有力气,把一个种着葱的小盆推了下去。

断尾兄

我在空荡荡的房子里,如坐针毡。

刘老太被小刘和保姆们送上救护车后,这里成了我的天下。但是我并不希望有这样的优厚待遇。

大门被打开过两次,一次是一个中年男人,另一次是一个中年女人。他们都是来找东西的,直奔刘老太卧室,拉抽屉、开橱门,垫凳子摸橱顶、趴身子扫床底,临走时,都灰头土脸,把门摔得应天响。

终于,在我迷迷糊糊的时候,大门轻轻开了,是小刘。她更瘦了,连圆脸都尖了。她神情木然地到自己卧室,拉开旅行箱,一边往里面塞衣物,一边哭出声来。

"奶奶,我不能再照顾您了。他们说这次完全是我的责任,不再要我了。"她走到隔壁房间。

"如果您知道，肯定不让他们解雇我的，但这次的确是我的疏忽，即使您留我，我也不能再待下去了。可是，我不放心啊。"

她从身上掏出一张纸，郑重其事地用图钉钉在床头："您的生活习惯，吃喝拉撒，还有吃药以及注意事项，我都写了下来，后来的人会按这个做的。我想，她会做得比我更出色。"

拎包即将走出大门的时候，她突然转身跪下，对着空屋重重磕三个头。

我强忍着眼泪，直到小刘把门轻轻带上，泪水才扑簌扑簌往下掉。难过的劲过掉，悬着的心反而定了下来。刘老太没死，这是最关键的。她的子女虽然解雇了小刘，但还是请了新保姆。这个屋子会慢慢热闹起来，想到这里，我决定离开。小刘、灰姑娘，此刻搭通了我敏感神经。是啊，该去看看她了。

这次，我没有走地面，而在繁杂肮脏的下水道里行进。那里最容易碰到同伴了，有时打个招呼，更多时候，大家都面孔铁板，怀着心事各走各路。一个家伙顶了个蝴蝶结匆忙赶路，我心一动，拦住他，问蝴蝶结的来路。

他疑惑地端详我半天，爆发出大笑："你傻啊！早市上买的啊。"

哦，对啊，早市，断尾就在早市啊。我要为灰姑娘做点什么，再去见她才好。

早市在长江滩涂上，江水刚刚退潮，褐色泥淖渐渐被江风吹得干结。我在防洪堤坝的草丛里窝了一宿。天不亮，就听见四面八方赶集的步伐声。

一般货主面前摆个摊，也有土豪搭个大棚，还聘请了服务员。我被眼前各路货色迷了眼，根本不知道要为灰姑娘买什么。

"哈哈，你小子终于来了！"我肩上重重地挨了一下，回头一看，正是断尾。他连忙请我进他棚里。服务员给我们端上香油品尝，我抿了一口，不禁赞叹，极品小磨麻油啊！

他带着我在店里转了几圈，都是化妆品。刚进门的喜悦在我看过牌价后，烟消云散。他看出我的忧虑："尽管挑，随便拿，就算我送弟媳的礼物。"

一条粉色带绿点的丝巾随风飘荡的时候，我似乎看到灰姑娘眼中闪过的亮色。断尾看出我的需求，果断地摘下，递到我手中。尽管他扯掉吊牌的动作很迅速，但我还是看清了价格。

"这么贵，我买不起，更不能白要。"

任凭断尾怎么说，我都不松口。

"好吧，我有个办法。你替我办个事，就可以免费拿走丝巾。"

"这还得看我能不能办到呢。"

他挥手一划拉："我敢说这些家伙中能做成此事的，凤毛麟角。"

我惊愕地看着那个钻戒，这时，晨曦初露，只要碰到一点点的光，钻面就反射耀眼光芒："这……这是人的戒指啊！"

断尾点点头，双手紧紧捧着钻戒："我们永远搞不懂人类的。越是好的东西越是不懂得珍惜。这么好的戒指，说丢就能丢。总之，它滑进了下水道。你知道，我们和人类之间长期以来一直有互通的渠道。现在发展为网络互动。人类只需在我们的网站、论坛或者公众号上提出要求或者请求，我们帮的中心办公室就开始甄别、运作。钻戒是一个'小黑'在排污管口捡到卖给我的。中心办公室接了人类的单，找到我，跟我谈妥收购价格，跟失主沟通好回放地点。"

他展开一张地图，建筑及隐蔽工程，还有我们打出的通道，都标注得清楚仔细。"你来得正好，他们要去我还不放心呢。你在 N 市混了五年，那个区域你又很熟悉。但这毕竟是个'大单'，还是谨慎小心为妙。"

"断尾兄，请放心吧。今晚午夜之前，我一定把钻戒安全放进胡小姐信箱。"

胡小姐

去胡小姐家必经灰姑娘家。我并没有停留，胸前捧着一颗炸弹呢。虽然我用废报纸包裹起来，但在地下通道与那些身强体壮的家伙们相遇，还是有点心虚。万一被抢，就名誉扫地了。

还好，除了几个家伙在身后跟了几步，没有遇到什么困难。大概在上午十点出头的样子，我就抵达胡小姐家所在楼房下面的污水管口。过于顺利倒使我隐隐觉得总有什么事情不对劲。

我爬到这幢楼五楼，在离楼板只有一层地板之隔的管道里，我闻到一股说不出的味道，既是甜甜的，又是酸酸的。

突然，一个女人打起了电话，声音由模糊变清晰，又变回模糊。她在走动。

"……当然咯，只有每时每刻想，才能抓住幸福啊……什么？你忙啦？好吧好吧，不说了。挂了。"

关门声响起前，传来一句"忙，谁知道在忙啥呢"。

我绕进烟道，从容不迫地从检修孔爬出。一室一厅，客厅改成了书房，完全符合断尾的图纸内容。胡小姐在卧室，似乎有点情绪。我忍住不看垃圾桶里"饿了么"的包装袋，我有使命在身，区区泔脚怎么能引诱到我。

我把报纸扔了，像捧皇冠一样，走向大门的信箱，只要对准细长入口，"噗"的一声，我就可以堂而皇之地从断尾手中接过丝巾。

突然间，我改变了主意。墙上沙沙沙走着的钟提醒我，离投递的最后期限还有十二小时多点。我把钻戒藏到烟道墙缝里，迅速奔向一个地方。

灰姑娘以为我不会再出现，激动得拉着我的手转了好几圈。我内心温柔的部分，完全被旋转了起来。

去胡小姐家的路上，灰姑娘老是问个不休。我也不回答，只是飞快地穿行。

胡小姐还在卧室，灰姑娘却已经兴奋起来。我本想先在厨房垃圾桶和周边，与灰姑娘享用半块比萨、啃一口的炸鸡、尝尝几乎没动的猪排饭。但她甩开我的手，直奔卧室。我回头看了看那些美食上的蟑螂，我多么羡慕它们啊。

"午饭不回来吃啊？时间太紧。哎，我还订了你喜欢的八宝辣酱盖饭……"

没了声音。过了一会儿，胡小姐声音幽幽地飘出，不像刚才甜腻，有了怨气："单位就隔条马路，工作也不至于忙到这个程度，不要认为我不出户就不知天下事。"

门铃响，外卖来了。胡小姐付了钱，把八宝饭随手往垃圾桶里一扔，自己坐到书桌边写起字来。她写毛笔字，背挺直，右手缓慢移动，我听得到纸上的沙沙声。

我跟着灰姑娘溜进卧室。卧室家具简单，抢眼的是一个精美梳妆台。阳光懒懒地从窗里透进来，空气里混杂着各种香料气味。灰姑娘单纯地兴奋着。她一边在梳妆台上蹿下跳，一边吃力地辨认着各种形状不一的瓶子罐子盒子上的英文。她想使出在胖厨娘那里的一套，我拼命阻止，害得她"吱吱吱"抗议不停。

胡小姐进来张望一下，随手把门带上。灰姑娘又从惊吓中恢复正常，在首饰盒里打滚发呆。我在旁边看，突然觉得幸福其实是件简单的事情，只是被人弄复杂了。

"啊？晚上公司又有事，晚饭肯定不回来吃？可……好吧，早点回……"

胡小姐重重扑倒在床上，双肩不停颤动。我们转移到衣柜顶上。望着窗外所剩无几的天光，我想是投递时刻了。我从隐秘处拿出钻戒，交给灰姑娘。我们踮脚看看卧室床上的胡小姐，一动不动。

灰姑娘捧着钻戒一步一顿走向信箱，在信箱边，我做了个"请"的手势，她高高跃起，准确地把戒指投进细细长长的嘴里。

"啪"的一声，声音比我们想象中来得大，大到居然惊起了胡小姐。她走了出来。她一边走一边看手机，手指停滞空中一段时间，突然，她急促地向信箱走来，拉开信箱后，她的动作又变得缓慢。确认再三，她轻轻点了几下手机屏幕。

钻戒在射灯下发出更为耀眼的光线，房间里的所有黑暗角落，似乎都将被扫到。我不由低下了头。

"钻戒啊，你最理解我的心。"胡小姐站起来，推开窗户，夜风进来，湿气里有股霉味。灰姑娘已经对胡小姐崇拜起来，双手抱在胸前，呆呆地望着她。

"你们的事情，我都知道。本来，今天是个特殊的日子，我在每个环节都设计了原谅你的台词。从早上你出门开始，我至少给了你三次机会，但是，你全部错过。你错过了这个纪念日，错过了我原谅你的机会，错过了……我！

"钻戒啊，对不起啊！你这个原本最珍贵的纪念品，如今变得一钱不值。前几天，我得到他们确切的证据，一气之下，把你丢进马桶。随着今天的临近，我有了幻想。我把你赎回来，并不是因为你有多金贵，而是一种象征。如今，象征变成无意义，所以，你从哪里来，还是回哪里去吧。"

"哗啦啦！"抽水马桶连续冲了三次水。胡小姐有点癫狂地大声说："人！就是狗血人生！一地鸡毛！"声音转成妖媚，"变成动物，我就毫无顾忌，敢爱敢恨。不压制本性，不迁就别人！"

就在我们围在洁白陶瓷上呆呆看旋涡的时候，房间里响起疯狂的摇滚音乐，胡小姐披头散发，捧着一个酒瓶，随着强烈节奏，不停摇摆、尖叫。

灰姑娘紧紧攥住我的手，泪眼婆婆地看疯狂旋转着的胡小姐。胡小姐越转越矮，身上的衣服飘逸地散开。我似乎听到了熟悉的叫声，但一时没有反应过来。直到一只白色狸猫从衣服堆里跃出，我才大喊一声："不好。"灰姑娘还待在那里，我顾不得说话，一把把她拉进抽水马桶，下潜的时候，我望见顶上两只白爪正在捣鼓。

躲在江边防洪堤坝缝隙里的一夜，灰姑娘几乎没有睡，她不停地用一块破布擦钻戒，虽然我跟她讲了无数次，这个肯定是真的，从抽水马桶弯头里取出来的就是胡小姐扔进去的那个。后来，胡小姐变成了白狸猫，也是真的。

我是黎明到来前最黑暗的时刻醒来的，现在的我，也即将破晓。脑子里一直闪动着断尾和白姑娘的家庭和事业。我也凑上去摸了摸那只钻戒。我手碰到钻石的一瞬间，第一道光线正好射到钻面，我猛地想起"三根须"的三个问题，前段日子苦苦找寻的答案，不就在眼前吗？嘿！一切迎刃而解。

断尾惊奇地查网银，钱款昨日就到账。他仔细用高倍放大镜查看钻石，叹了口气，随手把钱款转入我账户。跟我握别时，他耸耸肩："人呀，总是让我们感到迷惑啊。"我安慰他一句："简单点，比较好。"

戴上粉色丝巾的灰姑娘忽然变得节俭，早市上只是买了些日用必需品。当江水重新涨上来的时候，我问她："我们还回你爷爷那里吗？"

她望着水天交接灰蒙蒙的天际，清晰地吐出一个字："不！"

卡瓦萨基

自从那天被打之后，我就瞄上了小群的卡瓦萨基。

他蹲着，左手捏、放离合手把，右手跟着左手节奏"咔嚓咔嚓"试着变换挡灵敏度。格子衬衫从牛仔裤里钻出来，雪白腰上有一条长长瘀痕。

"什么问题？"

"你懂个魂。"

我默默递上万宝路，小群用嘴叼住。没等我的火凑到烟头，店里就打了起来。小群甩头把烟吐掉，顺手抄一把扳手冲进去。

我先是按着刚才小群的样子施展左右手，摸摸弄弄。然后坐到卡瓦萨基上，伸直头颈看店里的情况。

两桌客人起了冲突，小群和他爸爸被夹在当中。扳手到了一个胖子手上，小群正和他争抢。头颈酸了，我低头按下点火开关。

卡瓦萨基沉闷地抖动，我的心被狠狠抽了一下。向前！

向前！我不止一次梦到自己开着卡瓦萨基，在空无一人的马路上，把油门拧到底。风穿透我的身体，把后座上阿梅的衣衫、长发带起。但是，现在将赋予卡瓦萨基的却是沉重使命。

"扑咻！"熄火。点上，再熄火。卡瓦萨基像一头被拴牢的公牛，鞭子一抽，往前一冲，随后趴下。小群的手和胖子的手缠绕在一起，但他还是别过头来瞪我。我当作没看见，闭上眼想小群的动作。先手动，再脚点，转油门。卡瓦萨基怒吼着向沧浪亭方向驶去，每加一次挡位，"公牛"就驯服不少，喘息声渐渐平息。

初夏清风送来栀子花浓香，从春节起，我失去了睡眠，现在却在卡瓦萨基上打起了瞌睡。

我坐在靠走廊的位置，灯光暗了几分钟，还是有人不停地擦着我的膝盖，强行通过，没人说对不起。不管男女，身上都带着新春酒宴特有的烟酒味。以往，我会故意伸直大腿，让过去的脚必须弯曲而过。这次我显得很有礼貌，把身子早早挺起来。那些闪过的羽绒服和大衣沉甸甸地压在我心事上，我连电影名字都没记住。一张贺年明信片挡住了我双眼，还有心智。

卡瓦萨基继续向前，我睁开眼，天空变成电影院穹顶。空荡荡的街道，挥不去的电影院。

我在进电影院前五小时，挥舞两张单位发的电影票，走进小群店里。他正在揉面。我很惊讶。

"饺子皮都会擀了？"

"春节有人要吃饺子。"

"晚上去看电影吧。"

"什么片子？"

"我也不知道，单位发的票。"

"单位发的票，肯定不好看。"

"好像是武打片。"

小群甩开面粉："肯定是李连杰演的。你七点半来叫我，我好脱身。"

七点半，我骑着车从饭店门口晃晃悠悠而过。后来小群列举我罪状时，把我形容成一个醉鬼。

"头低着，眼直勾勾地盯着车轮，还左右摆动。脚无力踩踏板，车轮之字形前行。只要你停下，哪怕不停，一个手势、一个响指，我早做好奔过来的准备。但是，我只能听我爸的话，不要跟酒鬼混。"

我忘了告诉他明信片的事。事实上，我也没打算跟他说。

卡瓦萨基不知不觉拐进南门路，发出优质引擎特有的钟表走时般"沙沙"声，像一个轻骑兵，隐秘地侦察敌情。

明信片再次点亮我眼睛，困意全消。如果不是底楼破烂自行车把勾了一下上衣兜，我就不会看一眼铁皮信箱，那么马马虎虎插着的明信片说不定什么时候被北风吹落，掉进积满臭水的水表池。其实第一眼我就盯住那个花体英文签名，并跳出阿梅长发飘飘的样子。我还是揉了揉眼睛，生怕花了眼。"Someone is looking for you，Someone is missing you"。我只用一转身的时间，就判断出"有个人"是谁。

接下来的一天一夜，没有味道、声音、色彩，甚至触觉。不要说小群还是电影，就是父母、工作，都记不起来。脑子里只是播放一个动作，阿梅对我微笑着拂拢长发。

我暂时把甜蜜的梦抛开，睁大眼睛回到现实中，试图发现罪恶根源。南门路西侧整排厂房围墙，超出对面棚户区房子一倍。我在棚户区房与房的间隙里，看见滚滚向前的护城河黑色水流。就算一条影子，也引起我的警觉。

　　远远传来沉闷雷声，一种不祥气氛压得我气喘不已。我下了车，向聚拢在腥臭河滩的一堆黑影摸过去。我战战兢兢却又咬牙切齿，不敢熄火，卡瓦萨基温顺地斜靠在人行道边，微微颤动。好在阿梅说过那些只不过是小痞子，她说这句话的时候，正用手撩起我刚烫的头发。我不喜欢张国荣的斜分，烫成了张学友式的中分。头发盖住了凸起伤痕。她的大眼睛微微有些抖动，显得她的话有点闪烁。

　　借着河边微弱灯光，能模糊看到那些人戴着帽子，帽子还连着坎肩。他们抽烟聊天，不时拿起毛巾拍打身上灰尘。我松了一口气，转身离开那帮面粉厂搬运工。自己点根万宝路，放轻脚步在棚户区窄巷里晃荡，空寂无一人。正当我接近马路时，忽然听到卡瓦萨基近似疯狂的怒吼。

　　我追上去的腿是软的。尽管这样，我还是拼命奔跑。卡瓦萨基驮了两个人，其中坐在后座的，看到我稀奇古怪的样子，拍拍驾驶员的肩，车慢了下来。他伸出右手拇指朝我勾了几下。见我再无力追赶，两只手在空中做出"V"字形。卡瓦萨基飞跑起来，消失在南门路上。

　　我停下脚步。我什么都没做，没有喊叫，没有跑去派出所。我只是沿着这条苏州城南偏僻的道路往回走。十点半钟我要赶到城北的厂里，今天夜班。时间不紧也不松。我只在被打的高墙边停下脚步。墙角水泥剥落，显出红砖。我蹲下，比照，与我蜷缩在地的身影一致。

按照阿梅的更新补充，那不是一起偶然事件。有预谋，并且冲她而去。她说这个话时，眼睛凝视着半空中不存在的点。我们坐在通向运河的一条小河的闸门上。

我那车间电工的父亲、挡车工的母亲，正在接待锅炉工姨夫和会计阿姨。会计阿姨总喜欢报一些账目，于是，七个平方米的客厅连厨房里，灌满她的声音。突然，她失声。

我在里面房间抚摸额头伤疤，阿梅突然出现在我面前。客厅里竖起了八只猫耳朵。阿梅放下我的头发，想继续说些什么。我站起身，示意她去外面说话。

闸门外就是高出小河一米左右的运河。我们坐在运河一侧，不时回头望望小河。运河对岸就是南门路。

"你学习紧张吗？"

"还好吧，就是一些活动和演出搞得我很累。"

"大学真好，把以前不能做的事情都做了。"

"大家都说你们厂里有毒，真的吗？"

"刚去的时候，我还能闻到甜得发腻的味道。现在，我已经闻不到了。"

"这就是中毒啦。"

我又望了一眼小河，水位真是很低很低。我也歪着低下了头。虽然额头还有疼痛感，但这已经不算什么了。尴尬的是，阿梅一直不提那张明信片。她不提，我自然不好问。

"这个周末我们的美籍外教请我们去她家玩，我想送条丝巾给她。"

"老外肯定喜欢。"

"她多次表示请我出国读书。"

我的心咯噔一下，最担心的事情终于显露峥嵘。

"这是个好机会。"

"我还没有决定，暂时先把这里的事情弄好吧。那些乱七八糟的事，真够烦人。现在你又被打……"

我被打的事情上升到与她学业、生活一个高度，我感觉这个伤疤似乎小了点。半年来就这样，我俩在一起的时候，我时不时地被阿梅拎起来，在蜜糖里蘸一蘸。

同一个班上有一个带班老师傅，他早早占据钢丝床，翻看书摊杂志。两个一起进厂的伙伴，已经到了岗。见到我，把记录本、电筒和笔往我身上一推，坐下铺开围棋纸。我对他们眨了好几次眼，他们似乎都没看见。不一会儿，黑白就对攻起来。我不是他们的对手。

各类仪表抄了三遍，还把时间每次都往前推了一小时，横倒在长条椅，也已经凌晨三点钟了。我很快就睡着了，好像没事人一样。这种样子，我在梦里都觉得奇怪。

我仍骑卡瓦萨基，这令我既兴奋又狐疑。车子沿原来路线，朝南门路行进。我暗暗使劲，不让车子拐进南门路，但是没用。卡瓦萨基缓慢而又坚定地奔向棚户区、河埠头。我知道接下来我将离开不熄火的车子，去偷听面粉厂职工的谈话。下车时，我拔去了车钥匙。但是当我听到发动机轰鸣，连忙伸出双手，手上没了钥匙。气喘吁吁追了一段路，我回厂里上班。躺在椅子上，又有了梦。我还是在卡瓦萨基上游荡。从一开始，我就跟车子对着干，没有一点用处。它驮的只是一个符号。这个符号现在飘到半空，看着敦实的卡瓦萨基和两个家伙消失在南门路尽头。一遍又一遍，我得到随即失去，每个细节熟到快要吐。我跌入一层又一层梦境，时间皮筋般越拉越长。

阿梅和我从阵雨里钻出来，就转到了南门路。刚开始，我们还在大声地笑那场奈何不了我们的雨。渐渐地，黑暗空荡的街道流露出不安。我以为黄梅天窄小雨带追赶所致。直到呼哨声、叫骂声传来，阿梅才用力踩自行车，并对我说这真是锻炼脚力。杂乱的自行车队哗啦一下就超过我们，蝗虫般向前。我们刚定下神，几辆车也停了。突然，整个车队回转头，把我们围在当中，逼停。拳脚雨点般落在我身上的时候，我双手紧紧抱头，忍受着，相信一切很快过去。我甚至透过快速运动的臭脚丛林，瞄到了稍远的地方，几双皮鞋并没有动弹。阿梅尖声呼叫被淹没在狂乱的起哄声里。几双皮鞋一动，拳脚收住。阿梅把我扶起的一瞬间，我竟然有轻飘飘的舒适感。在她惊恐不安的大眼睛里，我收获了幸福。但是，我心里还是有颗小石子搁着。过了不久，当我目光扫过血红的卡瓦萨基，我一下子明白，它将成为我爆发生命力的重要符号。

被工段长拍醒后，我深深吐出一口浊气。虽然他叫骂的声音在厂房里游荡，但追不出厂门。面对耀眼白日，我将度过无所事事的二十小时。明天四点早班。

我请两个围棋小子吃早饭。在厂边上的小面馆里，给每人要了一碗焖肉面。第一口和着细细的姜丝入口，顿时脑子里只有吃的幸福和舒畅，懊糟的事情是等到喝完最后一口汤的时候，才显露出来。他俩话并不多，精于计算，但我还是想关照几句。刚开口，就被他们调皮地拍了几下头皮而噤声。他俩撇撇嘴，拍拍屁股走人。我却一点一点透出心事来，霎时觉得阳光刺眼。还是先去找阿梅。

自行车一直往南。脑子里有了阿梅的样子，一切景物都与她有关起来。我放开龙头，车子顺城南大桥坡度往下滑，手指轻轻往右拨一下，车子拐进新村。门口杂乱的摊位，还有一个完全开放的门房。我写过来的明信片或者信，应该就在这里丢失的。现在没空，过了这阵找他们算账。

楼道里的油烟味，总也散发不掉。每次爬楼的时候，都有一把钳子卡住我喉咙，增添紧张感。以至于我爬到五楼，敲门之后，应答的发声也油腻腻的，声音连自己都吓一跳。

在来的路上，我战略性转变，毅然把卡瓦萨基事件放到第二位。我已经无法忍受明信片猜谜带给我的煎熬。要么爱，要么不爱，干脆利落。

可我失败了。咖啡香味里，阿梅拿出一本练习册，一页一页翻给我看那些中学趣事，我心里快成灰烬里的火星，又腾腾旺起来。

"你写得真好。"

"随便写写，只是想让自己不要太快忘记这些事情。"

"借给我看看吧？"

"嗯……可以吧。不过一定要还我。"

"说不定还可以为你提供更好素材呢。"

阳光射进阳台，阿梅把椅子往里面挪了挪，双手把头发往后一拢。淡淡清香飘过来，我一下子变得文雅安静，心里犹豫了一下，尽量简单平淡地说了卡瓦萨基的事。

阿梅刚要开口说些什么，突然响起了敲门声。进来四个男生两个女生。那四人高低胖瘦不均，但都用警惕目光看着我。我听不大懂他们夹杂着英语的略带夸张的说话。我似乎听懂了一句"Love is merely a madness"什么的。无聊中，我坐到阳台上翻开笔记本。渐渐地，我浮肿的眼睛亮了起来。

心在一阵狂跳之后，平息。我有了新主意，但是现在不能说，克制加忍耐，说不定就有美好结果。

我在嘈杂声中提出先走的要求，阿梅愣了愣，陪我走下楼梯。楼梯上油烟味里增添了饭菜香味，我禁不住几次提鼻子。阿梅给我分析了几种可能性。其中最大的，就是南门路小混混骑走玩玩。这我并不在意。但她说的另一种可能，让我摸不清她的思路。

"小群让人开走的。"

"你怎么会有这样的念头？"

"你真的这么了解这个饭店小老板吗？事实上，我们通常连自己都不了解。"

我摸了摸额头快要好的伤疤，真实的事情，总令人沮丧。我连连摇头，差点踩空台阶。

"不可能，这是不可能的。"

楼上还有客人，阿梅显然觉得说得够多的了，她对我摆摆手，转身上楼。

"明信片和信还没收到吗？"

"没有啊。我等下再去门房看看。"她在一楼半转过身，声音稍微加大，"你别急，我来想办法。"

出乎我意料的是，小群并没有提起卡瓦萨基，他急着让我帮忙卸货。卸好货，午市开始，小老板没有时间跟我说话。我走出一条马路的距离，找了家更小的饭馆，要了一份蛋炒饭。蛋炒饭里放了葱，我一点一点挑出来，在白色餐桌上摆成一颗绿心。想想不妥当，便扫下桌。手心沾了油腻，几点绿点缀。

我拐进游戏房，打了几回"街霸"。重新晃到小群店门口时，发现他趴在桌子上睡着了。我拉过四张靠背椅，椅背交错，人躺下后不会翻跌。门和窗都敞开着，风里带着淡淡白兰花香，婆娑的梧桐树叶"沙沙"响着。我睡着了。

梦里，还在下黄梅雨，滴滴答答。高湿度让我处于间隙窒息状态。我下了卡瓦萨基，低头寻找自行车痕迹。被雨水浸透的黄泥，发出"扑哧、扑哧"的响声，我的雨靴被咬住了。同时，不同花纹的自行车轮胎痕迹杂乱显现在我眼前，并伸向坑坑洼洼的南门路东段。我回身坐上卡瓦萨基，拉大油门之前看了一眼高墙红砖前的我，那时已被阿梅搀扶起来，眼里正含着迷惘。我心里暗暗骂了几句"蠢货、软蛋"，就与卡瓦萨基一起朝前猛冲过去。远远地，那群自行车就在前面不紧不慢地晃着，但是，飞奔的卡瓦萨基却总也追不上。我拼命挂挡、拧油门，不料一打滑，我和卡瓦萨基失去方向，冲向运河。运河水有点怪，不时往上冒气泡，气泡越来越多，简直像水开。有一股力量吸着我下沉，一片混浊。我唯一能够看清楚的，不远处庞大的卡瓦萨基也在缓缓下沉。我使劲憋住气，看它斜着倒在河底，砂石扬起。后轮压在一个可口可乐瓶子上。

"找不到！找不到！"我从梦里惊醒。桌边，小群还在打哈欠，手上打火机和希尔顿已经准备好。

"有个事情，我要对你说清楚。"

"噢。"

"那个卡、卡瓦……"

"好了，别说了。我知道了，你再用两天吧，反正我也不出门。"

"可是，那个车……你可能误会了。"

小群挥挥手，一副不耐烦的样子："没事，尽管用。你小气，不能把我也当作你一样的货色。"

他还在生看电影的气。如果真是这样，这个家伙应该多么可爱。阿梅到底怎么想的？她才真正是个谜。

小群皱眉"嗞嗞"吸烟，我知道希尔顿的"凶"，我仿佛看到他的肺，甚至灵魂正被希尔顿一丝一丝地割开。想到这里，我赶忙扔掉了自己手上的半截万宝路。两个小时前，阿梅大声对我说要帮忙。看来，今夜"戏份"很足。对家里说个谎，我就可以在夜色里混到上早班。

在家里拿了水、手电、细麻绳、扳手和螺丝刀等，装进帆布挎包。出门正好碰到下中班的妈妈。她指着我，无非又是"不好好工作，以后讨饭就快了"这类无用的话。说到底，她比不过自己妹妹，一直窝着一团看不见的火。本来指望我，现在好了，上三班的潜规则，我比她懂得都多。

"我是一个不一样的三班制工人！"我想冲着她嚷上几句，但硬是把唾沫压下喉咙。

我有的是时间。歪歪扭扭地骑车，想着阿梅一笔一画工整字迹背后的那些故事。时间也就过去了一年不到，我对那些中学往事已经感觉幼稚。阿梅还在认真书写，我有点冲动。我拍拍鼓鼓囊囊的帆布包，感觉到里面的一封信正在胡乱跳跃。等我发觉时，自己的车轮已经滑下城南大桥。

我不信任门房，看门人和邮差一样，都是危险人物。多了这个环节，信息传递会有误差，甚至错误。这封性命交关的信，只能直接交到阿梅手上。

"谁啊？"

"哦，阿姨，我是阿梅同学，她在吗？"

"她出去了。"

"哦，好的。"

这个自以为是的决定，终结在油烟味的楼道里。

"师傅，这封信怎么给？"

老头的制服，我怀疑是铁路上的，蓝色，双肩上有搭扣。虽然铜纽扣没有任何标识，但在灯光下有威慑力。

"请问信怎么投？"

老头正在专注地看医生用生物物理原理找准经络，对陈景润的帕金森病针灸治疗取得效果的新闻。我索性也坐在自行车后座上歪着头看。我第一次看到陈景润影像，他正在长沙发前走动，夸张地挥动着手臂。我的头越来越歪。老头跟着屏幕里的陈景润一起挥动手臂，让出的屏幕空间越来越小。哥德巴赫猜想停顿在陈景润宽大的眼镜上。

"把信丢进对面信箱。"

"啊？什么？"

"你不是要投封信吗？自己找信箱去。"

找到阿梅家所在的幢数，点清小格子，504，对了。小心翼翼地把信送进信箱，听到"噗"的一声，我的心落了地。随手拉一下信箱门，开了，我的信孤零零地平躺在中间。再拉其他邻居的信箱，都锁得紧。

信重新落进帆布包，包显得格外沉重，我低头加快速度，朝南门路骑过去。天完全暗了下来，我在香樟树浓密枝叶里穿行。我不能让明信片和信失踪事件重演。我在明处，他们在暗处。我得好好保护自己和信息。

自行车似乎有了脑子，全不要我指挥，往河埠头滚过去。

运河马上就要改道，夜航船将不能擦城而过。这段水域将变游船领地，霓虹灯挂起来之前，仍然散发着淡淡腥臭味。我站在泥沙混合的杂乱河滩，黑魆魆的沉沦感，包裹我整个童年。父母只在饭桌上见，阿姨算错一个数目，能让他俩开心一周。但是，我只能闻到远处运河里淡淡腥臭味，听到日夜不歇的汽笛声。

运河里起了水泡，我既兴奋又不安。水泡先是一个两个，后来一串接一串往上冒，和梦里场景一模一样。我的手像陈景润那样抖动着，插进水里。并没有力量把手臂往下拉扯，我定心不少。突然，一条黑影从水里蹿出，出水面很高，凌空向蹲着的我扑过来。

黑影胖乎乎地喘着粗气，摘下潜望镜，倒在我身边。

"你在运河里做什么？"

"找东西。"

"找到了吗？"

"怎么可能找到。"

晚风还是有点凉，他把身子擦干，胸部的肥肉不时抖动。我为他点了一根万宝路。

"找不到可以收工了吧？"

"我还得下去一趟。"

"到底找什么？"

他看了我一眼，绿豆眼睛两秒钟之内连眨几下，牵动面部肌肉痉挛。我不知道这是一种态度，还是生理现象。不过，最终他把泳裤里塞着的一个小塑料袋递给我。我取出叠成方形的小纸条，打开。

一辆摩托车被画在纸中央。那么眼熟。我注意到下面的一行小字：红色，250卡瓦萨基。

我把帆布包里的矿泉水递给他，提问变得小心翼翼："是谁让你找的？"

他喝水、抽烟，并没有搭理我。猛地，站起身，舒展身子，一步一步，仪式感很强地走向河埠头。临下水时，他对着漆黑的河水："Baby，我为你而来！""嘘"一声长啸，扑入水中。那根白色呼吸管开始还隐约可见，不时像鲸鱼般喷气。后来，淹没在黑色中。

我坐在砂石地上，用螺丝刀刻画卡瓦萨基的样子。直到竖起两个耳朵般的反光镜，运河里还没动静。我又等了一会儿，收起工具，用脚扫掉图案，往运河上游走去。

除了脚步声，手中的那张纸不知什么时候展开了，迎风啪啦作响。

棚户区的弄堂逼仄，障碍重重，路灯都布不进。污浊气息随着气温升高变得腐朽。我加快脚步穿行，猛一拐弯，撞上一个人。那人很矮，手中电筒碰到我膝盖，掉落在地。玻璃镜片粉碎，电珠却顽强闪耀明灭不定的微光，正照出阴沟边缓缓抬起左前脚的一只癞蛤蟆。

"你怎么走路的？电筒都坏了。"那人压低声音，把手电举到手上，再也见不到光亮。

我拿出手电："是我不当心，给你我的。"

那人试着打开开关，一道白光闪出，窄弄顶头的玻璃窗有了很强的反光。我和他都看到了，还没等我开口，他就以气声呼出四个字："卡瓦萨基！"转身，他奔跑着，追向光影中迅速闪过的一片虚幻的红。

我跟着跑了一段路，这完全是下意识的动作。我只想拉住他问一些问题。被风一吹，就打消了念头。矮子像钻地龙一样灵活地在狭窄空间游动，棚户区出现的每一个动静，我都觉得跟他有关。

终于，高大围墙拦住我去路。围墙延伸到运河边还不算，再往水里插了铁丝网，即便到了很深的水里，也绕不进面粉仓库。

我取出细麻绳，打个水手结，朝高墙上支撑铁丝网的铁架子上一抛，套住拉紧。手脚并用，一把一把爬上墙头。刚想翻进院子，听到墙下说话声。

"你都找过了？"

"每个仓库，包括办公楼，都查过了。哪有啊？"

"找不到，不好交差啊。"

"还有地方遗漏！"

"什么地方？"

"厕所！"

"那也不能放过，Go！"

全世界都在找！真是太疯狂。我趴在墙头，放弃了翻进去的愿望。

夕阳很美。阿梅家的阳台有个转角，对着西方。为什么我家阳台都是些煞风景的破烂？我突然觉得来得频繁了些。可信件又不保险，我拿什么来向她表白？只有面对面。要命的是，很多话说不出口。我只好先说其他，走的时候，把帆布包里的信留下。

"好多人都在找卡瓦萨基。"

"我知道'他们'在找。"

"我就奇怪了。小群和我都不找，'他们'凭什么找？"

"'他们'找想要的。"

阿梅说这句话的时候，光线布满她右半身，从乌黑长发到跷起的右脚脚尖，镀了一层金。而我站在越来越暗的房间里，黑暗即将把我吞没。

现在，只有那封信是救命稻草。我已经等不及了。

"这是我在看了你写的那些文章后，给你写的信。"

"哦，这么快。"

"你可以现在看，也可以等我走了再看。"说出这句话，胸腔里长时间憋的血腥味终于散发出来。

阿梅走进房间，拧开书桌台灯，拆开已经不规整的信封。两张信纸，在她手上停顿了很久。

我已经完全站在黑暗中，像个罪犯等候宣判结果。随着时间推移，我明白，好结果已等不到。门把手上吊着一个粉红心形香囊，我悄悄把红丝线绕在手上，把手移进裤兜，裤子上部微微鼓起来。

我的双眼像暗夜森林中的猫头鹰般扫视周围一切。恐怕再不会踏进这个房门了，我是不是该记住些什么？

台灯下传过来的声音，轻柔而冷静。

"我现在没有办法对你信里提出的问题做肯定还是否定回答。你知道写作从根本上应该是一个人孤独的事情，你提合写，我知道你的诚意和热情，但是一来我也不确定自己是否会坚持下去；二来每个人的感受不一样，万一有了冲突，处理起来更复杂。"

把事情预估到最坏，可能就会有转机。我借这个具体事，把最想表达的意思说出来。

"那个最简单、最实际的问题呢？也不好回答吗？"

阿梅把头转向我，脸格外苍白。

"我真的不能再把你当弟弟看待了。"

她是这么认真，以至于一缕黑发挡住了右眼，她都不去拂开。

我站在雪山之巅，总感觉有一双手隐约在后，不知什么时候会被推下。而现在，经历了令人窒息的漫长的黑暗等候，阿梅这句话一出口，我就意识到，自己已经落了地。我看了一眼坐着的阿梅，她其实就在高山上。而我就将脚踏实地走自己的路。

阿梅和我都不说话，这真是一次漫长的告别。

"好吧，那就再会吧！"还是我最终忍不住。

"啊，对了，今晚我还得去趟外教家。"

"那你准备准备，不要忘记带上丝巾。"

我用劲拉开大门，外面油烟味依然很重。

楼下空气虽好，我总感觉有些黑影在莫名其妙地晃动。我随手拽下一片香樟树叶，枝叶弹起时，窸窸窣窣掉落了许多鬼影。

我骑得很慢，认真思考阿梅的每一句话，还有更重要的第一张明信片。按照围棋逻辑，跨度仅半年的，同一个人发出的信息，应当基本对称。我平时自以为是的脑子，现在怎么也转不过弯来。

我转进南门路后，又一个无星月黑夜彻底降临。运河的腥臭味、面粉厂传输机的轰鸣，让我振奋。

帆布包失去了一封信，显得相当轻。我经过河埠头、棚户区，来到高墙边，即便走得很慢，时间很长，也没有感觉出肩上帆布包重量。

非常惬意地伏在高墙的铁丝网旁边吸了几口烟，翻进去的时候干脆不用细麻绳，直接手搭墙头轻轻往下一跳。

一条拖船靠岸。货场上碘钨灯逐一点亮，蓝衣运输工人穿戴整齐，推着板车，从各个仓库涌出来。

搬运工人聚拢到拖船边，远远望去像一堆蚂蚁。仓库、车间、货场都空了出来。

我笔直穿过两三个篮球场大小的水泥地，脑子里出现一首歌，但是我只会反复吟唱这几句："今天只有残留的躯壳，迎接光辉岁月。风雨中抱紧自由。一生经过彷徨的挣扎，自信可改变未来。"热血冲上我的脑袋，水泥地仿佛变成战场，我一转身，碘钨灯就会为我照出魑魅魍魉。

我似乎听到身后微弱呼吸和脚步声，狼群正悄然接近。但是，我不转身，更不加快步伐。我不能再犯愚蠢错误，慌乱和紧张只会重蹈覆辙。

偌大的一号仓库，空无一物，正在等待拖船上的面粉。我停住脚步，仰望工字形梁架，长年累月，梁上布满一层白霜。等这个事情完结，我得好好写写我的青春期，虽然阿梅拒绝了我的要求，但我还是会写，一个人写。只不过变成她的和我的，成为两条平行线，永不交错。

我已经非常肯定天热起来了，各类飞虫顽强追逐着碘钨灯的光亮。噼啪声中，我辨别出朝我围拢过来的脚步声。那些脚步声，让我回忆起一个又一个片段。追赶，躲闪，奔逃，还有步步紧逼。微笑挂上嘴角。

我把右手食指和拇指围成 O 形，往嘴里一探，用力一吹。尖厉的一声长啸传出。远处搬运工停止了作业，四处张望。

先是滚过沉闷雷声，但是天色并无改变。接着引擎声清晰可辨，货场却仍然空荡荡。直到地面微微抖动，我才缓缓转过身子。那些围成半圆的家伙，暴露在灯光下，小丑般滑稽。地面震动，他们止步不前，却也不退。搬运工有些扔掉了面粉袋，向这里跑来。

我和那些家伙对峙。他们的手在抖，脚在磨蹭，胸口不规则地起伏。我一动不动。高矮胖瘦、熟悉的还有陌生的脸，我都不在乎。

卡瓦萨基像发情的公鹿，转过一号仓库宽阔大门，在搬运工人赶到之前，撞入人群。后座上的人，展开一条皮鞭，鞭鞭不落空。刹前轮、加油、转向；刹后轮、抬头、冲撞。橡胶的焦煳味、尾气的浓烟味。那些家伙在硝烟中懵懵懂懂，个个抱头胡乱奔逃。

我静静地看眼前一切，欣赏卡瓦萨基血色风采。鞭子打在我心里最痒的部位，焦虑在"啪啪"声中消解。

大批工人叫嚷着涌进大门，我仍然沉浸在追忆往事里。卡瓦萨基在我身边紧急刹停，一只手重重带了我一把，同时一句话把我喊醒："还不上车！"

卡瓦萨基怒吼着从后门穿过一号仓库，我回头时，有些人已经清醒过来，拔腿叫喊着奔过来。而我们已经钻出正在关闭的大门，奔驰在南门路上。使鞭的弟兄双手插向天空，做出一个大大的"V"字。

卡瓦萨基熟门熟路地停靠在小群饭店前。我和两个围棋小子一起，站在路灯下欣赏这匹战马。即便熄了火，它还在兴奋当中，全身发烫。只要我们再发出"冲、冲、冲"的命令，它立刻化身复仇天使，在众多敌人中突击冲杀。转过身，我跟两个兄弟用力击掌，掌声在夜空里放大，热血涌上心头。他们先回单位上夜班，我还有事情要办。

小群的家在顶层。他父亲把门口一块"无人区"，用硬纸板围起来。饭店里用剩煤气罐，放在热水里浸泡，燃烧出来的味道，像瓦斯泄漏。他们却在那里炒小菜、烧开水、炖汤水、煮稀饭。即便夜很深了，我也闻得出飘浮在空中的危险气息。

将钥匙放进信封，轻轻从底下推进硬纸板门。信封里没有一句话，但对小群的承诺，"三天"时间，我们兑现了。我那两个聪明绝顶并且极具演戏天分的弟兄，仅戴了面罩，改了口音，拿了道具凶器，就让缩在墙角的小群只要保命。他们伸出三根指头，小群慌乱点头，手却一直在胡摆。

大概超过上夜班时间了，我却还在大街上游荡。我不再担心一群人莫名其妙将我摁翻在地。怕的是，熊熊燃烧的火焰，即将熄灭。最可怕的是，我明明可以预见事情发展的抛物线，却不能做出任何动作。

我还有最后一件事情要做。

门房屋檐下挂着一盏白炽灯，昏暗光线隐隐约约照到对面信箱。我从帆布包里拿出工具和新锁，先把榔头和瑞士军刀放在边上。我平静又灵活地卸下504散架的锁，装上新锁。关上，插进钥匙，锁芯发出清脆"咔嚓"声。一条狗叫了起来。

阿梅所有来信、明信片，还有那本练习册，我按时间顺序整齐排列好。我选了一个大大的白信封，上面有"航空"两个字，开口是一个大三角。我掀开三角，装进她写给我的所有文字。那些文字，跟随我的记忆，一个字、一个字地滑进信封，不再出来。但是，我没有封上。还有一样东西。

犹豫半天，我下不了手。第一次碰到阿梅的是左手，最先接触她肌肤的，是我那高出一截的无名指。她碰触我的额头，握紧我的手指。无名指已成为信的延伸物，我必须处理它。时间分分秒秒过去，没人发令，我一拖再拖，在信箱前来回走动。

突然，我踢到一块铁皮，声音影响到狗，它又吠叫。我也叫，它更凶，就在一来一回之间，我高喊一声，举起榔头砸在无名指上。昏暗中，浓厚液体爬满变形指甲，剧痛延迟了几秒钟，便像海啸般袭来。我狠狠咬住右胳膊，脸在扭曲，声音颤抖。我愤怒了，右手摆脱嘴，接二连三地锤。奇怪的是，疼痛缓解了，无名指没了知觉。我定定心心地掰开瑞士军刀，费劲地在第一节和第二节指骨间拉锯。这时，血多了起来，垫手指的人行道，被浸染成令人生疑的黑红。

我用皮筋把手指牢牢扎住，裹好纱布，血不停地渗出，我却一点不害怕，反倒希望越多越好，一切都通过这个出口，流个干净。

当我准备将切下的指骨放进航空信封的一刹那，我突然听到卡瓦萨基的轰鸣声，那声音越来越近，达到夜空里最震撼效果后，渐渐远去，我听到了生命的过程。肉体算什么？一挥手，我把曾经是自己身体的一部分，扔向灌木丛。

取出一个小小的航空信封，投入信箱钥匙，写上"信箱钥匙"四个字，字迹认真工整。不会再有信过来后，这是留给阿梅的最后笔迹。

塞进504房门的是一封干干净净的信，没有沾染一点污秽。

为了压一压血腥气和持续不断的疼痛，我拿出粉红心形香囊，一边嗅着幽香，一边向急诊室奔去。

独角兽

　　"三五"牌台钟敲过零点，阿斌紧张起来。他拍醒伏在桌上打鼾流涕的二胖，严肃地指指时针，二胖顿时清醒。时针随着钟摆节奏歪下头，二胖的头也跟着偏转。

　　阿斌警惕地搜索着所有声音。"扑哧——"长长的一声尖啸，吓得二胖蹦起来。

　　"嘘！嘘！坐下坐下！早告诉过你，棉纺厂锅炉房放蒸汽。"

　　时针继续运动，过了零点零五分，过了一刻，又过了半点，什么都没有发生。

　　二胖伸展一下四肢："以后骗我，再多摆点噱头哦。"

　　阿斌只好去卫生间打来洗脚水，扔给二胖一条蓝毛巾。二胖洗脚时注意力却到了地板上。

　　"这楼危险了。"

　　"你的口气怎么和拆迁队一样？"

　　"你看这条缝，东西贯通房间，我没有进你爸妈房间看，估计也裂到那里。"

"睡吧，睡吧，明天一早英语老师还要在早自习上抽背单词。我也不是让你来做勘探员的。"话虽这么说，阿斌还是信任二胖。

二胖说得有一定道理。要不是父亲工作在郊县，没有时间谈判，没有时间看新楼房，他们家早就像大部分邻居那样搬离"危楼"了。

如今六层四单元总共加起来不超过十家人了。那三十几户大都是被吓跑的。最该被吓跑的孤单的阿斌家，却因为这样那样的原因，还在漆黑夜里点亮孤独的灯。母亲几乎什么都想到了，她买了蜡烛，还弄来一个精致打火机。

阿斌揣着那个打火机悄悄跟在妈妈身后。一辆摩托车停在路边，母亲接过车手递过来的黄色头盔，熟练地翻身上车。那个鼓鼓囊囊的行李袋此时像累赘，一会儿荡在车右，一会儿又甩到车左。阿斌掏出打火机扔向摩托车消失的方向。母亲说去四川十天。他真怕有一天在路上遇见那辆摩托车，甚至劈面碰到她。于是，他决定这个十天内，家里、学校两点一线简单过活。

独自在家的情况经常有。这次却有微妙不同。

阿斌家在五楼，最靠东。阿斌卧室有一扇东窗。推开窗，护城河以及不远处的娄江尽收眼底。每天早晨，阿斌总要望着旭日江河自勉一番才去上学。

半年前的一个黄昏，阿斌放学回家，发现楼下邻居集聚，都在谈论同一个问题。这栋古城最靠东的房子，犯了大忌。传说有两千五百年历史的古城下盘着一条龙，它守护着这片土地上的生灵。最近有"大师"指出，阿斌家所在的这栋楼，不偏不倚正钉在龙眼上。这几年古城里发了大水、吹了怪风、出了疯子，都是龙不舒服的结果。从小的方面看，龙挣扎扭动，楼房出现裂缝。

平时谁都不注意的细节，在那个黄昏被放大。

"哎哟，墙基真的有点下沉。"

"你们看，这堵东墙至少有三条裂缝。"

当天晚上，阿斌做了个梦。梦见自己正在房间里和二胖聊天，忽地一下，整面东墙以及靠墙坐的二胖都没了踪影。他爬到东面，下面是无底深渊，一股力量正拼命往下吸他。黑暗中，他似乎望见独眼龙痛苦地扭曲身子，凄厉哀号声传遍古城。他被吓醒了，既恐慌又心痛，从此不开东窗。

这些其实都不是阿斌请二胖来的主要原因。后来又有人说，那些有关房子的传言都是有人蓄意制造，目的是赶跑住户。阿斌才不在意这个。楼上住户搬走后，一天深夜，他还在绞尽脑汁解一道数学题。突然，楼上有了动静。

起初阿斌并没有在意，等他回过神来，惊出了一身冷汗。那声音就像小孩在玩玻璃弹珠，骨碌碌、骨碌碌，声音单调清晰。阿斌站起来，仰头望着天花板，恐惧逐渐压倒他想冲上去查看的勇气。

这是阿斌第一次天一亮就穿衣下床。打开大门的一瞬间，清冽空气灌进鼻孔，虽然迎风打了几个喷嚏，但是阿斌从内心却是喜欢这种感受的。所有的门，几乎在住户搬走后的三天内全坏了。现在，除了十户人家，其他人家，阿斌都可以随意进出。他上到顶楼，莫名其妙的噪声侵袭他脑子。他说不清是锅炉声、汽车声还是人的聒噪声。

果然，楼上房门虚掩着。房里阿斌去过好几次，搬走的每家他都进去了。进去后，他还会在脑子里核对谁谁住在哪个房间之类的自以为是的信息。楼上这家他去得次数最多，他们家有个女孩，成绩非常好，不在阿斌所在的普通中学。楼梯上碰到，她全是匆匆低头而过。阿斌从老宅住到楼房，这一点非常不适应，每天睡觉与她的直线距离不会超过四米，这么多年来，却没互相正面看过一眼。"我们难道都是在监狱里吗？"阿斌时常自嘲。

　　平日的神秘感，随着阿斌的多次实地踏勘，渐渐消失。他已经有段时间没来了。推开房门的一瞬间，"这房子被其他人占领"的想法突如其来，使得他来回伸缩了几次手。

　　房里与他最后一次来几乎没什么两样，除了又多了些灰尘。他扶起倒在地上的扫帚，发现楼上的裂缝比楼下还严重。"我们恐怕真的得罪了龙。"阿斌啧啧嘴。

　　他呼吸着充满霉味的空气，踱到女孩房间。他认定他房间的天花板上就是她的空间。碎纸片、纸板条、木屑、玻璃瓶、铁罐、破碗碟等，覆盖了地面。一点声音都被放大到仿佛空谷回响。在阳台门口，他发现了三颗玻璃弹珠。这既使他安心，又让他生出另一种担忧。

　　半夜滚珠声音源头找到了，但是谁滚动它们呢？他抓起弹珠，东窗已有阳光射入。弹珠当中有红黄蓝三条色片，在光线下滚动，形成一条色带。阿斌就这样无聊地依次将三颗弹珠滚来滚去。老宅院子里挖坑打弹珠的记忆鲜活起来。

　　滚着滚着，他突然怪叫一声，把自己都吓得跳起来。房间寂静无声，弹珠在地板上平稳滚动，发出微弱声音，根本不可能传递到楼下。他站直身子，用力将弹珠抛向地面，弹珠受力后反弹几次，这些声音既单调又乏力，完全不能跟夜半滚珠声相比。

阿斌把弹珠装进口袋，就像没收顽皮孩子手中玩具那样。要么不做，要做就做得彻底，那天放学后，他拿自己的链条锁，把楼上那户的防盗门锁住。然后，静静地在自己房里等待零点到来。

梅子阿姨进门的时候，阿斌闻到一股焦味，空气也变得沉重。他担心的事情却并没有发生，相反，往他意想不到的方向发展。

"哎呀，梅子来了。快坐快坐。在长途汽车上累了吧？先喝茶，我去弄点心。"母亲高规格接待、高调表情，让阿斌走入戏中。

梅子阿姨其实长得不比母亲好看，但就是有种说不出的好。阿斌首先觉得是眼睛好，她笑起来，两侧的鱼尾纹像花一样绽放。等她脱下米色风衣，露出白色衬衣时，跳出来的胸脯看得阿斌的心怦怦直跳。她黑点，却与柔嫩结合到最佳，只一会儿，阿斌就适应了那种带有野蛮气息的黑。

相比母亲，父亲对梅子阿姨的到来，显得很紧张。阿斌注意到他伸手拿烟，叼在嘴上时，过滤嘴朝外了。

梅子阿姨两个酒酿水潽蛋吃完，父亲镇定不少。他默默收走碗、勺，去水龙头边洗刷。

两个女人坐在餐桌边聊起家常。时不时地，母亲显出对梅子阿姨两个女儿的羡慕："男孩子什么都不懂，家里的事情帮不上忙，还老闯祸添乱。"

梅子阿姨瞟了阿斌一眼："阿斌长成大小伙子了，高大英俊，女同学最喜欢这种类型了。"

六月的天，吊扇还没有装上翅膀。阿斌头上有点冒汗。似乎梅子阿姨也有点热，她随手拿起桌上阿斌的作业本翻了一两页，合上，对着脸轻轻扇了两下。

"天真反常，现在就这么热，到了三伏天不知怎么办了。你热成这样，等会儿还要去办事，要不去浴室洗个澡吧？"

阿斌对母亲提出这个大胆的邀请吓了一跳，不知不觉脸都红了。厨房里洗刷声停止了，他知道父亲又开始新一轮紧张。

梅子阿姨欣然接受了洗澡的邀请。阿斌简直不敢相信自己的耳朵。

"也好，谢谢嫂子提醒，不然一身臭汗被人家赶出来都有份。"

母亲连声说是。还补充说，那个老中医她非常熟悉，祖传的治疗白癜风秘方很管用。但是用这个药有一定风险，不是可靠熟人介绍过去，他不肯开方子。

"可不是都托嫂子的福，我家老郭才有希望治好呢。"

"他怎么不自己过来？"

"他每天对着镜子发愁，抱怨这里多了一摊，那里一块又大了点，根本不肯出门。"

梅子阿姨拿着母亲递过来的柔软的新的鹅黄色毛巾进了浴室。关门的一刹那，她对阿斌微微一笑，似乎还眨了眨眼。阿斌感到一阵晕眩。

阿斌躺倒在狭窄单人床上，用手轻轻触摸淡蓝色墙，墙的另一侧，梅子阿姨正在洗澡。不对，此刻她应该还在脱白衬衫，或许黑色长裤和丝袜，还有……总之花洒还没有激烈喷水。墙内后排的热水管还没有欢快振动、发热。

阿斌闭上眼，眼前浮现梅子阿姨这一天的行程。

她出门前认真地化了淡妆。独自走到镇长途汽车站，安静地坐在长条木椅上，微风吹起她的长发，她把头发拢一拢，一把扎住。不远处，两个巨大烟囱正在冒白烟。这是父亲和梅子阿姨工作的电厂。

她上了混杂着塑料味和汗臭味的长途车。车在灰尘漫天的路上颠簸行驶。她双手抱紧皮包，眼睛紧紧盯着前方。车内燠热，她不时用纸巾轻按额头、脸颊和脖颈。

出了市长途汽车站，她跑了几处站台，终于登上一辆开往城东的公交车。没有座位，她一只手拉住横杆，另一只手把皮包捂在胸前。

她一进门就拉开皮包，把一个免税店塑料袋端到母亲面前。母亲惊喜快活地收下。她把皮包随手放在鞋柜上。包敞着口，似乎在跑完长路后粗重而轻松地喘气。

阿斌手敏锐地感受到热水管欢快地复活。他分不清哪些是幻想，哪些是真实细节，只觉得手上的热量传递下来，经过手臂、胸口、肚脐，直抵小腹。他拉过一条毛巾被，蜷起双脚，才把坚挺部位粉饰停当。这时，他听到头脑里海浪般的声音。

二胖把耳朵贴在管子上、管道边，做完几个动作，天色有点暗了。阿斌在边上连声问结果。二胖显然在拿腔拿调：

"有！也可能没有！还要观察观察。"

"你这不是放屁吗？"

刚才顺着天窗下的 U 形铁扶手爬上楼顶时，二胖屁股卡在天窗口里，阿斌从下面狠狠地顶了他一下，二胖像炮弹射出天窗。"离墙边只有几厘米，你要害死我啊！"二胖有恐高症。

几天来，凡是二胖没来的子夜，楼上都传来滚珠声。二胖一来，什么声音都没了。这天，阿斌以午餐肉加奶油面包双重诱惑，二胖才勉强跟过来。

楼顶是另外一个世界。各种管子、管道都从这里冒出，经过一段时间辨识、检验，他们认出了水管、下水管、粪水管、烟道、垃圾通道等。他们一推一拉，爬上水箱，掀开水箱盖子，发现两具肥胖的老鼠尸体，想到自己每天在喝浸泡死老鼠的水，阿斌干呕了好一阵子。

除了风声，楼顶静悄悄的。阿斌让二胖凑到每根管子、每个口子上听，但是二胖听不出什么名堂。

忽然，阿斌脑子里闪过一个念头。他扑向一块碎的隔热板，清除碎石后，他趴下身子，耳朵紧紧贴在柏油层上。他已准确定位，下面就是他楼上那家。一股凉意袭来，他感觉半边脑袋又冷又毛糙。但是，隐隐约约传来奇怪的声音，不是午夜那种小范围的鼓噪，集中在一个点或一个面上发出的声音。这是运动的声音，像摩托车驶过后，又远远地兜回来，不停地靠近、远去。声音也不是咕噜噜，而像水的滚动，有压力的水。寒意由头部向他背部延伸。他赶忙站起来，让二胖来听。

二胖卧下时，又搞碎了一块隔热板。二胖把脸埋进隔热层的时候，阿斌望了望远处其他房顶，还好，放鸽子的、练太极拳的、练铁砂掌的，都没在。要是有人从远处看到二胖，十有八九以为是一具无头尸体。

二胖茫然地对着即将沉入地平线的太阳，双手摊开，圆滚滚的身子镀了金似的更加浑厚。

这次阿斌扑下去听的时间更长，他闭上了眼睛。隔了不久，远远地，声音出现了，像一列火车向他奔袭而来，同时，恐惧也向他压过来。但是他强忍着，不让耳朵离开柏油层半分。声音似乎知道他的存在，居然在他身体里绕了个圈子。他清清楚楚感受到声音从耳朵进入后的途径，先是探索着前进，后来它在腹股沟那里打了个弯，就加快了速度忽一下，从原路返回，跃出耳朵，钻进楼里，渐渐远去。

阿斌摸着冻得冰冷的面颊，脑子里猛地跳出祖父与他之间的"秘密"。只有祖孙两人在的场合，祖父才会讲述"独角兽"故事。

祖父是电厂器材仓库管理员。自从祖母去世后，他就不再住老宅。一个人待在散发着铁腥味的木结构库房里。父亲是电厂值班长，常年要顶岗，宿舍就在厂边上的镇里。每次阿斌去厂里，父亲总把他扔在祖父那里半天或者一夜时间。

祖父是个瘦小老头，头部比例却特别大，五官都往外鼓，腮帮子也肥嘟嘟的。他永远红光满面，一开口，远远地就能闻到一股腥味。父亲经常劝祖父吃一点降火的食物或者药物。祖父却把手一挥："我哪来的火气？"但是，阿斌每次都看到祖父对领料或者退料的工人大声嚷嚷，横竖挑毛病。那些工人在他厉声质问下，也没有什么话可以解释，全不声不响地转身离开。

即便对孙子，老头也直言相待。他尽量用平和语调讲述"独角兽"故事，他以为在讲童话，但在阿斌幼小心里留下的恐怖成分占了上风。

"小时候，我喜欢去后院玩。我们可是大家族，那时半条弄堂都是我家房产。后院很大，还通过边门与其他院子连起来。一天深夜，我起床小便。我有个习惯，不喜欢蹲马桶，春夏交接时节，外头凉爽，我就跑到院子里撒尿。正当我对着墙角酣畅淋漓的时候，感觉小腿上湿湿的，带露水的叶子不停地扫到皮肤，我往边上缩一缩，叶子也跟了上来。我转身低头看，不是叶子，而是一只白色小羊，在轻轻舔我的小腿肚。我看它，它也在看我。令我惊奇的是这只小白羊的头顶上长了一个角，因为羊还小，所以角在明亮月光下，显得粉嫩，更增加了它的可爱。

"第一个晚上，我没有意识到它的特殊性，认为是哪个用人牵来的羊没有拴好。我摸了摸它的头后，就回房接着睡觉。白天问家里所有人，都不知道后院养了只羊。当天晚上我再也睡不着，熬到一定时间，翻身起来，到后院找了一圈，没有看到小白羊。正当我准备回去，羊不知从什么地方冲出来。绕着我、望着我，神情像是希望我跟它玩。于是我在院子里跑了起来，它一会儿在后面追，一会儿在前面跑。它追我容易，我总追它不着。有一次，眼看我马上要抓住它尾巴，它突然往墙里一跳，消失了。我差点撞上墙壁。正在我惊恐的时候，它又从边上的墙壁里蹦了出来，亲热地向我扑来。更为奇怪的事情发生了。它可以控制自己的身体，可以扎扎实实撞得我胸口疼，也可以忽地一下穿过我的身子。顶顶厉害的是，它可以钻进我的身体，成为我身体的一部分。"

每次说到这里，阿斌就知道最恐怖的情形要出现。祖父先是伸出瘦弱胳膊，对阿斌说："它现在就在我的手臂里。"然后高喊一声："来吧，我的朋友。"瘦弱胳膊渐渐膨胀，有一股气流在骨头和肌肉间活动，活像一只老鼠在里面钻来钻去。祖父接着又喊道："冲向天门！"

在祖父本已突兀的五官轮流再弹出一遍后，阿斌看到祖父的眉间缓缓鼓出一个角，不算太尖，但是往上翘，颜色比其他皮肤来得白、来得嫩。

外面一有动静，祖父的演示立刻终止。站起身的时候，他拍拍胸膛："这是独角兽。"

浴室花洒喷淋声时断时续，阿斌尽量把注意力集中到手里的《几何原理》上，但是纸上的线条却汇集到一起，形成一束水流。水流下那个赤裸的身体，冲了一遍又一遍。阿斌想象着洗澡的过程，时间之长已经超出他的体验和认知。至今，他还不完全了解女人的那些沟沟壑壑。只在二胖从家里偷出来的西洋画册上扫过几眼裸女像，但他后悔当初把有限的时间都用在盯胸脯上了。班级里那些女生，他认为即使再发育十次，都达不到画册上胸脯的高度。

但是，梅子阿姨不一样，水珠在她身上，要经过多少曲折回转才能啪啪落地？她的皮肤要经过多少次搓揉，才能在微黑中产生柔嫩效果？忽然，"独角兽"这词显露在阿斌脑子里。他似乎有点明白这个词的现实意义了。他体内涌动着一股气流，从头顶开始，往下在体内乱窜。如果祖父现在还在，就可以指导他怎样调理气息、梳理经络。不幸的是，三年前老人死于一场车祸。在殡仪馆，阿斌见到了被化过妆的祖父，刚开始简直不敢认，后来多看几眼，才明白错觉来源于自己的习惯，老人五官瘪下去，头部比例正常了。他神态安详，像一盆水静静摆在那里。阿斌感到有什么东西从他体内撤走了。而在梅子阿姨洗澡的时候，他猛然感觉，似乎有什么东西正试探着进入自己的身体。

浴室门终于开了。平时也是这些洗发水、沐浴液，为什么梅子阿姨带出来的香气就和母亲不一样？甚至隔了好几天，阿斌提鼻一闻，就能认出梅子阿姨的气味。他故意延长洗澡时间，体验温暖水流自然冲刷身体的快感。他是从内心喜欢她，虽然他因此差点挨了母亲一"飞瓶"。

母亲陪梅子阿姨走出门时，还好好地，两人手挽手，对身后两个男人打招呼说再见。母亲坚持请梅子阿姨回来吃饭，梅子阿姨坚持看完中医就赶末班长途车回去。阿斌还听母亲对梅子阿姨说，那个中医特别在意时间，所以一定要赶早不能迟到。梅子阿姨甩着刚刚放下的披肩发，连声说："太感谢嫂子了，我们赶紧去，赶紧去。"

母亲进门时，天早就黑了。父亲没有心思做晚饭，阿斌一直沉浸在幻想当中，感觉脑袋沉沉的。一看家里什么都没准备，母亲发了火："你们还要不要过了？我忙进忙出，还像个丫鬟一样扮着笑脸去陪人。"

"我们这不是等你回来，一起到外面吃好的吗？"父亲声音很低。

"你有这么好心吗？你不就等我回来再出一身臭汗服侍两位老爷吃饭啊？"

父亲干脆坐下，什么话都不说。长年值班工作让他练就沉默本领。

母亲把包扔到椅子上的时候，梅子阿姨送的礼品被撞落在地。一股浓烈的香味散开来，阿斌立刻想起梅子阿姨身上的气息。母亲看到瓶子碎掉，愣了一下，然后拎起免税店袋子扔进垃圾桶。想了想，又把袋子拿出来，出门往墙上甩几下，确认几个瓶子碎后，才重新扔回垃圾桶。

父亲开了口："你这是何必呢？"

"我何必？你不问问自己啊？"母亲拉开刚刚关上的大门，声音大了起来，"你有本事跟大家说清楚啊。我看你是被妖精迷住了。"

阿斌顿时佩服母亲用词精准，妖精好啊，谁不愿意被妖精迷住？

父亲关上门，开始收拾行李。

"你心里早就没这个家了。你的家在那个妖精那里！"母亲一脚踢翻垃圾桶，往里面啐唾沫。看到两个男人木讷地看着自己，她抓起掉落在垃圾桶外的一个破化妆水瓶砸过去："臭不要脸的！"父亲和阿斌避开了瓶，一些液体从墙面反弹到他俩身上。

阿斌狂躁起来，恶狠狠地对着母亲说："你看看自己的鬼样！"摔门而去。

阿斌漫无目的地走着，忽然发现正朝祖父老宅方向而去。不久前，他去过一趟。弄堂里的老房子被分割成若干小户。

来自五湖四海的嗓音在狭小空间回响。祖上的房产只剩下一房一院，阿斌静静坐在窗边看院子里枯萎的盆景。那些植物，在祖父突然去世后七天之内全部枯死。而此前，虽然祖父已不住在这里，但它们仍然生长旺盛，梅子、枇杷、橘子常常落满一地。正望着院子发呆，阿斌忽地感觉一个白影一闪。街巷里野猫多，他也没有在意。后来那个白影又在院子里闪了几次。现在想来，白猫没这么大胆。

院里青砖缝中长满过膝杂草。阿斌把所有灯打开，还打了手电，草丛里没有可疑线索。阿斌突然松了口气，传说和隐秘都被祖父带走了。他只需要简单地活着。

祖父跟他说，体内必须要增加一个泵。单靠心脏催动独角兽，动力不够。祖父拿出一个细颈玻璃瓶，里面是红色液体。打开盖子，刺鼻的酒精味夹杂着腥气。

"这就是我自己加的'泵'，高度粮食白酒加黄鳝血。"

阿斌似乎看见红色液体缓缓进入祖父体内，与血液融合，点燃血液，血液愤怒翻滚，推动独角兽在体内狂奔猛突。

每次仰脖喝下红色液体后，祖父都要出去奔跑，他眨眨眼睛对阿斌说："我和独角兽一起跑。给，瓶子帮我收好，这可是宝贝。"

不管外面什么天，他都要跑。有一次，父亲劝他不要喝、不要跑，他额头突然伸出那个角，直指父亲面门。

"你看看，独角兽对着你，说明邪恶在你体内。"

父亲顿时脸色煞白，呆呆地看着祖父短衫短裤跑进雨中。他回过神，看到阿斌正望着他，搪塞了句："你爷爷会变戏法。"匆匆撑伞离去。

祖父最终还是死在跑步上。那天清晨起了雾，祖父沿着公路跑向太湖。一个宿醉的司机高速行驶打方向，把车子开上了路肩，撞倒了祖父。驾驶员逃逸。祖父被环卫工人发现送到医院时已经死亡。阿斌冷眼观察父亲，他在悲伤之外，流露出的轻松解脱，压都压不住。

整理祖父遗物的时候，阿斌拿走了还剩大半瓶红色液体的玻璃酒瓶，把它放在自己书柜里。每次看见瓶子，就想起祖父和他的最后一次聊天，话题还是独角兽。

"独角兽要有'宿主'。自从那年独角兽在老宅后院找到我，我俩的生命就结合在一起。我这一辈子，没有做过奸恶之事，并不是我一身正气，而是我做不得。你父亲不行，做不了'宿主'。他自己也明白。我就指望你了。"

夜深了，阿斌有点失落地准备去关灯锁门。突然，一只白羊挡在他面前。但是刚才这里什么都没有。阿斌真真切切地看到羊的双角之间多出一个角，虽然颜色比较浅，但是显得更尖锐。他不由自主地伸出手想去摸一下那个角，就在快要碰到的一瞬间，它往边上一闪，消失了。老宅又陷入死寂。

阿斌叹了口气。祖父做出了选择，但独角兽还没有选上自己。

阿斌做足功课后，决定在最后一个晚上行动。再过一天，母亲就回。接着，父亲也休息。楼上弹珠滚动也升级了，一过午夜，房间天花板上似乎满是跑动的弹珠，有时还出现跳跃的情况，似乎上面交通出现拥堵。阿斌已经断定楼上闹鬼。他没有叫二胖，这个胖子对鬼怪怕得要命。

午夜一过，骨碌碌的声音准时响起。阿斌奇怪，二胖住了三天，却没有听到任何声音。是他耳朵出问题，还是另有原因？他一边思考，一边摸黑走上楼梯。他右手紧握着父亲留在家里的巡检强光电筒。胸前挂着装有朱砂、灯芯草、黑豆和经文的黄色小布袋。左手摸到链条锁，轻轻开锁。他深深吸入一口气，咬咬牙，猛地推开房门，打开电筒。

白色强光里灰尘的游走路径清晰，偶尔有几个小昆虫掠过。光束下面的景物夸张变形。比白天更加凄凉。

突然，熟悉的骨碌碌、骨碌碌声又传来。阿斌把光移向地面，但是地上平静安宁。

他突然一激灵，缓缓抬起手电，光束由地面转向墙壁，最后到达天花板。他呆呆地仰望着，一动不动地听了五分钟，声音的确来自天花板！

阿斌发了狠心，三步两步攀登铁扶手，用头顶开天窗盖。跑到楼顶那个熟悉的地方，耳朵紧紧贴在柏油层上，冷风吹遍他全身，时间就这样一分一秒地过去，但是，他没有听到一点动静。他站起身来，用电筒四处扫射，希望发现发声源。

"扑哧——"一声尖啸，楼下又放了蒸汽。

阿斌把光射向邻楼，这个时间，全是黑漆漆的钢筋水泥。偶尔几个窗口亮着灯，也是光线微弱。强光到处，像给那里贴了一张伤膏药。

就在阿斌思绪飘向远方时，由轻到重，熟悉的声音一点一点地在加重。渐渐地，像一座大山似的，向他压来。

弹珠有节奏的滚动声，来自头顶！这是一个无月之夜，阿斌抬起头，满天的星星就像一颗颗小弹珠，在他眼前滚来滚去，发出清脆声响。他摆脱不了这听似微小，却异常顽固的奇特声音，就像无法躲避他的父母亲。

从记事起，这两个人一直在吵架。别人都说夫妻没有隔夜仇，阿斌看他们之间的仇恨却比天高、比海深。母亲咒骂父亲，用尽人间刻薄、恶毒词语。父亲讥讽母亲，挖空心思，兵不血刃。

就在阿斌爬下扶手时，他一阵晕眩，手脚发冷，差点掉落。回到家里，根本没有思考，极其自然地，他拿起了玻璃酒瓶。祖父通常喝三盅，他没有盅，就凑着瓶口狠狠地喝了三口。一股热流从咽喉开始，直抵腹部。他感觉自己的身体像花苞一样，悄悄地绽放。热流向四肢、脑袋扩散，僵硬的身体变得柔软温暖。太阳穴一鼓一鼓地，脑子充满热血，思维既清晰又模糊。

身体里一个声音关照他，穿上跑鞋，到街上去。

凌晨一点的街道，畅通无阻。阿斌可以选择任何方向跑。

夜风吹来，酒劲上头。热量钻到眉心，阿斌觉得痒痒的，用手一搔，软软地有个东西在顶出来。他吓了一跳，随即平静下来。他盼望已久的时刻，终于以最想不到的方式到来。

那个角迎着风，慢慢长大，慢慢变硬。到最后，它停止生长，阿斌双眼余光往上能够轻松瞄见。除了凸出时肌肤的一些不适，角本身没有任何触觉。虽然长在阿斌头上，但它不受他控制，反倒是阿斌被它牵着跑。但是他信任祖父，祖父每次都说自己耿直的力量来自独角兽。独角兽代表正义，它直面的，就是邪恶。

母亲主动减少争吵，也就在半年前。房子是母亲单位建造，出现裂痕，住户在单位里一闹，领导就派基建科的人踏勘。

阿斌移开北窗一条缝，往楼下张望。其他邻居都回屋烧晚饭了，母亲还在一楼。她帮着测量员拉皮尺、记数据，认真地对房子指指点点。阿斌连忙缩回头。

摩托车声响起。过不久，母亲高跟鞋"橐橐橐"的声音传来。在卧室换衣服的时候，她哼起一首老歌："我们的生活充满阳光，充满阳光。"

虽然半年来，母亲情绪也有起伏，但总体上晴多阴少。对母亲的变化，父亲没有流露出任何语言、动作，他还是沉默，准时离家，又差不多按时回来。他从不问儿子他不在家时发生的事情。阿斌渐渐地对他有了一点好感。

这个午夜，阿斌将成为祖父的传人。他没有选择，只能跟着角指引的方向跑。

测量员有一次来的时候，母亲正好出去。阿斌看他楼上楼下反复做着几个简单动作，别人问他问题，他完全心不在焉。那天他没骑摩托车，悻悻走回去时，把工具包搭在肩头，烟不断从三七开头发中飘出。一根接一根，几乎没有间断。阿斌远远地跟在他身后，直到他家。

这是城西破旧弄堂里的一间小屋，过道口停着阿斌熟悉的摩托车。测量员走进屋子，灯亮起来。一会儿传来新闻联播的声音。

虽然角在指挥阿斌奔跑，可是阿斌越跑越惊讶。那个方向正是他心里想去的地方。

弄堂昏暗灯光下，摩托车两个反光镜上分别挂着一个头盔。那个黄色头盔最醒目，直刺他眼睛。他悄悄摸了下额头，角消失了。把阿斌领到这里，独角兽的任务完成了。接下来，是阿斌展示与独角兽默契配合的时刻。

阿斌笑了笑，取出小刀，快速地在前后轮胎上各扎几个洞。在黄色头盔下，找到油门线，割断。静谧夜里，快速撒气的声音，像一阵警报。阿斌不慌不忙做完这些，走出弄堂，心里一动，又拐回来，在皮车座上划了两个大大的叉。绽开暴露出的白色海绵，像强行被扯开的女人肌肤。

阿斌带着微笑远远地绕到运河边跑了一圈。

搬家的车子分了两辆，阿斌坐在一辆厢式小货车上，一出新村就和父母坐的"天堂蚁"公司的东风130分道扬镳。他们的车将开往遥远的城乡接合部，在那里，他们家得到的补偿是一套三室两厅两卫的新房。阿斌远远望着包工头，他正迫不及待指挥着民工扑向那幢阿斌住了十多年的老楼房。阿斌不停地用手抚摸抱在怀里的玻璃酒瓶。随着老楼的拆除，他家的秘密也将同时埋葬。

与父母谈判的结果是，他一个人搬到祖父老宅居住，他的理由是马上高考，新楼房离学校太远。为了得到老宅的居住权，他与父母冷战抗争，有时再施加一点绝食的技巧。障碍主要在母亲，她对儿子一阵子哭天喊地，又一阵子感天动地。还是父亲出来做了主，同意阿斌独自居住。作为交换条件，他每周末必须回去住。

厢式货车灵活，小街小巷钻来钻去，绕过一个又一个障碍。阿斌感觉到现在自己远远不及小货车水平。独角兽、黄鳝血、高度粮食白酒、弹珠声音等，还有它们之间的关系，刚在他脑子里有个模糊轮廓，他一个脚刚跨进门，决不能放弃。

自从那次深夜跑步回来之后，弹珠声消失了，几个月来一直困扰阿斌的声音一下子没了，他感到不适和不安。白天上学前、放学后，他都爬到楼顶，但是除了风声，没有任何其他声音。他每天都在子夜过了好久才躺下，耳朵却还竖着，哪怕楼上有那么一点点微小的动静，他也会满足。但等来的还是长长的寂静。

同时，他清晰地感觉到体内有东西春草般生长。生长需要雨露阳光，阿斌尝试了好多方法，最有效的就是祖父教他的。他有了夜跑的习惯，酒点燃了浑身血液，经过漫长的奔跑，一些概念又模糊起来。到底是奔跑消解酒劲，还是酒力助长体内东西的生长，还是体内东西呼唤血液快速循环。太多东西等待阿斌摸索。从老宅亦真亦幻地见过一次白羊后，阿斌的心思全部用在探寻独角兽上。

他固执地认为，这个人生终极问题不解决，什么高考，什么生活，对自己来说，都是虚无缥缈的。祖父鼓起的五官，还有那个奇怪的角，都在暗示他应该回到老宅。他也相信，自己的一切疑问，都将在老宅得到圆满解答。

厢式货车拐进那条熟悉弄堂，老宅就在眼前了。阿斌长长舒了一口气，终于可以把父母、梅子阿姨、测量员、二胖等人，抛在脑后了。

突然，弹珠声清晰明了地响了起来，阿斌细找声源，似乎来自老宅里。而此时，阿斌感觉自己眉心中间，正热热地紧缩起来。他一拍脑门。"哎！原来是我脑袋里的声音呐。"

隐秘花园

柿子树、枣子树、桂花树、橘子树，还有那棵大槐树，说来说去，我耳朵里老茧都出来了。但是我还没看到过其中任何一棵。

我练拳的地方在后天井。自从突然有一天起了火，灶屋就废弃了。后天井走动的人少了，我就独霸十几个平方青砖地。我练类似形意拳的一种叫"十二接手"的实用拳术，脚下动作不大，手上动作多。一路拳下来，正好从东打到西。虽然看不大上全苏州刮起的长拳风，可长拳里的基本功，师父还是关照要练。里合腿、外摆腿、二起腿等动作幅度大。时不时，我的脚会碰到隔墙。

我有意试过隔墙的牢度。趁脚刮到，或手甩到，马上追加个把动作，一脚、一拳，隔墙就会抖动，墙顶的泥和草扑簌簌往下掉。我使下蛮劲，身子腾空，脚在西厢房窗台上一垫，手就能搭住隔墙顶。隐藏在隔墙后的建筑和院子，在我眼前闪现一两秒钟。

到了练掌力的时候，我睡梦中都想着一棵棵粗壮的树被我打得枝叶乱颤。落英缤纷里，我一回头，有漂亮姑娘悄悄注视我。但是，后天井里没有一棵树。前天井里有两棵枇杷树，不碰已经病恹恹，如果加上我的几拳几脚，必定加速枯死。

师父扛进来一只大沙袋，叫跟在他后面的光头少年用木棍撑起，并固定住。又教我几招拳法，能够把沙袋的训练效果最大化。第一拳，我打偏了，沙袋起了灰，迷住了少年的大眼睛。正在暗笑的当口，我隐约听见师父和外公说话：

"小伟不大说话……我也没办法……麻烦老师了……"

"是我麻烦你才是……你光让孩子练拳不行。"

轮到我撑住木棍。小伟一拳都没有打偏，每次击打，他的眼睛都不会闭上，而是瞪得更圆。一种仪式感，嘭嘭嘭地撞击到我心里。我想自己往后也不能太随便练功了。

师父没吃晚饭就走了。临出门时，回转身对外公深深鞠了一躬。夏日夕阳下，他宽大脑门上黄豆般大小的汗珠闪着一小片光。黄色凤仙花、紫色夜饭花映衬他的海魂衫，格外干净健美。

外婆把小伟的包袱放到我的木板床上，天已经黑透。我拎了一桶洗澡水，带小伟来到后天井。大家都在马路上乘凉，四周漆黑寂静。我和小伟默默地擦身子、打肥皂、冲水。

突然，隔墙后面隐约传来声音。小伟先停住冲洗，用手指指隔墙。我把湿毛巾放进木桶，屏住呼吸。这下，我们都听到了。轻柔乐曲声中，唱戏的女声稍稍突出些。但是，所有声音都飘忽不定，随着夜风抖动。风扫过，最清晰时，能辨出些许昆曲味道，但不能确定。

小伟突然扎了个马步，赤条条的马步我第一次看见，忍不住笑出声。他却严肃地示意我站到他肩膀上。

隔墙挡住了我们俩刚刚发育的赤裸身子，只露出我的头。我第一次从容冷静地看着隔墙后的一切。黑魆魆的建筑、过道，没有戏班、演员，只有知了、蟋蟀和纺织娘轮流唱歌的声音。那些翻新的建筑从这边延伸过去，风格夸张，但是干净整洁。我无奈又失落。

但是，我双脚一回地面，耳边又响起那些飘忽的声音。换小伟上，情形还是一样。就在我们疑惑的时候，客堂里的白炽灯被人点亮。声音一下子被光吸走，去得像被刀割断般利落。

刚过立秋，深夜竹席就透出凉意。床太窄，小伟睡在外侧，脚不是落到地板上，就是搭到我胸口。我怕他的脚碰到蚊香，自己使劲往里缩。在性急的早桂花浓香里，我沉沉睡去。

夜里似乎下起了雨，雨滴砸在帆布雨棚上，发出沉闷的"噗噗"声，像一件件心事打在我心头。外公准备把夹弄与客房打通，直接开门到大街上。这样，只有八九个平方的门面房就能收到每月两三百元的租金。整条街像疯了似的，一家家小店从吃喝玩乐到建材钢材，半年之内，全部开齐。国营店几乎没人光顾。外公从街头到街尾，来回踱了几次后，对我们宣布一个决定：要租就租给书店，最差也是文具店，吃喝玩乐的不租。一个温州人找上门，说是图书批发商，谈下门面。夹弄与客房已经打通，遮挡风雨就靠夹弄上兜着的帆布雨棚。夹弄深处藏着"宝贝"，我还没想好如何处理，眼看温州人就要彻底清理，我得想好处置办法。

就这样，我在夜里醒来几次，但都是一个念头在脑子里滚一下，然后翻个身迅速接着做梦。只有一次，身边空荡荡的，小伟去上厕所了吧。我想撑到他回来，无奈眼皮被"噗噗"声越压越紧。

我完全没有想到早晨阳光如此好，一夜的雨被完全收干，只有前天井里的花草树木叶片上残留着小水滴。我听见外公的声音：

"今天不能浇水，昨晚雨水吃足了。"

我从床上起身，隔窗望见小伟跟在外公后面，盯着五针松、侧柏、雀梅、黄杨、三角枫等外公制作的苏式盆景，左看看右望望。外公介绍完鸟不宿后，小伟悄悄地把手伸到刺状叶片上，猛地触电般缩回。他捂着手环顾四周，不安的眼神正好与我相对。我咧嘴笑了起来。突然，我停住了笑。从他双脚脚后跟到膝盖窝，爬满一条条细黑的污泥。再仔细观察，他的光头上似乎也有黑点。我转身看竹席和毛巾毯，上面却整齐干净。

伙伴们在门口叫我出去玩时，小伟快速拨弄竹筷，发出烦躁的咔嚓声。随即，他把头埋进青花碗里咕噜咕噜吃泡饭。我看得清楚，这时的光头干净光滑，没有污渍。虽然我心存疑惑，但也不多问，把很多疑问藏在心里，跟他们道了别，赶上伙伴们的步伐。融入这支捣蛋队伍的一瞬间，我有个奇怪想法，要是我与小伟互换，该是怎样的情形？随后，在嬉笑打闹间，我很快忘了老宅，以及留在那里的人。

傍晚回家看到的第一幕就让我揪心。温州人正在指挥人清运夹弄里的垃圾，我扫了一眼墙上那个位置，"宝贝"的处境极其危险。后天井里，小伟把我的手握得紧紧的，冲我瞪一下眼。我刚才打出去的拳太绵软无力，沙袋都没大动弹，但是他哪知道我的心事呢？交换位置，他认真冲拳，打得我撑着沙袋步步后退。他却一拳比一拳更有力。我的身体已经靠在隔墙上了，沙袋来回震荡，不时打在隔墙上。墙粉、水泥哗哗往下掉，一块青砖动了。我脑子里闪过一个念头，顿时，精神好了起来。

"想知道隔墙和墙背后的故事吗？"

小伟停下手，用手背擦脸上的汗，睁大眼睛，没有表情。

我的指头似乎能穿越隔墙，一一点出里面的情形："我们现在打拳的地方，只是老宅后半部分的开端。墙后面，不仅有后宅，还有一个大院子。一年四季，花果不断。"

小伟平静的脸，起了波澜，眼里有火种跳跃。

"听外公讲，小时候他最喜欢在院子里玩，长辈们时不时请朋友坐在花草树木间喝茶、聊天、唱戏唱评弹。"

"有没有唱昆曲啊？"小伟突然冒出一句。我一时不知道怎么回答，只能以"可能吧，嗯，有可能的"来搪塞。

停顿一小会儿，我突然失去了讲下去的兴致。草草来了句总结："反正后来卖给人家了。"

小伟紧跟着追了一句："为什么要卖？"

我挥挥手做了断："没钱了呗。"那些柿子树、枣子树、桂花树、橘子树，到现在，我还没看到过。这个事情要保密，不能让小伟知道，就不让他再问下去。

吃晚饭的时候，我看小伟心事重重的样子，便以为他陷入胡思乱想中。从那时起，我就开始紧张。重大行动前的一段时间，总是最难过的。真正上了轨道，反倒轻松了。更难熬的是躺到床上后的等待，虽然整个行动已经过了无数遍，可还是停不下脑子。研究来研究去，小伟是个障碍，只能等他睡熟。但他一直在翻身，光头在枕席上发出奇怪的沙沙声。我原想着绝不能在这样折磨人的沙沙声中睡着，想着坚持、再坚持，就没了知觉。

亏得一泡尿憋醒我。在梦里，走了很长的路，我才找到厕所，却只有女厕所。又走了好长的路，来到荒漠，可以随意释放，却被骆驼驮着，下不来。最后一个厕所，排队的人转了几个弯，我对前面的人说，再不让我上，我就要憋不住了。大家一起哄笑，说你随便撒尿好了，我们这是在排队买米。我一气之下，转身拉开就撒尿，就在一刹那，地面消失，下面是铺了崭新被褥的床。我一下子吓醒，醒来就摸裤裆。还好，我松了一口气。再往身边一摸，小伟不见了。于是，彻底醒了。我在一两秒钟之内就思考出具体行动方案，翻身下床。

温州人搭了脚手架，我从乱七八糟的铁锈架子下钻过去的时候，头上、脚上都剐蹭到恶心的红褐色不明液体。那些"宝贝"不是我的，却比是我的来得更要命。我们七个人围成一圈，阿强让每人交出五分钱，才能看上一眼，他飞快地翻那些图片，六个脑袋越凑越紧，心跳加速，眼睛和嘴都不自觉地张到最大。阿强猛地收起图片，又拿出几本订在一起的语文簿，封面是挂历反面耀眼的白蜡纸。随着他的快速翻动，我只看得见那些蓝色的歪歪扭扭的字，一只看不见的手正用力把我往里拉。阿强展示"宝贝"后，宣布几条纪律，绝不能扩大范围，以后每次看都要向他付费，等等。不过，他的重点最后落到"宝贝"的保管上。六个人的眼睛齐刷刷地盯住我。他们都住大杂院，弟兄姐妹众多。阿强把沉甸甸的塑料袋递到我手上时，微笑地说："你是保管员，那些内容你尽管先看，看多少遍都免费。但是，我们这些弟兄可是还在排队等呢。"我顿时觉得脸上一群马蜂乱舞。

真的好险，脚手架的一根铁棍已经顶穿了墙面上的一块砖，塑料纸的一个小角在风中微微抖动。如果等到天亮，温州人一来，肯定露馅儿。塑料袋窸窸窣窣的声音突然间放大。现在什么时间？恐怕是下半夜。昆虫大多休息了，偶尔响起的蟋蟀叫声，也软弱无力。即使在暗黑里，我的行走也毫无障碍。经过前天井，直穿客堂，打开后天井门，摸到隔墙上那块松动的青砖。简简单单地把砖抠出来，塑料袋放进去，再用砖封住。完美！安全！后天井只有我和小伟在练功，即使他发现，我也可以拍着他的光头教训他一番，什么成为真正的男人的第一步就是要学习课本上没有的知识，等等。

然而，我的手僵在那里了。那块砖不见了。我用手摸，用适应了微弱光线的眼睛看，墙上出现了一个洞，砖不见了。如果刚才沙袋把砖震落的话，那么砖应该就在附近。我趴在地上一寸一寸地摸、找。"嗙"的一声，头碰到了厢房墙壁。不知不觉我已经爬到后天井的尽头。正要回头的时候，一个身影从后宅翻过隔墙，未作停留，顺墙滑下，脚在那个洞上垫一垫。手在墙头捞一下，轻轻落下。他手里出现一块砖，平稳地贴进墙中。我没有动弹。光头在微光里一闪，他迅速蹿进客堂。

我反而定下了心，不急不忙地抠着。砖到手，熟悉的黑洞出现，只需简单的几个动作，"藏宝"任务就能完成。但是我突然僵在那里。黑洞发出奇怪声音，带着烦躁不安的情绪。脑子里出现信号：不能把"宝贝"放进去。我抬头望着顶住鼻子的隔墙，像一片闸刀落在心上。压抑、疑惑、渴望，不知不觉中，我的右脚已经蹬进黑洞，顺势一攀，双手搭住了墙顶。

牢牢攀住隔墙不敢松懈，只是身子已经荡在后宅这一面，我正挂在白墙当中。"这安徽人家可会'来事'了。"外婆简单的一句评论，正在那面白墙上扩散。

然而，事情并不像家庭主妇们嘴上传的那样简单。一落地，我就掉进一个完全陌生的天地。四周静极了，走路、呼吸、捏紧塑料袋的声音，被无限放大，脑子里定时炸弹的读秒声嚓嚓作响。我在惊恐中，回望隔墙惨白的一面。墙离我越来越远，我渐渐失去根基，游荡在未知时空。

虽然建筑延续了前宅风格，东西高高马头墙内，翘角的屋檐，挺拔的屋脊，接续不断。但是，多年来不断的改造，使房屋影子重重叠叠，显得漆黑森严。每扇窗都关得严实，我的手脚似乎失去了方向，不知该摆放在何处。走起路来歪歪扭扭，一会儿到东，一会儿到西。手到处摸索，有时碰到了木窗，有时是凉凉的玻璃。黑暗中有力量在拉我，让我慢慢地，一步一步深入。塑料袋发出轻微沙沙声，告诫我，不能胡乱闯荡，不要长时间逗留，找到隐藏位置就可以。

隔墙后的天井当中，铺了鹅卵石，走在石子上，就有了通道感。通道尽头是个月洞门，透过圆圆的门，天空中繁星点点。月洞门右边，一只青石礅子贴墙伏在草丛里。我用足全身力气，石礅只微微松动。想把塑料袋塞进去，根本不可能，我懊恼地跺了跺脚。突然，主意生出。沿月洞门墙和石礅的间隙，我往下扒土。草丛下的泥土湿润松软，不一会儿就挖出一个小洞。估摸着差不多，我又往石礅底座方向横挖。空气中飘着草根断裂的清香，传递着酥酥麻麻的安全信息。我仔细地把土回填，轻轻拍结实，又去稍远的地方拔了几棵井栏草，插到新土里。

不知不觉，头上就有了汗，我用手去擦的时候，猛然想起早上小伟腿上的泥。现在，我俩的秘密都集中到泥土上了。我最后看一眼石礅，石礅动了一下。忙活了半天，累得连眼睛都出问题了。第一次，我想得很简单。紧接着，又来了第二次，这次更猛烈些，很明显地看出石礅跳了跳。地震！一定是地震。我开始紧张，以为地在摇晃，一个泥手印留在了月洞门上。但是，四周静谧如初。当石礅开始摇晃时，我"啊"字出口，已经在鹅卵石上跑跳起来。

虽然身子已经攀上隔墙，可除了恐惧，窥探究竟的欲望骚动不已。骑在隔墙上，我朝月洞门扫了一眼，什么都没变、没动。一定是"心动"。霎时，我轻松不少，安稳下来。我慢慢地翻下墙，脚找准那个小小黑洞，笃定地往下移动身子。在我视线即将被隔墙挡住的一瞬间，月洞门里一条白影一闪而过。我跌下了墙。

下跌的过程漫长而神秘，仿佛我的一生都浓缩在往后一仰里。熟悉的戏曲声响起，我竟然流下了眼泪。突然，我想起父亲母亲，他们把我扔在这个地方已经有七年了。虽然我从小伟眼里看出他的忧郁，但毕竟他父亲隔几天，最多过完暑假就会把他领回。而我，始终处在看不到希望的等待里。刚开始，外公当着我的面，还看看日历，扳扳手指，说快了快了。最近一两年，他已经不再说任何这样的话了，甚至根本不提女儿女婿。外婆一直欲言又止。我更加害怕，不敢询问。当然，街上的流言，我是不予理睬的。既然是流言，就是假的，就是不怀好意的攻击。

还在下跌，这时，周围已不是暗黑的夜了。光来得如此迅速强烈，以至于我只能眯眼。桃花、桂花、菊花、梅花、枇杷花等，五颜六色，在我眼前铺展开，配上远远传来的曲调，安详凄美。我只剩下一个念头：我要死了。突然，什么都被收走了，完全的黑暗刹那降临。我失去了知觉。

我醒来时，燠热难当。竹席上留下汗渍，我赶紧翻手翻脚，并没有泥土痕迹。难道昨晚只是做了个惊险的梦？要是这样的话，"宝贝"很危险，要尽快处理。

我探头看门口，还好，温州人还没来。外公正在为花草、盆景浇水，小伟仍然跟东跟西。听见我起床的声音，小伟回头对我做了个鬼脸。我正着急，不睬他。随后他又将双手往后一翻，做了个夸张的后仰动作，一边做，一边对我笑。我神经被牵动，顿时全身起了鸡皮疙瘩。

我装模作样地走进夹弄撒尿，被外婆喝住："以后这块地方租给人家了，小便要么蹲马桶，要么去公共厕所。"

"这不是还没完工呢吗？"话音未落，我就钻进了脚手架当中。耳后又是外婆一阵唠叨，但她没有追进来。我的手摸到熟悉的地方，怔住了，塑料袋消失了。上下左右一番乱抠，还是没有，我全身的汗都往外滋。一回头，小伟正踮脚伸脖往夹弄里张望，所有疑点都集中在一个人身上。我擦了擦汗，太阳光晃得我头晕。伙伴们在门口大声叫我出去鬼混，我显得虚弱无力地告诉外婆自己病了。外婆随即出门，大声驱赶那帮天天来"勾魂"的家伙。

整个白天，我都强迫自己睡觉。我做了好多梦。很多时候，梦里套梦，根本不知道是我在做梦，还是梦里的我在做梦。奇怪的是，居然没有关于后宅和"宝贝"的梦。我一直在奔跑，不是我追人，就是人追我。我在小伟有节奏的击打沙袋声中醒来时，已是疲惫不堪。这样的状态能否撑过整个夜晚，我没了把握。离保持整夜清醒这个目标，看似近了，实则远了。

乘凉的时候，外公指点着苏州城外的那些山丘，一一评点。说到高兴处，让我把吊在井里的大西瓜拎出来，切成一瓢一瓢，分给街坊邻居一起吃。我拿起一大块，刚要咬下去，看到小伟对我轻轻摇头。我觉察出什么来，悄悄将西瓜放下。难道小伟也在为今晚做准备吗？想到这里，我来了精神。

一动不动躺在床上，两只眼睛直直盯着望砖上奇怪的水渍印迹，脑子里记忆的储存，也该是这样的杂乱可怕吧。想保持清醒，只有不停说话。而小伟，刚躺平不一会儿，就发出均匀深沉的鼻息声，独留我自想心事。万一今晚后宅也找不到"宝贝"，这个暑假要被阿强他们打死了。但是更惊心的是，记忆中昨晚最后一幕，如果不是我的幻觉，那么外公给我讲的故事就是真的了。我用脚蹭蹭小伟的脸，他用手拍打一下，侧身又睡。前两个夜晚，他做了些什么，究竟有什么吸引他去后宅，一大堆问号向我重重压过来。

小伟摇醒我时，我还在思考月洞门里的白影，我以为自己没有睡着。刚想问些什么，小伟对我做了个噤声动作。然后拉着我的手，猫一般钻向后天井。他的手瘦削，布满老茧。我想起师父介绍他儿子：天资一般，就是肯下死功夫。他只要认准的事情，就一做到底。我听出弦外之音，应该是我在这些方面缺乏点什么。今天，被他的手一握，我心里一亮，师父是对的。

翻隔墙，轻落地，直奔月洞门，我们都不陌生。我急急伸手往石磴底下挖去。小伟进了月洞门，他径直走了进去。我挥了几次手，让他回来帮忙，他根本没有反应，仍然一步一步往前走。我又挖又抠，也没有碰到塑料袋。我需要搬开石磴，细细寻找，眼下只好急忙去追小伟。

一出月洞门，就是后花园了。我追上小伟，拍拍他肩膀。他回头，微微皱眉，又指指耳朵。我按下急躁的心，微微合拢眼睛，眼前一片漆黑，耳朵灵光起来。极细微的戏曲声，不仔细听，就会混到虫鸣声、风吹树叶声当中。我们在花园里走了几圈。终于，那些柿子树、枣子树、桂花树、橘子树，被我看了个大概。其实并没有稀奇的，只是主人打理得比较干净，修剪得比较勤快。

我们发现，声音再细微，也有差别。踏进月洞门，就能听见声音，往左右声音都会减弱，只有往前，声音方能渐渐清晰。正当我们隐约能够听个大概时，头撞到了墙。墙外是哪里？小伟做了个疑问的手势。我试想自己腾空，像一只风筝掠过多如过江之鲫的人字形黑色屋顶。但是，飞到这堵墙上空，就失去了方向。要么就是急速坠落，要么就是被风刮到别处。家家户户密密匝匝地挤在一起，我实在想不出院墙背后会是什么情况。也许是张三家的卧室，也可能是李四家的厨房，管他什么地方，我们先翻过去再说。

那个墙洞的发现，纯属意外。院墙比隔墙高多了，踏上小伟的双肩我的手还够不到墙顶，只能让他抓住我的脚往上送送。这一送，把两人都送到了地上。我在上面，摔下来幸亏落到了草丛里，只是右脚被桂花树枝剐到，留下几道血痕。我趴在那里，不敢发声抱怨，只是不停喘息。小伟比我惨，他的脚有些崴了，正坐在草皮上揉脚。刚才他为了用劲推我，双脚往墙根退了一步，一脚踩了个空。被夏天的草覆盖掉的那个洞，显露出来。

墙洞里有杂物和泥土。我们用手挖，用枯树枝捅，很快，一丝亮光透进来。更让我们激动的是，跟随光而来的，是越来越清晰的戏曲声。

这才是真正的花园，刚才的只能算有些树木花草的院子。我不能分辨是日光还是灯光，整个花园很明亮，天空却又不那么清晰，有点灰又带点蓝。那些假山错落有致，使池塘、曲桥、回廊、厅堂等若隐若现。我们钻出来的墙角，湘妃竹疏朗精致，站在这里，花园景象能够看个大概。我们紧张地站在原地，既不敢动弹，又贪婪地望着花园。

声音来自花园的最高建筑物，假山上的四面亭。现在听得比较真切，应是旦角在唱昆曲，有丝竹伴奏，具体曲目我听不懂。亭子里人影绰绰，看不真切。我拍拍身边的小伟，示意他一起钻出竹丛，但是他没动。我侧过头仔细看，他挺直身子，仰头朝着亭子方向，眼泪淌了一脸。我表情夸张地对他做了几个手势，他根本不看我。我拉他衣服，想把他拖回墙洞，他纹丝不动。

丝竹声似乎到了高潮，旦角的声调逐渐明亮尖厉。小伟像机器人受了指令，甩开我的手，一步一步，坚定地迈进花园。我只是为了隐藏"宝贝"，现在看来，那都是些微不足道的东西。真正的戏曲大幕刚刚拉开。

假山阻隔了去亭子的路，鹅卵石小径引导我们前进。我们走了一段时间，却总是接近不了亭子。我们一直在兜圈子，选择分岔小径的时候，我们往靠近亭子方向的路走下去，又是分岔，又是选择。我开始留意花草树木，震惊程度不亚于刚才隐秘花园初现。这时的花园，盛开着桂花、牡丹、桃花、梅花，池塘里飘荡着荷花。枇杷、杨梅、柿子、橘子等都沉甸甸地挂在果树上。我猛地意识到这是一个人工景区，便随手摘下一颗杨梅放进嘴里，如果咔嚓一声，咬碎塑料球什么的，那我就可以高声大笑，并把小伟好好奚落一番，我们只是闯入了一个类似拍电影、拍电视剧的大工棚，一切问题就不成谜。但是，当酸甜的汁水流过我舌尖，我一个冷战，杨梅核滑进喉咙里。

眼看亭子里的人们曲罢收工，我们却仍在兜圈子。小伟浑身湿透，加快了走路速度，嘴里发出吭哧吭哧声音。突然，他离开小径，扑向池塘。亭子所在的假山矗立在池塘中央，他要游过去，攀石而上。我向前伸手，却抓了个空。旁边闪出一个人，稳稳地把小伟拦住。

外公经常说一些深宅老院里的鬼怪故事，有些年代久远，有些太过离谱，我都不以为意。几件发生在他身上的事，我反复咀嚼，替代外公观察当时情状。有一个阶段，研究鬼神成为睡前必修课。

隔墙真是一个奇特的墙，知道那个故事后，我时不时在月黑风高时，借上厕所的机会，悄悄溜到后窗，既兴奋又害怕地盼望着那一幕出现。

七年前，我刚刚被带到外公家时，我一个字都不认识，外公就教我写毛笔字，写了"一"，再写"二"和"人"，然后教我认字。我烦透了，就拿了一把小锤子到隔墙下敲敲打打，连蚂蚁见我都怕。

一天，外公板着脸，手指隔墙地基："这里本来长着一棵大槐树。"他为了让我直观地了解槐树大到什么程度，用手围了一个大大的圆，双手直举头顶。

"很多年以前，我还小，家里没了钱，只好卖掉后宅。为了方便分割前后宅，就把大槐树砍了。"他又做起动作，整个人扑向我，代表树的倒下，"当天夜里，树砍掉了，墙还没有砌起来。我起来上厕所，经过后窗，不经意一望，却看见一个白发白须的白袍老人坐在槐树桩上。仔细一看，他正伤心落泪。我正在惊奇时，白袍老人更加伤心，索性把头拿下来，头在地上一边绕着树桩滚来滚去，一边哭得更厉害。我眼前一黑，昏死过去。"

昨天夜里，我就对月洞门里的白影产生怀疑，现在，我更是脱口而出："槐树精！"白发白须的白袍老人挡住小伟后，没有预料到我这一声。他放开被吓愣在原地的小伟，走近我。他的面目似乎有点熟悉，却又很陌生。

"什么精不精，多难听。我比你外公年纪大多了，你起码要叫我太公才对啊。"

"大槐树太公。"

"太公就是太公，还带什么职务呢？"白袍老人眉头舒展开来。但是他既然没有否定，那就是槐树精了，我心里认定后，反而生出亲切感。眼睛直盯着他的脖子，再怎么观察也没有疤痕啊。

白袍老人又转到小伟跟前："孩子，那个亭子，你上不去的。"

小伟扶着一棵桂花树，慢慢蹲下。头渐渐埋到双膝中，被汗浸湿的后背拱起，一段白白脊梁露出来，在风中微微抖动。

白袍老人叹了口气，招呼我们坐到小径旁的石凳上。我把小伟拉起来，他沮丧又无奈。乐声停了，戏演完了，只有风过木叶的沙沙声。

白袍老人抬手理了一下长长的白须："我给你们讲个故事吧。"

他用手一划，把整个花园都包了进去："很久以前，这个城市并不大，大家都在方圆五十里范围的城墙里生活。后来，战争、商贸等因素使外来人口不断集中到这里。"

他看看我："你外公的爷爷，敏锐觉察到外来人口的集聚地靠近城门口。一百多年前的一个春天，他卖掉了市中心的房产，在这个地方买下半条街的土地，造房子、开商铺，本来偏僻的街热闹起来。赚钱后，又继续扩大建房规模。他传承苏式园林精髓，精妙设计出自己心目中的私家园林花园。他对此越来越痴迷，常在花园宴饮，参加的人无不为之叫绝。但是，战乱频发，生意滑坡，维持大家族开支越来越困难。

有人建议卖掉花园，贴补家用。他坚决不同意，宁可转让店铺，卖掉房产。半条街的房产传到你太外公手上，只剩窄窄几进房屋，当然还有花园。"

小伟早已直起身子，和我并肩坐在石凳上。虽然他放在膝盖上的手时不时地抽动，但总体趋向平和，听得也比我认真。我有时会插话："您说的就是这个花园吧？"

白袍老人没有否认，但也没有承认，继续说下去："你太外公体弱多病，难以把控大局。家族生意越来越惨淡，家里节约开销，遣散用人。压缩自住房，多出来的租出去。一下子进来了四家租户，有律师，有警察，有教师，还有唱戏的。大家相处得融洽，宅院里人来人往，又热闹起来。但是，不久，便发生了一件事情，闹得大家惶恐不安。"

我和小伟觉得故事到了高潮，而我俩也算练武之人，试想当时我们在场，会有什么样的表现？双拳已握得像铁砣，有什么东西碰上来，必定粉碎。

"唱戏的是昆曲夫妻档，两人看上去挺恩爱，说话轻声细语，待人接物客气周全。生活虽然清苦，但是食物器皿讲究，女的总要在傍晚时分为男的温上一瓷壶黄酒，用象牙筷布菜。一天清晨，那女的被发现吊死在花园亭子的横梁上。男的似乎吓傻了，警察邻居问他，他总是'对不住、对不住'，也不知道他到底有没有做亏心事。事情一完，男的多交一个月租金，退了房，消失在街头。"

我的拳头一下子松了开来，上吊、跳河在这里常见，几乎古城的每条弄堂、每个河埠头都有这样那样的传说。我转头看小伟，却见他非但没放松，脸也变得像攥紧的拳头般紧张，红中带青。

"男的走后的当天晚上，大家听到远处隐隐传来的女子唱戏声，感觉市里哪个集市在办演出，没人在意。接下来两天，警察还与教师为飘来的唱腔是昆曲还是京剧争论起来。一段时间下来，没有停下来的迹象。警察循声侦查，声音来自花园方向，越接近花园，声音越清晰。开始他还为自己赢了而高兴，但是踏进花园就没了声息，任凭四处寻找也不见一丝唱戏的踪迹。而且他前脚刚跨出花园，后脚就响起绵绵昆曲声。脾气一上来，他又冲进冲出几次。深夜加上入秋后凉意渐浓，警察嘴上不说'诡异'，哆嗦的身体出卖了他的真实感受。高大精神的一个人，连续两个星期躺在床上起不来，一会儿发热，一会儿发冷。发热时高亢唱京剧花脸，发冷时颤抖哼昆曲青衣。西医按照疟疾来治，没有任何效果；中医开方子喝汤剂，人渐渐瘦成了一根棒。后来，警察局长来探视，带来一个穿灰色长袍的蒙面人。把家属朋友全部赶出去后，在屋里点燃三炷香。蒙面人沉默许久，突然爆发，对着空气叫嚷嘶吼，激烈的时候手脚并用，像在厮打着什么。正在大家心惊肉跳时，蒙面人突然语气缓和，轻声细语地像在与优雅女子对谈交流。渐渐地，什么声音都没了，沉默很久很久，门最后被打开，蒙面人搀扶着警察一起走出来。警察茫然不知任何事，身子却不再发热发冷。"

小伟的身子开始抖动起来，我真不知道这个超过半个世纪前发生的，不知真假的事情，与他有什么关联。不过，白袍老人的叙述，填补了我对老宅想象的空白。

"还没等警察身体完全恢复，这家人就匆忙搬走。流言在老街飞快传播：花园闹鬼，这鬼就是那个上吊的女戏子。女鬼初一、十五必来，一出现就唱拿手的昆曲，不能窥视，否则轻的得病，重的性命不保。每到初一、十五，老街的人们，早早躲进自己家里，伸长耳朵听动静。不管远近，不管听到还是没听到，隔天都聚在一起说吊死鬼唱得真凄惨。不到两个月，房客全部搬走，再没人租房。恐慌情绪严重影响你太外公，他身子越来越差。在列祖列宗牌位前长时间跪告后，他关照把花园建筑拆除、池塘填平，又在平掉的花园里种上柿子树、枣子树、桂花树、橘子树等，一切变得平安无事。正当老街人们开始渐渐忘记花园事件的时候，你太外公去世。他没有留下一句话，闭眼前把手指伸向花园方向。不久，一个刚从安徽过来的商人，准备在苏州置业，两家一谈即合。商人买下了后宅，竖起了隔墙。"

风大了起来，我心中的疑惑也逐渐变多变大。白袍老人说的，就像被太阳照射的物体正面，脉络清晰，而背面的阴影，却因此显得更加模糊不清。正当我想说出心中的疑问时，风越来越大，树叶开始被刮落。狂风来临的时候，我伸出一只手牢牢抓住小伟。他还在尽全力聆听。我使劲拖着他，一步一步艰难地向墙角退去。天空中仿佛有只巨手，用橡皮把眼前景象，轻轻地却又坚定地一点一点擦去。刚开始能看见白袍老人仍在活动的嘴，后来还能看见他指指点点的手，再后来，他的影像随着飘走的树叶、掉落的建筑，一起淡去。费了好大工夫，我们钻回那个墙洞，我最后一回眼，《红楼梦》里的话跳进我脑子：落得个白茫茫大地真干净。

我们连滚带爬钻出墙洞。手触摸到半埋在泥土里的一个塑料袋，我想都没想，就挖起塞进裤腰带里。肯定是我的"宝贝"了，惊恐过后总给我惊喜，我感觉这大概就是今后人生要走的路的滋味。

虽然我们躺在床上一动不动，但是我们都在"呼呼呼"快速心跳中，等待天明。天微亮，外公就要去公园，外婆就要去买菜。

大门"嘭"的一声关上，小伟就跳了起来。

"老头说的不全。"

"他被风刮走了。"

"咦。"他注意到我摆在枕边的塑料袋，立即伸过手来。我心里一急，连忙护住我的"宝贝"。就在一争一夺的时候，我发现了异样：塑料袋变轻了。我的心往下一沉，赶紧打开看。叠成方块的黄色绢帛有好几层，绢帛里又是好几层宣纸。摊开，铺在竹席上，最后是一张斗方。画中庭园、池塘、花树、亭子，非常熟悉。尤其是亭子里还有人唱戏，猛地唤醒我们。

"画的就是那个花园。"

"我爸就是在找这个！"小伟指着图大声嚷嚷。

我觉得他乱叫实在没道理，就喝住他："花园在哪里？我看他到哪儿都找不到。"

"不是不是，你仔细看图。"小伟不大说话，一急就有点语句接不上。

刚才光顾着看局部，没有注意到整个花园是被画在了一个砚台里。园景巧妙布置在四方砚台周围，当中一泓池水，正是研墨所在。仔细看，砚台内外都用蝇头小楷标注好尺寸。

诸如亭子、假山、池塘等重点景观，再逐一标注浮雕高度。这是一张制砚图。

"你爸爸去找砚台？"我猛然醒悟。

"是的。"

"老头后面说了一段话，你没听。也就是那段话一出口，花园景象加速变淡变模糊，最终消失。"

"他说什么了？"

"你太外公弥留之际，他父亲托梦给他，花园虽然平掉了，但是要保持长久的平和，需要东西镇住。"

"那东西就是'砚台'？"

"五行当中，'土克水'，砚台属土，'女鬼'属水，把花园的一切装进砚台，既能克住花园怪象，又能控制'女鬼'。"

清晨几乎没有风。天边诡谲的火烧云压得我透不过气来。我要立即冲出老宅，找到外公，问清楚真实情况。但是，我手上已经没有那张图纸。我把它给了最需要的小伟。对我来说，就是解一些谜，但是对小伟来说，就是一个家庭的聚散。他已经出发，手里攥着薄薄图纸，寻找正在寻找砚台的父亲。然后，再一起寻找他母亲——突然间出走的昆曲演员。我疑惑地问他，花园、砚台与他母亲之间有关联吗？他默默拐到客堂里，过了一会儿，传来清脆的碎裂声。我赶忙跑进客堂，一只碗碎了。

"你听到东西摔碎的声音，看到碗粉碎，你与碗就有了关系。而我刚才到客堂，努力地用一根筷子顶碗，你看不见、听不见，那时的碗与你没有丝毫关系。"说完，他的大眼睛里起了雾。现实和虚幻，本来就分不大清，执着于任何一面，都会痛苦得要死。

天井里，有一只不大不小的绿水缸，里面有个乌龟。它要么沉在水底，要么浮起透气。雨水满溢，它就爬出来去天井四周走走，逛得开心，几个月不着家。与它交集的鱼儿，不知换了多少批，多少条。投下的食物，几乎全被鱼儿一扫而光，它从不在意。现在，鱼儿全不见踪影，只有它仍然悠闲自得。小伟的光头被朝阳照得锃亮，他经过绿水缸，乌龟趴在缸沿，仰头看着小伟走出百年老宅的石库门。

一瞬间，这么多谜摆在我面前，我却失去了求解的欲望。我们都在幻象当中生存。即使追问外公事实或者真相，他告诉我的，难道一定真实不虚？我被父母扔在这里已经好多年了，他们现在已经变成我想象中的父母亲，只有当他们把我领回，我才算在现实中拥有他们。而现在，他们与离家出走的小伟妈妈本质上有什么区别呢？孤单寂寞中，我是不是也应该像小伟那样，不在无望中等待，而是突破院墙，走进不可预知的时空？

沉寂几十年，砚台默默地或嵌或埋在后宅不知哪座墙、哪块地，它并没有想到与我们相聚。它与被赋予的"镇"的功能之间似乎也没有特殊关联，它只是一块被加工过的艺术石头，世间几乎无人知晓。直到安徽商人的后人，秉持了辛勤劳作的风格，翻墙整地，把砚台挖出来，尘封往事又被复制、重演、扩散，真假难辨。

我出了门。一边走一边想，不知不觉到了瑞光塔下。外公一直在这里打拳、喝茶。潜意识里，我还是想要找到他。但是，今天他既不在打拳，也不在喝茶，茶馆服务员往塔上跷跷拇指。瑞光塔正在维修，荒芜凄凉的景象将要改变。

攀登脚手架的时候，我想起今天温州人就要把围墙破掉，而我的"宝贝"也不知逃遁到什么地方了。短短两天时间，我收获很大。原来觉得重要的，现在看来其实很轻。我在竹筒、竹片、铁丝间穿行，离地面越来越远。到达十三层，往下张望，练拳的人像小纸人。

我沿着外公远眺的方向，依稀望见老宅那一片街区。我还没有开口，他先问我："你能把杜荀鹤写苏州最有名的那首诗背出来吗？"

我愣一下，乖乖地在清晨温润空气里，吐出一个又一个清晰的字。

"错了。"

我回想一遍，没有背错啊，遂向外公投去疑惑的目光。

"你发音错了。"

"老师就是这样一字一句教我们的啊。"

"我是说按照你现在的读音，唐朝人根本听不懂你在说什么。换句话说，唐朝人用当时的语言念'君到姑苏见，人家尽枕河'，我们也听不懂。"

"有这么严重吗？"

"我和你，年纪只相差一个甲子，口音已有微小差别，再往下，差别会拉大，直到完全听不懂。"外公说到这里，双手摊开来，缓缓指向远方，"幸好有汉字，读音变了，内涵没变。就像那些房子，多年之后，都会倒塌重建，但是曾经赋予的内涵不会变。所以打破平衡后最直接的后果，就是以前发生过的事件的镜像会不停地重复出现。你不要以为只有人才有灵魂灵性。只要承认现实宇宙的存在，就应当承认动物、花木、水土等万物都有魂魄。只不过人类的显性，其他的隐性，或者说，我们感知不到的东西，并不代表不存在。"

我闭上五官，无知无觉。打开五官，繁杂信息扑进我的感知系统。但是，这都是来自过去，像恒星的光芒，有的是从千百年前发出。

外公转过身，拍拍我的肩："走，我们下去吧。即便是最真实的事件，隔了一天，也变成脑子里的回忆。等到回忆越积越多，那么，现实与梦境就会相互影响，原本隐秘的世界越来越开放。就像我，到了这个年纪，什么都相信，却又什么都不信了。"

说来也奇怪，我满肚子的一个又一个疑问，随着旋转而下的脚手架竹梯渐渐消散。到了地面，我只有一个愿望，就是今晚再翻一次隔墙，把石礅下面的塑料袋取回。不然，在可预见的未来，我会被打得很惨。至于"宝贝"还在不在，不要紧，关键是我一定要叫上阿强，再探后宅和花园。我想进一步尝试。是不是每个人内心有了隐秘世界，才会对应出现隐秘花园？

井底之蓝

　　梅雨季节来到的时候，我把木板床往外移出一点，这样扑簌簌往下掉的墙粉就不会碰到蚊帐。但是，半夜里我还是会醒，而且我非常确定，这个时候醒来的，老街上不止我一个人。要是在古代，更夫应该敲三更了。离奇故事通常发生在三更过后。黑暗中，栀子花香伴着细雨声若有若无地钻进我的鼻子。似乎，我在花香的抚慰下睡着了，以至于那个声音清清楚楚传来时，我认为做起了梦。直到"砰"的一声，关门声响起，我才意识到，这恐怕是真的。板壁后的大床上，"咯吱咯吱"响了几声，有人起身上马桶，听咳嗽声音，是外公。

　　第二天放学后，我不情愿地把书包里的五根新皮筋、三颗彩色玻璃弹子塞到东东手里，然后，就听见他哈哈大笑。他笑得上气不接下气，旁边的同学也开始笑。我问他们为什么笑，他们说不知道，笑没有停止。我耐心地等着夕阳慢慢下沉，大家的影子拉得很长很长，笑声没有了。老街上喊回家吃饭的声音此起彼伏，有的甚至声嘶力竭，好像夜来了，总会发生些什么似的。我尾随东东进了大杂院，虽然外婆尖厉的呼叫声已经覆盖了半个院子，但我还不死心。他把我挡在第三进房子门口："好吧，老实告诉你，你听见的声音是我的。"

夜饭桌上，二舅的筷子最快。他说话也快，店里是流言集散地，吃晚饭他就贩卖，外公、外婆和我根本插不上嘴。太离谱时，外公会把青边碗往八仙桌上一蹾。二舅马上乖乖低头默默扒几口饭。不一会儿，"哎"一声，头又仰起来，新的故事开始了。在我看来最虚头虚脑的事情，外公却没有制止，连筷子都放下了，手不停地摸裤兜，几次都没有摸出一根香烟。"昨天晚上我听见声音了。"二舅压低声音，风把吊着的白炽灯吹得晃晃荡荡，阴影一片接一片盖在每个人额上。外婆说恐怕又要下雨了。外公点着了烟："声音有什么奇怪的。"我赶紧解释："声音其实是东东弄出来的。"我的话刚出口，就觉得舌尖上着了一股凉风。是啊，那不是胡扯吗？外公朝天喷出一口烟，他吃香烟不吸进去，烟雾喷喷吐吐，倒也离不开它。雨季，江南水汽凝固在空气中，烟雾散不开，他的话听起来如隔了一层水帘，像极了又糯又绵的评弹"徐调"：老万头啊，蓝衣人。

二舅带着我摸黑进到大杂院时，有线广播响起了《姑苏行》，这是评弹节目结束曲，八点半了。东东坚持昨晚的声音是自己弄出来的，而且以他的话说，时间已经很晚很晚，他回到大杂院床上，眼都没有来得及闭上就做梦了。二舅骂他："整个就是一出梦游的戏，最近整条街的人都在议论深夜的声音，都是你一个人弄出来的？"东东那时的匪气还处在青春期，几个回合下来，就被二舅缴了枪。但他临时又想出个点子：那我们去"黑屋"看看。这句话出来，把二舅将住了。我把偷偷夹带出来的外公的铜质手电筒打开，放到吐出的舌头下，突如其来的光，加上我惨白的脸，把两人吓了一跳。光束里，小飞虫在打转。

　　老街有好多横巷，只有铁线弄是死弄堂，到底，是一小方场地，双眼井在黑屋门口。黑屋与公共厕所并排，后面是一条小河。我刚懂事的时候，双井还是一个小型社交场所，人们在井边淘米、洗衣服，在厕所后的河里洗马桶。铁线弄里，家务一条龙搞定。后来，老万头不见了。他的空房子刚开始经常被不知情的流浪汉占据，不过最多到当天半夜，那些人就会号叫着逃出来。叫得全街的人汗毛都竖起来。后来连猫狗都绕道走，我们给了它一个绰号：黑屋。顺带着，双井也很少有人去了。又过了一些时日，老街上新盖了厕所，弄堂厕所连同黑屋一起衰败。我们发现井里的水越来越少，越来越脏。有一次，二舅弄来钥匙，打开盖子，一股腐臭味冲得我们后仰倒地。东东强调那就是腐尸气味，吓得我们很长时间不敢进铁线弄。不明身份的绿色植物爬满井栏，我幻想总有一天什么东西会爬出来。但是，我们依旧充满好奇，隔一段时间就会去黑屋张望。我踩住那些肆无忌惮的绿色植物犹犹豫豫时，二舅和东东已经接近黑屋窗口，光束在抖动。

　　雨腥味横扫过来时，我想起了去年暑假的一个场景。傍晚，我在后天井用一桶井水解决完洗澡问题，手拿一册《长坂坡》，赤膊躺在前天井的竹榻上。远处传来阵阵雷声，连环画的纸片微微抖动，天一点一点黑下来，外婆跑进跑出收衣服、毛豆干、马桶。我喜欢从敞开的大门外刮进来的狂野的风，渐渐地，伴随零星豆大雨点，腥味越来越浓，我收起竹榻搬进客堂。似乎有人缓缓经过门口，我感觉背后一双眼睛盯住我，连忙回头，只扫到最后一片蓝色衣襟。一串惊雷暂时挡住正想冲出天井的我。我在门口碰到二舅，他顶着水果纸箱，气喘吁吁："那是老万头啊！他回来啦！"二舅踮起脚，往老街两头张望，再次肯定地说，"老万头就喜欢雨水，肯定是他。"

　　黑屋的玻璃每块都破损，手电莫名其妙地忽闪忽闪。我记得外公今天下午刚装进去新的三节"白象"牌一号电池。抖动的光束下，依次展现：没有被褥的单人床、靠背木椅、长条桌、靠背木椅、小方桌以及上面的煤油炉、水缸、马桶、痰盂。二舅轻轻叹了口气，好像没有什么变化呢。腥味越来越浓，雨憋不住往下啪啦啪啦掉。东东接过电筒，嘴里说着："我来看一眼。""眼"字没有出得了口，卡在喉咙里了。我们听到绝不可能出现的声音，三个头生生挤到一个窗口上。雨点砸在头上、身上，我们几乎没有知觉，直到寂静回笼，二舅才猛地喊了一声："还不快跑。"我们踩着湿滑的弹石，奔出弄堂，跌跌撞撞回到老宅。外公听见声音，披衣出东厢房，惊诧地看着三个呆呆的落汤鸡。我们互相望了一眼。二舅拖长声调："台钟在走。"东东补充一句："它敲了九下！"

　　清晨，太阳还是出不来。外公带着我们，拐进铁线弄。杂乱的脚步声中，外公悄悄抬起左胳膊，看了一眼"北京"牌手表显示的时间。阳光下，黑屋极其普通。一开间的平房挡在铁线弄弯角尽头。弄堂里各家大多开始生煤炉，煤烟呛得我有了实实在在的安全感。窗口容不下那么多头，我被挤到他们身后。忽然我有了一个念头，这些人真是可笑呢，也许老万头啥的正在什么地方乐呵呵地望着这帮无趣的人呢。我觉得脖子里凉凉的，左右扭头，都是寻常景象。这难道真是我的多疑或者直觉吗？来不及细想，外公就把电筒扔给二舅，平静地说："看看仔细吧。"他转身背手走开，"北京"牌手表闪出一道光。三个头再次挤在一起，"白象"牌电筒射出白光，静静地定位在"三五"牌台钟上。时针和分针都松垮地自由落体般定格在"6"上，要不是时针稍微胖些，我们还以为这钟只有一根针。

老街的人都在谈论老万头的时候，我才发现，一切稀奇现象，千条线万条线都穿进"蓝衣人"这个针眼里。张家屋檐塌下一个角，李家井水漫过井栏，王家马桶两根铁箍同时断裂，马家花狸猫一胎四只全是死的。几乎每个人都缩在门槛里，用怀疑的眼光扫描着每个过客。二舅的店主任是个具有强烈责任感的党员干部，他被梅雨憋在店里好几天，又整天接受窸窸窣窣来路不明的暗示，终于挺身而出，带了几筐杨梅，去了趟派出所。回来后，他问二舅要了根烟，坐在水果店门槛上。二舅替他点好烟，并排坐了下来。阴霾的天空又开始飘起细雨，二舅看到店主任脖子后面湿了一大片，还不时有汗水接连不断地从头发里滚下。"这个懊糟的天。"二舅嘀咕一句。店主任答非所问地说，没有这个人。

大杂院第三进是二层堂屋，二楼本是大户人家的主卧室，如今被普通百姓割据成三小间，东东家在最西面。分到房子时，东东父亲不是很开心，靠西，要太阳时没有，不要太阳时，西晒又极其难受。但是，不久东东一个顽皮动作却打开了一个新天地。他在屋里假借晾衣竿舞枪弄棒时，无意戳穿了西北角的天花板，大户人家藏金楼就此暴露。围着大杂院兜了好几圈，我们都看不出阁楼在什么地方。而在阁楼上，通过木制百叶窗，我们刚巧能够望见铁线弄底。傍晚仍是阴雨连绵，路灯几乎全坏了，弄堂早早暗下来，黑屋没有一点动静。二舅命令我睁大眼睛，不能放过每一个细节，他似乎想把事情在今夜搞清楚。东东把隔板放下，阁楼顿时成了我们三个的天地。二舅一本正经地问东东前天晚上怎么弄出声音来的。

我第一次听说老万头的事情，个子还没有烟杂店的柜台高。我拿着瓶子去打酱油，店里的人都围在一起说话，我使劲踢柜台挡板，根本没人睬我。踢累了，我索性在店里玩起玻璃弹子。但是，大家的惊诧声、小声惊呼声，让烟杂店气氛沉重起来。十八号大院子里面第一家老胡家的女儿失踪了。我听了几句就知道他们惊呼的原因。后来他们压低了声音，我只听见有人提老万头的名字。一进门，我就大声问外公，老万头是谁？外婆听见，嘴里念着阿弥陀佛快步走过来，夺走我手上的酱油瓶，望望敞开的大门："阿弥陀佛，不要胡说八道。"外公却沉着地笑笑，到天井里看盆景，拿起喷水壶浇花。

东东拿出压缩饼干，我的视线不离开黑屋，把饼干往嘴里送的时候，感觉就像墙粉掉进嘴里，一些干粉末掉到地上。黑屋已经沉入夜雨里，突出的屋檐和破旧的瓦片发出微光，使得门口和窗户更加黑暗。二舅正在讲自己的亲身经历，虽然我已经听过不知多少遍，但是此时还是感觉有凉意袭来。

二舅不喜欢蹲马桶，甚至小便都要跑到铁线弄。新厕所没有建成前，大家都蹲在铁线弄底，听着小河潺潺流水，自然而然地产生了愉快的心情。蹲位之间没有隔板，大家蹲在上面递根烟、传个纸非常方便，说说笑笑，打趣打趣。二舅从小崇拜白玉堂，金声伯说白玉堂有个爱好，喜欢蹲夜坑。喜欢白玉堂的人，自然也效仿，何况这并不难练。上床前，二舅出门了。雨飘着，但是不大，细到喷壶里的水珠一般，挂在头发上，进厕所门，一甩，头发几乎没湿。厕所里空无一人，他有点急，连忙占了第一个坑。在他集中精力解决问题的时候，似乎有哗哗水声，但他根本没有在意，直到舒舒服服点烟的当口，突然发现，最里面的坑位上多了个人，一身蓝衣蓝裤，脸藏在蓝色鸭舌帽下。有风刮了进来，火柴怎么也划不着。二舅想站起来，脚已经麻了。里面的人，慢条斯理地做着该执行的程序。时间既不长，也不短。他往外开始走了，却又停了，转身，拿起挂在镂空窗台上的黑伞。一步一步走出厕所，每走三步，伞就往地上一点，发出均匀的节奏。两条腿加一把伞，在二舅眼前悠悠晃过。二舅撑大胆子往门口望去，并牢牢记住了被风刮向后脑的白胡须。隔的时间并不长，"扑通"一声传来。二舅提裤子的时候，眼前一串湿脚印。

　　我一开始怀疑故事的真实性，但是后来看了《三国演义》不这么想了，既然人人都把演绎的东西当成真的，说明人们并不太在意真实，而在意符合大众需求。二舅一口咬定蓝衣人就是老万头，他经过缜密思考，拿出很多依据说服大家。最重要的一点，就是我现在目光紧紧盯着，不敢丝毫松懈的那口双眼井。双井是黑屋的一双眼睛，把铁盖盖上，也是迫不得已，但是却弄瞎了黑屋的眼睛，当然这是我的想法。我既希望井里冒出什么东西，又对此害怕不已。每到阴雨的深夜，不知是不是铁线弄，还是老街别的什么地方，时常响起奇怪的声音，街上有心人都能听见。

听外公讲，武斗的时候，一派工人武装占领铁线弄。他们静悄悄地休整，准备在最困乏的凌晨四点钟，进攻老街头上的一所小学，那里被另一派占据。不知谁把井盖移走了，铁线弄里每家的床开始微微颤抖，那些强占床铺的年轻人还打着微鼾，轻轻的震动恰似母亲的怀抱。后来，声音出来了，不是很响，但是异常坚决。像一种不紧不慢的步伐，打在人的心上，恐惧的原因，就是"正朝我走来"。每个人都这样想的时候，一个女"工宣队员"落了井，也不知道为什么她就走了过去，反正是落了井，同伴看见她倒栽进去。基本干涸的双井，突然涨水，一直没到井栏。天蒙蒙亮的时候，守在井口的人看见井里有一个蓝色的影子，用竹竿捣，影子碎了。平静下来，似乎又有一层朦胧的蓝色笼罩在井里。太阳光射进弄堂的时候，大家忘记了向学校进攻。学校里的武装力量听说这个事情，也派人过来打听虚实。两派当中本来就有朋友、同学，甚至兄弟姐妹。铁线弄一下子成为倾诉友情的场所，大家放下了枪和刺刀。井水似乎怕阳光，随着太阳升高，水退得很快，蓝色也在淡去。围的人越来越多。终于，在吃午饭的时候，井干涸了，只剩下黑魆魆的一个底。两派的头头商量决定，派人下去摸一摸。下去的人是个物理系学生，又很负责任，把井底仔细搜索一遍不算，还查看湿润的井壁。他上来后把井底形容成一个"活塞"，进水时，活塞向上一顶，井壁裂开，进水。活塞往下一拉，水从地底下流走。这时，他补充一句，井壁与井底之间缝隙足够大的话，人被冲走是很正常的事情，毕竟女"工宣队员"没有找到。据说所有在场人员都对这个人的判断既愤怒又轻视。但是我听到这个传说时，却认为那是多么浪漫多么有诱惑力的一件事情。井水又悄悄涌了上来。女"工宣队员"仍旧没有踪迹，大家对她渐渐淡忘了。

多年后的一个大太阳天，街道领导不知出于什么原因，组织了较大规模的井底清淤。铁线弄里充满着柴油味，一根从粪车上拆下来的粗螺纹皮管，一口一口地往外吐着黑水。穿着黑皮一体服的工人被拉进拉出，一桶桶乌黑发亮的淤泥倒在茂盛的井栏草上，玻璃瓶、饭碗、铁罐子、老虎钳等相继出现，这些都不稀奇。我注意到一顶蓝鸭舌帽，脱了线的帽舌像一张嘴，挣扎着钻出污泥，沉重地呼吸。我忽然感到如果跟一口井过不去，那么，总有一天，你会被井里的"他们"拖到任何地方。"他们"似乎都与老万头相关，与"蓝衣人"有关。

零点已经过了很长时间了，我一瞥眼，东东也跟着二舅"吧嗒吧嗒"抽起烟，看他把烟从嘴里经过鼻孔过滤这个动作的熟练度，我想他已经吸了不短时间。当我把眼光重新聚焦到井上的时候，一个蓝衣服老头正坐在井栏上，那绝对是老头，虽然戴着蓝色鸭舌帽，但是压不住在微风里飘起的白色头发和胡须。会不会是我的幻觉？我转过头，认真盯着两个抽烟的人看了几秒钟，回头，再看双井。他还在，同样的姿态。但是这样子似乎为我而设，让我早点走过去，我有点吃不准要不要叫他们一起去。不过，暗地里一个声音告诉我，去小便。

一个人走进雨里，雨像雾一样拍在我脸上。铁线弄在深夜已经完全失去白天的色彩，逼仄黑暗。我朝蓝衣人走去，直到大约十步距离，才发现他还拿着一把黑伞。我不再向前。稍停，觉得他正在跟我打招呼，这个念头刚起，他就动了。往后翻滚，头朝下栽进井里。伞的尖顶碰到了井栏，"啪啪"清脆两声。随后，寂静无声。突然，黑屋里的台钟清晰地敲了三下。第一声响起时，我的心随之颤抖。第三声结束后，我却待在那里还在等待什么。我不知道女"工宣队员"是怎么走过去的，但是，此时我确信无法控制自己的身子。井中凭空多出来的一根铁链，在雨雾中冒着冷光。我看都没看一眼井底，就跨过井栏，吊着铁索一步接一步往下滑。我的心是宁静的，甚至是幸福的。我一落地，就明白这幸福安宁的来源，"井底是活塞"，真是没错。确切地说，那是一扇门，往下一沉，打开了通往新天地的道路。蓝衣人不紧不慢地走一步用伞点一下地面，通道既不狭窄也不宽敞。我只看得见他迎风往后吹散的白胡须和白发。我跟着他越走越远，渐渐地，地形变得复杂起来，沟壑丛生。地势一直在往下，听得见哗哗的水声，正在与我们同方向奔流。边上是水，底下是水，头顶上也是水，只不过每过一段，都有一口井插入顶部。走过多口井之后，我忽然明白，自己正在水的夹缝中前进。水越来越多，我们不时改变走向，避开随时曲折的水流。现在不光是井水了，连小河的接入口都看得很清了。肆意流淌的水，让我想起梦里的事，我总在寻找一个入口，躲避阴雨、暴风、雷电、台风，找到的地方却仍然湿冷黑暗。冷到极致，才发现自己赤裸着被冻醒。而这个地方，虽然包裹在水中，却有干到不可思议的土脊，我的脚步重一点，居然有扬尘。正在我关注这些无足轻重的细节时，蓝衣人拐过一个弯后突然消失。立刻，恐惧向我压过来。在寂静的隔绝的空间，即便再安全也不是我的本愿。

我索性坐下来，仔细观察水的流向，希望能够抓住一个共同的方向。但是，各条水流的方向都不一致，甚至一条水流的方向也时常改变。刚才还向左，一瞬间又反了方向。这时，蓝衣人出现了，定神分辨，却不是带我下来的那个。迟疑之际，一个接一个蓝衣人出现，朝不同方向匆匆而行。他们装束一致，区别在于，有没有长胡子和胡子有没有白。我混在他们当中，不知道往哪个方向去，他们眼睛朝前，神态自若，谁都没有理会一个与他们完全不同的人。人一多，水的声音也大起来。我惊奇地发现，他们走向哪里，脚边的水流欢快地跟向哪里。

井底世界，幽暗不见蓝天，但是这么多蓝衣人自由自在地游走，我想看不见蓝天也不是一件坏事。我疑惑的是，刚才带我下来的蓝衣人呢？他是不是就是老万头？在一片蓝衣人中，老万头究竟是谁？正在这时，铁链"哗啦啦"响起，不知哪口井里先后落下两个人。蓝衣人在前面走。另一个不是蓝衣人，他东张西望地跟着，目光惊诧。这情景跟我刚才一样。但是，不可思议的事情发生了，后面那人渐渐收拾起惊慌，显露出轻松自如。他走着走着，身上慢慢起了变化，越来越蓝，刚开始还能分辨得出他，后来，他就与蓝衣人混为一体。然后，我慢慢收回目光，抬起手和脚，原来的白衬衣、灰裤子，正在"蓝化"，蓝得让我心惊。这真是躲避灾难的平和安宁之地吗？至少目前，不明不白地成为这里的一员，我还没有思想准备。大概黎明将至，又有一口井开始往下面吐人，也是一对，落地后不久，跟着的人成为新蓝衣人。我看准机会，一把抓住一条铁链，拼命往上爬。蓝衣人听见声响，集体驻足，抬头望了一眼挂在铁链上的我，面无表情。随后，他们走他们自己的路，水声又大了起来。

微弱的晨光射到我身上，所有蓝色"啪啦啪啦"掉了一地，衣服和裤子显出原来颜色，蓝色一阵烟地挥发。我辨了辨方位，那是离老街差不多三公里的城西南。回身再研究那口我爬出来的井，已盈满了水，我稍稍俯身，手一伸就碰到水面，水似乎往下退缩了一下。往回走的路上，当日光下的一切变得如此真实、无情，我有点后悔。地下世界欢快的水声、蓝衣人沉静的模样，我也曾有机会加入，但是我可能永远失去了逃遁机会。在二舅和东东嘴边还挂着疑问的涎水躺倒在天窗边上时，我已经重新观察清晨的铁线弄、黑屋和双井了。

我静静地看着弄堂的变化，黑屋除了窗户都开始发白，井栏上停了一只麻雀。弄堂里一户人家开了门，接着又有几家有人走出来。麻雀很快飞走了，弄堂里升起了炊烟。我叫醒了他俩。走出大杂院，经过铁线弄的时候，他们忽然产生了一个疑问，急急促促地问我晚上去小便后怎么没见回来？是不是获得重要线索，是不是碰到了老万头。如果在昨天，我会很认真地回答这些问题。可是，现在我不这么想了。现在我最急的是找到外公，问他一些小问题应该就能够解开谜团。

午后越来越闷热，云层堆积得像棉毯，看不见的太阳在外公和我的头顶上烘烤。汗已经无法控制，滴滴答答掉进老井，把我们俩的人影扭曲变形。外公的回答大出我意料。他讲了一大段关于这个城市的野史。元朝末年，朱元璋攻打苏州城，张士诚得到城里老百姓支持，依靠南园、北园两个粮食蔬菜基地，坚守城池近十个月。那些日子里，张士诚想尽一切办法突围，都被徐达、常遇春的士兵瓦解。正在愁闷之际，弟弟张士信带来了一个蓝衣白须人，自称有办法帮张士诚突出围城。张士诚说什么都不信。蓝衣人一言不发，扭头就走，径直走到宫中一口井边，纵身跃入。过不到半个时辰，蓝衣人在宫外出现。张士诚连忙重新把他请进殿内，请教脱困之法。蓝衣人算了一个日子，定下时辰，只允许张士诚一个人跟他走。在等待的日子里，张士诚屡次问蓝衣人为什么要帮他，蓝衣人笑而不答。八月的一个无月之夜，张士诚跟着蓝衣人下到井中，井通向锦帆泾，锦帆泾通向护城河，再通向运河，他们走在迷宫一般的地下水系缝隙中，一直往北。当他们从一口废弃的井里爬出，苏州城已经被他们远远地抛在身后，就这样蓝衣人带着张士诚逃出了朱元璋的包围圈。不久，苏州城被攻破，徐达、常遇春活捉留在皇宫里的张士诚替身，并押解替身到应天府，朱元璋亲自处斩。真正的张士诚早已遁隐，据传他化名张谷英，在湖南岳阳落脚，崇文尚武，族丁兴旺，后代多出文臣武将。

外公抬头仰望西部天空，接着讲，苏州人对张士诚的敬重世代传了下来，从点天灯，到烧狗屎香，再到时时刻刻的

"讲张"，都渗透着对朱重八的憎恨。洪武年间，占全国土地百分之一的苏州，承受了全国近百分之十的赋税。数十万苏州人迁移苏北淮阴、盐城等地。因为张士诚不征苛捐杂税，敬重读书人，以蓝衣人为代表的苏州普通老百姓对这个"姑苏王"产生好感。苏州能工巧匠多，奇人异士也多，帮助张士诚脱离险境也在情理之中。外公继续说着野史。蓝衣人送走张士诚后，重新回到城里，有计划地培训壮大队伍，正在他们准备大规模救人之时，苏州城陷落。蓝衣人从此生活在"夹层"里，不少市民知道这个藏在水下的世界，但是没有一个人向朱明王朝揭发。"洪武赶散"之后，蓝衣人与地面接触更少。随着战争和人口流动，人们渐渐地将他们遗忘。口口传下来的"蓝衣人"传说，最终仅仅定位成了"水鬼"。老一辈的苏州人，也只是隐约地感觉这个城市的一切都是双重的，尘封的"通道"下，无人知晓、无从想象。

雨终于下来了，淋在身上，与汗水混合，蚯蚓般四处爬行，似乎想找到进入身体的通道。外公认为，不知什么原因，"通道"被打开了。这下，与我提的问题接近了。他终于说到我关心的事情上。其实就在今天一早，我快步走在熟悉又陌生的街道上，猛然想起外公。他总是平淡地看待所有事情，似乎一切都在他的掌控和知悉范围内。当某事在老街上传得沸沸扬扬时，他还是捧着一本《芥子园画谱》，悠闲地在空中比画。但是，我知道他的底线，那就是老万头。尽管我想尽一切办法，几乎浑身被雨水灌透，也无法使他对老万头评价一个字。在我看来，这似乎是一个约定，谁知道呢？

到了晚上，二舅又起头，让我和东东在双井边上集合，时间是夜里十一点。我和东东都抱怨不已，他值夜班闲着也是闲着，我们还要上学，作业订正的内容超过作业本身几倍。但是我们害怕他的威势，而且心里存有一些奇怪的想法。尤其是我，觉得已经站到谜团的边缘，真相正在向我招手。当然，我已经有点看不起二舅和东东，他们还在初级阶段，初级阶段的人只会瞎嚷嚷，而我已经学会思考。现在，离十一点钟还有一点时间，我在床上似乎已经睡着了，我侧身而卧，灵敏的右耳紧贴着床板。地面传来的任何声音，我都认为来自井底世界，那是一种很好的催眠，我的意识随着云层里落下的一滴雨水，穿越井底，汇入水流，边走边跳，陪伴着一个蓝衣人，奔向他想去的地方。走出去很远很远，我都疲惫不堪了，蓝衣人却还是精神百倍。我在十一点前沉沉入睡，一个梦都没有，睁开眼，天光大亮。跟我预料的一样，去井边的两个人，一点收获都没有。东东的作业本被语文老师当场撕毁，他哭丧着脸，晚上又要罚抄十遍《董存瑞》。

梅雨一过，我们就放假了。老街被火辣辣的太阳炙烤，谁都不愿在白天露头。小伙伴选择了广阔自由的郊外，我们整天在田埂边、池塘里、土丘上晃悠。我胆小，不敢像东东那样，吊运河里的拖船，开出去几公里、十几公里，再吊反向货船回来。但是我会爬树，像狸猫一样灵敏，高高的朴树顶，是我思考问题的地方。朴树随风摇摆，半个城市在我眼底，似乎一切尽在掌控中。一天傍晚，我想事情过了头，迟迟没有下树，东东他们早就去池塘洗澡，等我发现自己已落单时，太阳正形成一个大红球。不知道是不是长时间盯着红球看的原因，我眼前突然出现奇异景象。在红红背景下，出现稀奇古怪的井：有古老的、现代的，简陋的、精致的；有单眼的、双眼的、三眼的；有圆形的、方形的、多边形的；有高的、低的、平的；等等。每一口井边都站着一个蓝衣人：有年轻的、中年的、老年的；有胖的、瘦的、高的、矮的；有男的、女的；有穿长袍的、穿短衫的；有白发的，有黑发的，有白胡须的，还有没胡须的；等等。就在他们几乎同时跃入各自的井中时，我听得见自己脑子里"叮"的一声，一下子什么都明白了。